## À PROPOS DE L'AUTRICE

Salariée le jour, épouse et mère de famille les soirs et week-ends, et romancière le reste du temps, Dan Caroll ajoute aujourd'hui une corde à son arc avec cette romance historique.

# Au bout du voyage

*Collection :* VICTORIA



**HARPERCOLLINS FRANCE**
83-85, boulevard Vincent-Auriol, 75646 PARIS CEDEX 13
Service Lectrices — Tél. : 01 45 82 47 47 - www.harlequin.fr
ISBN 978-2-2804-5536-7 — ISSN 2493-013X

Composé et édité par HarperCollins France.
Imprimé en janvier 2022 par CPI Black Print (Barcelone)
en utilisant 100% d'électricité renouvelable.
Dépôt légal : février 2022.

FSC www.fsc.org
MIXTE
Papier issu de sources responsables
FSC® C159065

Pour limiter l'empreinte environnementale de ses livres, HarperCollins France s'engage à n'utiliser que du papier fabriqué à partir de bois provenant de forêts gérées durablement et de manière responsable.

DAN CAROLL

# *Au bout du voyage*

*Victoria*

HARLEQUIN

# *Prologue*

*Domaine de San Pietro,*
*royaume de Sardaigne, 1743*

Après plusieurs semaines de voyage emplies d'incertitude, Nelson de Welland parvint enfin au but. Inconscient du charme des lieux, de la vue époustouflante sur les coteaux verdoyants et des tonalités chaudes et colorées des murs du domaine, il s'engouffra dans la cour et de là, à l'intérieur de la demeure ancestrale d'Isabella. Il s'attendait à ce qu'un domestique l'arrête, mais il ne croisa pas âme qui vive.

Le cœur glacé d'effroi par l'écho de hurlements sinistres, il monta l'escalier en courant. Isabella ! Il poussa la porte de la pièce d'où provenaient ces cris effroyables. Son cœur manqua un battement en découvrant la scène terrible qui se déroulait dans cette chambre.

— Isabella ! Mon Dieu !

Elle reposait sur son lit, son ventre distendu caché sous un drap. Plusieurs servantes s'affairaient autour d'elle pour mouiller son visage avec des linges et la soutenir. Nelson vit une femme émerger d'entre ses jambes.

Isabella tourna son visage gris d'épuisement vers lui.

— Nelson.

Il voulut se précipiter à ses côtés, mais Leona, sa fidèle suivante, s'interposa. Elle l'entraîna hors de la pièce.

— Monsieur le marquis, un homme ne doit pas assister à ce genre de choses.

— Elle est en train d'accoucher ?

Elle hocha la tête.

— Après votre départ pour l'Angleterre, Isabella s'est rendu compte qu'elle attendait un enfant de vous. Même si cela ne se voyait pas beaucoup, sa grossesse était déjà bien avancée. Elle a donc dû quitter la maison du comte Suzzarelli pour éviter le scandale.

Comme tous les jeunes nobles de son âge, Nelson avait entamé environ un an et demi auparavant un périple en Europe pour se former, entretenir le réseau familial et le développer si possible. Il avait donc accosté sur les côtes sardes pour retrouver un ami de son père, Girolamo Suzzarelli, un comte résidant à Cagliari. Quelque temps après son arrivée, il avait rencontré Isabella San Pietro et avait suspendu le cours de son voyage. Jeune veuve, chassée et laissée sans le sou par le frère sans scrupules de son premier mari, Isabella faisait partie des demoiselles de compagnie de la fille de Girolamo, Ginevra, en tant que dernière héritière d'une famille noble provinciale issue du nord de l'île. Nelson l'avait rapidement remarquée et avait forcé le destin pour être mis en sa présence, multipliant les occasions de la voir et de pouvoir l'aborder. Elle n'était pas longtemps restée insensible à son charme.

Avec son physique athlétique, son visage aux traits fins, séduisants, et ses cheveux noirs indisciplinés, Nelson remportait un fort succès auprès du beau sexe. Pourtant, jusqu'à Isabella, il n'avait jamais aimé. Et puis soudain, le coup de foudre ! L'attachement et l'envie de s'engager s'étaient emparés de lui.

Ce n'était pas de gaieté de cœur qu'Isabella s'était offerte à lui hors des liens du mariage, mais une fois qu'elle avait cédé, elle avait fait de lui le plus heureux des hommes. Leur union charnelle et affective était pure et parfaite. S'il n'y avait eu que lui, Nelson l'aurait épousée sans attendre. Malheureusement, il était promis presque depuis l'enfance à une héritière anglaise, Margaret Hall. Pour pouvoir se marier avec Isabella, il lui aurait fallu rompre ses fiançailles et dédommager la famille de la jeune fille. En tant que cadet du marquis de Welland, il ne possédait pas une somme aussi importante. De plus, jamais son père ne cautionnerait un tel acte et il le renierait pour le punir d'avoir plongé la famille dans le scandale et le déshonneur. Nelson avait expliqué à Isabella la précarité de sa situation et elle avait semblé se résoudre au rôle de maîtresse.

À la suite du décès brutal de son père et de son frère aîné dans un naufrage, Nelson avait dû retourner d'urgence à Londres pour entrer en possession de son héritage, en tant que dernier héritier du titre. Malgré le chagrin lié à ce double deuil, c'était une opportunité à ne pas laisser passer. D'un commun accord, Isabella était restée à Cagliari pour préserver sa réputation. Comme il s'y était engagé, à peine libéré de ses fiançailles, il revenait pour l'épouser et pour l'emmener en Angleterre. Il ne se voyait plus vivre sans elle. Pendant ces mois de séparation, sa passion pour elle n'avait cessé de croître. Il ne pouvait imaginer se lasser un jour du goût de ses lèvres ou du grain de sa peau soyeuse. Il ne pouvait envisager de se passer de sa douce voix à l'accent chantant ou de son rire taquin.

C'est pour cela que, en ne la trouvant pas à Cagliari,

il s'était précipité à San Pietro, près d'Ozieri. Isabella lui avait souvent parlé avec amour de ses terres et de son domaine hérité de ses parents, morts tous les deux lors d'une épidémie de peste.

Leona soupira, le ramenant à la dure réalité.

— Le travail a commencé il y a deux jours, mais le bébé se présente mal. Isabella souffre le martyre et elle n'a presque plus de force.

— Presque plus de…, répéta-t-il, abasourdi.

Leona concentrait tous ses efforts pour ne pas s'effondrer devant sa protégée. Elle n'épargna donc pas le marquis.

— Nous avons fait appeler un prêtre qui doit arriver dans quelques minutes.

Nelson sentit son cœur cesser de battre.

— Un prêtre ? Elle ne va pas mourir, c'est impossible !

— Si seulement Dieu pouvait vous entendre.

Les lèvres de Leona se mirent à trembler. Elle se signa et s'absorba dans une prière rapide. Nelson comprit alors à quel point la situation était grave.

— Je me moque de ce qui se fait ou pas. Isabella est la femme que j'aime et que je vais épouser. Cet enfant est le mien. Je veux être à leurs côtés. C'est mon devoir !

Leona soupira.

— Vous risquez d'être choqué par de telles images.

Nelson sentit ses yeux s'humidifier, mais il serra les mâchoires pour contenir la vague de terreur et d'appréhension que la servante faisait naître en lui.

— Laissez-moi entrer dans cette chambre, je vous en prie.

Leona capitula avec un bref signe de tête.

— Si vous voulez bien me suivre.

Il franchit la porte derrière la suivante et se précipita vers le lit.

— Isabella !

Elle sourit légèrement à son approche avant de laisser échapper un gémissement terrible qui suintait le renoncement. Il s'empara de sa main. Les mots se bousculaient sur ses lèvres.

— Je n'aurais pas dû partir. J'aurais dû rester près de toi et t'épouser sans me préoccuper de…

Elle ferma les yeux un instant avant de poser un doigt sur ses lèvres.

— Cela n'aurait rien changé, Nelson.

Elle eut une nouvelle contraction et ne put retenir un cri de douleur. La sage-femme qui palpait son ventre dut lire une question muette sur le visage crispé du marquis.

— L'enfant se présente par le siège, expliqua-t-elle. Le travail est commencé depuis trop longtemps et les contractions s'espacent. Nous risquons de les perdre tous deux.

— Ne pouvez-vous rien faire pour la soulager ?

Elle regarda la jeune femme et son compagnon.

— Je vais tenter une dernière manœuvre, mais je préfère vous avertir que les risques d'hémorragie sont importants.

Isabella gémit.

— Sauvez mon bébé. Je vous en prie.

La sage-femme entreprit de tourner l'enfant dans le ventre de sa mère. Nelson lui caressait le visage pour en écarter les mèches de cheveux dégoulinantes de sueur, tout en l'encourageant avec des paroles réconfortantes et en serrant les dents quand elle lui broyait les doigts.

Isabella attira soudain l'attention du marquis en murmurant d'une voix effrayante de faiblesse.

— Nelson, j'aimerais que le bébé s'appelle Lorenzo, comme mon père, si c'est un garçon. Tu veux bien ?

Il se rendit compte qu'il pleurait quand elle lui toucha la joue. Il lui embrassa le front.

— Ne fais pas comme si tu allais mourir. Nous allons vivre tous les trois, comme nous l'avions prévu. J'ai tellement de choses à te faire découvrir dans mon pays.

— J'ai réussi à tourner l'enfant, le coupa la sage-femme d'un ton si sinistre que Nelson comprit que la situation venait encore d'empirer. Madame, vous allez devoir pousser très fort pour l'expulser. Faites ce dernier effort, je vous en prie.

Isabella approuva et obéit à ses injonctions.

— C'est très bien, madame. Encore une fois. Soufflez, poussez !

À ce moment-là, Leona introduisit un prêtre dans la chambre. Son regard embrassa la scène : le teint de la femme et les visages désespérés des témoins. Il sortit sa bible et entreprit de donner l'extrême-onction à la mourante. Il le fit sans compassion envers la parturiente blême de souffrance. Le sacrement fut vite expédié. Isabella sembla soulagée durant un bref instant.

Nelson lui toucha la main.

— Mon amour, épouse-moi. Immédiatement. Profitons de sa présence pour nous unir.

Isabella murmura d'une voix presque inaudible.

— Maintenant, c'est toi qui te comportes comme si j'allais mourir…

Le prêtre s'était figé en entendant la demande de Nelson.

— Cette femme n'a pas de mari ?

Nelson le supplia.

— Il ne tient qu'à vous qu'elle en ait un avant la naissance de notre enfant.

L'homme de Dieu se lança dans un discours moralisateur sur le péché et la colère de Dieu.

En désespoir de cause, Nelson le menaça afin qu'il consente enfin à les marier. Rancunier et mécontent qu'on lui ait forcé la main, le prêtre fit durer le rituel alors qu'il paraissait évident qu'Isabella abandonnait ses dernières forces dans sa bataille pour donner la vie. Les paroles sacrées étaient entrecoupées par les recommandations de la sage-femme qui encourageait Isabella. À chaque interruption, le prêtre soupirait ostensiblement pour montrer sa contrariété manifeste d'être mêlé à tout cela.

— Voulez-vous prendre Isabella San Pietro pour épouse, lui être fidèle, l'honorer et la chérir jusqu'à ce que la mort vous sépare ?

— Je le veux, répondit Nelson d'une voix assurée.

— Poussez, madame. Voilà, comme ça. C'est presque fini.

La sage-femme se redressa en portant un nourrisson entre ses bras. Une vague d'émotion enfla dans le cœur de Nelson à la vue de ce petit être minuscule qui se mit bientôt à hurler de toute la force de ses poumons.

Nelson fut envahi par une bouffée de soulagement qui lui fit croire que tout allait bien se terminer. Il s'imaginait jouant avec son fils sous le regard rieur d'Isabella, mais la réalité le rattrapa quand il entendit l'avertissement de la sage-femme à destination du prêtre.

— Dépêchez-vous ! Elle n'en a plus pour très longtemps.

— Isabella San Pietro, voulez-vous prendre Nelson de Welland pour époux, lui être fidèle, l'honorer, le chérir, jusqu'à ce que la mort vous sépare ?

Isabella sourit en voyant que le bébé était vivant. Puis elle croisa le regard du marquis.

— Je t'aime, Nelson.

— Moi aussi, mon amour.

Sa main se fit molle dans celle de Nelson et ses yeux se fermèrent.

Le prêtre fit un geste sec pour ranger sa bible.

— Elle n'a pas donné son consentement. Le mariage n'est pas valide.

Nelson, anéanti par la douleur, dévisagea le saint homme.

— Qu'avez-vous dit ?

Il lui adressa un sourire mauvais.

— Avoir un enfant hors mariage va les conduire tout droit en enfer, elle et son bâtard. Car c'est ce que votre rejeton est et restera toute sa vie durant.

Nelson se leva, ivre de fureur et de chagrin. Le prêtre recula précipitamment.

— Comment pouvez-vous vous prétendre homme de Dieu alors que vous proférez de telles insanités ? hurla Nelson. Sortez d'ici, espèce de monstre !

Le prêtre lui lança un ultime regard chargé de menace avant de quitter la chambre, la tête haute, engoncé dans ses certitudes et sûr de la justesse de son courroux.

Sous le choc, Nelson se tourna vers la sage-femme qui tenait le nourrisson contre elle, tout aussi horrifiée que lui par la méchanceté de cet homme.

Elle posa le regard successivement sur le bébé, puis sur lui.

— C'est un beau garçon, monseigneur. Vif.

Après quelques soins rapides, elle l'emmitoufla dans un lange, puis dans une couverture avant de s'approcher du père qui sanglotait silencieusement en caressant le visage d'Isabella.

— Monseigneur ? Pardonnez-moi…

Elle esquissa un geste timide pour lui tendre son enfant. Elle s'attendait sûrement à ce qu'il le rejette, à ce qu'il déteste ce bébé dont la naissance avait provoqué la mort de la femme qu'il aimait, dans des circonstances si tragiques. Nelson la regarda sans comprendre.

— Votre fils.

Il hésita un instant à peine avant d'accepter le petit fardeau avec un sourire tremblant.

— Lorenzo, tu as les yeux de ta maman.

Alors, Nelson le prit contre son cœur et laissa son chagrin l'emporter. Le bébé avait refermé son poing minuscule sur sa chemise et restait tranquille contre son père, plissant le visage chaque fois que les larmes du marquis coulaient jusqu'à ses joues.

Quand Nelson se calma enfin, il leva à nouveau l'enfant vers lui. Ils se regardèrent intensément. Nelson sentit son amour pour Isabella se reporter vers ce petit être qu'ils avaient tous deux créé. Il serait à jamais le fidèle reflet de leurs sentiments, quelle qu'en ait été l'issue. Cet enfant était le sien, n'en déplaise à ce prêtre de malheur.

Nelson décida de rester à San Pietro le temps nécessaire pour enterrer sa femme et trouver une nourrice pour son bébé. Ensuite, il repartit en Angleterre avec son héritier, avec Lorenzo San Pietro, futur marquis de Welland.

# Chapitre 1

*Londres, Angleterre, 1769*

— Et que dis-tu d'elle ?

Le jeune homme regarda dans la direction indiquée par le comte Samuel de Gears, son complice de toujours. Il haussa les épaules.

— Pourquoi pas…, mais ne trouves-tu pas *celle-ci* beaucoup plus plaisante ?

Samuel hocha la tête en découvrant une petite brunette affichant un air intouchable. Évidemment ! Lorenzo ne reculait devant aucune difficulté apparente. Il raffolait des femmes dans leur ensemble et elles le lui rendaient amplement depuis que l'adolescence lui avait façonné un corps d'homme. Il n'avait en général qu'un regard à poser sur elles pour que toutes se jettent à ses pieds. Pour autant, il savait aussi relever les défis les plus ardus et abattre les obstacles quand ils se présentaient sur sa route. Il finissait toujours par avoir gain de cause et par mettre l'heureuse élue du moment dans son lit. Lorenzo était un séducteur avéré et sa réputation auprès du beau sexe le précédait de quelques pas, accomplissant une grande partie du travail pour lui. Samuel sourit.

— Voyons voir comment tu t'y prends, Casanova…, se moqua Samuel. Juste une fois, j'aimerais assister à une rebuffade, pour que tu voies ce que ça fait d'être humain.

Lorenzo éclata de rire.

— N'exagérons rien ! J'ai déjà connu l'échec.

— Quand ça ?

Lorenzo réfléchit un instant avant de s'exclamer :

— La comtesse Biron m'a repoussé.

Samuel pouffa.

— Évidemment ! Son mari se trouvait dans la pièce voisine ! Elle a donc reporté de quelques heures votre entrevue. Quel échec cuisant !

Lorenzo haussa l'arc parfait de ses sourcils.

— Bon, d'accord, aucun autre nom ne me vient à l'esprit pour le moment, mais cela ne veut pas dire qu'il n'y en a pas.

Samuel soupira.

— Ne perds pas ton temps à chercher. Il n'y en a pas…

La modestie de Lorenzo aurait été lassante si elle n'avait pas été aussi sincère. Il était ainsi : toujours à minimiser la portée de ses succès et les échecs des autres. Samuel haussa les épaules.

— Allez, vas-y ! Inflige-moi une démonstration magistrale de tes talents.

Lorenzo s'éloigna en jetant des coups d'œil anxieux vers son ami. C'était une chose de tenter de séduire une femme parce qu'elle l'attirait et une autre de le faire en sachant que Samuel n'en perdait pas une miette. Avec une assurance qu'il était loin de ressentir en cet instant, il rejoignit pourtant la jeune fille repérée pendant la pièce de théâtre à laquelle Samuel et lui venaient d'assister. Les actrices avaient souvent des réputations sulfureuses. Elles cherchaient des protecteurs influents, tout en ne se faisant aucune illusion sur la possibilité d'un mariage. La combinaison idéale pour Lorenzo.

— Excusez-moi, mademoiselle…

Elle se retourna vers lui et l'observa en battant des cils avec grâce.

— Oui ?

— Je vous ai vue tout à l'heure sur scène et j'ai trouvé votre jeu charmant.

— C'est vrai ? lança-t-elle avec soulagement.

Non, mais il n'était pas critique, après tout. Il lui sourit et elle se détendit légèrement.

— C'est un de mes premiers rôles.

Il hocha la tête d'un air entendu.

— C'est sans doute pour cela que je n'ai pas encore retenu votre nom, mais je gage qu'un jour il sera sur toutes les lèvres.

Charmée, elle lui tendit sa petite main gantée.

— Tina Lowell.

Il s'inclina pour lui baiser les doigts, la faisant rougir de plaisir.

— Lorenzo San Pietro de Welland.

À l'autre bout de la salle, Samuel savait qu'elle était perdue. Lorenzo n'avait qu'à sourire pour que toutes les femmes se pâment devant lui.

À vingt-six ans, il était tout simplement magnifique. De son ascendance sarde, il avait hérité son teint mat, ses cheveux sombres et ses yeux noirs captivants. Son visage fin et racé s'égayait de deux fossettes malicieuses quand il souriait, ce qui arrivait souvent car il était d'un naturel joyeux. Une fois ce premier constat passé, les femmes s'attardaient ensuite sur sa taille haute et son corps athlétique, ferme et musclé. À ce stade-là, en général, Lorenzo n'avait qu'à claquer des doigts pour qu'elles lui tombent dans les bras. D'ailleurs, celle-ci le mangeait littéralement des yeux.

— Pourtant, je suis à peu près certain de vous avoir vue dans une autre représentation récemment.

Tina lui expliqua en rougissant qu'elle avait tenu un rôle secondaire dans une adaptation d'une pièce de Shakespeare. Lorenzo hocha la tête avec conviction.

Une demi-heure plus tard, elle le suivait dans son carrosse. Lorenzo lança un regard réprobateur vers Samuel qui l'applaudissait en silence depuis son poste d'observation.

— On y va, Baptist, annonça-t-il en refermant la portière derrière eux.

Le cocher sourit avant de faire claquer sa langue. Les chevaux s'engagèrent sur la route qui devait les conduire à l'hôtel particulier du marquis, en plein cœur de Londres. À quelques rares exceptions, Lorenzo y résidait toute l'année. Cela lui permettait d'éviter la présence pesante de sa belle-mère et ses remarques incessantes.

Lorenzo avait fini ses études universitaires en internat quatre ans plus tôt. Il avait alors réintégré le giron familial avec regret, pour finalement capituler et prendre son indépendance, grâce à la bénédiction et l'aide financière de son père. Souvent, il songeait qu'il aurait voulu connaître sa vraie mère, Isabella San Pietro. Son père en parlait encore avec tellement de vénération. Lorenzo l'imaginait souriante et accueillante, bien loin de l'aura sombre et amère de Margaret, l'ex-fiancée déchue, que son père s'était finalement décidé à épouser.

Heureusement, Nelson avait toujours été un fidèle soutien. Il faisait d'ailleurs souvent le déplacement pour lui rendre visite. Leur complicité n'avait fait que se renforcer avec les années.

Baptist frappa sur le toit pour laisser aux occupants le temps de se recomposer une attitude. Lorenzo aida Tina à descendre du véhicule. Ils entrèrent dans la maison en riant. Sans même remarquer la lumière au rez-de-chaussée, Lorenzo claqua la porte derrière eux et colla sa bouche sur celle de sa conquête.

Un raclement de gorge mécontent le fit sourciller. Lorenzo leva les yeux et eut l'impression de recevoir un seau d'eau glacée dans la figure.

— Margaret, constata-t-il avec déplaisir.

Instantanément dégrisé, il s'écarta de Tina. Son geste lui apparut vite comme une erreur affreusement gênante. Le regard acéré de sa belle-mère se posa sur le renflement de son pantalon avant de l'écraser de toute la puissance de sa désapprobation.

— Est-ce ainsi que tu vis, Lorenzo ? Est-ce digne de ton rang de ramener ce genre de…

Elle toisa Tina et poursuivit d'un ton dédaigneux.

— … créature dans la maison de ton père ?

Tina sursauta. Elle ne pouvait pas savoir que Margaret ne manquait pas une seule occasion d'humilier publiquement son beau-fils.

Enfant, Lorenzo ne comprenait pas les raisons de son hostilité envers lui. Son père avait attendu qu'il soit en âge d'accepter la vérité pour lui expliquer les circonstances de sa naissance. Il lui avait avoué aussi que son désengagement de ses fiançailles avait fait jaser le Tout-Londres du fait de l'entêtement et du chagrin bien trop visible de la jeune femme dans un monde aussi superficiel que le leur. Margaret avait dû ajouter à son désespoir de le perdre la honte provoquée par les moqueries, les persiflages et les rumeurs concernant le montant de la somme que le marquis avait dû débourser pour se débarrasser d'elle.

De toute évidence, sa belle-mère n'avait jamais digéré l'humiliation publique que son promis lui avait infligée afin d'épouser Isabella et, à la mort de celle-ci, sa rancœur s'était tout naturellement reportée sur Lorenzo.

Le jeune homme n'ignorait rien non plus de la patience déployée par Margaret pour revenir dans les bonnes grâces de Nelson après son retour de Sardaigne, veuf et éploré. Il savait aussi que son père, encore bien trop épris d'Isabella, s'était engagé dans cette union sans éprouver de sentiments pour sa future épouse. Il voulait juste offrir une famille à Lorenzo et préserver son cœur meurtri de toute nouvelle douleur. David était venu au monde alors que Lorenzo avait trois ans. À peine deux ans plus tard, Simon vint rejoindre la fratrie, suivi d'Helen quatre ans et demi après.

Ne cachant pas sa préférence, Nelson emmenait son aîné partout. Lorenzo voyagea donc beaucoup à ses côtés et apprit tout ce qu'il fallait sur la charge liée au titre de marquis.

Lorenzo n'y était pour rien, bien sûr, mais sa belle-mère ne manquait jamais une occasion de lui faire payer cette marque de favoritisme. Et, suivant le modèle de leur mère, ses trois enfants ne se privèrent jamais de lui rendre la vie impossible.

Conscient de ses origines et du clivage que cela provoquait, il avait fait de son mieux pour satisfaire les ambitions de son père, tout en désamorçant à chaque instant la haine de sa belle-mère et de ses demi-frères.

Pourtant, ce soir, face à son air pincé, las de fournir toujours plus d'efforts et de ne recevoir en échange que des reproches et du mépris, Lorenzo haussa les épaules.

— Si vous m'aviez prévenu de votre arrivée, j'aurais

pu prendre les mesures adéquates afin de ne pas vous déranger.

Il entraîna sa conquête par le bras.

— Comme vous n'avez pas pris cette peine, nous ne remettrons pas nos projets. Vous devrez supporter notre présence et vous boucher les oreilles jusqu'à ce que nous en ayons terminé…

Margaret s'offusqua.

— Comment oses-tu ?

Il la planta là, rouge de confusion. Pour une fois qu'il parvenait à avoir le dernier mot, Lorenzo pouffa tout en poussant gentiment Tina dans le creux des reins. La jeune fille avait blêmi et ne semblait plus du tout disposée à partager son intimité. Lorenzo la comprenait après une telle entrée en matière.

S'il le fallait, il la raccompagnerait par la porte de derrière une fois Margaret hors de vue. Ils s'engagèrent dans l'escalier.

— Ne te formalise pas, Tina. Ma belle-mère est une femme aigrie…

— Oui, mais ce que tu lui as dit…

Il afficha un demi-sourire.

— Je n'ai pas pris de gants, n'est-ce pas ?

Elle secoua la tête avant de lui lancer un regard espiègle.

— Pour satisfaire ton orgueil, il va falloir que je pousse des cris convaincants…

Il lui adressa un clin d'œil avant de l'inviter à entrer dans sa suite.

— Si tout se passe bien, nous n'aurons pas besoin de tes talents d'actrice pour cela…

Tina n'attendit pas qu'il referme la porte pour se jeter à son cou.

— Tu as encore fait enrager Margaret, hier soir.

Nelson rit en regardant Lorenzo s'asseoir à la table du petit déjeuner. Le jeune homme ne put cacher sa petite moue gênée.

— Oh père ! Si j'avais su que tu étais dans la maison également, je n'aurais jamais agi de la sorte.

Nelson secoua la tête en souriant.

— Ne t'inquiète pas ! Moi aussi, j'ai eu ton âge. Avant ta mère, il y a eu quelques femmes de passage dans cette maison.

Comme chaque fois qu'il évoquait Isabella, le regard de Nelson brillait d'une lueur particulière. Lorenzo l'observa attentivement.

Âgé d'une cinquantaine d'années, Nelson avait encore de la prestance. Son visage ridé avait gardé toute la noblesse de ses traits de jeune homme. Ses cheveux striés de gris accentuaient son charme. Il était toujours aussi bel homme et aurait pu avoir toutes les femmes qu'il voulait s'il avait décidé de tromper Margaret. Fidélité qui surprenait Lorenzo, il devait bien l'avouer, tant sa belle-mère lui paraissait dénuée de tout ce qui pouvait séduire un homme.

Compte tenu de la silhouette robuste de Margaret, de son visage ingrat et de son humeur de dogue, Lorenzo ne parvenait pas à imaginer à quoi pouvait ressembler leur intimité.

Nelson insista.

— Ne me regarde pas comme si tu ne me croyais pas !

— Je suis désolé, père. Je m'étonne simplement que tu aies décidé de renoncer à tout cela.

Nelson haussa une épaule fataliste.

— Inutile d'ajouter l'infidélité aux griefs que me fait déjà Margaret…

Un instant de silence tendu s'installa entre eux. Nelson le rompit sur un ton réjoui.

— Si tu avais pu voir sa tête… Elle était persuadée que tu avais payé ta conquête pour qu'elle fasse tout ce bruit !

Lorenzo rougit violemment et attrapa un couteau pour beurrer son petit pain, afin de se donner une contenance. Nelson s'esclaffa encore face à sa gêne évidente.

— Je ne sais pas pourquoi nous nous sommes installés dans la pièce voisine de la tienne. Ce n'est pas notre habitude mais, comme Helen occupe la suite rose, cela a paru plus logique à Margaret de faire ainsi…

Lorenzo blêmit cette fois, en réalisant que sa sœur, âgée d'un peu plus de seize ans, avait peut-être tout entendu, elle aussi. Quelle inconséquence de sa part !

Une fois dans la chambre avec Tina, il n'avait plus du tout songé à Margaret ni au fait que d'autres personnes pouvaient se trouver dans cette maison. Il avait juste profité de ce qu'elle lui offrait. À présent, il se rendait compte de sa négligence. Il avait tellement honte de sa conduite, soudain. Nelson haussa un sourcil moqueur.

— Tu t'y entends pour faire enrager ta belle-mère.

Lorenzo se récria.

— Malgré ce que je lui ai dit, ça n'était pas mon intention. Je suis désolé.

Nelson hocha la tête.

— Je m'en doute. D'ailleurs, à ce sujet, amènes-tu souvent des actrices de seconde zone dans cette maison ?

Lorenzo soupira.

— Les nouvelles vont vite à ce que je constate…

— Ta réputation de libertin te précède, tu veux dire, affirma Nelson avec un soupçon de reproche.

Lorenzo fronça les sourcils.

— Dès que tu poses les yeux sur une jeune fille en âge

de se marier, ses parents en attrapent des palpitations. Tu es un des meilleurs partis du moment, après tout, et l'âge fatidique d'assurer ta descendance approche !

Mal à l'aise, Lorenzo se détourna.

— Il serait peut-être temps que tu songes à te fixer, poursuivit Nelson.

— Je ne recherche nullement ce genre de publicité, père. Je profite juste de la vie en attendant de rencontrer la bonne personne.

— Je le sais, mon garçon.

Il l'observa.

— Tu as toujours été un fils exemplaire. Je suis un père comblé.

Comme chaque fois, Lorenzo ressentit un instant de gêne. Son père ne parlait jamais de cette façon de ses demi-frères et de sa demi-sœur.

Il s'éclaircit la gorge.

— À ce propos, comment vont David et Simon ?

Nelson leva les yeux au ciel.

— Ils ont d'abord fait fuir tous les précepteurs que j'ai engagés jusqu'à présent, se sont ensuite fait exclure de toutes les écoles où je les ai inscrits et voilà que le directeur du dernier pensionnat où je les ai envoyés m'a encore écrit à leur sujet. J'ai mis Margaret au courant de leurs frasques, mais tu sais à quel point elle peut être aveugle quand il s'agit de reconnaître leurs défauts !

Lorenzo hocha la tête. Ah oui, il le savait ! Margaret avait toujours été injuste envers lui. Plus jeunes, David et Simon ne manquaient pas une seule occasion de provoquer des catastrophes, de l'entraîner dans des rixes ou de faire des blagues de mauvais goût, dangereuses ou cruelles. Chaque fois, ils se débrouillaient pour qu'il porte le chapeau. Et même s'il était avéré que Lorenzo ne pouvait avoir participé à l'opération, il était puni à leur place.

— Avec toi, je n'ai jamais eu ce genre de soucis. Pourtant, je suis persuadé que tu as également fait des folies avec Samuel. D'ailleurs, comment va-t-il ?

Lorenzo haussa les épaules.

— Bien. Hier soir, quand je l'ai quitté, il semblait maître de la situation…

Nelson pouffa.

— Moi aussi, j'ai mordu la vie à belles dents, tout comme toi et ton ami. Toutefois, j'espère juste qu'un jour tu trouveras celle qui fera battre ton cœur plus vite. Et surtout, je prie pour que cet amour ne te soit pas ôté trop tôt…

Lorenzo posa la main sur la sienne pour le réconforter et chasser les ombres de son regard.

— Merci, père. Mais rien ne presse.

Ils discutèrent encore quelques minutes des domaines et de leur gestion puisque, afin d'assurer son indépendance, Lorenzo en assumait une partie depuis plusieurs années.

— Vous ne m'avez toujours pas dit ce qui vous amène à Londres à cette période, nota-t-il.

— Oh ! C'est vrai ! Je ne t'ai pas annoncé le meilleur. Margaret a décidé de trouver un mari pour Helen. Elle va faire ses débuts.

Lorenzo manqua de s'étouffer avec sa gorgée de thé.

— Alors vous allez rester ici ? Toute la saison ?

Nelson sourit.

— Probablement…

Nelson réfléchit un instant en voyant la mine atterrée de son fils.

— Nous allons changer de suite, ainsi tu pourras vivre ta vie sans que la situation s'envenime.

Le mieux serait de trouver une solution de repli afin de ne plus amener ses conquêtes sous le même toit que sa famille.

— C'est une excellente idée, approuva-t-il cependant.

Les deux hommes riaient encore de bon cœur quand Margaret entra dans la pièce en jetant un regard de dédain sur Lorenzo.

*Florala, États-Unis, 1769*

— C'est un vieil homme ! Il a au moins quarante ans ! se plaignit la jeune fille.

Martin King leva les yeux au ciel avant de se tourner vers sa femme, Elizabeth, qui se mêla à la conversation.

— Ce qui n'est guère plus que l'écart d'âge entre ton père et moi, chérie.

Angela grimaça. Sa mère ne lui donnait jamais de surnoms affectueux. Ils étaient d'ordinaire tous réservés à son frère. Le vaillant et impétueux Mark, pour qui aucun sacrifice n'était suffisant. Leurs parents se saignaient aux quatre veines pour lui assurer un train de vie faramineux, certains que leur fils avait un brillant avenir devant lui. Lequel ? Même le principal intéressé n'en savait rien. Alors, dans le doute, il réfléchissait beaucoup et agissait peu. Ce qui ne semblait pas gêner les King outre mesure.

— Mark mérite tellement plus que moi de trouver une riche héritière, biaisa-t-elle en désespoir de cause.

— Tu n'as pas le choix, Angela. Tout est déjà décidé. Tu vas épouser Trevor McDermott ! Cet homme est un parti inespéré pour toi !

— Je refuse ! hurla-t-elle.

Une gifle retentissante sanctionna sa tentative de rébellion. Angela voulut rester forte, mais le coup l'envoya au sol. Des larmes brûlantes de rage et d'humiliation brillèrent dans ses yeux verts. Son père ne prit même pas la peine de la regarder et sa mère ne fit pas un geste pour venir à son secours. Depuis le fauteuil où il était affalé comme un prince, Mark asséna sa sentence. Dès qu'il se mit à parler, ses parents lui firent face comme si Dieu s'exprimait par sa bouche.

— Les filles ne servent qu'à faire de beaux mariages pour améliorer la situation de leur famille. McDermott a de l'argent, des terres, et il cherche une épouse. Il t'a vue lors du bal des Monroe et il a demandé ta main. Tu devrais te sentir flattée qu'un homme aussi convoité ait remarqué une débutante telle que toi.

Son père hocha la tête.

— Grâce à ce mariage, tu nous mettras tous à l'abri du besoin.

Angela se releva malgré ses jambes qui tremblaient encore sous l'effet de l'impuissance et de la rage. Moins de deux semaines plus tôt, au bal des Monroe, elle avait fait ses débuts dans le monde. Hatty, sa femme de chambre, l'avait aidée à enfiler une robe somptueuse en mousseline lavande, cousue pour l'occasion, avec patience et espoir. Elle lui avait coiffé les cheveux en un chignon lâche, laissant quelques mèches châtain clair frisotter sur ses tempes et dans sa nuque. En se regardant dans son miroir et en découvrant à quel point elle était jolie habillée ainsi, Angela n'aurait jamais imaginé que ses prétentions seraient aussi vite réduites à néant. Dire que, en admirant son reflet, elle s'était mise à rêver de rencontrer l'amour !

Pourtant, la soirée s'était déroulée comme elle l'avait prévu. Elle avait accepté plusieurs invitations à danser.

Plusieurs jeunes hommes séduisants lui avaient fait des compliments alambiqués, mais aucun prétendant de quarante ans n'était venu la trouver. Comment aurait-elle pu, dans ces conditions, imaginer qu'à peine entamée sa saison prendrait fin d'une façon aussi grotesque ?

Elle était désormais fiancée à un homme deux fois plus âgé qu'elle et qu'elle n'avait jamais vu. On ne lui avait pas demandé son avis. Elle ignorait tout de lui, excepté qu'il se comportait avec elle comme s'il venait d'acquérir un objet ou une pièce de collection. Voilà qui était très loin de l'histoire d'amour qu'elle rêvait de vivre.

Une larme roula sur sa joue, mais son père n'en avait que faire.

— Trevor sera ravi de savoir que tout est arrangé. Il devrait fixer une date très proche.

Angela manqua s'étouffer de rage alors que son père, suivi de près par Mark, quittait le salon. Sa mère se détourna et se remit à coudre comme si l'avenir de sa fille ne venait pas de se jouer devant elle. Les poings serrés, Angela se posta face à elle.

— C'est tellement injuste !

Elizabeth murmura entre ses lèvres.

— Nous sommes des femmes, Angela. La vie n'est pas faite pour notre confort ni pour notre bonheur. Ce sont les hommes qui dominent notre quotidien. Habitue-toi à cette idée rapidement, tu souffriras moins.

Sa mère exprimant rarement une opinion personnelle, Angela mit quelques secondes avant d'intégrer ce qu'elle lui disait.

— Mais en épouser un deux fois plus âgé que moi ! gémit-elle.

Elle ne voulait pas se résigner. Certes, le monde extérieur était dur, mais c'était vrai pour les autres, pas pour elle ! N'avait-elle pas déjà suffisamment enduré de brimades et d'injustices au profit de son frère ? Pourquoi donc avait-elle eu la malchance de naître femme ? Elle secoua la tête.

— À quoi ressemble Trevor McDermott ?

Elizabeth sourit d'un air rêveur.

— C'est un bel homme et il est très riche. Sa plantation est une des plus importantes du secteur. Tu as de la chance qu'il t'ait remarquée.

Angela fronça un sourcil.

— Je vais être mariée de force à un parfait inconnu et vous appelez ça de la chance ?

Elizabeth émit un claquement de langue réprobateur.

— McDermott est un homme influent et sans héritier. Il rêve d'avoir un enfant. Si tu te débrouilles bien, il sera à tes pieds. Tu seras enviée et jalousée.

Angela secoua la tête, atterrée.

— Mère ! Ne puis-je le rencontrer et voir s'il me plaît, avant que père donne son accord ?

Elizabeth lui lança un regard perçant.

— Cesse immédiatement de geindre ! Crois-tu être la seule à avoir été sacrifiée pour le bien-être matériel de sa famille ? Est-ce si insupportable de devenir l'épouse d'un homme fortuné qui t'a remarquée parmi toutes les autres ?

Angela s'emporta à son tour.

— Si vous l'avez si mal vécu, pourquoi laissez-vous père m'infliger la même chose ?

Elizabeth se leva, furieuse.

— Trevor McDermott ou un autre, qu'importe ! Le rôle d'une femme est de se faire besogner et engrosser par son mari entre deux sorties mondaines durant lesquelles elle doit faire bonne figure ! Que tu aimes l'homme qui se trouvera entre tes jambes ou non ne changera pas le fait que tu seras, comme nous toutes, réduite à subir ses assauts répugnants !

Abasourdie par le langage et les propos décourageants de sa mère, Angela recula.

— Si c'est si horrible que cela, pourquoi ne puis-je avoir le choix ?

Elizabeth se rassit en riant. Angela frissonna tant ce son contenait de désillusion.

— Je me dis que McDermott aura assez d'expérience pour te rendre les choses agréables, lui.

Elle semblait si peu croire à ce qu'elle avançait qu'Angela prit peur. Elle ne connaissait pas son fiancé et ne savait même pas à quoi il ressemblait, mais soudain la simple idée de l'épouser la remplissait d'effroi. Car après la cérémonie viendraient la nuit de noces et les horreurs annoncées par sa mère.

Elle se précipita dans sa chambre pour pouvoir pleurer librement sur son sort, sur ses illusions perdues et ses rêves brisés.

Le lendemain, son père la prévint que Trevor McDermott était ravi qu'elle ait accepté. Le mariage était prévu pour dans deux mois.

# Chapitre 2

Le bal des Minstown était un des premiers de la saison. Lorenzo devait y accompagner sa sœur Helen pour qu'elle fasse ses débuts à son bras. Même si ce rôle de chaperon ne l'enchantait pas, la jeune fille avait besoin de lui et il saurait répondre présent. Ils n'avaient malheureusement jamais été proches, mais il tenait là une occasion unique de faire connaissance et de lui prouver qu'il pouvait être un grand frère attentif et protecteur.

Du moins, c'était ce qu'il avait prévu dans un sursaut d'optimisme. En réalité, assise les bras croisés dans un coin du carrosse, elle arborait la même moue hostile que sa mère. Il se força à engager la conversation pour l'abreuver de recommandations.

— Ta mère t'a-t-elle prévenue que certains hommes sont à éviter ? Certains ne rechercheront que ta dot, d'autres encore n'en voudront qu'à ta vertu…

Enfin ! S'ils étaient aveugles… Lorenzo s'en voulut immédiatement pour sa pensée peu charitable. Helen était petite et un peu boulotte. La robe rose pastel que sa mère avait choisie la faisait ressembler à un poupon dodu. Ses cheveux blond terne avaient été ramassés en un chignon serré qui allongeait son port de tête de façon exagérée. Arrangée autrement, elle aurait pu produire un effet moins catastrophique. Helen avait un joli visage et de magnifiques yeux bleus. Il aurait été aisé de gommer ses défauts avec une tenue appropriée et apte à mettre ses maigres avantages en valeur.

Pourtant, il savait d'expérience qu'elle n'avait que peu de chances d'attirer l'attention des bons partis. Il devinait donc sans peine pourquoi Margaret, qui le détestait, l'avait contraint à escorter sa jeune sœur à ce bal. Si Helen arrivait au bras d'un homme en vue, elle serait plus facilement remarquée par d'éventuels prétendants.

— Tu as fini de me dévisager de cette façon ? lui reprocha Helen.

Lorenzo baissa les yeux.

— Excuse-moi. Je voulais juste m'assurer que tu savais à qui tu risques d'avoir affaire.

Elle haussa les épaules.

— Mère a dû perdre la tête pour penser que m'afficher au bras d'un libertin de ton espèce pourrait m'aider à trouver un mari !

Il crut suffoquer quand elle l'acheva d'une voix suave.

— Dès que nous entrerons, tu voudras bien me laisser seule. Ta réputation pourrait ternir la mienne.

Lorenzo éprouva l'envie irrésistible de la gifler avant de quitter ce carrosse où ils étaient tous les deux enfermés. Pour autant, il se souvint avec retard qu'il avait un caractère posé. Il respira plusieurs fois pour chasser son énervement.

— C'est d'accord.

Il aurait voulu ajouter que sa propre réputation pâtirait s'il était aperçu en compagnie d'un laideron de son espèce, mais il garda sa remarque pour lui-même. Ça n'était pas charitable.

Helen ne s'attendait sans doute pas à ce qu'il cède, et elle comprit qu'elle venait de commettre une erreur.

— Si mère estime que je dois être vue en ta compagnie, alors je suivrai ses conseils.

Là-dessus, elle afficha une petite moue digne d'une martyre sur le point de se faire dévorer par des fauves. Lorenzo soupira. Qu'est-ce qui lui avait pris d'accepter de rendre service à Margaret ?

Dans la voiture juste derrière, Nelson se posait exactement les mêmes questions alors que Margaret lui jetait un regard noir. Il insista pourtant.

— David et Simon sont deux vauriens ! Ils ont été renvoyés de partout et tu ne trouves rien de mieux que de leur inventer encore des excuses !

— Si tu les avais inscrits dans de meilleures institutions, nous n'en serions pas là !

Nelson manqua s'étouffer.

— À eux deux, ils ont fréquenté plus d'écoles, d'universités et de pensionnats qu'aucun autre. Sois lucide, pour une fois ! Le problème vient d'eux. D'ailleurs, avant d'estimer que mes choix n'étaient pas assez bien pour David et Simon, pense que la plupart des enfants de la noblesse y ont fait leurs études.

Margaret sentit une bouffée de rage à son encontre.

— Tu as envoyé Lorenzo dans une meilleure institution !

Nelson eut un mouvement d'humeur.

— Nous ne sommes pas en train de parler de Lorenzo qui, je te le rappelle, a brillamment obtenu son diplôme, lui ! Nous parlons de David et Simon.

Comme chaque fois qu'ils évoquaient ses deux autres fils, Nelson réagissait avec indifférence. Les récriminations perpétuelles de Margaret le fatiguaient. Bien sûr, Lorenzo avait été envoyé dans un meilleur établissement, mais c'était logique, vu qu'il hériterait du titre. Il avait besoin d'une éducation parfaite. Pas comme David et Simon. Et puis à quoi bon ? Inscrire ces deux imbéciles dans l'école où Lorenzo avait étudié reviendrait à donner de la confiture à des cochons ! Ces deux-là n'entendaient rien à rien, ils étaient feignants, trop gâtés, imbus d'eux-mêmes. Impossible cependant de le dire de cette façon à leur mère. Elle semblait déjà prête à lui arracher les yeux.

— C'est justement le problème ! Il n'y en a que pour ton fils aîné ! se lamenta-t-elle.

Nelson se frotta le bras gauche quand une violente douleur le fit grimacer. En désespoir de cause, il tenta la conciliation.

— Sois raisonnable, Margaret. Tu ne peux pas tout leur passer. Ces garçons ont besoin de garde-fous si tu ne veux pas les voir faire n'importe quoi.

— Parce que tu crois que ramener une actrice sous notre toit et faire des insanités avec elle sous notre nez ne mériterait pas une reprise en main ? Tu pardonnes tout à Lorenzo !

Nelson ressentit une nouvelle pointe de souffrance.

— Écoute, Margaret…

Elle le coupa.

— Si David ou Simon avaient fait mine de séduire ce genre de filles et de les payer pour hurler à la mort toute la nuit…

Nelson ne put retenir un éclat de rire. Le visage de Margaret se congestionna sous l'effet de la fureur.

— Tu es tellement injuste !

À court d'arguments, elle se mura dans un silence buté. Nelson soupira discrètement de soulagement. Il s'en tirait à bon compte. À présent, il souffrait d'un terrible mal de crâne.

— Écoute, je ne me sens pas très bien. Je vais te déposer au bal des Minstown et puis je rentrerai. Je te renverrai le carrosse.

Margaret le regarda méchamment.

— Tu n'y penses pas ! C'est la première sortie en société de ta fille ! Tu dois te montrer à ses côtés.

Il haussa les épaules.

— Présente-lui mes excuses.

Quand les deux voitures s'arrêtèrent devant la riche demeure de leurs hôtes, seules trois personnes en descendirent. Lorenzo se retrouva coincé entre sa demi-sœur renfrognée et sa belle-mère furieuse ! Son père lui avait joué un sacré tour en lui laissant ces deux harpies pour toute compagnie.

Ils entrèrent. Lorenzo attira immédiatement les regards, faisant bénéficier Helen de l'attention générale. Il les guida d'un groupe à l'autre avec aisance. Il parvint à intégrer sa jeune sœur à plusieurs conversations en cours et à la présenter à plusieurs familles ayant des fils en âge d'être mariés et, surtout, dignes des prétentions de Margaret. Cependant, dès que la bienséance le permit, Lorenzo les abandonna pour rejoindre Samuel.

— Quelle escorte ! Tu as décidé de passer aux œuvres de charité à présent ? gloussa son ami.

Lorenzo leva les yeux au ciel.

— Il s'agit de ma sœur qui fait ses débuts ce soir.

— Ah…

Le regard de Samuel se porta sur elle.

— Tu vas devoir lui servir de chaperon toute la nuit ?

Lorenzo chercha à repérer Margaret dans la foule. Depuis le bord de la piste, elle couvait du regard sa fille en train de virevolter au bras d'un comte. Lorenzo ressentit une pointe de soulagement. Malgré son attitude fermée, Helen avait tout de même pris en compte ses conseils et choisi judicieusement son cavalier.

— Je crois qu'Helen se trouve entre de bonnes mains et qu'elle n'a plus besoin de moi, à présent. Que proposes-tu ?

— Un tour au club ?

Lorenzo ne pouvait pas le savoir, évidemment, mais pendant qu'il buvait et s'amusait comme les jeunes gens de son âge, son père agonisait, seul, dans une grande demeure vide.

Quand Margaret et Helen rentrèrent du bal au milieu de la nuit, elles le trouvèrent affalé dans un fauteuil, devant la cheminée. Paniquées, elles tentèrent de le réveiller, en vain. Le médecin appelé sur place ne put que constater son décès.

Angela souriait. Du moins, elle faisait en sorte que son sourire de jeune mariée paraisse convaincant. Le regard d'avertissement que son père lui lança lui fit cependant comprendre que cela ne devait pas être suffisant encore.

Les larmes montèrent sans prévenir. Elle se détourna vivement, ce qui attira l'attention de Trevor McDermott.

— Tout va bien ?

Elle ne pouvait décemment pas lui dire non, alors elle lui adressa une petite moue fatiguée.

— Puis-je m'asseoir un instant ?

Son époux lui jeta un coup d'œil agacé.

— Impossible, très chère. Nos invités sont venus pour vous rencontrer.

Elle baissa la tête. Depuis son entrée dans l'église au bras de son père, elle était au bord des larmes. Trevor McDermott n'avait jamais pris la peine de la courtiser dans les règles ni d'obtenir son consentement. Au lieu de cela, il avait traité directement tous les détails de leur union avec son père.

D'après les informations qu'elle avait glanées, Angela serait sa troisième épouse, celle sur qui il fondait d'immenses espoirs pour concevoir un héritier.

Elle se reprit tant bien que mal. Dans son époustouflante robe de soie écrue au décolleté carré profond et à la jupe évasée sur ses hanches, Angela aurait tout donné pour avoir un autre homme à ses côtés. McDermott était séduisant, cela allait sans dire, mais il y avait comme une froideur dans son regard qui lui montrait clairement qu'elle n'était qu'une acquisition parmi d'autres. Il l'exhibait comme un objet de collection, dénué de raison et de sentiments.

Comment interpréter sinon le fait que son promis n'avait pas trouvé une seule seconde pour venir faire sa connaissance durant les deux mois qui avaient suivi l'annonce fatidique ? À son entrée à l'église, elle ignorait toujours à quoi il ressemblait. Cette conduite était déroutante et prouvait assez en quelle piètre estime il la tenait.

Un homme interpella son époux. Celui-ci s'excusa auprès d'elle et la quitta des yeux un bref instant, qu'elle mit à profit pour s'esquiver. Elle se réfugia dans une pièce qui devait être le bureau de son mari. Son père la rejoignit alors, la privant de la solitude qu'elle recherchait ardemment.

— Ça n'est pas si terrible, n'est-ce pas ?

Elle lui jeta un regard de mépris.

— Si c'était aussi facile, vous auriez dû l'épouser vous-même !

— Ne sois pas idiote !

Il rit nerveusement tout en observant ce qui l'entourait. La pièce était décorée avec opulence. La réception regroupait l'élite de la haute société locale. Aucun détail n'avait été oublié, tout avait été pensé pour évoquer le luxe et l'argent. Rien de tel pour impressionner Martin King. Ses yeux brillaient de cupidité.

— Tu as vu cette maison…

Elle haussa les épaules. Son regard se posa sur une statuette en bronze qui représentait un faune s'apprêtant à attaquer une jeune promeneuse. Angela frissonna.

— Cet étalage de mauvais goût ?

Martin lança un soupir excédé.

— N'oublie pas pourquoi nous avons accepté que tu épouses cet homme !

Elle lui jeta un regard goguenard.

— Comment pourrais-je oublier vos recommandations ? Je suis même surprise que vous n'ayez pas proposé de nous assister pendant notre nuit de noces pour vous assurer que je ne commettrai pas d'impair.

Martin la dévisagea comme si elle avait perdu l'esprit.

— Ne parle jamais comme ça devant lui ! Jure-moi de tenir ta langue et de te montrer douce !

Il lui attrapa le bras pour la secouer, lui arrachant une grimace de douleur. Elle gémit.

— Vous me faites mal !

Il la lâcha.

— Tu sais pourquoi l'argent que ce mariage va nous rapporter est important. Ton frère a besoin de ton aide. Dès que tu le pourras, exige que Mark devienne le secrétaire particulier de ton époux. Avec ce premier poste, il entamera une brillante carrière.

Elle le regarda avec pitié. McDermott semblait tout

sauf manipulable. Ses parents venaient de la jeter dans la gueule du loup, et tout ça pour rien. Elle n'intercéderait jamais pour son frère, jamais ! Pas après ce qu'elle subissait encore pour lui. Mark était un fainéant, un abruti avide et profiteur. Qu'il paie le prix de ses défauts !

Martin la secoua pour obtenir son approbation, mais elle fut dispensée de répondre quand son mari entra dans la pièce.

— Quelque chose ne va pas ?

Martin la lâcha précipitamment.

— Angela est impressionnée par toute cette foule. Je vais aller lui chercher un verre d'orangeade.

Son père s'éclipsa. Trevor hocha la tête avant de la regarder.

— Vous semblez contrariée.

Il savait qu'elle existait ! Gênée par ses pensées moqueuses, elle chercha une réponse plausible.

— Je déplore le fait de ne pas vous avoir rencontré avant ce jour. Nous ne savons rien l'un de l'autre.

Il haussa les épaules.

— Nous allons réparer cette indélicatesse très rapidement.

Son sourire de prédateur effraya Angela au plus haut point. Il tendit la main vers elle et la prit par la taille pour la rapprocher de lui.

— Allez, viens, petite.

Il se pencha vers elle. Ses lèvres s'entrouvrirent pour se poser sur les siennes. Il goûta sa bouche avec gourmandise, prenant d'assaut les sens de sa jeune épouse. Il força le barrage de ses dents pour entrer en totale possession de cette créature affolante. Angela subissait son baiser sans passion. Elle patientait entre ses bras, espérant que cela cesserait vite. N'est-ce pas cette docilité que l'on attendait d'un objet ?

Malgré cette passivité, Trevor la pressa contre lui avec brutalité pour qu'elle sente son désir. Elle gémit et il prit cela pour un signal. Ses mains volèrent vers sa taille puis remontèrent vivement vers ses seins qu'il pétrit sans douceur. Angela recula pour échapper à son contact et trébucha quand son talon se coinça dans un repli du tapis. Elle perdit l'équilibre et tomba en arrière sur un canapé en velours rouge sang, entraînant Trevor dans sa chute. Il prit sa maladresse pour une invite et ses baisers gagnèrent encore en intensité. Écrasée sous son poids, elle se tortilla pour se dégager, attisant inconsciemment le désir de son mari.

Un coup frappé à la porte le fit réagir promptement. Il se redressa et lui attrapa la main pour la relever. Martin entra avec la boisson promise.

Il n'eut qu'un regard à adresser à son gendre pour comprendre que son intrusion n'était pas la bienvenue. Il posa le verre sur le premier guéridon venu avant de bredouiller une excuse et de disparaître. Trevor se tourna alors vers elle, les traits tendus par le désir.

— Vous me faites perdre la tête. Je brûle d'impatience de reprendre ceci, dès que possible...

Il la salua et sortit de la pièce pour rejoindre ses invités. Une fois certaine d'être seule, Angela arracha le sourire factice de son visage et s'effondra sur le tapis. Reprendre cela plus tard ! Rien qu'à l'idée qu'il la touche à nouveau, elle avait des sueurs froides. Ses larmes se mirent à couler librement alors qu'elle ne luttait plus contre ses sanglots déchirants. Elle pleura plusieurs minutes avant d'entendre des pas dans le couloir. Personne ne devait la voir ainsi ! Elle se recomposa une attitude au prix d'un immense effort et retourna à l'extérieur pour tenir son rôle de maîtresse de maison.

Trevor lui fit immédiatement signe afin qu'elle le rejoigne. Ils naviguaient d'un groupe à l'autre, et pourtant pas une seule fois il ne l'invita à prendre part à la conversation. Angela se sentait ridicule et inutile jusqu'à ce qu'elle perçoive les regards envieux des hommes sur elle et celui satisfait de Trevor. Cette attitude la révulsa.

Elle ne tarda pas à se rendre compte de la jalousie des femmes aussi. Cela faillit la faire éclater d'un rire hystérique, car elle aurait donné sa place à qui la voulait avec joie.

Bientôt, la nuit tomba et les invités commencèrent à se retirer. Trevor la maintenait fermement contre lui et elle ne pouvait plus ignorer son impatience. Les derniers convives vinrent les saluer et ses propres parents s'éclipsèrent avec un ultime regard d'avertissement à son encontre.

Trevor lui accorda son attention pleine et entière dès qu'ils se retrouvèrent seuls.

— Nous pourrions souper dans notre chambre, lui proposa-t-il en lui tendant la main.

Il avait planifié ses projets depuis leur petit intermède dans le bureau. À l'étage, il ouvrit une porte et l'invita à entrer dans une suite immense.

Un lit trônait face à la porte, entre deux portes-fenêtres donnant sur un balcon. Dans un coin, une table avait été dressée pour deux. Il la fit asseoir cérémonieusement et leva les cloches pour lui laisser découvrir le repas préparé par son personnel : rôti, haricots verts et pommes de terre à la crème, ainsi qu'une tarte aux pommes en dessert. Il avait tout prévu pour que, cette fois, plus personne ne vienne les interrompre.

Trevor voyait les yeux verts éblouissants de sa jeune épouse se poser sur les murs recouverts de tissu bleu roi et les meubles massifs en bois sombre, un assemblage typiquement masculin. Il se demandait à quoi elle pouvait penser, elle qui depuis son entrée dans l'église semblait au bord des larmes. Elle n'avait quasiment pas touché à son repas ni ouvert la bouche. Il lui frôla le bras.

— Qu'en dites-vous ?

Elle sursauta.

— Votre chambre est très spacieuse. Où se trouve la mienne ?

Il rit joyeusement.

— Ma chère ! Je ne permettrai pas que vous dormiez dans un autre lit que le mien. Je veux un enfant de vous et, pour cela, je compte bien occuper toutes vos nuits…

Il se leva et l'attira à lui. Elle se laissa faire. Il l'embrassa avec ferveur.

Ébloui par la beauté de sa femme et par son physique époustouflant, il brûlait les étapes. Il se comportait avec elle comme si elle avait de l'expérience. Il interpréta toutes les réponses terrorisées ou douloureuses de son corps de façon erronée, accentuant toujours davantage leurs contacts.

Avec efficacité et dextérité, il déboutonna sa robe qui se répandit à ses pieds comme un écrin chatoyant sous la lumière des bougies, puis dénoua les rubans de son panier et les lacets de son corset avant de la débarrasser de sa courte chemise en coton et de son panty bordé de dentelle spécialement acheté pour l'occasion. Il sourit et la détailla sans vergogne. Elle était somptueuse.

Angela ne bougeait pas : elle paraissait ne pas savoir comment occuper ses mains alors qu'il lui pétrissait la peau tout en se frottant à elle. Il l'entraîna vers le lit avant de se déshabiller rapidement. Il la laissa observer son corps, qu'il estimait splendide pour un homme de son âge, puis vint s'allonger près d'elle.

— Donne-moi du plaisir, Angela.

En percevant la stupeur de la jeune fille, il réalisa avec retard qu'elle était vierge. Comment avait-il pu oublier ce détail évident vu son jeune âge ? Cet imbécile de Martin King ne savait pas quelle merveille il avait entre les doigts ! Sinon, il l'aurait monnayée bien plus cher. Elle ne bougeait pas, ne sachant tout simplement pas ce qu'il espérait d'elle. Il lui mordilla les seins, la faisant gémir. Il glissa lentement un doigt en elle.

— Détends-toi. Je vais être doux.

Elle obéit à son injonction. Il l'embrassa encore, avant de soupirer.

— Je ne peux plus attendre, ma beauté…

# *Chapitre 3*

Durant les semaines qui suivirent le décès de son père, Lorenzo vécut dans un brouillard émotionnel. Son absence était si soudaine et imprévisible ! Rien n'aurait pu préparer les siens à cette disparition brutale et injuste. Le marquis n'avait jamais émis aucune plainte et il n'avait jamais semblé fatigué. Pourtant, son cœur rongé par le chagrin et la perte de son aimée avait fini par capituler. Nelson était parti la rejoindre. Un jour, il se trouvait parmi eux et le suivant, il n'y avait plus qu'un vide et une souffrance immense.

Et comme si ce deuil ne constituait pas une épreuve suffisamment douloureuse en elle-même, Margaret choisit cette période pour montrer son vrai visage. Chaque jour, elle lançait un certain nombre d'allusions déplaisantes et importunes à l'encontre de son beau-fils, dès qu'il était assez étourdi pour passer à portée de sa voix remplie de fiel.

Ce matin-là, en entrant dans la salle du petit déjeuner, Lorenzo eut ainsi le déplaisir de la trouver attablée. Songeant que d'ordinaire elle attendait une heure décente pour lancer les hostilités, il se résigna à s'asseoir à ses côtés.

Il se servit une tasse de thé et beurra un petit pain. Ce silence inconfortable ne dura pas.

— Il serait fort opportun de ta part, Lorenzo, de commencer à chercher un autre pied-à-terre, maintenant que ton père est décédé.

Il regarda son visage sans grâce, plissé par le dégoût qu'elle ressentait à son égard, sans comprendre ce qu'elle voulait dire. Il reposa calmement sa tasse.

— Je suis chez moi, ici.

Elle pouffa.

— Voyons ! Pas de plaisanterie déplacée…

Le testament de Nelson serait bientôt communiqué. Ses enfants et elle rentreraient enfin dans leurs droits. À présent certaine de triompher du *bâtard* et du souvenir de sa rivale, Margaret se sentait magnanime. Elle allouerait une petite rente à son beau-fils. Elle ne voulait pas qu'on puisse dire qu'elle n'avait pas de cœur.

Ce qui était pourtant le cas. Le fantôme de son ennemie et la préférence manifeste de son époux pour ce fils aîné avaient fini par tuer l'amour qu'elle éprouvait pour lui, cet amour stupide qui l'avait poussée à se jeter à son cou quand elle était jeune. Détruits par la jalousie et la rancœur, tous les tendres sentiments qu'elle avait pu éprouver pour Nelson s'étaient reportés sur ses enfants. Elle ne reculerait devant aucun sacrifice pour leur assurer un avenir digne de ce nom.

Le décès de Nelson, bien que fort triste et gênant pour les débuts d'Helen, allait marquer un changement radical dans leur vie à tous ! Enfin, les enfants légitimes du marquis allaient être traités et reconnus comme tels. Dès lors, elle pourrait rabaisser Lorenzo au rang de vulgaire parasite.

Inconscient des dangers encourus, le bâtard la regardait calmement. Son petit air supérieur l'énervait d'ailleurs au plus haut point ! Dès que le testament aurait réglé son cas, elle le jetterait dehors ! Elle se permit un sourire satisfait.

Lorenzo secoua la tête, scandalisé par son expression calculatrice.

— Pensez-vous que j'ai le cœur à rire ? Père vient de mourir ! Il n'y a effectivement pas de quoi plaisanter.

Margaret s'offusqua.

— Comment oses-tu me faire la morale ! Je suis veuve !

Il se leva, dégoûté.

— Vous l'avez conduit droit dans la tombe avec vos récriminations et vos jérémiades permanentes.

Sans un mot de plus, il quitta la salle du petit déjeuner pour rejoindre son bureau. Elliot Foster, le secrétaire particulier de son père, entra quelques secondes plus tard. Ce petit homme replet, effacé, mais efficace, semblait avoir vieilli prématurément depuis le décès de son employeur. Malgré son air affecté, il n'avait rien perdu de sa vivacité ni de sa connaissance des différentes activités et investissements de Nelson. Lorenzo lui avait donc tout naturellement proposé de poursuivre leur collaboration, au moins jusqu'à la lecture du testament. Seul, il n'aurait jamais pu supporter la charge, compte tenu de son deuil brutal.

Le titre de marquis était pesant. Avant le décès de son père, Lorenzo n'assurait qu'une petite partie de la gestion : trois propriétés, deux fermes, cinq bateaux ainsi que tout le personnel en dépendant. Il découvrait, un peu plus chaque jour, la lourdeur de la tâche. Dix domaines en tout, une flotte de trente navires parcourant la surface du globe et transportant toutes les cargaisons imaginables, des exploitations agricoles en Angleterre pour produire du vin, des légumes, du bois, de la viande… et même aux

États-Unis où il possédait quelques plantations de coton et de canne à sucre, ainsi que plusieurs usines.

Nelson avait fait des placements rentables en investissant dans à peu près tous les secteurs à sa portée. Il faudrait un sacré temps d'adaptation à celui qui hériterait du titre.

Alors qu'Elliot s'installait face à lui, le jeune homme songeait aux remarques de Margaret. Elle avait peut-être des informations concernant les dernières volontés de son père. Si elle lui conseillait de trouver un pied-à-terre, cela signifiait-il que son père ne lui laissait rien ? Après tout, il était un enfant illégitime. D'autres avant lui avaient eu de cruelles surprises.

Il soupira.

— Dites-moi, monsieur Foster, avez-vous connaissance de la date de lecture du testament de mon père ? Est-ce normal que cela soit aussi long ?

Le petit homme se gratta la gorge, plaça ses lunettes rondes sur son nez avant de répondre. Ce rituel immuable rassura Lorenzo.

— L'avocat de votre père a mis tous les papiers en ordre. Il attendait certains justificatifs en provenance du royaume de Sardaigne qui sont arrivés très récemment au courrier. Je pense donc que la convocation est dorénavant imminente.

Lorenzo soupira.

— Je donnerais tout pour que mon père soit encore en vie. Margaret, par contre, ne semble pas du tout affectée, alors qu'il est mort il y a deux mois à peine. Et ne parlons pas de mes frères qui n'ont pas une seule fois cherché à se renseigner sur les responsabilités qu'une telle charge représente.

Foster baissa les yeux.

— Puis-je me permettre de m'exprimer librement, monsieur le marquis ?

Lorenzo lui jeta un coup d'œil, amusé par son ton cérémonieux.

— Je vous écoute.

— Vous ferez un marquis formidable et je serai très honoré de continuer à vous servir, si toutefois vous en manifestiez l'envie.

Il sourit tristement. Foster était déjà au service de son père quand Lorenzo était né. Il n'ignorait donc rien de sa condition.

— Mes origines…

Foster réagit sous l'effet de la surprise, coupant la parole de son interlocuteur.

— Votre père était un homme avisé. Jamais il n'aurait confié le fruit de son travail à des gens sans scrupules ou incapables de protéger le nom de sa famille. Avec vous, il savait que le titre serait entre de bonnes mains.

Lorenzo détourna les yeux.

— Mon père me manque terriblement. Ses sourires, ses conseils, sa présence, ses sentiments et son soutien indéfectibles faisaient partie intégrante de mon quotidien. C'est la perte pourtant qui me permet de comprendre à quel point je l'aimais. Pensez-vous que j'aie été assez démonstratif pour qu'il en soit conscient ?

Foster opina avec conviction, se retenant à grand-peine de poser ses doigts sur ceux du jeune homme.

— Votre père vous aimait tendrement, et soyez certain qu'il n'a jamais douté que la réciproque était vraie. Il a toujours été si fier de vous. Je ne l'ai jamais entendu parler d'une déception vous concernant. Dieu sait qu'il n'a pas eu cette joie avec vos demi-frères.

Foster se tut avant de se laisser entraîner à prononcer

des paroles qu'il pourrait regretter. Il replongea la tête dans ses papiers, abandonnant Lorenzo à ses souvenirs et à sa peine. Le jeune homme se reprit au bout de quelques instants.

— Ne devions-nous pas établir un courrier à l'attention du capitaine du *Bella Costa* ?

Foster approuva.

— Si, il...

Un coup frappé à la porte les interrompit. Un avoué venait prévenir la famille que l'avocat était prêt à faire la lecture du testament du marquis de Welland.

John Emerson aida la veuve du marquis à prendre place sur sa chaise. Il l'observa à la dérobée. Elle devait avoir une cinquantaine d'années, même si son visage sévère et un peu flasque la faisait paraître bien plus âgée. Ses cheveux blond foncé noués en un chignon rigide se paraient de mèches grises assorties à une robe qui trahissait sa silhouette robuste.

Avocat depuis une quarantaine d'années, le vieil homme avait appris à reconnaître la peine sincère. Il haussa un sourcil tout en dévisageant cette femme austère, qui se tamponnait le nez avec un mouchoir brodé, de façon artificielle. La sentence tomba. Margaret n'entrait pas dans la catégorie des gens affligés par un deuil récent.

Il détourna le regard, passant sans s'arrêter sur trois des enfants du marquis qui semblaient impatients de se trouver ailleurs, de préférence après s'être partagé la fortune de leur père. Le quatrième attira son attention. Il n'avait rien de comparable avec ses frères et sœur.

Lorenzo San Pietro de Welland, vêtu avec soin d'un costume sombre, était assis légèrement en retrait, attentif à ce qui allait se dérouler dans la pièce. Son visage pâle et marqué par le chagrin rassura le vieil avocat.

John Emerson retourna prendre place derrière son bureau. Il jeta un rapide coup d'œil à son auditoire : la veuve, les quatre enfants, deux avoués et un secrétaire.

— Tout le monde est installé ? Parfait.

Un jeune clerc lui posa une enveloppe volumineuse entre les mains. Il la décacheta.

— En ce jour, le 22 novembre 1769, nous allons donc pouvoir faire lecture du testament de Nelson Albert George, marquis de Welland, comte de Stern et de Litham, vicomte d'Alberthall et baron de Jorishburgh, à ses héritiers.

À l'évocation de tous les titres de Nelson, Margaret se trémoussa sur sa chaise. Enfin ! Après toutes ces années d'humiliation, ses enfants et elle allaient obtenir réparation. Lorenzo allait définitivement disparaître de leur vie.

Elle aurait dû être anéantie par la mort de son mari, mais elle n'éprouvait qu'une soif de revanche qui masquait tout le reste.

L'avocat lui jeta un regard qui l'obligea à modérer ses ardeurs. Elle serra les mains devant elle pour les empêcher de trembler d'excitation. Enfin, John Emerson entama la lecture.

— Le marquis de Welland a émis ses dernières volontés en présence de plusieurs membres assermentés de mon étude.

Il indiqua les personnes mentionnées d'un signe de tête.

— Simon Tilson, mon secrétaire, Theo Landworth et Jared Hopfield, mes avoués, ainsi que moi-même pouvons donc témoigner de la véracité de ce document qui a été signé par nous tous. Je vais à présent en partager le contenu avec vous.

Il sortit les papiers de l'enveloppe et chaussa une paire de lunettes à foyer épais. Enfin, il se pencha pour en faire la lecture. Face à lui, Margaret trépignait d'impatience.

— Moi, Nelson de Welland, je lègue à mon fils Lorenzo San Pietro de Welland, les titres de marquis de Welland, comte de Stern et de Litham, vicomte d'Alberthall et baron de Jorishburgh. Avec ces titres sera transmis l'ensemble des domaines, terres, exploitations, usines et navires compris dans le patrimoine familial. Toutes les liquidités qui resteront disponibles après le partage que j'ai souhaité lui reviendront également. Je lui remets officiellement le titre de propriété du château de sa mère, Isabella San Pietro, près d'Ozieri dans le royaume de Sardaigne. Cette terre lui appartient par le droit de naissance puisqu'il est le dernier héritier mâle de la famille San Pietro.

Emerson fit une pause, inconscient de la surprise provoquée.

— À Margaret Hall, ma seconde épouse, j'alloue une rente annuelle de cent mille livres ainsi que les terres issues de sa dot. Lorenzo veillera à la laisser occuper un des domaines retirés à la campagne qu'elle affectionne tant.

L'avocat se tourna ensuite vers David alors que Margaret s'étouffait littéralement de rage. Seconde épouse ! Terres issues de sa dot ! Dépendre de Lorenzo ? Me Emerson avait-il bu avant de les recevoir ?

— À David, j'alloue une rente annuelle de vingt-cinq mille livres ainsi qu'une charge militaire de capitaine.

La bouche du garçon s'arrondit de surprise alors que l'homme de loi passait à son frère Simon. Il lança un regard désespéré vers sa mère qui s'était à demi levée, prête à sauter sur l'avocat pour vérifier l'authenticité du document qu'il avait entre les mains.

— À Simon, je lègue également une charge militaire de capitaine ainsi qu'une rente annuelle de vingt-cinq mille livres.

Margaret se rassit lourdement sur sa chaise, anéantie par la teneur du testament. Cela ne se pouvait ! Pourtant, implacable, Emerson poursuivait.

— À Helen, j'alloue une dot de cent mille livres ainsi qu'une rente annuelle de vingt-cinq mille livres jusqu'à la date de son mariage.

L'avocat releva les yeux, croisant les regards stupéfaits de son auditoire : Lorenzo ne s'attendait pas à tant, Margaret et les autres espéraient beaucoup plus. Emerson se replongea dans la lecture.

— Certain de l'intelligence et de la générosité de Lorenzo, je lui demande de prendre soin de sa belle-mère et de ses frères et sœur, de s'assurer de leur bien-être matériel et de leur porter assistance si besoin. Margaret, je veux que tu comprennes où va le bien de nos deux fils. Ils ont toujours vécu dans ton giron. L'obligation de réussir par eux-mêmes ne peut que leur être bénéfique. Quant à vous, David, Simon et Helen, je compte sur votre soutien indéfectible envers votre frère, le marquis.

Emerson se tut. Margaret soufflait comme un bœuf. Il eut peur d'ailleurs qu'elle n'ait, elle aussi, une attaque. Elle se leva brutalement.

— Quand Nelson a-t-il établi ce torchon ?

John Emerson soupira, conscient de sa déception.

— Le 14 juin 1768.

Elle explosa.

— Vous voulez dire qu'il a déshérité mes enfants au

profit d'un vulgaire bâtard et qu'il m'a caché la vérité pendant plus d'une année ?

Lorenzo encaissa l'insulte. Il tenta de s'interposer.

— Margaret, calmez-vous. L'avocat de père n'y est pour rien.

Elle se retourna vers lui, des éclairs de rage dans les yeux. Lorenzo éprouva un choc brutal, comme s'il la voyait pour la première fois. Son aversion était soudain si perceptible qu'elle lui fit mal physiquement. Il avait compris depuis longtemps qu'elle le haïssait, mais aujourd'hui cette vérité gênante éclatait devant des témoins. S'excusant presque, il secoua la tête.

— Je n'ai jamais voulu tout ceci…

Elle partit d'un rire mauvais.

— Tout ceci, comme tu dis, n'a aucune valeur juridique. Nelson n'avait pas épousé ta mère. Ce n'était qu'une vulgaire catin qui s'est laissé engrosser, telle une paysanne. Ton père n'avait aucun droit de déshériter ses enfants légitimes à ton profit !

Lorenzo se leva.

— Je vous défends de parler de ma mère de la sorte !

Fort à propos, Emerson intervint pour apaiser les tensions. Le jeune homme s'en voulut d'avoir montré sa colère. Il se rassit et respira profondément pour se calmer.

— Le marquis a souhaité légitimer Lorenzo en épousant Isabella San Pietro, sa mère. J'ai ici plusieurs lettres de témoins ayant assisté à la cérémonie qui a été interrompue par le décès de la jeune femme. La filiation de Lorenzo est inattaquable, puisque son père avait prononcé ses vœux, le reconnaissant de fait. Le marquis peut donc lui léguer ses biens en tant qu'aîné de ses descendants.

Margaret lui fit face.

— Il suffit ! tonna-t-elle. Mon mari avait perdu l'esprit,

c'est évident. Comment avez-vous pu le laisser rédiger pareil tissu d'inepties ?

Lorenzo secoua la tête, dégoûté soudain par le manque de maintien de sa belle-mère.

— Nous pourrions discuter de tout ceci ultérieurement, lui suggéra-t-il avec diplomatie.

Il désigna d'un geste discret l'avocat et ses avoués médusés, l'incitant à se reprendre. Cela la fit bondir de rage.

— Sale petit bâtard arrogant ! Tu manigances tout ceci depuis le début !

Lorenzo soupira, agacé par sa grossièreté.

— Manigancer quoi ? Je ne savais pas ce que contenait le testament de père avant ce jour. J'ai toujours fait en sorte qu'il partage son temps de façon équitable entre ses enfants…

— Quelle générosité ! N'as-tu pas honte de toi ? En acceptant cet héritage, tu spolies tes frères qui, eux, sont légitimes et d'une lignée sans tache.

Lorenzo dut se répéter plusieurs fois qu'il était un homme modéré. Le résultat ne fut pourtant pas à la hauteur de ses intentions. Car derrière Margaret il voyait David et Simon prêts à provoquer un scandale, eux aussi. Il secoua la tête et tenta de se montrer accommodant.

— Vous êtes déçue, je peux le comprendre…

— Déçue ? le coupa-t-elle en hurlant. Je vais attaquer ce testament en justice, ainsi que la légitimité de ta filiation ! Tu m'entends ! Tout ceci doit revenir à mes enfants, pas à toi !

Lorenzo se mit à rire, amusé par sa folie.

— Attaquer ce testament ?

Il se tourna vers M^e^ Emerson qui semblait interloqué, mais qui prit tout de même la peine de répondre.

— Mais il est inattaquable, madame. Le marquis a

établi ce document de son plein gré et devant des témoins fiables. Lorenzo est son aîné. Il n'y a aucune base légale pour remettre en cause son authenticité ni son contenu, d'autant qu'il a pourvu, fort généreusement d'ailleurs, à l'avenir de vos enfants et de vous-même.

Les yeux de Margaret lancèrent de nouveau des éclairs.

— Je vais…

Lorenzo était las et honteux de la voir traîner le nom de son père dans la boue. Il se leva à son tour et parla d'une voix menaçante.

— Il suffit ! N'abusez pas de ma patience. N'oubliez pas que, quand vos rejetons auront dilapidé leurs rentes, c'est vers moi qu'ils devront se tourner pour survivre !

Le cri de rage outré qui s'éleva face à lui apprit à Lorenzo qu'il avait fait mouche. Les sommes allouées à ses demi-frères étaient bien trop faibles pour couvrir leur train de vie faramineux. Les yeux de Margaret se remplirent soudain de larmes de défaite. Avec le peu de dignité qui lui restait, elle se retourna. Ses trois enfants et elle quittèrent la pièce sans un regard en arrière. Lorenzo ferma brièvement les paupières. Le contact d'une main sur son épaule lui fit tourner la tête. Me Emerson lui lança un sourire attristé.

— Votre père s'attendait à une scène dans ce goût-là. Rassurez-vous, aucun tribunal ne pourra remettre le contenu de son testament en cause.

Le jeune homme soupira.

— Je suis atterré par sa réaction. Elle est prête à déshonorer le nom de mon père pour le contrer.

Sous le choc, il resta immobile un instant.

— Dois-je signer des papiers ? Il est tard, je souhaiterais rentrer chez moi…

L'avocat hocha la tête avec compassion.

— Bien sûr, monsieur le marquis.

Il contourna son bureau.

— Si vous voulez bien vous donner la peine…

Lorenzo accomplit les formalités rapidement. Il n'avait plus qu'une envie : se rendre à son club, y retrouver Samuel et boire jusqu'à oublier les regards et les injures de sa belle-mère.

# *Chapitre 4*

— Tu rentres chez toi ?

Lorenzo frissonna, saisi par l'air glacial de ce mois de novembre, après la chaleur douce qui régnait dans leur club.

— Oui.

— Où est ta voiture ? demanda Samuel.

— J'ai renvoyé mon cocher. Mon hôtel particulier est tout proche et j'ai besoin de prendre un peu l'air, pour me dégriser et réfléchir, avant de devoir affronter ma belle-famille.

— Ils sont peut-être déjà partis…

Lorenzo ricana.

— Tu les connais bien mal, Samuel. Ils doivent m'attendre de pied ferme.

— Veux-tu que je te raccompagne ?

— Je te remercie, mais cette marche me fera le plus grand bien.

Son interlocuteur sembla hésiter un instant.

— Bon, si tu le dis. À demain soir ?

— Oui. À demain.

Perdu dans ses pensées, Lorenzo marchait d'un bon pas tout en revivant cette journée horriblement embarrassante. Il avait passé la soirée avec son ami à évoquer sa peine d'avoir perdu son père, sa consternation face à la réaction de Margaret ainsi que ses projets d'avenir. Lorenzo songeait d'ailleurs encore à ce qu'il allait devoir faire pour que sa belle-famille accepte de quitter son hôtel particulier londonien, sa seule exigence pour le moment. Il ne remarqua donc pas qu'il était suivi. Un bruit de course derrière lui l'alerta cependant. Il se retourna.

Deux hommes avec des mines patibulaires lui faisaient face. Dans son état d'ébriété, seul et désarmé, Lorenzo risquait de gros ennuis. Il s'en voulut d'avoir été aussi négligent.

Le premier homme tendit la main vers lui, mais Lorenzo se déporta, lui assénant un coup dans le plexus. Privé d'air, l'individu s'effondra. Un choc sourd à la tête prit Lorenzo par surprise. Ses genoux heurtèrent violemment le trottoir. Il ne put éviter le coup de pied qui suivit. Une douleur monstrueuse explosa dans son ventre. Il eut l'impression que ses entrailles venaient de se liquéfier sous la force de l'impact. L'alcool qu'il avait ingurgité quitta brusquement son estomac pour se déverser en jets acides à leurs pieds.

— Il nous faut un véhicule.

Lorenzo était couché sur sol, le souffle coupé. Son esprit cherchait toujours une explication à tout ceci. Un nouveau coup à la tête le fit sombrer dans l'inconscience.

Angela était allongée sur le ventre, dans la position où Trevor l'avait laissée après avoir utilisé son corps à sa guise. Les yeux fermés, elle cherchait un ancrage pour ne pas perdre l'esprit.

Elle avait espéré que son époux se lasserait vite d'elle. Malheureusement, il s'imposait à elle avec une régularité surprenante. Face à sa virilité écrasante, pourtant dénuée de toute violence, elle se sentait souvent terrifiée et dégoûtée, sans autre choix que de se soumettre avec passivité.

Elle ravala ses larmes tant bien que mal en entendant son mari se rapprocher dans son dos. Il s'appuya sur elle pour l'observer par-dessus son épaule.

— Angela ?

Elle tourna le visage vers lui. Il déposa une pluie de baisers sur sa peau.

— Je t'aime, acheva-t-il.

Elle cacha son frémissement derrière un vague sourire, ignorant totalement comment réagir de façon adéquate à une telle déclaration. Trevor lui faisait cet aveu pour la première fois et, pourtant, cela ne valait rien pour elle. Il manquait tout le romantisme et le partage qu'elle avait imaginés pour son couple avant d'être mariée de force, pour se laisser convaincre par ses mots.

Surpris par son absence de réaction, Trevor s'inquiéta.

— Tu te sens bien ?

— Oui.

Il lui sourit avec tendresse.

— Demande-moi ce que tu veux et je te le donnerai en gage de mon amour.

Étonnée, elle se tourna pour lui faire face.

— Vraiment ? Vous feriez ça ?

— Bien sûr.

Elle n'hésita qu'un instant. L'après-midi même, Mark lui avait rendu visite alors que Trevor inspectait la plantation. Cet abruti avait eu le culot d'exiger qu'elle intervienne auprès de son époux pour lui obtenir un poste. Elle s'était juré de ne jamais lever le petit doigt pour l'aider. Or avec cette promesse, Trevor venait de lui offrir une occasion de se venger de sa famille. Elle baissa timidement les yeux.

— Savez-vous ce qui me ravirait ?

Il secoua la tête ; il la connaissait si mal qu'il ne devait pas en avoir la moindre idée.

— Non. Mais je me fais fort de te le donner.

— Je souhaiterais que vous me permettiez de partager votre quotidien. J'aimerais voir de près ce qui occupe vos journées. Et, pourquoi pas, vous décharger de menues tâches.

Il lui lança un coup d'œil interloqué.

— Tu es une femme ! Ce n'est absolument pas dans tes attributions d'épouse de t'intéresser à ce genre de choses.

Son sourire se crispa. À quoi s'était-elle attendue alors qu'il lui avait clairement fait comprendre depuis leur union que sa place était dans leur lit !

Trevor insista, l'air soudain vaguement suspicieux.

— Une parure de bijoux serait plus judicieuse, non ?

Elle refusa de capituler.

— Je savais bien qu'un homme qui n'a même pas pris la peine de me courtiser avant notre mariage n'accepterait pas de m'accorder ce petit plaisir.

Elle lança un soupir déçu. Il afficha un air ennuyé.

— Il est vrai que je n'ai pas fait les choses dans les règles avec toi, admit-il. Je t'ai sans doute blessée avec cette attitude.

Elle approuva.

— Je te ferai visiter Splendora demain, céda-t-il. Je te montrerai ce que nous produisons, auprès de qui nous nous fournissons, qui sont nos clients. Je ne te cacherai rien des subtilités de ma vie de planteur, même si je doute fortement que cela te passionne.

— Bien au contraire. Merci beaucoup.

À cet instant, il eut droit à son premier vrai sourire depuis leur mariage. Il ne put s'empêcher de l'embrasser.

— J'ai bien une idée de la façon dont tu pourrais me remercier.

Angela retint un gémissement atterré. Quelle malchance de tomber sur un époux ayant une santé de fer, une constitution aussi robuste et un comportement d'homme fidèle ! Ne pouvait-il se soulager ailleurs ? Avant elle, il devait bien avoir des maîtresses. Pourquoi ne leur rendait-il pas visite ? Elle ne lui en voudrait pas, bien au contraire.

— Je t'aime, Angela, répéta-t-il après avoir pris son plaisir.

Elle lui caressa le dos en réponse et cela sembla le combler d'aise.

Trevor tint sa promesse. Dès le lendemain, il proposa à Angela une visite de sa plantation. Sa petite épouse sagement rangée à l'abri du soleil dans un buggy, il chevauchait fièrement à ses côtés.

Trevor ne pouvait s'empêcher de lui jeter des regards conquis. Il était tout simplement sous le charme, même s'il n'ignorait pas qu'Angela ne partageait pas son enthousiasme le concernant.

Il n'était pas stupide. Il avait plus de deux fois son âge et, comme elle le lui avait reproché, il ne lui avait pas fait la cour dans les règles de l'art. Dès qu'il l'avait vue, il avait éprouvé une attirance immédiate pour elle. Il avait cru que son désir suffirait pour eux deux, mais la façon qu'elle avait de le maintenir à distance le rendait fou.

Trevor avait déjà eu deux épouses. La première était morte dans un accident et la seconde, de maladie. Entre ses deux mariages et pendant, il avait eu un nombre incalculable de maîtresses. Aucune ne lui avait fait cet effet ou fait éprouver cette sensation de dépendance et de souffrance. Avec Angela, il avait l'impression permanente de quémander un geste, un regard ou une attention. Il était fou d'elle et cela le grisait.

Peu habitué à l'échec, il ne doutait pas de pouvoir la conquérir un jour. Physiquement, il se savait séduisant et en bonne condition. Pour leur promenade, il avait donc décidé de se montrer sous son meilleur jour.

Juché sur son étalon, il paradait. À grand renfort de gestes, il lui expliquait les tenants et les aboutissants de son quotidien. Angela l'écoutait avec attention.

— Splendora se situe près de Florala, la ville où vivent également vos parents. L'économie locale est fortement axée sur les cultures qui trouvent des débouchés en Europe. Le commerce international est la clé de voûte de notre richesse.

Angela hocha la tête. Son père était importateur. Curieusement, c'est à elle qu'il avait appris les rudiments du métier. Mark était sans doute trop intelligent pour ce genre de détails… Trevor poursuivit.

— La ville portuaire la plus proche est Pensacola, d'où proviennent tous nos chargements d'esclaves pour l'exploitation.

Depuis leur départ, ils avaient parcouru une distance conséquente et Angela finit par s'en étonner. Il lui répondit en souriant, satisfait d'avoir enfin provoqué son intérêt.

— Ma plantation s'étend sur quatre cent trente hectares. C'est l'une des plus importantes du secteur.

Elle ne pouvait ignorer que plus les plantations étaient grandes et plus il fallait d'esclaves pour les faire fonctionner. Et plus il y avait d'esclaves, plus les risques de rébellion étaient significatifs. Il fallait dès lors une main de fer pour tenir tout ce petit monde à sa place. Trevor espérait ainsi l'impressionner. Elle semblait avoir eu la même idée, car elle posa la question qu'il attendait.

— Combien avez-vous d'esclaves ?

Il sourit fièrement.

— La maison compte dix domestiques : la cuisinière, deux hommes à tout faire, deux jardiniers et cinq femmes de chambre qui font également le service.

Elle hocha la tête. Elle savait tout cela puisque c'est elle qui leur donnait leurs ordres depuis leur mariage. Il enchaîna donc, désireux de lui faire comprendre à quel point il était riche et puissant.

— Cent soixante esclaves travaillent dans les champs. Nous produisons majoritairement des cannes à sucre. Nous faisons un peu de coton, de cacao et de café, mais cela reste minoritaire. Il y a aussi quelques champs de légumes pour la consommation du domaine.

Il lui donna quelques indications supplémentaires concernant les usages à Splendora. Elle hocha la tête tout en regardant les champs qui s'étalaient à perte de vue et dans lesquels les esclaves de son époux s'échinaient à la tâche.

— Avez-vous des travailleurs libres sur la plantation ?

Il la dévisagea, étonné, avant de rire. Quand il se calma, il lui donna une explication.

— Les cultures telles que le coton, le sucre, le café et le cacao sont très gourmandes en effectifs. Toute l'économie du Sud est fondée sur cette main-d'œuvre à bas prix. Si nous devions payer nos esclaves, nous ne serions plus du tout rentables ni compétitifs, et ce serait la fin pour nous.

Ils achevèrent la visite. Pourtant, Trevor voulait prolonger cet instant de partage. Pour la première fois depuis leur mariage, il avait l'impression d'avoir captivé sa jeune épouse. Il lui prit la main pour l'aider à descendre du buggy. Elle se retint de tressaillir. Une fois à terre, elle lui adressa un sourire rapide et une révérence, et lui annonça qu'elle allait se retirer.

Comme il voulait revoir cette étincelle de vie dans ses yeux, il chercha une excuse pour qu'elle reste encore quelques instants à ses côtés.

— Veux-tu que je te montre les comptes de Splendora ?

Le visage d'Angela s'éclaira. Il comprit qu'il avait fait mouche et s'inclina pour l'inviter à le suivre.

Angela montra de telles dispositions qu'il lui révéla les secrets d'une exploitation comme la sienne.

Il lui présenta son régisseur, le représentant de son autorité sur le terrain. Il s'agissait d'un métis à la peau très claire, nommé Ben. Trevor lui expliqua par la suite qu'il s'agissait d'un rejeton que son grand-père avait eu avec une quarteronne[1].

Sur les autres plantations, le régisseur était généralement blanc mais, à Splendora, le lien familial ténu permettait à la fois une fidélité accrue et une meilleure communication avec les exécutants. Le régisseur chapeautait ainsi d'une main de fer une équipe de quarante *drivers*[2] qui eux-mêmes dirigeaient et surveillaient des groupes d'esclaves selon le modèle du *gang system*, un système d'attribution de tâches spécifiques.

1. Métis ou métisse qui possède un quart de sang d'une race, et trois quarts d'une autre.

2. Sur les plantations, le *driver* était lui-même un esclave. Les fonctions de police qui lui étaient confiées impliquaient force physique et capacité de commandement. Les *drivers* servaient ainsi de système répressif en cas d'agitation, de troubles ou de révoltes.

Angela ne tarda pas à servir d'interface avec le régisseur lors des absences de son époux. Ben acceptait son autorité sans rechigner et l'avis de la jeune femme fut bientôt sollicité pour les décisions importantes.

Forte de ce premier succès, Angela se vit attribuer une partie de la comptabilité, puis l'intégralité. Trevor lui faisait totalement confiance, vérifiant juste de temps en temps la bonne tenue des chiffres.

Il l'emmena même à Pensacola afin qu'elle acquière les rudiments nécessaires au choix des lots d'esclaves et à leur négociation. À bord des navires, Trevor lui apprit à déjouer les artifices des capitaines pour remettre leurs captifs en état en vue de la vente.

Elle découvrit aussi les coutumes locales liées à l'achat de séduisantes métisses pour compenser la beauté déclinante des épouses des planteurs. L'inverse étant également vrai pour quelques puissants spécimens masculins à peau claire.

Enfin, Trevor lui présenta ses contacts : elle rencontra le principal fournisseur de Splendora ainsi que ses clients pour l'exportation et la vente de la production de l'exploitation.

Rapidement, Angela maîtrisa l'intégralité de la chaîne économique qui reliait la plantation au reste du monde. Elle acquit une connaissance telle qu'elle devint indissociable de son époux, participant aux négociations, servant d'interlocutrice en son absence et se tenant parfaitement au fait de l'ensemble des données financières et techniques.

Angela s'était emparée avec succès du poste de second que son frère convoitait ardemment. Mark put pester et venir la menacer à loisir, elle le fit chasser de chez elle comme un malpropre.

# Chapitre 5

Lorenzo tenta d'ouvrir les yeux, mais celui de droite était trop gonflé et tuméfié pour accepter un tel ordre et le gauche s'avéra tout aussi inutile, compte tenu de la pénombre ambiante. Il se concentra tant bien que mal sur d'autres perceptions et reconnut bientôt les bruits environnants. Il se trouvait sur un navire.

Il essaya de bouger, mais des entraves bloquèrent son mouvement. Le système était l'œuvre d'un esprit particulièrement retors, à n'en pas douter.

Si Lorenzo s'asseyait, tout son poids reposait sur ses poignets dont la peau s'était déjà déchirée pendant son évanouissement. S'il voulait soulager ses bras en s'agenouillant, la position ne pouvait être maintenue longtemps, tant elle était inconfortable et douloureuse. S'il se mettait debout, si toutefois il pouvait appeler ainsi la posture courbée à la perpendiculaire qu'il était obligé d'adopter, vu la hauteur des lieux, il souffrait d'une autre façon, tout aussi inventive.

Il trouva un juste compromis en alternant régulièrement ces trois options déprimantes pour éviter les crampes, l'arrêt de la circulation du sang dans ses membres et les élancements qui lui déchiraient les côtes à chaque mouvement.

Lorenzo luttait de plus contre un mal de crâne féroce, probablement dû à une commotion, puisque ses ravisseurs avaient lâchement profité de son évanouissement pour le passer à tabac.

Après cet état des lieux peu reluisant, il réalisa, pour parachever l'ensemble, qu'il mourait de faim et de soif. La nuit de son enlèvement, il n'avait rien mangé, préférant passer sa soirée à boire. Il le payait cruellement.

Une part de lui continuait d'espérer qu'il s'agissait d'un simple cauchemar et qu'il allait se réveiller d'un instant à l'autre. Pourtant, au fil des heures et du tangage croissant du navire, il renonça petit à petit à ses illusions. La vérité fit son chemin en lui. On l'avait enlevé. Lui, un pair du royaume ! Qui aurait osé commettre un tel sacrilège ?

Il changea de position pour soulager ses poignets, manquant de perdre connaissance à cause de ses côtes fêlées. Il jura violemment, mais sa bouche sèche ne laissa échapper qu'un coassement ridicule. Lorenzo tenta d'appeler quelqu'un pour obtenir de l'eau. Personne ne répondit à ses suppliques.

Après des heures d'efforts aussi vains qu'inutiles qui l'affaiblirent davantage, il renonça. Toutefois, il avait eu tout le temps nécessaire pour retourner la situation dans sa tête. Il parvint à un constat douloureux : il avait été d'une bêtise sans bornes. Son sentiment d'horreur et de révolte se teinta bientôt de honte à l'idée qu'il avait aussi mal estimé la menace représentée par son propre entourage. Sa famille ! Car il ne pouvait s'agir que d'une initiative de leur part, n'est-ce pas ? Son élimination, juste au moment où le testament inattaquable de son père les déshéritait, arrivait à point nommé…

Un sanglot déchira sa poitrine. Et il se mit à pleurer sur son sort, sur sa stupidité et sur son avenir inconnu et terrifiant.

Lorenzo n'avait plus la force de se soutenir et tout son poids reposait sur ses poignets meurtris. La souffrance était insupportable, mais qu'aurait-il pu faire d'autre alors qu'il n'avait pas été nourri depuis son enlèvement et que sa posture inconfortable le privait de sommeil ? Il se sentait plus faible et épuisé qu'un nourrisson.

Il releva la tête en entendant l'écho des pas de plusieurs personnes. Avant qu'il puisse se ressaisir, une lumière violente l'aveugla. Il plissa les yeux.

— Ça pue ici, capitaine ! se plaignit l'un des nouveaux venus.

— Tu ferais mieux de t'y habituer avant de devoir nettoyer les bailles à déjection et l'entrepont ! Tu n'es pas sur un navire de croisière, ici ! répondit une voix, toute proche de Lorenzo.

Rien chez cet homme ne pouvait lui permettre de passer inaperçu : très grand et d'une stature d'ours, il portait une barbe et des cheveux longs d'un roux flamboyant ainsi que des vêtements extrêmement colorés.

— Ouais, je sais, reconnut le marin.

Lorenzo sentit qu'on lui soulevait la tête. Il ne fit rien pour s'y opposer.

Damian O'Briscol, le capitaine, observa ses traits tirés, ses vêtements souillés et son regard chargé de haine. Il soupira avant de se tourner vers celui qui l'accompagnait.

— Va chercher des seaux d'eau et nettoie la pièce.

Lorenzo se retrouva seul avec son tortionnaire. À la lumière de la lanterne, il découvrit son environnement. Il se trouvait dans un coin de la cale, entouré de caisses de marchandises solidement sanglées en hauteur qui l'empêchaient de voir au-delà et devaient le cacher partiellement.

Il tenta d'engager le dialogue d'une voix faible et à peine audible.

— Je ne sais pas qui vous êtes. Ce que je sais, c'est que vous commettez une grossière erreur en vous en prenant à moi. Je m'appelle Lorenzo, marquis de Welland. Je suis un pair du royaume.

Le capitaine haussa les épaules, vaguement ennuyé.

— Je m'en doutais, figure-toi.

— Ramenez-moi chez moi et je vous récompenserai. Bien plus que ce que mes frères vous ont proposé.

Le capitaine lui lança un regard rusé.

— Il est trop tard pour faire demi-tour.

— Il y aura des conséquences à vos actes ! s'emporta Lorenzo qui venait d'obtenir la confirmation de l'implication de sa famille dans son enlèvement.

— Non. Nous sommes trop loin des côtes anglaises à présent. Cela fait cinq jours que nous avons quitté Londres. Je n'ai plus rien à craindre de toi. Une fois en mer et plus tard, à terre, ce que tu auras à dire n'intéressera plus personne. Tu n'es plus rien !

Lorenzo se rebella contre cette idée.

— Vos actes ne resteront pas impunis ! Vous m'entendez ?

Le capitaine sourit en voyant que cet éclat l'avait vidé de ses dernières forces.

— Tant que tu seras enfermé dans cette cale, je ne crains rien. Et ensuite, ton énergie sera entièrement consacrée à survivre à cette traversée. Tes menaces ne sont absolument pas crédibles.

Il gloussa encore, révulsant les nerfs de son captif. Le nez froncé, le marin revint avec des seaux. Lorenzo le vit poser son chargement à terre. Il n'eut pas le temps de se préparer au choc. L'autre lui jeta le contenu du récipient en pleine figure. Lorenzo s'ébroua et jura, mais cela n'empêcha pas l'homme de lui envoyer un deuxième seau d'eau glacé. Lorenzo tenta alors d'en prendre dans sa bouche au passage, mais le capitaine le lui déconseilla.

— C'est de l'eau de mer. Si tu en bois, tu seras malade. Mais c'est à toi de voir.

Lorenzo recracha le liquide infect qu'il n'aurait de toute façon pas pu avaler. Rapidement, ses plaies se mirent à brûler sous l'effet du sel et il serra les dents pour lutter contre cette nouvelle forme de torture.

Le capitaine tapa du pied impatiemment pour attirer son attention. Lorenzo ne bougea pas, refusant de le regarder.

— Détache-le, ordonna-t-il au marin.

Celui-ci se pencha et ouvrit les bracelets des chaînes. Lorenzo aurait voulu se redresser et lui sauter à la gorge, mais ses forces l'abandonnèrent. Il s'effondra sur lui-même, au bord de l'évanouissement, alors que les muscles tétanisés du haut de son corps protestaient fermement. L'homme le saisit par les vêtements et le déplaça sans égards.

Ce traitement cavalier acheva de convaincre Lorenzo qu'il n'était plus qu'un objet pour eux. Le marin entreprit de nettoyer l'endroit où il s'était tenu. Il sifflotait, sans aucun état d'âme face à la misère de leur prisonnier.

Une paire de chaînes atterrit aux pieds de Lorenzo qui les regarda sans comprendre. Le capitaine s'impatienta et lui asséna une gifle retentissante. Le crâne de Lorenzo heurta la coque. Dans son état, il perdit presque connaissance. Le temps que son vertige s'estompe, le capitaine avait entravé ses chevilles et ses poignets. Ses attaches étaient à présent reliées à un anneau fixé dans un montant en fer. Ses mouvements resteraient limités, mais il pourrait bouger, se lever et se coucher. Dans l'ensemble, sa situation s'était considérablement améliorée.

Lorenzo aurait dû éprouver un sentiment de rage, de révolte ou d'humiliation. Pourtant, à cet instant, il ressentit une vague de soulagement à l'idée de pouvoir se reposer et apaiser ses muscles douloureux. Cette chute brutale de ses priorités lui fit monter les larmes aux yeux.

Derrière lui, le marin s'activait toujours. Enfin, il s'éloigna en emportant son matériel.

Le capitaine observait encore son captif avec une moue songeuse. Il fallait bien l'habituer à ce qui allait suivre… Car s'il ne s'adaptait pas, il n'arriverait pas au bout de la traversée.

Tout dans son attitude trahissait effectivement son rang et sa condition de dominant. Même à cet instant, avec ses vêtements souillés, son visage émacié et meurtri, son arrogance naturelle et son aptitude à se faire obéir perçaient dans ses gestes.

Damian O'Briscol soupira. Pourvu que ce passager ne lui attire pas d'ennuis ! Il commandait ce navire marchand, un brick aux lignes épurées, depuis plusieurs années. Sa réputation le précédait et, dans son domaine, il avait une fort bonne renommée. Ce que les investisseurs attendaient d'un type comme lui, Damian le possédait. Il connaissait la mer comme sa poche, il avait un sens du commerce extrêmement développé et son physique imposait le respect à tous ceux qui croisaient sa route. S'il avait accepté de tremper dans la combine de deux nabots comme David et Simon, c'était parce qu'il leur devait trop d'argent, perdu en jouant contre eux aux cartes, pour pouvoir se permettre d'ignorer leur offre.

En échange de sa complicité, ils avaient annulé les deux tiers de sa dette. Et cela sans compter le bonus final dont ils lui laissaient la pleine jouissance !

Las d'être dévisagé de la sorte, Lorenzo voulut se redresser et s'avancer vers lui, mais les entraves de ses chevilles claquèrent et il chuta lourdement. Le capitaine gloussa.

— Ici, je suis l'autorité suprême. Ne me contrarie pas. Ça ne serait pas raisonnable, l'avertit-il.

Le marin revint, muni d'un nouveau récipient et d'un plateau. Il déposa d'un côté une miche de pain, un pichet d'eau claire, une pomme et un morceau de fromage, et le seau un peu plus loin.

Sous l'œil goguenard de son tortionnaire, Lorenzo essaya de résister à la tentation, mais la vue de la nourriture le faisait saliver et son estomac protestait bruyamment. Damian observait ses efforts pour ignorer ce modeste repas. Il sourit.

— Si tu n'en veux pas…

Lorenzo se précipita sur les aliments, sous le regard amusé et triomphant de son bourreau qui ne perdait pas une miette du spectacle.

— Bien ! Tu commences à apprendre…

Il reprit la lanterne et le laissa seul, rongé par la honte de ce qu'il avait déjà concédé.

Une nouvelle forme de supplice débuta. La nourriture que Lorenzo comptait rationner par prudence attira les rats du navire. Une lutte incessante s'engagea alors pour protéger son bien et éviter de servir lui-même de repas aux rongeurs. Rapidement cependant, l'obstination des animaux l'emporta sur la volonté de l'homme et il leur abandonna ses maigres provisions et quelques morceaux de chair.

Les rats ayant trouvé en lui une proie facile, Lorenzo ne pouvait se permettre de dormir longtemps. À intervalles réguliers, il faisait les cent pas afin que ses mouvements et le bruit de ses chaînes effraient ses colocataires. Il se mit presque à apprécier les visites du capitaine, car elles lui offraient un minuscule répit. Malheureusement pour lui, son tortionnaire venait le voir à un rythme très aléatoire.

Lorenzo s'affaiblit, tant physiquement que moralement, durant cette période. Dans cet environnement sombre, privé de sommeil et de nourriture, il n'avait plus aucun repère temporel ni aucune volonté propre. Sa raison le fuyait même par moments.

Son esprit, mi-comateux mi-délirant, errait dans un énième cauchemar brumeux lorsqu'il perçut un changement soudain dans son environnement immédiat. Il se redressa légèrement, attentif à ce qui avait éveillé son instinct.

Un formidable coup de tonnerre suivi d'une violente embardée du navire le projeta au sol. Un couinement diffus et le bruit des petites griffes de ses colocataires à quatre pattes lui apprirent que les rats prenaient la fuite. Il grimaça en se disant que ça n'était sûrement pas très bon signe et qu'il aurait bien agi comme eux s'il l'avait pu.

Il posa son oreille contre la coque. Il entendit vaguement des coups de sifflet ainsi que les pas des marins qui couraient rejoindre leur poste et les cris qui se perdaient dans une sorte de rugissement violent qu'il n'identifia pas immédiatement.

Pourtant, dès qu'il sentit le tangage et le roulis du navire devenir plus forts, il n'eut plus de doute. Ils traversaient un grain. Si Lorenzo avait goûté à l'amertume du désespoir ces derniers temps, il réalisa qu'il n'avait pourtant fait qu'effleurer le sujet jusqu'à présent.

À chaque mouvement du bateau, il tentait de compenser et d'amortir les chocs et les ravages des chaînes sur ses membres. Le mal de mer le gagna.

La coque se mit à gémir sous les coups de boutoir des vagues. L'eau commença à s'infiltrer dans la cale. Lorenzo comprit alors pourquoi les caisses de marchandises étaient stockées en hauteur. Lui n'avait pas cette chance et il se retrouva trempé et gelé. Grelottant, épuisé, brisé, il finit par s'endormir, souhaitant ne jamais se réveiller.

Le capitaine le retourna sur le dos et Lorenzo cligna des paupières en grognant. Il ne s'était jamais senti aussi faible et épuisé malgré toutes les horreurs déjà vécues à bord. Son corps entier lui faisait mal, comme s'il avait été battu entre le marteau et l'enclume. Le simple effet d'avoir ouvert les yeux lui sembla d'ailleurs un effort trop important et il se laissa sombrer à nouveau. Son bourreau le secoua plus fort et il céda.

Lorenzo se rendit vaguement compte que le navire avait retrouvé son balancement habituel. Ils étaient sortis de la tempête. Il soupira.

Damian observait son captif avec un air ennuyé, pour ne pas dire coupable. Il secoua la tête.

— Allez ! Redresse-toi, l'encouragea-t-il. Le voyage commence à peine, tu dois te ressaisir…

Lorenzo sentit sa raison vaciller à cette simple idée : « *le voyage commence à peine* ». Pour être honnête, il ne savait pas s'il avait les ressources nécessaires pour résister à tout ceci.

Tout avait été si facile pour lui jusqu'à présent. Il avait

vécu dans une bulle, insensible au malheur des autres. Et le monde lui rendait bien son indifférence à présent qu'il était dans le besoin.

Le capitaine l'aida à s'asseoir contre la coque, puis il lui donna des vivres et de l'eau. Lorenzo s'empara avidement de la viande séchée, du pain et du fromage, sans percevoir l'expression pleine de pitié de son bourreau.

À chacune de ses visites, Damian ne perdait rien de la déchéance de son captif ni de ses renoncements. Il observait le jeune homme maigrir à vue d'œil et s'étioler mentalement. L'instinct de survie prenait petit à petit le dessus sur le vernis civilisé.

Damian savait pourtant que Lorenzo ne résisterait pas aux carences alimentaires, aux privations, à ses blessures et à de telles conditions de détention si elles devaient perdurer. Le trajet à venir serait suffisamment pénible sans en rajouter.

Pour tout dire, il était même surpris par ce que le jeune noble avait enduré jusqu'à présent sans devenir fou. À sa place, d'autres auraient supplié, gémi, pleuré. Lui avait compris que c'était inutile. Damian ne pouvait pas parler de respect, lui qui côtoyait la misère la plus noire depuis des années, et pourtant la résistance de cet homme, habitué à la facilité et à l'opulence, l'impressionnait.

Il était donc temps de s'assouplir, car il n'oubliait pas que, au bout de leur équipée, une récompense l'attendait. Si, à partir de maintenant, il prenait soin de son prisonnier et le remplumait, cette petite gueule d'ange le rendrait riche.

La nourriture revigora Lorenzo. Son regard s'éclaircit, comme si sa raison reprenait petit à petit du service. Il avala sa dernière bouchée, allant même jusqu'à se lécher les doigts pour ne pas en perdre une miette.

— Pourquoi me dévisagez-vous ainsi ? demanda-t-il tout en adressant un regard de défi à son tortionnaire.

Damian sourit en réalisant que le jeune homme avait encore un peu de son mordant. Très mauvaise idée ! Il tendit donc la main vers ses cheveux mi-longs pour lui donner une leçon.

— Tu es plutôt mignon…

Lorenzo recula sous l'effet du dégoût alors qu'une peur soudaine s'emparait de lui. Damian hurla de rire.

— Je ne parle pas pour moi. Par contre, si tu me contraries, joli cœur, tu pourrais avoir une surprise désagréable à la fin de notre traversée.

Lorenzo ne sourcilla pas, l'affrontant du regard.

— Jamais vous ne pourrez me faire passer pour un homme de couleur !

O'Briscol fronça les sourcils, étonné que Lorenzo ait compris dans quel genre de navire il se trouvait. Il s'approcha et lui releva la tête.

— En pleine mer, le soleil se chargera de te tanner la peau. À ton arrivée dans les colonies, tu ressembleras à un quarteron, voire à un métis. De toute façon, dis-toi que là-bas personne ne cherchera à connaître ton pedigree. Fais-moi confiance.

Lorenzo lui cracha au visage. Furieux, Damian se pencha sur lui et lui donna un coup de pied dans les parties. Lorenzo hurla. Il crut défaillir alors que la douleur lui coupait le souffle, remontait dans son ventre le long de ses nerfs, menaçant de lui faire perdre la raison. À l'agonie, il se replia sur lui-même.

Damian le regardait se rouler au sol avec un sourire moqueur.

— Avant de me provoquer, n'oublie pas qui commande à bord. Tu n'es plus rien.

Damian lui tira les cheveux en arrière pour l'obliger à croiser son regard.

— Cette fois, c'est un coup, mais souviens-toi désormais que je peux te faire châtrer sur un simple caprice.

Lorenzo ferma les yeux pour absorber la douleur lancinante qui irradiait de son bas ventre et concéder sa défaite. Damian le lâcha et partit.

Lorenzo resta roulé en boule sur le sol. Pendant ce qui lui sembla durer des heures, il n'y eut plus que cette souffrance intolérable qui affaiblit encore sa raison chancelante. Quand il put enfin bouger à nouveau sans tourner de l'œil à chaque tentative, il se rassit contre la coque. Avec mille précautions, il releva les jambes en évitant de frôler ses testicules enflés. Il croisa ensuite les bras sur ses genoux et y enfouit son visage. Pour la seconde fois de sa vie d'adulte, il pleura. Et l'effet fut encore plus dévastateur.

D'un seul coup, il venait de réaliser qu'il n'était plus le maître de son existence. Cette certitude marquait un douloureux point de passage dans sa vie. Un frisson le secoua et il comprit avec un temps de retard qu'il s'agissait de peur. Lorenzo était terrifié et cet aveu lui fit l'effet d'un nouveau coup porté à sa virilité. Il n'était plus un homme.

*Il n'était plus rien.*

# Chapitre 6

— Vous êtes dure en affaires, madame McDermott !

Angela attacha le ruban de son chapeau avant de tendre la main à son interlocuteur pour le saluer.

— Monsieur Osborne, vous ne voudriez pas que je revienne à la maison en annonçant à mon mari que j'ai acheté les mêmes produits que lui à un prix plus élevé que celui qu'il paie habituellement avec vous…

Le marchand rit jaune en entendant cette menace à peine voilée. C'était la première fois qu'Angela McDermott venait seule à la boutique et il avait tenté sa chance, sans penser à mal. À sa décharge, qui aurait pu croire que cette toute jeune fille à l'air innocent était en fait une femme d'affaires avisée et intraitable ?

Il était sidéré. Où avait-elle pu apprendre si rapidement les subtilités du commerce ? Certainement pas avec son père : Martin King n'avait rien d'un homme réfléchi. Il était roublard, intéressé, veule, à la limite de la bêtise par moments. Impressionnable, il se laissait facilement abuser par l'argent et le paraître.

Kit Osborne se doutait d'ailleurs de ce que ce vieux filou avait espéré en mariant sa fille à Trevor McDermott. Il avait bien mal calculé son coup, car McDermott était encore plus rusé que lui. Martin n'obtiendrait rien. Pire ! Il devait enrager de voir que son gendre avait trouvé en sa cadette une perle aussi magnifique et désirable qu'avisée et intelligente. Mais de là à l'initier aux affaires typiquement masculines… Osborne devait avouer son scepticisme et sa désapprobation.

Angela McDermott, inconnue avant son mariage, avait très rapidement acquis une réputation de compétence et de sagacité en secondant son époux dans toutes ses négociations. Osborne avait tenté le diable, et il s'était trompé. Il lui adressa une petite grimace d'excuse chargée de séduction. Elle resta de marbre face à lui, pétrifiée dans son austérité.

Kit se fit d'ailleurs la réflexion que plus les mois passaient et plus elle semblait intraitable, froide et distante. Il y avait même ce pli amer au coin de sa bouche qui n'était pas visible quelques semaines plus tôt.

Angela toussota.

— À demain, donc ?

Il sursauta, réalisant qu'elle lui tendait toujours la main pour qu'il la serre.

— Oui ! Oui, bien sûr. Je ferai charger toutes les marchandises afin que vous puissiez retourner à Splendora sans perdre un instant.

— Merci.

Elle sortit. Kit observa son dos avec un froncement de sourcils. Avait-il rêvé ou l'avait-il vue frissonner d'effroi à l'idée de rejoindre son époux ? Elle s'était ressaisie si vite qu'il n'était sûr de rien. Un nouveau client entra dans la boutique et il oublia rapidement ses impressions.

Angela marchait d'un pas raide dans la rue. Elle était vêtue d'une robe dorée et rouge à la dernière mode qui mettait sa jeunesse et sa fraîcheur en valeur. Pourtant, l'autorité et la dureté qui émanaient d'elle, ainsi que la mine sévère qu'elle affichait la vieillissaient prématurément. Devant son air affairé, les gens s'écartaient sur son passage.

Elle évitait ainsi d'engager la discussion avec de vagues connaissances. Elle voulait juste regagner son hôtel pour dormir, seule, comme elle n'avait jamais pu le faire depuis son mariage.

Trevor l'avait emmenée à Pensacola pour l'approvisionnement habituel, mais il avait dû repartir en urgence à cause d'un problème sur la plantation. Il aurait voulu qu'elle rentre avec lui, mais elle avait réussi à le persuader qu'ils avaient un besoin urgent de certaines marchandises. Il avait fini par en convenir.

Malgré le voyage qui l'attendait dès l'aube, il n'avait pas renoncé à lui faire l'amour. Angela sentit les larmes lui monter aux yeux à cette pensée, mais elle se reprit rapidement. Si elle perdait ne fût-ce qu'une seule seconde à s'apitoyer sur elle-même, elle s'effondrerait pour ne plus jamais se relever.

En effet, les exigences de Trevor ne faiblissaient pas, bien au contraire. Qu'attendait-il d'elle, à la fin ? Ne pouvait-il comprendre que plus il insistait ainsi et plus il la dégoûtait profondément ?

Angela éprouvait par conséquent un soulagement immense à l'idée de passer une nuit loin de lui, toute dérisoire que fût cette idée ! Elle serra les dents et accéléra encore le pas. Pourquoi s'acharnait-elle à l'aider dans la gestion de Splendora, tâche qui les rapprochait immanquablement ? Elle aurait pu tout aussi bien se rouler en boule dans un coin et se laisser mourir de désespoir, ou alors prendre la fuite. Comme aucune des deux options ne lui correspondait, elle tenait son rang avec pour unique consolation la jalousie terrible de son frère et la colère de ses parents, qui lui en voulaient de ne pas offrir à Mark une chance de prouver sa valeur.

S'il désirait le poste, il n'avait qu'à prendre la relève en tant qu'objet sexuel de Trevor ! Elle lui abandonnerait alors volontiers sa place si chèrement acquise.

Elle était d'ailleurs très surprise par l'ouverture d'esprit de son époux. Malgré ses réticences initiales, Trevor lui confiait les négociations et les rênes de Splendora quand les autres femmes de planteurs étaient mises soigneusement sous clé. Angela faisait office d'exception. Elle était fière d'avoir atteint ce résultat.

Absorbée par ses réflexions, elle heurta quelqu'un. Le choc faillit la faire tomber.

— Excusez-moi, madame !

Une main solide s'empara de sa taille pour la retenir et y resta placée bien après que la bienséance l'autorisât. Angela se dégagea de son étreinte avant de lever les yeux vers l'importun, prête à le rabrouer. Il souriait effrontément. Son visage ne lui était pas inconnu, même si elle ne parvenait pas à remettre un nom dessus.

Sans doute un peu plus jeune que Trevor, il était grand et fin, avec des traits racés, encadrés de cheveux blond foncé ondulés. Son expression alors qu'elle l'observait semblait indiquer qu'il était habitué à être l'objet de ce genre d'examen. Et pour cause ! Il était réellement très séduisant.

Angela se ferma en percevant sa satisfaction. Elle avait Trevor à la maison pour cela.

— Excusez ma distraction, monsieur. Je pensais à autre chose.

Elle fit mine de s'éloigner, mais il se plaça dans son sillage.

— Pour ma part, j'ai fait exprès de vous heurter.

Étonnée par sa franchise, elle s'arrêta.

— Voilà une façon bien surprenante d'aborder les gens…

Il sourit et elle se fit encore la réflexion qu'il avait un visage magnifique.

— Vous aviez l'air si pressée que j'ai agi sous le coup de l'impulsion. J'attends depuis longtemps de pouvoir engager la conversation avec vous, mais d'ordinaire Trevor vous couve. Et ce qui se murmure sur vous a, je l'avoue, éveillé ma curiosité.

— Vous connaissez Trevor ?

Il sembla déçu qu'elle ne l'ait pas reconnu.

— Nous sommes voisins, Angela ! Ma plantation, Eden, se situe à l'ouest de Splendora. Je suis John Norrington.

Elle se crispa en l'entendant prononcer son prénom d'une façon aussi familière. Il insista.

— Nous nous sommes vus à votre mariage.

Ces quatre mois de cauchemar passés à donner le change avaient effacé une bonne partie de ses souvenirs antérieurs. C'était donc fort possible.

— Que me voulez-vous, monsieur Norrington ?

— John.

Elle ne lui fit pas ce plaisir. Au contraire, elle fit mine de le saluer et de poursuivre sa route, mais il s'empara de son bras pour l'arrêter.

— J'insiste.

Il l'entraîna vers un salon de thé un peu plus loin. Sans qu'elle sache trop comment il était parvenu à ce résultat, elle se retrouva bientôt attablée avec lui, à déguster une tasse de thé noir parfumé et savourer une pâtisserie saupoudrée de sucre blanc. Avant de sentir la chaleur du récipient entre ses doigts, elle n'avait pas eu conscience d'être aussi glacée.

Malgré elle, elle se détendit et ressentit le besoin de profiter de cette sensation inconnue depuis son mariage. Elle écoutait avec plaisir les récits de son interlocuteur et ses anecdotes sur la vie locale. Son sourire était d'ailleurs communicatif.

— Comme vous pouvez le constater, Trevor et moi avons pratiquement été élevés ensemble. Nous étions très proches.

— Qu'est-ce qui vous a séparés ?

Il la regarda intensément.

— Nous sommes tombés amoureux de la même femme : Jenny Ryan. Quand elle a préféré épouser Trevor, je me suis éloigné de lui.

Il haussa les épaules.

— Elle est morte depuis, et nos rapports sont redevenus cordiaux. Du moins, jusqu'à ce que je m'aperçoive que ce fieffé coquin avait encore obtenu la main de la plus belle femme du coin : vous.

Elle leva les yeux au ciel, amusée malgré elle.

— Vous n'êtes qu'un vil flatteur.

Elle se mordit la lèvre.

— Je connais peu Trevor.

Il hocha la tête.

— C'est ce que j'ai cru comprendre.

— Trevor est-il resté marié longtemps avec ses deux épouses précédentes ? l'interrogea-t-elle dans un souffle.

John haussa un sourcil.

— Jenny est morte dans un stupide accident de buggy, peu après leur treizième anniversaire de mariage. Sandra est tombée malade au bout de cinq ou six ans si ma mémoire est bonne. Pourquoi cette question ?

Angela hésita une seconde à peine.

— Où sont les enfants que Trevor a eus avec elles ?

John ne put retenir son petit sourire énigmatique.

— Votre interrogation est légitime. Vous vous dites qu'après quatre mois de mariage vous devriez déjà être enceinte. Et ce n'est pas le cas.

Angela sentit que la discussion prenait un mauvais tournant. On ne conversait pas de ce genre de sujet avec un parfait inconnu. Pourtant, sa curiosité l'emporta. Elle secoua la tête. Il afficha un air de conspirateur.

— Je ne devrais sans doute pas vous dire cela, mais Trevor a eu de nombreuses maîtresses, toutes races confondues, en plus de ses épouses. Et pas une seule n'est tombée enceinte de lui. Il s'acharne à réclamer un héritier et à reporter la faute sur ses amantes, mais je crains fort qu'il ne soit incapable de procréer.

Angela marqua sa surprise par un mouvement de recul.

— Je pense que cette discussion est très inconvenante.

John sourit sans paraître s'offusquer de sa réprimande.

— Il a déjà commencé à incriminer votre prétendue stérilité ? Jenny se plaignait souvent de ses reproches perpétuels.

Angela sursauta. Tous les mois, Trevor enrageait lorsqu'elle lui indiquait qu'elle avait ses périodes. Se pouvait-il que ce fût les prémices des remontrances annoncées par John Norrington ? Elle baissa la tête. John avança la main pour lui frôler la joue.

— J'aimerais tellement vous aider…

Elle leva les yeux vers lui.

— M'aider ? Et comment le pourriez-vous ?

— Vous êtes belle, Angela…

Pour ce que cela lui avait rapporté jusqu'à présent… John se pencha davantage.

— Se peut-il que vous ignoriez à quel point vous êtes magnifique ? Angela, votre proximité est un véritable calvaire pour qui ne peut profiter de votre compagnie.

Elle leva des yeux horrifiés sur lui.

— Pardon ?

— Devenez ma maîtresse et je vous donnerai l'héritier que Trevor appelle de ses vœux.

Outrée par sa proposition, elle s'écarta.

— Avez-vous perdu l'esprit ?

Il fronça les sourcils sans se départir de son calme.

— Est-ce un crime de vous désirer ? Vous êtes faite pour l'amour, Angela, non pour courir les marchés aux esclaves !

Elle lui lança un regard chargé de reproches.

— Si vous cherchez à travers moi à vous venger de Trevor et du rejet de Jenny, vous n'êtes qu'un être abject et répugnant !

Angela s'enfuit du salon de thé et regagna rapidement son hôtel, où elle s'enferma dans sa chambre. Soudain, elle se sentit lasse de tout. Pourrait-elle un jour obtenir autre chose de la part des hommes que de la concupiscence et de la condescendance ? Elle rêvait de respect. Elle en avait bien sûr avec Trevor, mais le prix à payer était si élevé…

Le lendemain, elle se leva épuisée, après une nuit agitée. Elle gagna le quai des entrepôts pour surveiller le chargement des marchandises prévues. Bientôt, il fut temps de reprendre la route de Splendora. Pensacola et Florala étaient distantes d'environ quatre-vingts miles.

Avec un groupe d'esclaves, le trajet durait une journée entière, voire plus, mais avec des caisses il pouvait se faire en une demi-journée.

Effectivement, après plusieurs heures de chevauchée qui lui parurent beaucoup trop courtes, Angela atteignit les terres de son époux. Lorsqu'elle passa non loin des cases des esclaves, son attention fut brusquement attirée par une vision déroutante : des piques avaient été disposées devant les cabanes. Avec effroi, elle réalisa que des têtes coupées étaient plantées dessus. Écœurée par ce spectacle désolant, elle détourna le regard. Quelle était cette nouvelle invention de Trevor ?

— Angela !

Probablement averti de son arrivée, son époux était venu à sa rencontre. Il paraissait sincèrement heureux de la revoir. C'était fou : plus elle se montrait distante et plus il semblait aux petits soins pour elle. Pourtant, elle ne lui demandait rien, à part qu'il la laisse tranquille.

Elle pointa le doigt vers les piquets.

— Que s'est-il passé ?

Il haussa les épaules.

— Plusieurs hommes se sont suicidés. Dans une exploitation comme la nôtre, cela donne souvent des idées à d'autres et cela peut rapidement dégénérer. Alors, nous prenons les devants…

— En les tuant ?

Il sourit en voyant son air incrédule.

— Non ! Ceux qui se suicident imaginent que leur mort va permettre à leur âme de regagner leur pays. Toujours selon leurs croyances, nous coupons donc leur tête et la plantons sur des piques parce qu'ils pensent que cela mutile aussi leur esprit.

Face à l'incompréhension d'Angela, il se passa l'index sur le cou.

— Rentrer sans tête chez eux représenterait une telle humiliation qu'ils renoncent d'eux-mêmes à ce genre de pratiques.

Angela lui lança un regard atterré.

— Et ça marche ?

Il haussa les épaules.

— Un temps, seulement, mais cessons de parler de ces nègres sans intérêt.

Il l'observa avec plus d'intensité.

— Tu m'as manqué.

Il tendit la main vers elle.

— Suis-moi immédiatement dans notre chambre pour que je te le montre.

Elle plaqua une expression neutre sur son visage pour cacher son effarement.

— Je dois assister au déchargement des marchandises et l'après-midi est à peine entamé…

La moue séductrice de son époux se figea.

— Je ne te trouve pas très empressée pour accomplir ton devoir conjugal. Voyons, Angela ! Quelle meilleure façon de me prouver tes sentiments que me donner le fils que je désire tant ?

Il pensait qu'elle l'aimait ? Elle faillit s'étouffer sous l'effet de la stupeur et répondit sans réfléchir.

— Je ne suis peut-être pas responsable de cet échec.

Il la dévisagea comme si elle avait soudain perdu l'esprit.

— Que dis-tu ?

Il l'avait attrapée par le bras. Angela serra les dents. Il se calma instantanément en réalisant qu'il lui faisait mal.

— Tu ne prends pas des plantes au moins ?

— Des plantes ? répéta-t-elle sans comprendre.

Il eut l'air rassuré par son ignorance évidente et sourit.

— Ce n'est qu'une question de temps, alors.

Il lui toucha le ventre tendrement.

— Nous aurons cet enfant que nous désirons tant.

# *Chapitre 7*

Peu de temps après la terrible prise de conscience qui l'avait presque anéanti, Lorenzo chercha désespérément un moyen de conserver sa santé mentale et une raison de vivre, car, rongé par la douleur morale et physique, il se sentait près de renoncer à lutter.

Se sentant comme un condamné à mort, il s'accorda le dernier souhait rituel avant d'accepter de se laisser glisser dans l'oubli : faire payer les responsables de sa déchéance. Il voulait tenir les destins de Margaret, David et Simon dans le creux de sa main. Il voulait refermer son poing sur eux pour les écraser comme des insectes, par la seule force de sa colère et de sa haine.

Cette idée l'envahit peu à peu, jusqu'à tourner à l'obsession. Il comprit aussi que, pour exaucer ce dernier vœu, il devait survivre et rentrer chez lui. Cette motivation lui permit de trouver un second souffle.

Dans le même temps, le capitaine changea de comportement, apporta plus régulièrement de la nourriture et conduisit même le chirurgien de bord jusqu'à lui afin de soigner ses innombrables plaies avant qu'elles s'infectent, et Lorenzo vit là un signe encourageant du destin.

En quelques jours, il reprit des forces. La rage chassa

progressivement l'apitoiement et ses pensées s'éclaircirent. Reprenant ainsi conscience de son environnement immédiat, il se rendit compte que des hommes commençaient à aller et venir à côté de lui, dans ces cales qui jusque-là étaient restées désespérément vides. Il n'était plus seul. Bien sûr, s'il pouvait voir les marins travailler, la réciproque était vraie.

Comme le capitaine ne souhaitait probablement pas que trop de monde soit informé de sa complicité dans une sombre affaire d'enlèvement, il le fit transférer dans une pièce fermée qui servait en temps normal de réserve. La nouvelle geôle de Lorenzo était minuscule, mais elle lui offrait l'avantage d'être à l'abri des rats.

Peu après son déménagement, le ventre du navire se mit à bruisser comme une fourmilière. À travers le trou de la serrure, il observa cette soudaine agitation.

Chargés de planches de bois, des marins entraient et sortaient en un va-et-vient permanent. Des coups de marteau, des ordres lancés, des grognements poussés sous l'effort retentissaient d'un bord à l'autre. Sous le commandement du charpentier, un petit homme trapu aux cheveux gris, ils déplacèrent vers le pont les caisses de marchandises qui risquaient de les gêner, avant de procéder au montage d'un échafaudage, puis d'un faux pont entre le plancher et l'entrepont, sur tout le pourtour des cales. Lorenzo supposa en entendant d'autres bruits identiques qu'une structure semblable était construite également entre l'entrepont et le pont, à l'étage supérieur.

Attentif à tout ce qui se déroulait à portée de ses yeux et à chaque bribe de phrase qui parvenait jusqu'à lui, Lorenzo comprit vite l'utilité de ce dispositif : ils avaient atteint les côtes africaines et ces structures accueilleraient bientôt les quatre cent cinquante esclaves que pouvait contenir le navire.

Lorenzo peinait à réaliser qu'il partagerait sous peu son infortune avec quatre cent cinquante autres hommes et surtout dans de telles conditions. Le nombre même l'affola. D'après ce qu'il en avait vu, le bateau mesurait une trentaine de mètres sur huit tout au plus. Comment tous ces hommes allaient-ils pouvoir tenir dans si peu d'espace ?

Pourtant, malgré son incrédulité, dans un ballet parfaitement rodé, il y eut un premier arrêt durant lequel le capitaine, quelques marins et une caisse de marchandises quittèrent le navire. Quelques heures plus tard, Lorenzo entrevit cinq Noirs solides à l'air apeuré. Le chargement venait de commencer.

Les deux individus ayant participé à son enlèvement vinrent alors le débarrasser de ses hardes et le traînèrent jusqu'au groupe de captifs. Lorenzo aurait été gêné de se retrouver nu si on lui avait prêté attention. Cependant, à cet instant, il n'était déjà plus un homme pour eux. Il ajouta mentalement ce nouveau grief à faire payer à ses frères.

On lui passa une chaîne au pied gauche, dont l'autre maillon fut attaché à la cheville droite de son voisin immédiat. Lorenzo fut alors libéré de ses entraves précédentes. Encore une fois, son soulagement et l'affreux sentiment de liberté qu'il ressentit le firent enrager.

Comment pouvait-on modifier si rapidement ses priorités ? Il y avait quelques semaines à peine, un moment parfait consistait à manger un savoureux repas, à boire plus que de raison et à finir sa nuit dans les bras d'une fille. Les souvenirs les plus pénibles de son existence étaient alors tous liés à Margaret, mais ils lui paraissaient dérisoires aujourd'hui. À cette époque-là, David et Simon n'évoluaient pas dans les mêmes cercles que lui, ils vivaient en marge de sa vie, et ne pas les fréquenter lui convenait parfaitement.

À présent, il en était réduit à chaque instant à l'espoir de survivre jusqu'au suivant. Ses membres ressemblaient à des quartiers de viande et il se contentait d'une nourriture sommaire et de l'étreinte des rats !

Pourtant, il avait surmonté ces épreuves. Et même si, par moments, l'injustice de son sort le révoltait et le fragilisait, il gardait la certitude qu'il était un homme libre, pas un esclave ! À force de se le répéter, il savait qu'il n'oublierait ni qui il était ni quel but il s'était fixé. Il était Lorenzo San Pietro de Welland. Et il survivrait. Pas pour lui-même, non, mais pour regagner sa liberté, revenir en Angleterre et récupérer chaque pierre, chaque livre sterling et chaque instant volé par sa belle-famille. Il leur reprendrait tout et se délecterait de leur lente agonie sociale.

Lui et ses camarades d'infortune furent conduits dans un coin de la cale où on les força à se coucher, à grand renfort de coups de badine. Ses compagnons glapirent de douleur sans comprendre ce qu'on leur demandait, puisque évidemment ils ne parlaient pas l'anglais. Les marins finirent par obtenir satisfaction, grâce à l'aide involontaire de Lorenzo qui donna l'exemple, et par ressortir du parc à esclaves en bougonnant contre eux.

La partie la plus élevée du dispositif, entre le sol et le plafond de leur prison, ne leur permettait pas de se tenir entièrement debout, comme Lorenzo avait déjà pu l'expérimenter. Ce serait encore pire pour ceux qui seraient logés sous et sur les faux ponts. Suffisamment larges pour accueillir un homme allongé, leur hauteur ne permettait au mieux que de se tenir assis. Rapidement, il y aurait une lutte pour obtenir les meilleures places, celles situées au centre, c'était évident.

Lorenzo dévisagea ses compagnons d'infortune en lesquels ils voyaient de futurs alliés potentiels. Il tenta donc d'engager la conversation.

— Je m'appelle Lorenzo.

Ils le regardèrent sans répondre, terrifiés par sa pâleur. Et pour cause ! Après son séjour dans les cales, il devait ressembler à un cadavre.

— Moi, Lorenzo.

Il toucha la poitrine de son voisin immédiat, un Noir à la peau lisse et ferme.

— Toi ?

L'homme recula, effrayé par son contact. Lorenzo leva les mains en signe d'apaisement. Tous étaient apeurés, tout comme lui à son arrivée sur ce navire, et il ne pouvait pas les en blâmer : s'il n'avait plus aucune illusion concernant son funeste sort, eux ignoraient tout du leur. Ils avaient probablement été arrachés à leur vie paisible pour finir ici, dans l'antichambre de l'enfer. Dans ces conditions, comment leur faire comprendre qu'il ne leur voulait pas de mal alors que sa peau avait la même couleur que celle de leurs tortionnaires ?

En dépit de ses efforts, Lorenzo ne parvint pas à nouer le contact. En écoutant leur voix chantante quand ils discutaient à voix basse entre eux, Lorenzo saisit pourtant quelques détails. Ainsi, son voisin de chaîne s'appelait Soko. C'était un homme magnifique à la musculature puissante. Malgré leur intimité forcée, l'autre l'ignorait ostensiblement et la barrière de la langue n'aidait pas à franchir ce stade.

Lorenzo savourait de ne plus être désespérément seul et

de retrouver des contacts humains, même s'ils s'avéraient frustrants, car il n'en était pas moins isolé parmi eux.

Le ballet incessant se poursuivit en surface. Plusieurs fois par jour, des caisses de rhum, d'eau-de-vie coupée d'eau, de verroterie, d'armes et d'étoffes quittaient le navire pour servir de monnaie d'échange. Et le voyage de retour amenait des petits groupes de captifs terrifiés, abattus et gémissants. Lorenzo s'était cru faible, il se découvrait aussi normal que les autres dans des conditions inhumaines similaires.

Sa situation s'améliora légèrement quand, après deux semaines environ, de nouveaux arrivants dont le village commerçait avec des étrangers acceptèrent de discuter avec lui, dans un anglais compréhensible. Leur vocabulaire était sommaire, mais il se jeta sur cette occasion d'en apprendre plus sur ses compagnons d'infortune. Le fait qu'il s'intéresse à eux les étonna suffisamment pour qu'il obtienne des réponses. Il découvrit ainsi que c'étaient des négociants africains, donc des Noirs, qui fournissaient les esclaves aux marchands blancs. Ils enlevaient leurs ennemis, leurs compatriotes, leurs voisins, pour s'enrichir grâce à cet odieux trafic.

Un homme arrivé quelques jours plus tard à bord connaissait plusieurs dialectes, tels que le malinké, le wolof, le bambara et le dioula. Lorenzo parvint enfin à engranger le vocabulaire nécessaire pour engager la discussion avec Soko. Celui-ci avait fini par comprendre que Lorenzo ne lui voulait pas de mal et il lui raconta son parcours cauchemardesque en détail, grâce au traducteur.

Son village avait été attaqué au petit matin, alors que les habitants dormaient encore, et ses défenses avaient été laminées. Les vaincus avaient assisté, impuissants, au massacre des jeunes enfants, des femmes enceintes et des anciens. L'épouse de Soko et ses deux fils faisaient partie des victimes. Attachés comme des animaux les uns aux autres, les hommes avaient été traînés à travers le désert jusqu'à la côte. Les plus faibles avaient été abandonnés en route. Ceux qui avaient survécu à la longue marche avaient été parqués dans des cages pour y attendre l'arrivée des Blancs. Lorsque le capitaine était venu les voir, ils avaient subi une inspection méticuleuse pour contrôler leur bonne santé, et une série de tests pour éprouver leur force et leur endurance. Seuls les plus résistants, ni trop jeunes ni trop vieux, furent choisis pour la traversée.

Ceux qui comprenaient Soko opinèrent à son récit, d'autres demandèrent à ce qu'il leur soit traduit et ils ajoutèrent d'autres détails monstrueux, issus de leur propre expérience.

Lorenzo admit alors que leur histoire était terrible, bien pire que la sienne. Il était un Blanc et rien ni personne ne pourrait changer cette vérité. Un jour, il retournerait chez lui, c'était inévitable. Ces pauvres hommes, habitués à travailler la terre, avaient été arrachés à leur village, privés de leur famille, de leurs racines, à cause de la cupidité de certains autres. Même s'ils rentraient un jour, il n'y aurait plus rien pour eux sur place.

Chaque jour, de nouveaux lots d'esclaves venaient augmenter leurs rangs. Grâce à la curiosité insatiable qui le poussait vers les autres, à son autorité naturelle et à son ancienneté à bord, Lorenzo devint rapidement un pilier du groupe. Cette position influente lui serait utile le jour où ils organiseraient une révolte afin de prendre le contrôle du navire.

En attendant ce moment, Lorenzo essayait d'échanger quelques mots avec tous les nouveaux arrivants, aidé en cela par Soko et N'Diouf, le traducteur, grâce à qui il communiquait à présent sans trop de difficultés. Il parvenait même à se faire comprendre dans certains dialectes simples. Cependant, il dut se rendre à l'évidence. Chaque jour, plusieurs voyages à terre amenaient des petits groupes d'hommes, et plus rarement de femmes et d'enfants. Séparés de leurs compagnes, les hommes étaient conduits sur les ponts, entreponts et plates-formes qui se remplissaient si rapidement que Lorenzo et son groupe d'influence ne tardèrent pas à être noyés dans la masse et dispersés.

Quand la place commença à manquer, les marins lancèrent un rituel immuable. Tandis que le navire cabotait à distance prudente des côtes, les prisonniers étaient autorisés à sortir quelques heures à l'air libre. Autoriser étant un bien grand mot puisqu'ils étaient entravés par une lourde chaîne les reliant tous les uns aux autres. Plus leur nombre augmentait et plus le temps passé en surface se réduisait. Avec une exception pour Lorenzo.

Le capitaine avait dû se rendre compte que sa couleur de peau ne ferait effectivement pas illusion. Lorenzo bénéficiait donc d'un statut spécial et, par conséquent, son voisin de chaîne, Soko, aussi. Exposée au plein soleil, sa peau naturellement mate prit vite un hâle convaincant, à son grand désarroi.

Ce privilège inattendu lui permit aussi d'observer ses adversaires. Cinquante hommes d'équipage armés jusqu'aux dents patrouillaient et surveillaient les moindres faits et gestes des prisonniers.

Lorenzo dut revoir ses prétentions à la baisse. Les captifs qui arrivaient chaque jour étaient terrifiés, épuisés, affamés. Ils ne parlaient pas tous les mêmes dialectes et des haines ancestrales les opposaient parfois les uns aux autres. Même quand il n'existait pas de vieilles rivalités, ils n'avaient de toute façon ni la force, ni l'envie, ni le courage nécessaires pour entreprendre les mesures désespérées que préconisait Lorenzo, un être si différent d'eux.

Près de trois mois après l'arrivée de Soko et des quatre premiers captifs, les conditions de détention se dégradèrent dramatiquement. La place sur les plates-formes de bois se fit rare. Les gardes leur signifièrent alors de s'allonger sur le côté les uns contre les autres, emboîtés comme des cuillères. Chaque jour, avec les nouveaux venus, la promiscuité devint plus intolérable et révoltante. L'air manquait parfois, malgré les écoutilles ouvertes, et les plus faibles moururent avant même la fin du chargement.

À l'instant où il éprouva du soulagement à l'idée de la place gagnée, Lorenzo sut qu'une part de lui venait définitivement de s'éteindre. Il n'avait fallu en tout et pour tout que trois mois pour parvenir à ce résultat avec lui. Pourtant, comme l'avait dit le capitaine, ça n'était que le début du voyage…

Quand il devint impossible de bouger dans son sommeil et pénible de respirer tant l'entassement était important, le navire quitta enfin la côte africaine pour se lancer dans la traversée de l'Atlantique.

# *Chapitre 8*

Construite sur une terre riche et fertile, Sunhill appartenait depuis plusieurs générations à une famille de planteurs réputée et appréciée, les Delaware.

À la mort de son père, le fils aîné en hérita. Malheureusement, Sam Delaware avait passé plus de temps à boire et à festoyer qu'à apprendre à diriger une institution aussi fragile. Il prit donc les rênes de l'exploitation avec toute l'arrogance d'une personne ignorant les règles de base à respecter face à des hommes privés de tout. Avide de richesse, il repoussa tous les conseils utiles. Sa confiance en lui et en sa méthode, plus rentable selon lui, était totale.

Il fit forcer les cadences de travail, recourant pour ce faire à une violence accrue et à l'exacerbation des rivalités communautaires pour fragiliser et désunir ses esclaves.

Sam Delaware joua sans subtilité avec les nerfs de ses captifs, accentuant les jalousies et les injustices. Il favorisait les mauvais penchants, les récompensait même. Les hommes se mirent à vivre dans la terreur du lendemain.

Confronté à une mortalité endémique dont le flot se révéla impossible à endiguer, et à des tentatives de fuite sévèrement sanctionnées, Sam Delaware se retrouva bientôt en manque de main-d'œuvre. Pour compenser, il fit travailler les survivants à des cadences intenables. Les maladies, la malnutrition et l'épuisement décimèrent les rangs de ses esclaves.

Ses mesures pour pallier ce déficit précipitèrent sa chute, car les plus vaillants d'entre eux se décidèrent à agir et se soulevèrent.

Dès les premiers affrontements, Sam Delaware et ses *drivers* fidèles n'eurent pas d'autre choix que de se retrancher dans la demeure ancestrale de la famille. Face à quatre-vingts hommes animés par une juste fureur, leur résistance fut dérisoire, inutile et rapidement balayée. Ils furent capturés, torturés et mutilés, avant d'être exécutés.

L'événement fut fêté avec si peu de discrétion que les voisins de Sunhill en furent alertés et ne tardèrent pas à se réunir pour discuter du problème. Ils ne pouvaient évidemment pas laisser ce genre de soulèvement se produire en toute impunité sans risquer que l'idée se propage jusqu'à leurs terres. Ils se résolurent donc à agir. Une équipe de cinquante hommes environ, composée de planteurs, de contremaîtres et de *drivers* fidèles fut rapidement constituée dans le but d'exterminer les insurgés.

Trevor McDermott, Ben, son régisseur, et John Norrington en faisaient partie. Ils chevauchaient à vive allure avec la ferme intention de surprendre leurs adversaires en pleine nuit.

— Dis-moi, Trevor, es-tu heureux avec ta jeune épouse ? demanda John alors qu'ils faisaient une halte pour que leurs éclaireurs repèrent le terrain.

— Angela constitue une énigme vivante pour moi, admit le jeune marié dans une bouffée de rancœur.

Trevor lui avait accordé plus de faveurs qu'à aucune

autre, avant elle. Il lui avait donné son amour et tout ce qu'elle souhaitait. Pourtant, elle restait froide et distante.

— Une énigme ? Voyons, Trevor ! Le fin amateur de femmes que tu es doit bien savoir comment s'occuper d'une telle merveille ! se moqua gentiment John.

Trevor ressentit un malaise profond en entendant ces mots. Il avait fini par réaliser qu'Angela ne partageait son intimité qu'à regret. Cela le rendait fou de songer que, même dans ce domaine où il avait cru la satisfaire, elle lui échappait.

Trevor ne comprenait pas ce qui avait pu mal tourner avec elle. Il était plutôt bon amant d'ordinaire. Alors pourquoi celle-ci, celle justement pour laquelle il aurait vendu son âme au diable, restait-elle de marbre entre ses bras ?

Toutes ses tentatives pour obtenir du corps d'Angela une réponse enthousiaste se soldaient par des échecs cuisants. Il la faisait souffrir physiquement en insistant de la sorte. Cette découverte avait d'ailleurs failli le briser.

— Cela va sans dire, mentit-il.

Il avait comblé un nombre incalculable de femmes durant toutes ces années, et il se révélait incapable d'initier à la jouissance celle qu'il aimait. Il ne voulait que son bonheur et il provoquait l'effet inverse. Il aurait vraiment fallu être aveugle pour ne pas voir sa transformation en un personnage rigide, austère et froid. À son contact, elle s'étiolait.

Pourtant, moins elle cherchait sa compagnie et plus il s'attachait à elle, avec désespoir, rage et folie.

D'ailleurs, même s'il n'ignorait plus ce qu'elle éprouvait envers lui et que cela gâchait une partie de son plaisir, il s'imposait encore à elle. Il espérait toujours allumer une étincelle de désir en elle. Il avait aussi multiplié les actions d'éclat et les cadeaux pour la conquérir, mais, malgré tous ses efforts, elle restait inaccessible.

Confronté à ce rejet, Trevor avait finalement résolu son dilemme. La frigidité d'Angela ne l'empêcherait en rien de profiter de son corps pour qu'elie lui donne cet héritier qu'il appelait de tous ses vœux.

— Ton épouse semble être un sujet sensible pour toi, non ? constata John en remontant en selle au retour de leurs éclaireurs.

Trevor soupira après l'avoir imité.

— Elle est si indépendante, si différente de toutes les femmes que j'ai pu fréquenter avant elle ! Je n'arrive pas à imaginer comment Martin King l'a élevée pour en faire une si forte tête.

— C'est une bonne ou une mauvaise chose ?

À l'heure actuelle, c'était surtout le seul moyen dont il disposait pour essayer de la faire fléchir.

— Je n'en sais rien, avoua Trevor.

Sa vieille obsession de devenir père revenait à la charge et il se concentrait sur ce but unique, n'accordant plus aucun répit à sa jeune épouse dont le ventre restait pourtant aussi sec que son cœur. Il la suspectait d'être responsable de cette situation. Trois jours plus tôt, il lui avait d'ailleurs cruellement reproché cet échec. Elle lui avait alors suggéré de se remettre en question. S'il était stérile, que pouvait-elle y faire ? Sous l'effet de la fureur, il l'avait frappée.

Depuis, elle ne se donnait plus la peine de masquer ce qu'elle éprouvait à son encontre et il souffrait le martyre d'être ainsi rejeté.

La veille, il s'était donc résolu à prendre des mesures de rétention. Il lui avait déclaré que, lorsqu'il rentrerait de Sunhill, elle ne s'occuperait plus de Splendora. Il ne céderait pas tant qu'elle ne serait pas revenue à de meilleurs sentiments et qu'elle ne lui aurait pas annoncé qu'elle attendait un enfant. Elle aimait Splendora et sa fonction. Elle ferait donc forcément un effort pour lui donner satisfaction…

— Pour tout te dire, John, je ne m'étais jamais autant attaché à une femme auparavant. Cette sensation est assez déroutante.

Oui. Il regrettait amèrement d'avoir fait cette douloureuse découverte.

John Norrington s'agita à côté de lui et Trevor s'ébroua, comme au sortir d'un cauchemar. Une odeur de fumée annonçait leur arrivée prochaine à Sunhill. Les insurgés avaient mis le feu à la récolte de coton de la plantation. Innocemment regroupés, ils dansaient et chantaient non loin de la grange.

Les meneurs de l'expédition punitive lancèrent la charge.

Angela se tourna une fois de plus dans son lit en soupirant. Elle songeait à la lettre que Mark avait envoyée pour annoncer sa visite. Si Trevor était de retour à temps et qu'il acceptait de recevoir son frère le lendemain, tout serait perdu. Ses relations avec son époux étaient au plus mal.

S'il apprenait sa disgrâce, Mark se ferait une joie de proposer ses services et elle ne récupérerait jamais ses fonctions. Or cette exploitation était devenue sa seule raison d'être et elle avait payé un tel tribut pour obtenir ce privilège qu'elle ne pouvait imaginer survivre sans cela. Trevor n'aurait pu trouver meilleure méthode de coercition.

Ses yeux se remplirent de larmes. À quel moment n'avait-elle plus eu la force de masquer sa répulsion ? Et tout ce gâchis pour quel résultat ? Il prenait toujours son corps et elle n'avait plus aucune compensation.

Angela sentit une larme rouler sur sa joue et jusque dans son cou. Inutile de rester allongée, elle ne se rendormirait plus.

Elle se leva et demanda qu'on lui prépare un bain. Lettie, sa femme de chambre, sortit sa robe rouge grenat de l'armoire et l'aida à la passer. Puis elle l'invita à s'asseoir devant le miroir pour la coiffer.

Malgré les efforts de sa suivante, Angela avait une mine épouvantable. Le babillage de la jeune fille finit même par lui donner mal à la tête. Elle s'apprêtait à la prier de la laisser seule quand elle réalisa que la soubrette parlait de la révolte des esclaves de Sunhill.

— Que peux-tu me dire à propos de ce genre de choses ? lui demanda-t-elle.

— Je sais juste que les esclaves de maison, comme moi, sont fidèles à leurs maîtres. Mais ceux des champs ne pensent qu'à regagner leur pays.

Angela haussa une épaule. Elle pouvait parfaitement les comprendre, même si elle se trouvait dans le camp des oppresseurs.

— Ceux de Sunhill vont tous mourir pour avoir fait ce rêve, tu en es consciente, j'espère ?

— Je sais, maîtresse. Cela a fait très peur aux autres.

Angela l'observa un instant.

— En tout cas, s'il se trouve que tu entends un jour parler de ce genre d'événements dans notre plantation, informe-moi immédiatement de la situation.

— Bien sûr, maîtresse. Le maître a toujours été bon et généreux avec moi et avec mon fils.

Angela se retourna vers elle.

— Est-ce lui, le père de ton enfant ?

Lettie resta interdite avant de baisser la tête.

— Non, maîtresse.

Angela l'observa plus intensément.

— T'a-t-il déjà touchée ?

Gênée, la jeune soubrette détourna les yeux.

— Oh ! maîtresse, ça n'est pas une discussion comme il faut.

— Réponds ! exigea Angela.

Lettie se tordait les mains sous l'effet du désespoir.

— Oui, mais c'était bien avant votre union, maîtresse.

Angela écarta ses excuses d'un geste impatient.

— Comment sais-tu qu'il n'est pas le père, alors ?

Lettie soupira de soulagement. Sans doute avait-elle cru un instant que sa maîtresse était jalouse et qu'elle allait la renvoyer à cause de ça ; Dieu sait qu'Angela ne lui en voulait pas !

— J'ai été violentée avant mon embarquement pour les colonies, avoua la soubrette. J'ai accouché cinq mois après mon arrivée ici. Il ne pouvait en aucun cas être le père, maîtresse.

Angela se mordit la lèvre.

— Une autre esclave a-t-elle eu un enfant de lui ?

Lettie fronça les sourcils avant de secouer la tête et de se retirer.

Plus Angela rassemblait les témoignages, plus ses doutes devenaient des certitudes : si aucune femme n'était jamais tombée enceinte de Trevor, le problème venait obligatoirement de lui.

Quelles étaient les options d'Angela ? Si elle se résignait à faire appel à John Norrington pour lui rendre cet inestimable service, Trevor oublierait ses griefs contre elle. Elle devrait bien sûr faire semblant d'être revenue à de meilleurs sentiments envers son époux, mais il suffirait de prétendre qu'elle commençait, elle aussi, à s'inquiéter de ne pas tomber enceinte. Il croirait à ce genre d'excuses. Elle pourrait alors exiger qu'il ne l'approche plus, pour la santé du bébé. Elle aurait au moins un répit de quelques mois.

John pourrait-il se résoudre à limiter leur collaboration à sa plus stricte utilité ? Elle en doutait, vu ses propos explicites sur la question. Il la voulait consentante et active. Or Trevor l'avait anéantie sur ce point.

Elle soupira en percevant un autre écueil dans son plan délirant. Demander de l'aide à un homme qui souhaitait se venger d'un échec sentimental vieux de plus de vingt ans et qui n'avait pas non plus d'héritier pouvait amener son lot de complications et d'indiscrétions. Si, en plus de ses autres griefs, Trevor la découvrait capable de le trahir, il ne la laisserait plus jamais sortir de cette maison. Et là, c'en serait fini d'elle.

Un fou rire presque irrépressible monta en elle. Pour récupérer ses avantages, elle devait prouver son engagement en tombant enceinte, or elle ne pouvait l'être sans tromper Trevor. Angela plaqua les mains sur son visage pour cacher les larmes de détresse qui succédèrent à son hilarité.

Malgré tout, elle arrêta sa décision. Il ne lui restait plus qu'à patienter jusqu'au retour des vainqueurs, si toutefois on pouvait parler de gloire lorsqu'il s'agissait de massacrer des esclaves désarmés. Elle se débrouillerait ensuite pour rejoindre John dans un endroit discret. Avec un peu de chance, elle n'aurait besoin que d'un seul essai pour attendre un enfant de lui. Elle observa une dernière fois sa mine pâle et terrifiée dans son miroir. Aurait-elle la force de supporter cette mascarade jusqu'au bout ?

Heureusement, en fin de matinée, Mark la fit prévenir qu'il annulait sa visite. Il avait appris que Trevor n'était pas à Splendora. Jugeant inutile de se déplacer en l'absence du maître des lieux, il envoya un billet dans lequel il annonçait qu'il partait tenter sa chance dans l'Ouest. Angela éprouva un soulagement intense. En fin d'après-midi, Karl vint la prévenir qu'une colonne de cavaliers approchait. Arborant une expression pleine de modestie, elle regagna le salon pour attendre le retour de son époux et de ses valeureux amis. Mais en lieu et place de Trevor, c'est John Norrington qui passa le seuil de la porte.

Il semblait épuisé et son bras reposait dans une écharpe nouée autour de son cou. Elle se précipita à sa rencontre.

— Vous êtes blessé ?

— Rien de grave, la rassura-t-il.

Il arborait une mine grave.

— Angela, j'ai une terrible nouvelle à vous annoncer.

— Une terrible nouvelle ?

John marqua un temps d'arrêt en percevant la note d'espoir dans sa voix. Il l'observa un instant. Immédiatement, elle réalisa son erreur.

— Mon Dieu ! Parlez, je suis morte d'inquiétude pour mon mari. Où est Trevor ?

Voilà qui convenait bien mieux à l'attitude d'une jeune épouse, estima-t-elle. Il baissa les yeux.

— Trevor a perdu la vie en défendant Sunhill.

Elle ne bougea pas pendant une poignée interminable de secondes. John lui toucha l'épaule.

— Vous m'entendez, Angela ? Trevor est mort.

Angela hocha la tête pour signifier qu'elle avait compris ses mots, mais elle ne pouvait guère faire plus. À cet instant, elle devait en effet canaliser toute son énergie pour contenir ses larmes de bonheur. Elle s'en voulait d'éprouver un tel soulagement. La voix étranglée par l'émotion, elle osa tout de même une question.

— Comment a-t-il perdu la vie ?

— Les esclaves étaient plus combatifs et organisés que nous ne l'imaginions. Ils nous ont opposé une résistance farouche avant de capituler. Malheureusement, Trevor a reçu une blessure fatale pendant la charge et le médecin n'a rien pu faire pour lui.

— Il n'y avait vraiment rien à tenter pour le sauver ?

Un voile d'horreur passa devant les yeux de Trevor alors qu'il se remémorait la scène.

— Un esclave était caché derrière un hangar et a surgi avec une fourche dans les mains. Trevor n'a pas pu l'éviter, il a été éventré. Il a souffert pendant des heures entières avant de s'éteindre.

Elle prit une inspiration douloureuse.

— Où est Ben ?

John détourna les yeux.

— Mort lui aussi. Un des bâtiments en feu s'est effondré sur lui et plusieurs autres hommes. Nos pertes sont sévères, même si les rebelles ont été exterminés. C'est notre seule consolation.

Elle redressa la tête. En percevant la lueur incertaine dans son regard, il conclut à sa place.

— Vous êtes à présent l'unique propriétaire de Splendora.

Angela sentit ses jambes trembler. Elle s'assit lourdement dans un fauteuil derrière elle. Certes, elle avait prié pour être libérée, mais pas de cette façon…

— Mon Dieu !

Il vit les larmes dans ses yeux. Touché par ce qu'il pensait être de la peine, il lui sourit tristement. Il s'agenouilla devant elle et s'empara de sa main avec douceur.

— Je sais qu'il est sans doute un peu tôt pour évoquer

ce genre de choses… J'étais prêt à devenir votre amant mais, si vous acceptiez de m'épouser, vous me combleriez de bonheur.

Elle avait prévu de le prendre dans son lit pour concevoir un héritier, mais la mort de Trevor résolvait son dilemme. Et pour rien au monde elle ne remettrait à nouveau son destin entre les mains d'un homme, maintenant que la Providence l'avait libérée. Elle se releva vivement.

— Votre proposition est totalement déplacée.

Il secoua la tête.

— Angela ! Ne réagissez pas ainsi. Vous avez brillamment joué à la marchande…

Elle se crispa en entendant sa formulation d'une rare condescendance.

— Cependant, il faut une poigne de fer pour diriger une plantation comme Splendora. Vous ne tiendrez pas longtemps seule. Personne, dans ces conditions, ne s'offusquera de vous voir reprendre un époux si vite.

— Dans votre cas, John, ce n'est plus de la vitesse, c'est de l'inconvenance.

Il se leva.

— Quand vous aurez besoin de moi, vous saurez où me trouver. Ma proposition sera toujours valable.

À la porte, il se tourna vers elle.

— Pour votre gouverne, ce n'est pas Splendora qui m'intéresse, mais vous. Je vous veux, Angela.

— Je ne suis pas une marchandise, monsieur Norrington. Je ne suis pas à vendre.

Il sourit.

— Vous ne l'êtes pas encore… mais c'est une question de temps, soyez-en sûre.

Il sortit et Angela soupira de soulagement. Elle ne

songeait plus à la proposition de John, mais à sa libération inattendue.

Malgré tous les obstacles qu'elle allait devoir affronter en tant que femme seule, une prière s'éleva en elle : *merci, mon Dieu.*

# Chapitre 9

Encore dans l'escalier, Lorenzo leva les yeux vers le pont pour comprendre l'origine du tumulte devant eux.

— Allez ! Relève-toi ! hurlait un marin en abattant en rythme sa badine sur un captif recroquevillé à terre.

Lorenzo murmura pour lui-même.

— Crétin !

La nuit avait été horrible. La chaleur ne cessait de grimper dans les cales et l'air devenait chaque seconde plus irrespirable, vicié et puant. Dire que Lorenzo avait un instant ressenti du soulagement à l'idée de retrouver des contacts humains ! À présent, il se demandait s'il pourrait éprouver à nouveau du plaisir en sentant la peau d'un autre individu contre la sienne. En ce moment et jusqu'à nouvel ordre, ça n'était pas le cas.

Leur position d'emboîtement en cuillère était tout bonnement insoutenable. À chaque mouvement du navire, les chaînes leur déchiraient les chairs, leurs corps roulaient sur les planches, s'écrasaient les uns contre les autres. Il n'y avait aucun moyen d'amortir les chocs ni de les prévenir dans un espace aussi exigu, sans aucune prise pour s'accrocher. Lorenzo avait bien résisté jusqu'à présent, même si sa peau était couverte d'hématomes. Il était en bien meilleure condition physique que beaucoup d'autres, alors il ne se plaignait pas.

Pourtant, il régnait une promiscuité écœurante, malsaine. Lorenzo supportait particulièrement mal, ce qu'il savait superficiel en comparaison du reste, de sentir le sexe de son voisin immédiat frôler ses fesses. Pour lui, ces attouchements, certes involontaires mais non consentis, constituaient une déchéance supplémentaire.

Ils n'étaient plus que des animaux et leur pudeur, leur dignité ne valait rien aux yeux de leurs tortionnaires. Pour leurs besoins naturels, ils avaient des bailles à déjection, des seaux en bois disposés à intervalle régulier, à la vue de tous. Ils n'avaient droit à aucune intimité ni à aucune hygiène et leur amour-propre était quotidiennement foulé aux pieds.

Leur seul répit, si on pouvait appeler cela ainsi, provenait des moments passés sur le pont. Les gardes les escortaient hors des cales, en ponctuant leurs ordres de coups. Ceux qui étaient morts pendant la nuit étaient alors évacués et jetés par-dessus bord, une véritable aubaine pour les requins qui avaient pris l'habitude de suivre le sillage du navire.

Un matelot posté derrière Lorenzo, s'impatientant de leur immobilisme, distribua quelques gifles pour relancer le mouvement. Lorenzo émergea à l'air libre à la suite des autres.

L'esclave au sol pleurait et gémissait, alors que le garde continuait de le frapper à tour de bras. Un de ses acolytes lui ordonna d'arrêter quand l'homme perdit conscience.

— Tu risques de l'tuer !

Il ouvrit la chaîne qui retenait le captif inconscient pour le traîner à l'écart. Vif comme l'éclair, son voisin de chaîne profita de l'inattention des gardes pour se jeter dans le vide.

Les marins ne bougèrent pas pendant tout le temps où ses hurlements perçants furent perceptibles. Bien au contraire, ils toisaient les prisonniers comme s'ils méritaient ce supplice supplémentaire. Lorenzo ressentit une bouffée de rage face à cette nouvelle provocation ; c'était inutile de les rabaisser encore plus.

Un garde passa entre eux pour attacher une lourde chaîne à leurs poignets. Elle les reliait tous entre eux, empêchant ainsi toute tentative d'attaque groupée.

Lorenzo ressentit, comme chaque matin, une vague de regrets de ne pas avoir agi sur les côtes africaines. Leur situation était à présent plus figée que jamais. La peur et le renoncement s'étaient installés dans le cœur des malheureux passagers.

Après ça, les hommes d'équipage vérifièrent l'état de leurs fers. Quand ils constataient une érosion ou un desserrement, ils procédaient à une réparation sommaire ou au remplacement s'il s'avérait nécessaire.

Cette tâche accomplie, ils les alignèrent pour les laver. Enfin… si on pouvait appeler ce traitement ainsi. Un marin jetait un seau d'eau de mer sur plusieurs captifs et un autre les frottait avec une brosse pour les décrasser. L'effet recherché était sans doute très différent de celui obtenu. Leur peau collait, les plaies piquaient et s'infectaient et l'odeur aigre de la crasse n'était nullement chassée.

Ce jour-là, et c'était le cas deux fois par semaine, le rituel dévia légèrement. Plusieurs gardes armés de récipients remplis d'huile de palme et de pinceaux passèrent entre eux pour les enduire de la tête aux pieds. Cette huile rouge était censée les prémunir contre les maladies de peau. Effectivement, pendant quelques brefs instants insoutenables de volupté, la brûlure du sel et la sensation de sécheresse s'estompaient.

La veille, on leur avait coupé les ongles et rasé le crâne, comme toutes les deux semaines. Seul Lorenzo avait encore une fois fait exception à la règle. On lui avait taillé les cheveux très court, mais sans aller jusqu'à l'humiliation de la tonte. Il ne savait pas pourquoi il bénéficiait de ce traitement de faveur, même s'il se doutait que cela avait à voir avec sa future valeur marchande.

Perdu dans ses pensées, il n'entendit pas l'ordre des marins et Soko lui sauva la mise en tirant sur son bras pour qu'il s'asseye avec les autres. C'était l'heure du seul repas de la journée et toute désobéissance était sanctionnée par un jeûne.

On leur distribua des cuillères en bois et un plat pour dix, constitué de légumes secs, de riz, de maïs, d'ignames, de bananes et de manioc. Le tout était bouilli et agrémenté de piment et d'huile de palme. Ce jour-là, on leur servit même un peu d'eau-de-vie coupée d'eau. Lorenzo crut défaillir de bonheur en sentant l'alcool couler dans sa gorge.

Ils restèrent ensuite à cuire sous le soleil jusqu'à ce que, en début d'après-midi, un marin se poste près d'eux et se mette à jouer un air dissonant avec un instrument à vent. Les gardes les encadrèrent et les obligèrent à se lever. Lorenzo obéit en soupirant. C'était l'heure de danser.

Pendant plusieurs heures, ils devaient se trémousser en rythme pour passer le temps. Lorenzo avait toujours apprécié cette occupation, fort ludique et prometteuse dans le jeu de la séduction, lorsqu'il vivait à Londres. À bord cependant, les fers rendaient chaque mouvement douloureux et épuisant et celui qui osait faire une pause se faisait sévèrement remettre au pas.

En fin d'après-midi, les marins les renvoyèrent vers le ventre du navire. Libérés de la lourde chaîne, ils furent rapidement poussés dans l'escalier qui les ramenait vers le parc aux esclaves. Lorenzo et Soko rampèrent jusqu'à la première place disponible et s'emboîtèrent docilement pour la nuit.

Pendant la journée, d'autres esclaves avaient lavé les cales avec du vinaigre et vidé les bailles à déjection. Un nouveau cycle d'horreur pouvait commencer.

Cette nuit-là, Lorenzo rêva. Il visualisa une présence douce, emplie de compassion et d'amour. Elle se penchait sur lui et lui murmurait des paroles réconfortantes. Au fil de son discours cependant, le ton changea, se fit plus insinuant.

— Je ne te comprends pas. Pourquoi t'acharnes-tu à survivre ? La mort ne serait-elle pas plus facile ?

Lorenzo tourna la tête vers elle pour l'observer.

— La mort ? Vous voulez parler de suicide ?

Les traits de l'apparition se brouillèrent sous l'effet de la désapprobation.

— C'est interdit, tu le sais.

— Alors quoi ? Je dois mourir, mais sans me laisser mourir ?

Elle rit.

— À toi de voir…

Lorenzo ouvrit la bouche, surpris malgré lui par la certitude qui l'envahissait.

— Je ne veux pas mourir.

— Que veux-tu alors ? demanda-t-elle de sa voix suave.

— Je souhaite retourner à Londres et récupérer ce qui m'appartient.

Elle ne put cacher sa mine ravie.

— Cela fait deux vœux. Mais bon, admettons. Et comment comptes-tu parvenir à ce résultat ?

Lorenzo ferma les yeux pour imaginer la scène.

— Si je suis toujours vivant à la fin de la traversée…

Elle le coupa d'un geste autoritaire.

— J'en fais mon affaire. Quel est ton plan pour la suite ?

Lorenzo la dévisagea avec étonnement. Elle faisait comme si survivre à cette horreur n'était qu'un infime détail dont il ne fallait pas s'inquiéter.

— À mon arrivée, je pense que je vais être vendu, comme les autres. Je devrai alors convaincre mon maître de mon identité pour qu'il me libère. Je pourrai ensuite rentrer en Angleterre pour me venger de mes frères et de ma belle-mère.

L'expression bienveillante de la créature s'effaça pour révéler brièvement son vrai visage, anguleux et avide.

— Que leur feras-tu si tu en as l'occasion ?

Lorenzo ne retint pas sa haine.

— J'aimerais les faire souffrir. Mieux ! Je voudrais les tuer moi-même et sentir leur vie s'éteindre sous mes doigts.

Les derniers vestiges de la bonté de son interlocutrice se dissipèrent.

— Accordé ! approuva-t-elle en tapant lentement dans ses mains.

Lorenzo se réveilla en sursaut. Il mit un instant avant de réaliser que les applaudissements se poursuivaient hors du rêve. Encore étourdi, il se redressa autant que le faible espace le permettait pour regarder autour de lui. Et là, son cœur manqua un battement.

Un des captifs frappait son crâne contre une membrure de la coque, tout en murmurant des paroles inintelligibles. Lorenzo voulut tendre la main vers lui, mais le navire passa au creux d'une vague. Il s'effondra sur son voisin le plus proche qui grogna dans son sommeil. Le temps que Lorenzo se redresse, l'homme avait perdu connaissance.

Une flaque rouge sombre se forma sous sa tête et se mit à onduler au gré des mouvements du navire. Le sang vint lentement lécher le bout des doigts de Lorenzo qui sortit brutalement de son état apathique.

Il rampa jusqu'à la baille la plus proche et il vomit son repas, le pacte qu'il venait de conclure avec il ne savait qui, sa haine pour ses frères et son désir de vengeance. Laminé, il finit par s'évanouir.

Et il rêva à nouveau. Son père, Nelson, lui touchait la tête et Lorenzo comprit qu'il était redevenu un enfant. Le marquis lui montrait un magnifique gâteau, avec un glaçage au chocolat. Lorenzo se lécha les lèvres avec gourmandise.

— C'est pour moi, père ?

Nelson approuva avec gravité.

— Tu vois ces bougies sur ton gâteau d'anniversaire ?

Lorenzo dénombra une centaine de bougies. Il gloussa.

— Père, je ne suis pas si vieux que ça !

Nelson lui lança un regard dur.

— Ces lumières représentent l'humanité que tu portes en toi, Lorenzo. Elles sont tout ce qui sépare l'être juste et bon que tu as toujours été de celui, cruel et vindicatif, que tu pourrais devenir.

Lorenzo remarqua alors que plusieurs petites flammes vacillantes venaient de s'éteindre. Nelson haussa tristement une épaule.

— Quand elles seront toutes éteintes, Lorenzo, tes frères seront parvenus au but recherché.

Lorenzo s'emporta.

— Comment peux-tu me faire la leçon ? C'est à cause de ta défection que je souffre sur ce rafiot de malheur !

Nelson regarda tristement une nouvelle bougie s'éteindre.

— Je ne peux pas comprendre ce que tu vis, c'est une

évidence, mais c'est à toi de savoir garder le cap et de rester droit, honnête, valeureux et généreux.

Lorenzo se détourna.

— Si je survis, je songerai à me comporter comme un homme bon dès que ces trois traîtres seront morts de ma main et qu'ils ne risqueront plus de me tourmenter !

— Ta haine te détruira...

— Non ! Elle me maintient en vie au contraire !

Nelson s'évapora avec un dernier regard empli d'une tristesse infinie à l'attention de son fils adoré. Lorenzo observa encore le gâteau où trois bougies supplémentaires venaient de s'éteindre.

À présent, un dixième des petites lueurs avaient disparu dans la nuit. Il frissonna en réalisant à quelle vitesse les ténèbres se propageaient dans son âme.

Le lendemain matin, l'homme que Lorenzo avait vu mourir sous ses yeux pendant la nuit fut sommairement jeté à l'eau. Le jeune noble soupira et songea à son rêve et aux paroles de son père. Aurait-il pu faire quelque chose pour empêcher le geste de son voisin ? Aurait-il pu convaincre cet homme de ne pas renoncer si vite ? Quels arguments aurait-il pu opposer à son abattement, alors que lutter signifiait encore plus de souffrances et d'humiliations ? Sans compter qu'ils ignoraient tout de leur sort une fois qu'ils auraient touché terre. Non, Lorenzo ne voyait pas comment il aurait pu lui rendre l'espoir.

Un marin jeta la nourriture devant eux. Les prisonniers commencèrent à manger en silence, le cœur lourd, lorsque des hurlements féminins leur firent lever la tête. Seuls les plus inconscients du danger ou les plus courageux ne baissèrent pas prudemment les yeux en comprenant ce qui allait se passer.

Un des gardes traînait une toute jeune fille noire qui se débattait pour dégager son bras de cette emprise. Elle grimaçait de douleur alors que l'homme comprimait ses muscles au point d'imprimer la trace de ses doigts dans la chair. Quand il s'arrêta, elle se redressa et lui flanqua un coup de pied dans le tibia. Les autres matelots se moquèrent de lui.

Lorenzo crut comprendre, en écoutant leurs plaisanteries, que le type avait essayé de la violer, mais qu'elle s'était rebiffée en le mordant sauvagement à la joue. Il tourna la tête vers les plaisantins pour leur répondre d'aller se faire voir et Lorenzo se rendit compte qu'elle lui avait arraché un gros morceau de peau. Il garderait une cicatrice à vie.

Le marin jeta un coup d'œil vers le capitaine qui, d'un signe, donna son approbation. Aucun esclave n'avait le droit de se rebeller. Même si la jeune fille s'était juste défendue, elle allait payer le prix fort pour ne pas s'être laissé faire.

Ses mains furent attachées autour du mât grâce à des cordes et son tortionnaire dénoua un fouet sous les rires et les encouragements de ses congénères. Lorenzo entendait leurs plaisanteries grasses et, pour la première fois, il eut honte de ne pas être réellement noir, car alors il n'aurait pas pu comprendre leurs propos déshonorants ni chercher désespérément des excuses à ces hommes de sa couleur qui se conduisaient comme des animaux.

Il se détourna avant que le fouet s'abatte sur elle. La fille hurla. Un murmure navré parcourut la foule des captifs masculins. Un deuxième claquement suivi d'un nouveau cri retentit. Lorenzo se souvint brusquement de son rêve et des petites bougies qui s'éteignaient. Il ne pouvait plus rien pour l'individu qui s'était suicidé, mais là, il pouvait encore agir.

Sans réfléchir davantage, il se leva pour apostropher l'équipage.

— Vous devriez avoir honte ! Profiter ainsi du maigre pouvoir que vous octroie votre fonction pour abuser d'une jeune fille sans défense est…

Il ne finit pas sa phrase, car un homme venait de le frapper violemment au niveau des côtes. Lorenzo se plia en deux sous l'effet de la douleur.

— Quoi ? Tu veux prendre sa place ?

Moins d'une minute, plus tard, il était attaché à son tour au mât, face à elle. Un premier coup de fouet claqua sur son dos. Lorenzo sentit sa peau se déchirer sous la force de l'impact, mais son incrédulité et sa surprise dominaient ses perceptions. Comme en écho, elle hurla encore. Son sang éclaboussa la joue de Lorenzo.

Elle reçut dix coups de fouet pour avoir osé se rebeller et lui, cinq pour avoir ouvert la bouche.

Lorenzo sentait les cinq brûlures sanglantes sur son dos. Il frémit en songeant que ces nouvelles blessures pouvaient compromettre ses projets de vengeance. À bord, en effet, la moindre plaie pouvait entraîner la mort. Pourquoi avait-il pris un tel risque pour une cause perdue ? Cette pauvre fille avait sûrement déjà été violée des dizaines de fois depuis son enlèvement, alors pourquoi s'en était-il mêlé ?

Elle ne se remettrait probablement pas du traitement subi. Son poids reposait entièrement sur ses poignets. Pourtant, elle le fixait toujours entre ses paupières à demi closes.

Lorenzo sentit une présence à ses côtés et il s'arracha à son regard mouillé de larmes d'horreur et d'incompréhension. Le capitaine secoua la tête, navré.

— Tu ne devrais pas commettre ce genre de folies, lui reprocha-t-il d'un ton paternaliste.

— Ce n'est pas parce que vous tentez de faire de moi un animal que j'en suis un. Je devais faire quelque chose.

Le capitaine haussa les épaules.

— Que crois-tu que ça ait changé à son destin ?

Lorenzo ne répondit pas. Dans son rêve, son père avait essayé de lui faire comprendre qu'il ne s'agissait pas des autres, mais bien de ce qu'il risquait de devenir s'il perdait toute humanité.

Damian se tourna vers le marin à la joue déchiquetée.

— Ted ?

— Oui, capitaine ?

— Tu voulais faire quoi avec elle ?

Il lorgna le corps nu de la fille.

— Me la faire.

— Elle te tente toujours ?

Ted approuva.

— Ah ouais…

— Alors, prends-la, ici.

Il y eut un bref flottement.

— Devant tout le monde ?

Damian lui jeta un regard rapide.

— Si tu t'en crois incapable, un autre prendra ta place.

Ted entendit les rires de ses camarades. Son orgueil était piqué. Il ouvrit son pantalon et s'approcha de la fille par-derrière. Face à elle et donc aux premières loges pour assister à son calvaire, Lorenzo aurait tout donné pour se trouver ailleurs. Elle lui lança un regard suppliant dès qu'elle sentit les mains de Ted sur elle. Impuissant à l'aider, Lorenzo se débattit en vain pour échapper à ses liens, sans empêcher l'inéluctable de se produire.

Le capitaine, qui n'avait rien manqué de ses réactions, obligea Lorenzo à tourner la tête vers lui.

— Tu ne recommenceras plus, n'est-ce pas ?

Le visage du jeune homme se durcit férocement.

— Un jour, je vous tuerai.

Damian resta interdit pendant un court instant. Lorenzo venait de lui faire une promesse et, malgré sa pitoyable situation, il était parvenu à la rendre terriblement crédible. Pour reprendre le dessus, Damian éclata d'un rire forcé.

— Tu sais bien que c'est impossible, Lorenzo.

Il avait voulu le ridiculiser et rabaisser la portée de sa menace et pourtant, en l'appelant par son prénom, il lui avait involontairement rendu une partie de sa dignité.

À cet instant, ils en étaient conscients tous les deux. Bien évidemment, le capitaine disposait de beaucoup plus de moyens de coercition pour effacer ce petit avantage consenti. Il sourit cruellement et s'adressa à ses marins.

— Salez ses plaies ! Trois jours sans sortie et sans nourriture pour lui.

La punition était sévère, mais Lorenzo n'était pas inquiet. Il avait déjà tenu plus que cela sans s'alimenter.

Malheureusement, il avait surestimé ses forces. Le jeûne, les miasmes putrides des cales, l'absence d'hygiène et ses blessures l'affaiblirent. Il sombra dans une sorte de délire fiévreux durant lequel il rêva encore de son gâteau d'anniversaire.

En constatant que deux bougies supplémentaires venaient de s'éteindre, il s'adressa au vide devant lui.

— Mais pourquoi ? J'ai agi ! C'est injuste !

Son père apparut et secoua tristement la tête.

— C'est vrai, mais tu as regretté ton geste courageux.

Lorenzo s'emporta.

— Évidemment ! Ma tentative n'a rien changé à son

destin ! C'était même pire puisqu'elle a été violée sous mes yeux !

Nelson approuva.

— Tu t'es rebellé contre l'inacceptable. C'était généreux. Recevoir ces blessures, c'était noble. Le regretter, c'était mesquin.

Lorenzo cracha sa fureur.

— Tu sais ce que tu peux faire de ta morale ?

Nelson se volatilisa.

Lorsque, trois jours plus tard, Soko et un nommé Bachik aidèrent un Lorenzo anéanti et livide à remonter à l'air libre, ils lui apprirent que plusieurs des hommes qui avaient partagé le même plat qu'eux, le jour où il avait subi sa punition, étaient tombés malades.

Lorenzo n'était pas beaucoup mieux loti, car ses plaies s'étaient infectées et il était brûlant de fièvre.

Quand son corps évacua miraculeusement le mal et qu'il reprit conscience de son environnement, trente de ses camarades d'infortune venaient de trépasser des suites de la dysenterie.

# Chapitre 10

Plus les semaines passaient et plus Angela se demandait si elle parviendrait à retrouver son inépuisable énergie d'antan. Chaque matin, elle se levait avec la volonté de faire face, et avec la course du soleil elle sentait sa détermination décliner sous le poids de sa charge. Plusieurs fois par jour, elle ressentait le besoin impérieux de se réfugier à l'abri des regards pour pleurer. Elle devait ensuite lutter pour se ressaisir et trouver la force de poursuivre.

John Norrington n'avait pas menti : il fallait une main de fer pour diriger une plantation comme celle-ci. En tant que femme, elle devait surmonter encore plus d'obstacles que les autres.

Pas plus tard que la veille, Kit Osborne avait tenté une fois de plus de l'escroquer. Elle avait dû le menacer de s'adresser à un concurrent très agressif commercialement et installé à Pensacola depuis peu, pour le contraindre à revoir son offre. L'Osborne Company étant le fournisseur de Splendora depuis deux générations, le marchand avait fini par plier et par lui accorder une remise de vingt pour cent pour se faire pardonner. Elle avait signé son bon de commande tout en sachant qu'il tenterait à nouveau le coup la prochaine fois, et la suivante.

Avait-elle le choix, en réalité ? Lyle Cortez pratiquait effectivement des prix plus intéressants qu'Osborne. Elle lui avait rendu visite, mais il lui avait proposé des tarifs prohibitifs, pensant qu'une femme ne discuterait pas.

Avant sa prochaine venue, Kit Osborne allait probablement se renseigner auprès de ses confrères et découvrir qu'elle lui avait menti concernant leurs prix.

Si seulement le marchand était le seul à avoir tenté de la voler à présent qu'elle était veuve, mais non ! Elle devait se battre contre les préjugés, contre l'idée qu'une femme jouait forcément de ses atouts pour atteindre ses objectifs. Depuis la mort de Trevor, elle avait d'ailleurs reçu une quantité de propositions malhonnêtes trop incroyable pour être chiffrée. Les hommes étaient-ils réellement tous ainsi ? C'était d'autant plus gênant que deux tiers d'entre eux environ avaient des épouses magnifiques ! Et pourtant, ils tentaient de négocier ses charmes en échange d'avantages pour Splendora. Mais si elle acceptait ce genre de choses, elle ne serait rien de plus qu'une vulgaire prostituée ! Le cycle serait sans fin. La pensaient-ils si stupide, si désespérée ?

Angela se durcissait de plus en plus pour affronter ce monde d'hommes sans concession. Elle n'avait qu'un seul objectif : Splendora ne devait manquer de rien. Trop de vies dépendaient de sa volonté.

Pourtant, qu'en serait-il dans un mois ou dans un an ? Ne finiraient-ils pas par l'avoir à l'usure ? Elle se sentait déjà si lasse.

Si au moins elle avait eu Ben, le régisseur de Trevor… Malheureusement, il était mort lui aussi. Elle ne pouvait déléguer ses tâches à personne. En essayant d'être partout à la fois, dans les champs, aux côtés de ses *drivers* et à

Pensacola pour les négociations liées à l'approvisionnement et à la vente, elle s'épuisait.

Pour la première fois de sa vie, elle regrettait l'absence d'une présence masculine pour l'épauler. Pourtant, il était hors de question de remplacer Trevor, car aucun de ses prétendants n'accepterait qu'elle dirige elle-même Splendora et que cette union reste chaste. Jamais plus, en effet, elle n'accepterait qu'un homme pose les mains sur elle. Jamais ! Or tous les célibataires qui avaient tenté leur chance auprès d'elle avaient été très clairs concernant leurs ambitions dans ces deux domaines.

Il n'empêche que, dans la gestion d'une plantation comme celle-ci, une autorité naturelle masculine aurait fait merveille, là où pour elle tout devait se faire avec des frictions. Du plus haut au plus bas niveau, ils testaient tous ses limites.

Angela grimaça subitement. Lettie tentait de démêler ses cheveux châtain clair et elle venait d'accrocher un nœud. Visiblement préoccupée et inconsciente de la douleur qu'elle lui infligeait, elle insistait.

— Lettie ! Tu me fais mal ! s'emporta Angela.

La soubrette sursauta.

— Oh pardon, maîtresse. Je suis désolée.

Étonnée de voir que la jeune fille, d'ordinaire enjouée et bavarde, retombait dans un silence pesant, Angela observa son reflet dans la glace. Lettie avait les larmes aux yeux.

— Quelles sont les nouvelles du jour ? l'encouragea Angela dont la curiosité était piquée.

Sa femme de chambre semblait trop bouleversée pour songer à répondre et elle resta murée dans un mutisme de mauvais augure. Angela s'empara de sa main et l'obligea à lui faire face.

— Que se passe-t-il ?

Lettie pleurait à présent.

— Maîtresse, j'ai tellement peur d'être punie !

— Pourquoi te punirais-je ? s'inquiéta Angela.

— Vous vous rappelez qu'un jour nous avons parlé des esclaves de Sunhill ? demanda Lettie, les yeux baissés.

La soubrette poussa un petit cri de douleur, car sa maîtresse venait d'enfoncer nerveusement les doigts dans sa chair. Angela s'excusa et desserra son étreinte. Lettie cacha son visage dans ses mains.

— Oh ! J'ai si peur !

Angela se demandait ce qui pouvait terrifier à ce point une jeune fille aussi insouciante, quand un soupçon affreux monta en elle.

— Les esclaves de Splendora préparent une révolte comme à Sunhill ? comprit-elle. C'est ce que tu essaies de me dire ?

Lettie hocha la tête.

— Je suis tellement désolée, maîtresse.

Angela ne bougea pas et la soubrette poursuivit d'elle-même.

— Ce n'est qu'une rumeur pour le moment, mais nous autres, les esclaves domestiques, nous serons massacrés avec vous et les *drivers*. C'est toujours comme ça que ça se passe ! J'ai si peur pour mon fils !

L'expression d'Angela se durcit.

— Quand ont-ils prévu d'agir ?

— Je n'en sais pas plus, maîtresse. Je vous le jure.

Angela ressentit un puissant sentiment d'injustice.

— Pourquoi ? Ils ne sont pas maltraités, bien au contraire !

Lettie soupira.

— Ils pensent que, parce que vous êtes veuve et seule, vous ne pourrez pas les empêcher de reprendre leur liberté.

Angela hocha la tête avec fatalisme. Les esclaves eux aussi imaginaient que, en l'absence d'un époux, elle serait inapte à se défendre et à adopter les mesures adéquates pour punir leur tentative. Elle aurait dû s'en douter. Pour tous, l'esclavagisme était une affaire d'hommes et une femme était forcément faible.

Angela se leva. Une nouvelle détermination brillait dans ses yeux. Elle s'était apitoyée sur elle-même suffisamment longtemps. Il fallait reprendre l'avantage et les rênes de sa vie. Elle montrerait à tous ces gens qu'elle n'avait besoin que de ses propres équipes pour mater les rebelles.

Angela se pencha vers Lettie et essuya ses larmes.

— Je vous protégerai, Lettie, toi et ton fils.

— Merci, maîtresse. Merci.

Angela convoqua ensuite ses *drivers*. Si Ben avait été en vie, c'est lui qui aurait dû se charger de cela, en tant que régisseur. Au lieu de ça, il ne restait plus qu'elle et ils devraient tous s'en contenter.

Une équipe restreinte demeura en poste, pendant que les autres entraient un à un dans son bureau en l'observant, curieux de savoir ce qu'elle avait à leur dire.

Avec un nœud au ventre, elle fit le constat que ces hommes étaient son unique planche de salut. S'ils décidaient que leur fidélité ne s'appliquait pas à elle, Angela pouvait tout perdre.

Heureusement, Trevor avait bien fait les choses. Dans les faits, les *drivers*, noirs comme leurs pairs, assuraient des fonctions de surveillance et de punition. Ils étaient souvent aussi détestés que les Blancs. Généralement choisis pour leurs différences ethniques ou leur métissage et récompensés à chaque preuve de leur loyauté, ils progressaient petit à petit dans la hiérarchie sociale mise en place par les planteurs. Une disgrâce équivalait pour eux à retomber parmi les anonymes qui ne les portaient évidemment pas dans leur cœur.

En tant que porte-parole des maîtres et tourmenteurs de leurs frères au nom d'un système économique profondément injuste, ils subissaient également les représailles de la masse des esclaves quand ils se rebellaient.

Si Angela comprenait ce qui pouvait pousser des esclaves à tenter leur chance face à elle, elle ne pouvait accepter de renoncer au premier obstacle, même s'il était aussi complexe à gérer qu'une révolte d'esclaves.

Un des plus vieux *drivers* de la plantation, Anton, se présenta comme le délégué des autres. Par sa bouche, l'opinion collective des *drivers* se ferait entendre. Angela lui rendit son salut et s'efforça de parler d'une voix posée.

— Messieurs, j'ai eu vent de rumeurs de révolte.

En voyant leurs expressions et les regards qu'ils échangèrent, elle comprit qu'ils avaient senti les prémices des troubles à venir dans le comportement des esclaves. Ils étaient eux aussi sur le qui-vive, même s'ils n'avaient visiblement pas eu l'intention de l'informer.

Anton approuva.

— Nous avons remarqué des tensions, mais ne vous en faites pas, maîtresse. Nous avions prévu de multiplier les tours de garde pour les dissuader d'agir.

Elle se crispa.

— Et vous auriez fait cela sans me consulter ?

Anton interrogea les autres du regard avec surprise.

— Heu… Nous nous sommes dit que…

D'un simple geste, elle lui intima le silence.

— Je suis une femme, certes, mais je suis l'autorité suprême ici ! Dorénavant, vous devrez m'informer de la situation et me demander mon avis avant de prendre des décisions qui me concernent. Est-ce bien clair ?

Elle les toisa. Anton approuva.

— Nous voulions juste vous épargner du tracas, maîtresse.

Elle le fixa quelques secondes pour chercher à lire dans son regard s'il se moquait d'elle. Pourtant, il semblait sérieux et les autres aussi. Au fond, leur initiative était touchante.

— Je ne suis pas fragile, messieurs.

Anton lâcha un petit rire.

— Nous voyons cela. Que devons-nous faire selon vous, maîtresse ?

Elle réfléchit un instant, le temps de se souvenir de ce que Trevor lui avait expliqué avant de quitter Splendora pour porter assistance à Sam Delaware à Sunhill.

— Il me semble que, dans la plupart des cas, seule une minorité d'esclaves s'insurge au tout début.

Anton approuva.

— Oui, maîtresse. Si les plus téméraires rencontrent le succès, les autres suivent le mouvement. Ensuite, c'est leur nombre qui fait toute la différence.

Les *drivers* la dévisageaient tous et, à leur expression, Angela comprit que si elle se trompait, elle perdrait leur respect et leur écoute. Elle laissa donc son instinct parler.

— Si nous les empêchons d'agir, nous ne connaîtrons jamais l'identité des meneurs. Ils rentreront simplement dans le rang en attendant une meilleure occasion ou d'avoir converti tous les autres à leurs projets. Nous devons affronter le problème tant que l'effet de surprise nous donne l'avantage. C'est-à-dire, maintenant.

Anton reprit la parole avec un sourire, ouvertement admiratif, cette fois.

— Comment envisagez-vous de procéder ?

Elle réfléchit encore.

— Tendons-leur un piège.

— Un piège ?

Elle hocha la tête.

— Laissons-leur croire que nous ne savons rien et que nous sommes affaiblis. Armez-vous discrètement et ne changez rien à vos habitudes. Quand ils passeront à l'attaque, nous serons prêts à riposter.

Anton haussa les épaules.

— Que ferons-nous s'ils sont trop nombreux ?

Angela n'avait qu'un mot à dire pour que John Norrington vienne à son secours avec des hommes. Pourtant, si elle réclamait de l'aide, elle prouverait à tous qu'ils avaient raison de douter d'elle. Au contraire, pour marquer les esprits de ses esclaves, de ses *drivers* et de ses voisins, elle devait se sortir seule de cette situation.

— Nous devons partir du principe que tout se passera ici comme ailleurs, avec quelques insurgés isolés au départ. Je ferai un exemple des prisonniers.

Elle devrait choisir des sanctions adéquates afin de briser toute nouvelle idée de révolte. Elle frissonna et Anton lui jeta un regard empli de compassion.

— Saurez-vous être assez dure pour décourager les autres ?

— Nous sommes peu nombreux face à eux. Seule la peur les maintient à leur place, ajouta un *driver* à la peau plus sombre. Si vous ne pensez pas être capable de vous montrer impitoyable…

Elle hocha la tête.

— Ne doutez pas de ma détermination…

Plusieurs d'entre eux baissèrent les yeux. Anton intervint encore.

— Il serait plus prudent de vous réfugier à l'écart, le temps que nous reprenions le contrôle de Splendora.

Elle le regarda comme s'il avait perdu l'esprit.

— Est-ce en me cachant que vous voulez que je prouve ma résolution ?

Il éclata de rire.

— Vous êtes redoutable, maîtresse, et intrépide. Faites comme bon vous semblera. Nous ne faillirons pas.

— Revoyons le plan à mettre en place, proposa-t-elle.

Sur ses ordres, ils se préparèrent donc en toute discrétion. Les consignes furent transmises d'un *driver* à l'autre. Ils cachèrent des armes à des endroits stratégiques et organisèrent des gardes nocturnes, tout en simulant un relâchement durant la journée. Les appâts avaient été lancés, il ne restait plus qu'à attendre.

Les insurgés lancèrent les hostilités au cours de la deuxième nuit. Pensant avoir affaire à une équipe privée de chef depuis la perte du maître et de son régisseur, ils n'avaient pas réuni assez de partisans et ne cherchèrent même pas à se montrer discrets tant ils étaient sûrs d'eux. Sur les cent soixante esclaves de la plantation, seuls trente attaquèrent. Équipés de fourches et d'outils insuffisants pour faire face à des hommes armés de fusils, ils tombèrent dans le piège tendu par Angela et exécuté à la lettre par ses *drivers*.

Dix rebelles moururent avant même d'avoir pu porter un seul coup. Neuf autres tentèrent alors de prendre la fuite, mais les tactiques d'encerclement prévues par leur maîtresse permirent aux *drivers* de les rattraper rapidement. Les onze derniers mutinés entamèrent une lutte à mort. Seuls sept d'entre eux survécurent à l'affrontement, sans parvenir à infliger de dommages conséquents à leurs adversaires.

Assise dans un fauteuil de sa chambre, Angela attendait le rapport de ses hommes en se tordant les mains.

Après la réunion et la mise au point de leur plan, elle avait passé une nuit d'angoisse à se demander si elle avait pris les bonnes décisions. Elle avait donc ressenti un soulagement teinté de fatalisme et d'amertume en entendant les coups de feu qui marquaient le début des hostilités. Pour être tout à fait honnête avec elle-même, elle éprouvait de la peur aussi. Avait-elle eu raison de rester à Splendora ? Et si le piège échouait ? Elle repoussa ses doutes et les images terribles du sort qui l'attendait si les insurgés prenaient le dessus.

Quand, moins de deux heures plus tard, Anton vint la prévenir du succès de l'opération, elle lut de l'admiration dans ses yeux. Elle avait gagné le respect de ses *drivers*.

Pourtant, elle devait encore franchir l'épreuve suprême : celle des sanctions. Il fallait en effet que ces événements tragiques restent gravés à jamais comme un échec monumental et deviennent une légende terrifiante dans l'esprit des esclaves.

Angela suivit Anton hors de la maison, là où les prisonniers attendaient. La mort dans l'âme, elle sentait une angoisse terrible s'emparer d'elle. Si elle n'était pas assez dure, elle ne restaurerait pas la peur dans le cœur de ses esclaves. Pourtant, il le fallait. Elle allait devoir prononcer des sanctions dissuasives.

Tous les esclaves de la plantation furent regroupés dans le but de la voir prendre des décisions qu'une femme n'aurait jamais dû avoir à prendre. Les seize rescapés, ceux qui s'étaient battus et ceux qui avaient tenté de fuir, étaient enchaînés à la vue de tous. Angela se posta face à eux tel un ange de la mort, dans son austère robe de deuil.

— Trevor McDermott est décédé. Vous avez dû penser que sa veuve ne saurait pas défendre son héritage.

Face à elle, encadrés par les *drivers* armés jusqu'aux dents et parfaitement organisés, plusieurs hommes courbèrent l'échine. La détermination et la rigueur de la jeune femme venaient d'achever les espoirs de ceux qui parmi la masse n'avaient pas osé tenter leur chance ce soir-là.

— À Splendora, vous êtes mieux traités que beaucoup d'autres. J'aurais souhaité que les choses se poursuivent ainsi, mais puisque vous avez voulu tester ma sévérité, je ne vais pas me montrer ingrate.

Elle prit une brusque inspiration.

— Cinquante coups de fouet pour les sept rebelles qui ont combattu les *drivers*.

Un murmure incrédule parcourut la foule. C'était énorme, déraisonnable même. Certains hommes ne survivaient pas à quinze coups de fouet. Avec ce nombre, Angela savait qu'elle leur prouvait le peu de cas qu'elle faisait de la vie de ceux qui tentaient de la trahir.

La sanction fut appliquée méthodiquement par les *drivers* qui se relayèrent. Les dents serrées et le regard fixe, elle assista à la punition dans son intégralité. Objectivement, c'était monstrueux, horrible, inhumain. Angela savait que les hurlements des malheureux hanteraient longtemps ses cauchemars, pourtant elle resta là, le visage impassible.

Anton s'approcha d'elle alors que le dernier des insurgés était détaché et traîné un peu plus loin.

— Quels sont vos ordres, maîtresse ?

— Attachez-les à des poteaux devant les cases.

Surpris, Anton cligna des yeux.

— Bien, maîtresse.

Les autres assisteraient à la lente agonie de leurs camarades. C'était une méthode barbare qui ne manquerait pas de marquer les esprits. Elle poursuivit.

— Si certains tiennent plus de quatre jours, faites-les soigner et remettez-les ensuite au travail dans les champs.

Anton hocha la tête, visiblement surpris d'approuver sa décision. Il devait se demander où une frêle jeune fille comme elle allait chercher des idées dissuasives aussi radicales. Car, il fallait bien l'admettre, voir les cicatrices de leurs camarades survivants, si toutefois il y en avait, instillerait la peur dans le cœur des autres. Un respect tout nouveau brillait dans son regard et cela désola Angela. S'il fallait de telles horreurs pour obtenir la considération de ces hommes, elle en était la première attristée.

— Que devons-nous faire du groupe des fuyards ?

— Pendez-les.

À nouveau, elle assista stoïquement à la sanction. Elle resta dans la touffeur de la nuit, jusqu'à ce que le dernier insurgé agonise. Elle entendit des sons qu'elle n'aurait jamais voulu entendre : le craquement sinistre d'une nuque qui se brise ou le râle d'un homme cherchant désespérément de l'air malgré la corde serrée autour de son cou. Et lorsque le dernier captif poussa son ultime soupir, elle leva des yeux secs vers ses esclaves.

— Il ne tient qu'à vous que ceci ne se reproduise jamais ! Je serai une maîtresse juste, mais ne me trahissez plus.

Dans la foule des témoins, les visages affichaient des expressions lasses et vaincues. La peur des représailles ferait son effet pour un temps. Angela savait qu'elle avait pris la bonne décision, pourtant, à cet instant, elle se dégoûtait profondément. Elle attendit que les *drivers* raccompagnent les esclaves jusqu'à leurs cases. Des mesures disciplinaires resteraient d'actualité encore quelques semaines. Puis la vie reprendrait son cours.

Enfin, elle parvint à tourner les talons. Anton la suivit alors qu'elle regagnait la maison.

— Comment allons-nous compenser les trente absences, maîtresse ?

Elle craignait de ne pas réussir à contrôler sa voix.

— Les Bossales[1] les plus anciens ont été achetés il y a près de six mois. Mettez-les au travail. Vérifiez l'état de ceux que nous avons achetés il y a cinq mois. Choisissez les plus forts uniquement et affectez-les à des tâches simples et peu pénibles.

— Cela représente une quinzaine d'hommes au mieux.

Elle approuva.

— Je sais. Je retournerai prochainement à Pensacola pour acquérir un nouveau lot.

— Ils ne seront pas prêts tout de suite. En attendant, devons-nous augmenter les cadences pour compenser les pertes ?

— Non. Je leur ai promis d'être une maîtresse juste. Pendant quelques mois, nous accomplirons le travail avec un effectif légèrement inférieur.

Anton l'observa encore avec une lueur particulière dans le regard. Elle soupira.

— Merci de votre aide, à vous et aux autres *drivers*. Transmettez-leur ma reconnaissance.

Il hocha la tête.

— Trevor McDermott aurait été fier de vous, maîtresse. Il n'y aura pas de nouvelle révolte avant longtemps, foi d'Anton.

Il la laissa seule et pensive. Angela entra dans la maison, traversa les couloirs jusqu'à sa chambre, d'un pas de plus

1. Esclaves nés en Afrique.

en plus chancelant. Enfin, elle franchit sa porte qu'elle referma sans bruit. Brusquement, ses genoux cédèrent. Elle s'effondra en larmes sur son tapis.

Mon Dieu ! Mais qu'avait-elle fait ?

À peine six mois plus tôt, elle n'était qu'Angela King, une fille de marchand sans prétention qui rêvait d'échapper à l'emprise de sa famille en épousant un homme qu'elle aimerait. Ses espoirs lui semblaient tellement idéalistes avec le recul que lui inculquait la triste réalité ! Dorénavant, elle était Angela McDermott, une propriétaire terrienne enviée, dirigeant sa propre plantation. Elle était veuve et cela ne lui avait fait ni chaud ni froid d'apprendre le décès de son mari. À vrai dire, elle s'en était même réjouie, déplorant bien davantage celui du régisseur de Splendora. Dans une situation comme celle-ci, c'est lui qui aurait dû normalement se charger des sanctions à appliquer. Au lieu de ça, elle venait de condamner des hommes à mort et d'assister stoïquement à la scène !

Elle se précipita vers son vase de nuit. Elle se mit à vomir sa haine d'elle-même. Jamais elle n'aurait imaginé être capable de tant de froideur. Mon Dieu ! Elle était devenue un monstre sans cœur et sans pitié. Elle était en train de se perdre, elle qui avait pourtant toujours eu le système esclavagiste en horreur. Aucune terre ne valait de condamner son âme à la damnation ! Aucune ! Elle se prenait presque à ressentir de l'aversion pour Splendora.

Angela se traîna jusqu'à son lit où elle s'allongea tout habillée. Elle ne pouvait pas continuer ainsi, c'était impossible. Elle songea brièvement à John Norrington, sans pouvoir se résoudre à accepter sa demande en mariage. Mettre cet homme aux commandes de sa vie reviendrait à se soumettre à un autre Trevor.

Après des heures de réflexion, elle arriva à la conclusion

que seule l'embauche d'un nouveau régisseur pourrait la sortir d'affaire.

Un employé blanc, comme le voulait l'usage, se résoudrait-il à recevoir ses ordres d'une patronne ? Ne tenterait-il pas, à un moment, de prendre l'ascendant sur elle qui bravait les conventions, de l'évincer de sa fonction ou de la séduire ?

Angela réfléchit longuement. Elle songea à ce qui liait Trevor et Ben : une parenté éloignée. La solution lui apparut alors d'elle-même. Il lui fallait trouver un métis à la peau pâle, quelqu'un d'instruit. En lui offrant une position enviable, elle achèterait sa fidélité. De plus, un esclave resterait à sa place. Et, s'il se montrait trop hardi, elle le ferait renoncer à ses prétentions et le remettrait dans le rang.

Elle envisagea brièvement de nommer Anton à ce poste. Il avait largement prouvé sa loyauté, ce soir. Il lui obéissait sans rechigner et la respectait. Avec lui, elle conserverait les commandes. Cependant, il devrait s'imposer face à des hommes qui avaient toujours été ses égaux. C'était un pari risqué. Et il ne savait pas lire. Il ne pourrait jamais la remplacer dans des négociations ardues. Il ferait un excellent chef des *drivers*, mais elle avait besoin de bien plus.

Angela voyait déjà l'homme de son choix, un métis intelligent et fort. Elle voulait qu'il puisse lui servir de garde du corps au besoin. Elle le paierait une fortune, mais qu'importe. Le salut de son âme valait bien tous les sacrifices.

Soulagée, Angela décida de se rendre à Pensacola dès qu'elle serait certaine que les choses seraient rentrées dans l'ordre à Splendora.

Enfin, elle s'endormit.

# Chapitre 11

La première bouffée d'air pur.

Lorenzo en fut presque étourdi d'ivresse. S'il en avait eu la force, il se serait mis à danser de bonheur.

Malheureusement, le navire avait traversé une seconde tempête. Après plus de deux jours de jeûne, d'asphyxie, de barbotage dans les immondices des bailles à déjection renversées par le tangage, de ballottage douloureux, de terreur à l'idée de voir le bateau chavirer et de la vision horrible des corps projetés contre la coque, il rêvait juste d'une nuit de sommeil, de nourriture et d'un bon bain.

Dans la cale, alors qu'ils étaient certains de ne pas survivre une heure de plus, les captifs avaient senti que la tempête se calmait progressivement. Certains en avaient pleuré de bonheur. Lorenzo, pour sa part, s'était réjoui d'être toujours en vie et d'avoir encore la possibilité de se venger de sa famille avant de mourir.

Il lui avait fallu ensuite rassurer le pauvre Soko. Cette nouvelle épreuve semblait l'avoir anéanti alors que, jusqu'à présent, il avait relativement bien absorbé le reste des détériorations de leurs conditions de vie. Il avait fallu parlementer longtemps avant qu'il consente à quitter sa position fœtale et à admettre que la mer s'était calmée.

Puis, les marins étaient venus les sortir de là. Ils avaient l'air épuisés eux aussi. Certains pâlirent même à la vue du contenu des cales et en percevant l'odeur infecte. D'autres grognèrent en songeant au travail de nettoyage à accomplir. Pourtant, selon la bonne vieille habitude, les coups de badine se mirent à pleuvoir pour les faire bouger.

Titubants de fatigue, hébétés, ils purent enfin rejoindre la surface. Lorenzo vécut ce moment comme une renaissance. Il leva les yeux vers le ciel clair et sans nuages. Quand son regard s'abaissa vers la ligne d'horizon et le soleil matinal, il croisa le visage étonné et vaguement soulagé du capitaine.

Damian ne s'attendait pas à le voir en vie. Bon sang ! Un noble comme lui n'aurait jamais dû avoir à subir ce genre de traitements. Et surtout, lui-même n'aurait jamais dû tremper dans les magouilles de David et Simon ! Leur frère valait visiblement mille fois mieux qu'eux.

En toute honnêteté, le sort des autres esclaves n'importait pas à Damian. La traite des Noirs constituait une de ses principales sources de revenus depuis trop longtemps pour que cela lui pose un cas de conscience, mais Lorenzo était là par sa faute, ou du moins, à cause de sa complaisance. La résistance dont il faisait preuve, hors du commun pour quelqu'un d'habitué au luxe, forçait le respect du capitaine.

Même à présent, alors qu'il ressemblait à un rat dégoulinant de saleté, Lorenzo gardait un regard décidé et une prestance qui trahissait ses origines. Comment ce type distingué, aux traits aristocratiques, pouvait-il être le frère de deux nabots comme David et Simon ?

Avec cette réflexion, Damian réalisa brusquement que

ses problèmes au sujet de Lorenzo commençaient à peine. Qui réussirait-il à convaincre que cet homme altier était un esclave soumis ? Il faudrait qu'il se penche rapidement sur la question et surtout qu'il y trouve une réponse.

L'option la moins compromettante consistait à glisser Lorenzo dans un lot d'esclaves destinés aux champs. Pourtant, O'Briscol n'arrivait pas à s'y résoudre, parce qu'il tirerait beaucoup plus d'argent avec une vente individuelle. Dans ce cas, l'acheteur choisirait forcément Lorenzo pour ce qu'il avait à offrir en tant qu'individu. C'était un beau mâle qui risquait d'être acheté pour servir de jouet sexuel. Or, plus le temps passait et plus cette idée déplaisait foncièrement à Damian. Il avait déjà rempli plus que sa part du marché, n'en déplaise à David et Simon, puisque les conditions de ce voyage avaient été encore plus catastrophiques et déplorables que les autres fois. Le taux de mortalité avait atteint des niveaux inédits sous son commandement. O'Briscol décida donc que si un maître honnête se présentait pour Lorenzo, il ne s'y opposerait pas. Soudain plus en accord avec sa conscience, il soupira de soulagement.

Sous son regard inexpressif, la séance de lavage débuta. Elle durerait plus longtemps que d'habitude, car les marins avaient reçu des consignes spécifiques. Ils approchaient de leur destination et il y aurait moins de travail à l'arrivée si la marchandise était correctement nettoyée après l'épisode calamiteux de la tempête. Damian grimaça soudain en remarquant l'épaisse couche de crasse sur la peau plus pâle de Lorenzo et l'odeur nauséabonde dégagée par les captifs.

Honteux, il fit un saut dans sa cabine. De retour sur le pont, il appela un des matelots.

— Donne ceci à celui qui a des cheveux plus longs.

Le marin observa l'objet en question avec surprise. Pourtant, il haussa les épaules et s'éloigna.

Lorenzo était le suivant dans la file quand un marin lui tendit un objet.

— Tiens, c'est pour toi.

À son tour, Lorenzo scruta le pain de savon avec sidération.

— Que…

— Me demande pas, ça vient du capitaine, se justifia le garde.

Lorenzo accepta le présent et, dès qu'il fut mouillé, il se savonna le corps et les cheveux avec délectation.

Après trois mois de cabotage entre le Sénégal et le Gabon, puis deux mois de traversée, les quelques traitements particuliers que lui accordait le capitaine – la discussion qu'ils avaient eue lorsque Lorenzo s'était fait fouetter, l'interdiction de lui raser les cheveux et à présent, ce savon – ne passaient pas inaperçus. Cette énigme renforçait son aura de mystère. Comme certains se rappelaient parfaitement l'avoir vu dès leur départ de Londres, ils le craignaient sans vraiment savoir pourquoi.

Lorenzo eut donc droit à une séance de nettoyage plus longue que celle des autres. Après le parfum des cales, l'impression de ne plus sentir trop mauvais lui donna le sentiment de recouvrer une part de son humanité. Sensation fugace qui s'estompa dès qu'un autre matelot le rinça abondamment à l'eau de mer. Dépité, Lorenzo haussa les épaules avant de proposer le savon à son voisin de chaîne.

Il y eut un nouveau flottement parmi les marins. Ils se tournèrent vers leur capitaine pour quêter son approbation, mais celui-ci était occupé à déchiffrer une carte. Dans le doute, les gardes ne firent rien et laissèrent Soko se laver à son tour. Le troisième esclave avait à peine posé sa main sur le savon que Soko lui tendait qu'il se faisait brutalement rabrouer. Il ne fallait pas non plus exagérer !

Les captifs furent ensuite badigeonnés d'huile de palme pour régénérer leur peau après ces deux jours difficiles. Puis, ils purent enfin s'asseoir pour manger et boire. Le repas de légumes complété par un verre d'eau-de-vie les combla d'aise. Ils eurent ensuite le droit de se prélasser sur le pont pendant qu'une procession macabre débutait.

Les gardes sortaient un à un les cadavres des cales pour les balancer à l'eau. Lorenzo observa deux marins, un gamin et un vieux loup de mer, lancer un corps par-dessus bord avant de prendre une pause, tout près d'eux. La voix hantée, le plus jeune gardait les yeux obstinément fixés sur l'horizon alors qu'en bas les requins s'en donnaient à cœur joie.

— Celui-ci vivait encore…

L'ancien tapota l'épaule de son comparse.

— Faut pas y penser !

— Facile à dire ! Moi, j'ai rien demandé. Un soir, j'suis entré dans une taverne et le matin, j'me suis réveillé sur ce bateau !

Lorenzo avait entendu dire que les équipages des négriers étaient rarement composés de volontaires uniquement. Le capitaine avait un noyau dur de fidèles auquel venaient se greffer des engagés qui ne se rappelleraient jamais avoir signé consciemment la feuille de bord. Pourquoi, dans ce cas, ces hommes jouaient-ils le jeu ? Le vieux reprit la parole, brisant le cours de ses pensées.

— Laisse tomber !

Le jeune se tut. Une seconde plus tard, il ne put s'empêcher de poser une nouvelle question.

— Pourquoi on les jette à l'eau alors qu'ils ne sont pas morts ?

— Aucun esclave avec un membre cassé ne trouvera d'acheteur. Il faut être raisonnable, petit. Sans soins, ils crèveront de toute façon ! Autant que ça soit rapide.

Le vieux se signa.

— C'est quand même incroyable, tout ça. Une tempête comme celle-là n'est pas fréquente en cette saison, ajouta-t-il.

— Ah bon ?

— Oh non ! D'habitude, on a des suicides, des maladies, une mer agitée, mais jamais rien de comparable à ça. Plus de deux jours consécutifs de gros temps ! Cent morts jusqu'à présent ! T'imagines le manque à gagner ?

Le gamin secoua la tête. Tout ça le dépassait.

— Heureusement, on est bientôt arrivés. Nous s'rons à Pensacola dans une semaine tout au plus, assura le plus vieux.

Les yeux du jeune se mirent à briller.

— Nous pourrons descendre à terre, à ce moment-là ?

— N'y compte pas trop ! On a encore la quarantaine à passer tous ensemble, pour qu'les autorités portuaires soient sûres que nous n'sommes pas porteurs de maladies. Après ça, nous pourrons enfin accoster !

— Vivement !

Un officier les apostropha.

— Allez, vous autres ! C'est pas fini ! On y retourne.

En grommelant, les deux marins s'exécutèrent.

Tout en les regardant disparaître dans les entrailles du navire, Lorenzo sentait l'espoir renaître dans son cœur. Il touchait au but. Il serait bientôt fixé sur son sort. Il pourrait alors établir sa stratégie pour rentrer chez lui.

— Je suis si content que vous ayez pu venir, madame McDermott.

Angela salua froidement Lyle Cortez qui la dévisageait en souriant de façon engageante. Elle se sentait très mal à l'aise sous son regard de braise. Pourvu qu'elle ne se soit pas fourvoyée en acceptant ce rendez-vous. Elle lui retira sa main dès que la politesse le lui permit.

— J'étais curieuse, je l'avoue. Notre dernière entrevue m'avait plutôt laissé penser que vous ne souhaitiez pas travailler avec moi.

Il fit un signe rapide au serveur pour qu'il apporte du thé et des pâtisseries pour son invitée. Quand la commande fut sur la table, Lyle entra dans le vif du sujet avec un air détendu et assuré.

— J'en suis le premier désolé. C'est pourquoi je voulais vous rencontrer pour éclaircir les choses entre nous.

Elle fronça les sourcils, désireuse de tester la résistance de son sourire.

— Vous avez tenté de m'escroquer parce que je suis une femme. Comment comptez-vous justifier votre indélicatesse ?

Il eut le bon goût de paraître gêné.

— Vous exagérez.

Elle lui adressa une moue ironique.

— Si vous espérez travailler avec moi, monsieur Cortez, il faudra mettre de côté vos préjugés et vous montrer honnête.

Il se rembrunit. Il avait entendu parler de cette femme de glace bien avant de la rencontrer. Véritable poupée de porcelaine, elle était pourtant aussi tranchante qu'un rasoir, de l'avis général. Son hermétisme face aux quelques allusions qu'il avait glissées dans leur conversation précédente constituait un défi d'autant plus alléchant qu'elle paraissait totalement immunisée contre son charme.

Inutile de faire preuve de fausse modestie, il plaisait d'ordinaire aux femmes. Avec sa taille imposante, sa silhouette athlétique, son visage lisse et viril, ses cheveux noirs et ses yeux bleus, il avait beaucoup de succès. Sauf avec celle-ci, de toute évidence. Il soupira.

— Soit. Je vous présente mes plus plates excuses pour notre dernière rencontre catastrophique. Je suis entièrement coupable et je l'admets volontiers.

Elle l'observa un instant, surprise par cet autodafé inattendu. Elle ne savait pas ce qui avait motivé cet entretien dans un salon de thé discret. Elle avait à peine posé ses valises dans l'hôtel où elle descendait toujours quand elle venait à Pensacola qu'un billet du marchand la priait de le rejoindre. Curieuse, elle avait accepté de le rencontrer, mais ses simagrées l'agaçaient déjà.

— Que voulez-vous exactement, monsieur Cortez ?

Peu habitué à ce qu'on le bouscule de la sorte, il perdit le fil de la stratégie qu'il avait élaborée avec soin et il parla franchement pour la première fois.

— Je souhaiterais travailler avec vous. Nous avons mal commencé, mais laissez-moi une chance de vous prouver que vous pourrez dorénavant me faire confiance.

Angela l'observa sans réagir et il eut peur qu'elle ne rejette son offre. Après tout, elle n'avait pas besoin de lui. Kit Osborne se vantait devant qui voulait l'entendre qu'il la tenait sous sa coupe. Pourtant, elle sourit comme s'il venait de prononcer une parole magique. Cortez sembla déstabilisé par sa transformation physique.

— J'ai une commande particulière, en effet…

Angela avait longuement hésité avant de décider de ne pas passer par Kit Osborne, son canal habituel. Les besoins qu'elle allait exprimer risquaient de délier les langues et de faire jaser. L'invitation de Cortez tombait on ne peut mieux et lui permettait de ne pas se présenter en tant que quémandeuse pour sa demande hors-norme.

Le marchand se pencha en avant avec une mine de conspirateur.

— Vous semblez bien mystérieuse… De quoi s'agit-il ?

— Rien de répréhensible. Rassurez-vous.

— Vous avez piqué ma curiosité.

— Je cherche un esclave très spécifique.

Il lui lança un sourire complice, se fourvoyant bien évidemment sur le sens de ses mots.

— Je l'avais compris. À quoi devra-t-il ressembler ?

Elle le lui expliqua, sans relever sa méprise.

— Je le voudrais métis, avec la peau la plus claire possible, et intelligent surtout. Il devra être capable de s'exprimer en anglais et connaître quelques dialectes africains comme le malinké, le wolof ou le bambara. Il doit savoir lire, écrire et compter aussi. Si, en plus, il pouvait connaître le maniement des armes, ce serait parfait.

Cortez resta bouche bée un instant. Jusqu'à la couleur de peau, il avait suivi, mais après, il devait avouer avoir perdu le fil. À moins qu'elle ne se moque de lui et qu'elle ne cherche qu'un étalon, comme toutes les autres. Il lui tendit la perche.

— Métis, intelligent et fort ! C'est une demande peu conventionnelle. Avez-vous des exigences physiques à ajouter ?

— Non. J'ai besoin d'un assistant pour certaines tâches. C'est ce qu'il aura dans la tête qui m'intéresse.

Cortez afficha un air navré en comprenant qu'elle était sérieuse. Où allait-il pouvoir trouver un tel homme ?

— Les cargaisons arrivent d'Afrique. Pour la plupart,

les esclaves ne savent même pas parler notre langue ! Où vais-je pouvoir dénicher votre bonheur ? Je pourrais bien sûr vous proposer mon ai…

Elle le coupa en retenant d'extrême justesse le frisson horrifié qui l'aurait trahie.

— Monsieur Cortez, n'est-ce pas une merveilleuse façon de me prouver que je peux me fier à vous ? Si vous trouvez l'esclave que je souhaite, je pourrais devenir une cliente fidèle.

Le défi était habile et Cortez comprit qu'il était piégé. Il émit un petit ricanement désabusé.

— On annonce l'arrivée de plusieurs navires dans les jours à venir. Je m'assurerai personnellement qu'on mette de côté sur chacun d'eux les hommes qui pourraient correspondre à vos besoins. Je vous ferai prévenir à la fin de chaque quarantaine afin que vous puissiez tester vous-même les candidats potentiels.

Elle sourit encore.

— Merci, monsieur Cortez.

Elle se leva et, alors qu'il la regardait partir, il songea qu'il ne ferait probablement jamais affaire avec elle. Pourquoi n'avait-elle pas émis les souhaits habituels des femmes ? Il aurait même pu se proposer pour lui rendre service.

Au lieu de ça, elle voulait qu'il lui déniche un esclave intelligent ! Qui pouvait lui avoir donné à penser que ces deux choses pouvaient être compatibles ?

# Chapitre 12

Les quarante jours constituaient une épreuve de plus pour les futurs esclaves que l'angoisse concernant leur sort à venir rongeait. Par ailleurs, l'impatience des marins à l'idée de goûter aux plaisirs terrestres accessibles dans chaque port du monde atteignait des sommets. Entre deux conceptions aussi opposées, les tensions se faisaient plus perceptibles et les brutalités, plus insidieuses. Les traces de coups de fouet trahissaient en effet un caractère emporté ou belliqueux qui risquait de rebuter les acheteurs potentiels et de faire baisser le prix de vente. Il n'était donc plus question de laisser des marques.

Depuis qu'ils avaient accosté, le navire était amarré, comme plusieurs autres négriers, le long d'un quai isolé. Personne n'était venu leur rendre visite, afin de prévenir les risques d'épidémies. Ce moment d'oisiveté forcée était donc mis à profit pour redonner un semblant d'apparence humaine aux captifs.

Puisqu'ils avaient atteint les côtes américaines, il n'y avait plus lieu de se rationner, les plats de nourriture étaient plus riches, plus variés et plus copieux. La contrepartie existait cependant. S'ils reprenaient des forces, les risques d'évasion augmentaient mécaniquement. Encore une fois, les esclavagistes avaient anticipé et trouvé des solutions pratiques. Les écoutilles furent fermées et les sorties ne se faisaient plus que par roulement de quelques dizaines de minutes tout au plus.

Seuls Lorenzo et Soko eurent droit à un nouveau traitement particulier afin de maintenir l'illusion sur la prétendue couleur de peau du jeune noble.

Damian savait qu'il ne ressemblerait jamais à un Africain, mais avec ces derniers jours passés au grand air et son hâle brun doré, il aurait vaguement l'apparence d'un métis des îles. Le capitaine devrait s'en contenter.

Lorsque Lorenzo et Soko rejoignaient leurs camarades d'infortune dans les cales en fin de journée, ils avaient la surprise de constater que les esclaves s'accommodaient curieusement bien de leurs nouvelles conditions de détention. Depuis qu'ils avaient accosté, l'absence de tangage représentait comme une trêve dans leurs malheurs. Les morts avaient libéré beaucoup de place, offrant un confort inespéré aux vivants. Et même si la fermeture des écoutilles conjuguée à la chaleur rendait l'air rare et vicié, ils étaient tellement moins nombreux qu'au départ que chacun y trouvait finalement son compte.

Pourtant, les rumeurs les plus folles circulaient. Ils craignaient tous que, à leur arrivée, les Blancs ne les tuent pour les manger. Lorenzo s'escrima quelque temps à les rassurer, mais il abandonna ses vains efforts, car la peur du destin que lui réservait le capitaine le fit se renfermer sur lui-même. Il devint de plus en plus sombre et taciturne.

Et un jour, la fin de la quarantaine arriva. Ils le comprirent tous lorsque l'équipe des gardes au complet les mena sur le pont. Ils les attachèrent avec la lourde chaîne avant de les débarrasser de leurs fers habituels. Ils furent ensuite lavés avec un soin particulier puis inspectés sous toutes les coutures par le chirurgien de bord qui observa leur corps, leurs dents, leurs yeux, leur peau et leur crâne avec une attention gênante. Il donna des consignes aux marins.

Certains, comme Lorenzo, furent enduits de produits destinés à maquiller les plaies, les hématomes ou les cicatrices, d'autres se virent appliquer une teinture noire sur les cheveux et d'autres reçurent des ordres stricts pour cacher telle ou telle infirmité. Puis, ils furent à nouveau badigeonnés d'huile de palme. On leur passa de nouvelles paires de chaînes reliant leurs poignets à leurs chevilles. Leur mobilité déjà très réduite en temps ordinaire se résuma à des petits pas dégradants.

Puis l'attente recommença jusqu'à ce qu'un émissaire envoyé par les autorités portuaires se présente à bord. Lui et le capitaine s'enfermèrent dans sa cabine. Immédiatement après leur entretien, le tri des prisonniers commença pendant que le navire s'engageait dans la baie de Pensacola.

Pour la première fois depuis des mois, Lorenzo fut séparé de Soko. Il se retrouva seul, à l'écart des autres, et la perte brutale de son anonymat le perturba. Parmi ses camarades d'infortune, il s'était senti en sécurité. À présent, l'incertitude et la peur revenaient à la charge, renforcées par l'expression satisfaite du capitaine dès qu'il posait les yeux sur lui.

Le navire fut amarré et une passerelle mise en place. Quelques minutes plus tard, les premiers colons montèrent à bord pour observer la marchandise avant de proposer un prix au capitaine qui chapeautait chaque transaction, encaissait l'argent et signait les papiers de propriété.

Les captifs tentaient tant bien que mal de préserver les lambeaux de leur pudeur derrière leurs mains enchaînées. Pourtant, cette ultime dignité leur était ôtée lorsque les colons s'approchaient d'eux et leur ouvraient la bouche de force pour vérifier l'état de leurs dents, leur tâtaient les membres pour tester leur force ou les faisaient tourner sur eux-mêmes pour examiner leur musculature.

Un peu à l'écart de cette agitation, nu comme les autres, Lorenzo pressentait que son sort n'aurait rien de commun avec le leur. Il le percevait dans les regards que les potentiels acheteurs posaient sur lui. Lorenzo ne pouvait chasser de son esprit les menaces du capitaine de lui trouver un maître pervers. Sa mise à l'écart et sa couleur de peau claire semblaient le désigner tout naturellement pour ce genre d'acquéreurs.

Lorenzo faisait ainsi mine d'ignorer les yeux de cette femme impudique qui observait de façon éhontée ses mains couvrant ses parties intimes, comme si elle cherchait tout de même à en évaluer la taille. Comment osait-elle insister de la sorte ? Serait-ce dorénavant cela, sa vie ? Une humiliation après l'autre, sans fin ? Il soupira et détourna la tête.

Un homme replet s'approcha de la matrone indiscrète.

— Comme tu me l'as demandé, j'ai fait une offre pour lui, Annabelle, mais il a été réservé.

Elle lui fit face avec des éclairs dans le regard.

— Tu pourrais surenchérir, non ?

Lorenzo observa leur échange avec intérêt.

— Impossible, mon ange. Le capitaine s'est montré ferme. Tant que le planteur qui a mis une option sur lui ne l'a pas vu, il n'est pas sur le marché.

Dépitée, elle le toisa avec mépris.

— Arnold, c'est une ruse, tu ne comprends pas ? S'il n'était pas sur le marché, il ne serait pas exposé ainsi. C'est une tactique pour faire monter les enchères.

Il secoua la tête.

— Le capitaine m'a certifié que non. De toute façon, son prix est très largement au-dessus de nos moyens.

Elle le gratifia d'un regard mauvais.

— Tu me déçois beaucoup, Arnold ! C'est celui-ci que je veux !

Lorenzo était épouvanté. Les femmes avaient-elles tant de pouvoir sur ce nouveau continent qu'elles puissent insulter publiquement leur époux ? Le malheureux, que Lorenzo plaignait de tout son cœur, haussa les épaules.

— Chérie, c'est le capitaine lui-même qui m'a dit que c'était inutile. Choisis-en un autre avant qu'il soit trop tard.

Il lui indiqua un groupe de métis à la peau plus sombre.

— Parmi ceux-là par exemple…

Elle tourna la tête vers Lorenzo et leurs regards se croisèrent. Il y lut son désir insatiable. Elle utilisait et usait les esclaves dans un seul but et son mari cautionnait. Pire, il l'admettait sans gêne ou jalousie. L'explication vint rapidement.

— Pendant que tu fais ton choix, je vais voir de ce côté-là.

Il indiqua le coin où les métisses étaient exposées. Alors qu'ils s'éloignaient chacun de leur côté, Lorenzo songea à ce qu'ils lui avaient involontairement révélé concernant son avenir : il avait été réservé. Son cœur manqua un battement. Le capitaine avait-il tenu sa promesse de lui trouver un maître à la perversion encore plus avérée que celle de ces deux colons ?

Après cela, il vit plusieurs personnes s'arrêter près de lui et l'observer, mais il garda obstinément les yeux baissés. Il refusait d'affronter son statut d'objet mis de côté en attendant le bon vouloir de son acquéreur.

Il revint à l'instant présent en entendant la voix obséquieuse du capitaine qui accueillait du monde à bord, non loin de lui. Ce nouveau venu devait être quelqu'un d'important parce que le capitaine ne s'était donné cette peine pour personne d'autre.

— Ah ! Monsieur Cortez ! Je vous attendais avec impatience. Le représentant de la compagnie m'a informé de votre demande particulière. Et vous avez une chance extrême parce que j'ai, par le plus miraculeux des hasards, exactement ce que vous recherchez. Je l'ai donc fait mettre de côté !

Lorenzo tourna la tête pour assister à la montée à bord d'un bel homme brun à la carrure virile qui arborait l'air supérieur des dominants. Son visage s'adoucit quand il offrit sa main à une jeune femme revêche, vêtue d'une robe anthracite fermée jusqu'au cou, qui le suivait de près. Lorenzo ne put retenir une petite moue amusée en la voyant ignorer son aide avec une expression hautaine. Elle se positionna entre les deux hommes, s'affichant de fait comme leur égale. Sa voix claqua dans l'air chaud.

— Tous les capitaines que nous avons rencontrés ont récemment eu la chance miraculeuse d'avoir un tel homme à bord. Et vous voyez pourtant que nous n'avons pas fait affaire…

Curieux, Lorenzo les observa. Il perçut ainsi le désir manifeste de l'homme brun, que le capitaine avait appelé Cortez. Lorenzo remarqua aussi ses manières serviles avec la jeune femme. Malheureusement pour lui, toutes ses tentatives semblaient vouées à l'échec. Encore une fois, Lorenzo s'étonna. Les femmes américaines n'avaient visiblement rien à voir avec les Anglaises, si effacées et dociles. Ici, cette dame symbolisait peut-être un idéal, voire le prototype de l'épouse de colon, mais comment pouvait-on désirer pareille mégère ? Elle était pourtant jolie, mais elle s'évertuait à faire oublier sa beauté en affichant une allure qui aurait rebuté un aveugle.

Le capitaine la salua avec déférence, la voix chargée de séduction.

— Laissez-moi vous le montrer…

Sa tentative fut sommairement repoussée par un regard glacial. Lorenzo sourit devant cette rebuffade. Pour réchauffer cette fille dans l'intimité, il faudrait au moins allumer un feu sous son lit ! Pour sa part, Lorenzo ne savait pas comment un homme pouvait entreprendre l'escalade d'un tel iceberg.

Gêné par le peu d'entrain dont elle faisait preuve, le capitaine toussota avant de les inviter à le suivre. Et comme Lorenzo l'avait craint, ils se dirigèrent tous les trois vers lui.

Malgré lui, il détailla cette femme, nota son chignon serré dont pas une seule mèche ne dépassait, son dos raide et droit et son expression tranchante. Rien qu'à la dévisager, on risquait de se couper. L'homme à côté d'elle devait être son époux. Lorenzo lui souhaitait bien du plaisir ! Quoique… lui-même avait séduit des femmes qui s'étaient révélées passionnées et insatiables, alors qu'au premier regard il ne l'aurait pas imaginé. Il sourit ironiquement en songeant que cela faisait fort longtemps qu'il n'avait pas pensé à la légèreté de sa vie d'avant.

— Sois raisonnable et change d'expression, car tu tiens là ta meilleure chance, lui souffla le capitaine en s'interposant entre eux et lui.

Trop étonné pour répondre, Lorenzo le vit tendre les mains vers lui avec une fierté non dissimulée.

— Le voici. Comme vous le vouliez, il a la peau claire. Il sait parler anglais, lire, écrire et compter.

Cortez fronça un sourcil mécontent. Jusqu'à présent, tous les candidats potentiels qu'Angela McDermott avait rencontrés par son entremise s'étaient révélés inaptes à remplir la fonction qu'elle leur destinait. Et il semblait espérer que celui-ci ne dérogerait pas.

— Capitaine O'Briscol, nous avons déjà vu bon nombre de candidats et pas un seul ne correspondait à nos attentes. Et là, vous voudriez nous faire croire que cet esclave-ci possède de telles compétences ?

Damian secoua la tête avec assurance.

— Je ne prétends rien. Testez-le.

Cortez se crispa. De son côté, Lorenzo saisit immédiatement la portée de la chance qui lui était offerte. Le capitaine, dont il venait d'apprendre le nom – précieuse information pour le retrouver quand il aurait repris le cours de son ancienne vie –, lui donnait l'occasion de servir ce couple qui comptait sur autre chose que la simple force physique. C'était inespéré. Pourtant, Lorenzo ne comprenait pas pourquoi O'Briscol lui faisait un tel cadeau. Où était le piège ?

Cortez cherchait toujours une faille et bientôt il la détecta. Il attrapa le bras de Lorenzo pour le forcer à leur montrer son dos et se tourna vers sa femme avec un air désolé.

— Il a reçu des coups de fouet !

Il haussa les épaules et fit mine de s'éloigner, mais elle ne bougea pas d'un pouce. Cortez revint vers elle avec un air suppliant.

— Il ne fera pas l'affaire, Angela.

En l'entendant prononcer son prénom, elle se crispa. Pourtant, elle respira calmement pour se détendre. Ses ennuis pouvaient tous se résoudre grâce à cet esclave. Elle avait trop besoin de lui pour faire la fine bouche concernant ses vendeurs.

Elle se tourna vers le capitaine.

— Pour quel motif a-t-il été puni ?

O'Briscol se dandina nerveusement.

— Euh…

Lorenzo intervint, s'attirant les regards médusés des trois autres.

— Le capitaine n'ose pas évoquer devant vous les détails les plus sordides d'une traversée comme celle-ci, madame. La pudeur, sans doute… J'ai tenté de m'interposer entre une esclave et son violeur. Fort inutilement, je le crains…

Elle l'observa avec attention pour la première fois. Lorenzo retint sa respiration en lisant de la stupeur dans ses yeux émeraude. Ne venait-il pas de commettre un impair en s'exprimant avec autant d'assurance et ce, sans y avoir été invité ? Visiblement, si ! Cortez leva la main sur lui pour le frapper.

— Comment oses-tu prendre la parole sans autorisation, esclave ?

Angela lui saisit le poignet au vol. Elle était soufflée par l'accent de cet homme. Il parlait avec une voix distinguée, totalement anormale dans ce genre d'environnement.

— Monsieur Cortez, calmez-vous. Capitaine ?

Lorenzo fronça les sourcils. Soit, elle avait l'air coincée, mais de là à appeler son époux par son nom de famille ! Le capitaine s'approcha d'elle, confirmant de fait les doutes de son captif.

— Oui, madame McDermott ?

— Est-ce vrai ?

O'Briscol le confirma d'un simple signe de tête.

— Selon vous, capitaine, il sait lire, écrire, compter. Expliquez-moi comment un esclave a pu apprendre toutes ces choses.

O'Briscol avait soigneusement anticipé ce moment.

Il avait donc concocté une jolie histoire fondée sur des demi-vérités.

— Il était le secrétaire particulier d'un lord anglais. Il s'occupait de la gestion des biens de son maître. Au décès de ce dernier, les héritiers ont décidé de se débarrasser de son esclave en l'envoyant à l'autre bout du monde.

Lorenzo lui jeta un regard ouvertement moqueur que Cortez intercepta.

— Angela, cet homme est beaucoup trop arrogant. Il vous causera les pires difficultés.

Il lui attrapa le bras pour l'entraîner à l'écart. Elle se dégagea d'un mouvement sec. Attirée par ce passé inespéré, elle ne pouvait renoncer sans approfondir son interrogatoire.

— Comment t'appelles-tu ?

Cortez faillit s'étouffer sous l'effet de la surprise.

— Mon Dieu, Angela ! Ne lui adressez pas la parole !

Elle éclata soudain de rire. Lorenzo assista alors à une transformation qui le laissa bouche bée. En réalité, elle était toute jeune et réellement très belle. Il perçut en même temps que sa propre stupeur celle des deux autres hommes.

— Voyons, monsieur Cortez ! Si j'achète cet esclave, il faudra bien que je m'adresse à lui pour lui donner des ordres !

Lorenzo ressentit quelque chose de très étrange. Les autres femmes qui avaient défilé devant lui depuis leur accostage avaient toutes cherché à déterminer son potentiel sexuel. Il avait trop joué au jeu de la séduction à Londres pour ne pas avoir perçu leur intérêt manifeste. Celle-ci par contre restait de marbre. Elle ne tentait pas de prendre la mesure de ce qu'il avait à offrir physiquement. Elle attendait juste sa réponse.

— Je m'appelle Lorenzo.

— Bien, Lorenzo. J'ai une plantation à quelques miles d'ici. Malheureusement, j'ai perdu mon régisseur. Je cherche un homme susceptible de le remplacer. Quelles sont tes compétences ?

Une lueur d'espoir se mit à briller dans les yeux du jeune noble déchu. Devait-il lui hurler la vérité sur son histoire et la supplier de l'aider ? Non ! Il sut que s'il tentait ce genre de coup d'éclat, il serait immédiatement catalogué comme fou.

— J'ai géré les biens de mon… maître, commença-t-il sous le regard menaçant du capitaine. Il avait des domaines, des navires, des usines et des plantations sur ce continent. À ses côtés, je m'occupais du personnel, des appointements, de la comptabilité et des investissements à réaliser.

Il sentit à sa crispation soudaine qu'elle essayait de cacher sa réaction de pur ravissement.

— Tu sais vraiment lire ? Écrire ? Négocier ? insista-t-elle.

Chaque fois, il approuvait. Angela pria O'Briscol de leur apporter une écritoire de façon à tester Lorenzo qui, bien sûr, passa l'épreuve avec succès.

— Sais-tu parler quelques dialectes africains ?

Il hocha la tête.

— Je réussissais à me débrouiller à bord en malinké, wolof, bambara et dioula, mais je ne peux prétendre parler couramment ces langues.

Elle sourit.

— Je ne t'en demande pas tant. Si tu te fais comprendre, cela me suffit amplement.

À côté d'elle, Cortez trépignait de rage pour une raison qu'elle ne comprenait pas et qui l'indifférait, à vrai dire.

— Que connais-tu exactement à la gestion d'une plantation ?

Lorenzo eut l'impression de recevoir une douche froide.

— Je connais la théorie…

Angela ignora le sourire entendu de Cortez. Elle préférait pouvoir transmettre à Lorenzo les choses à sa façon. Ainsi, il ne s'occuperait que des tâches qu'elle voudrait bien lui déléguer et il ne pourrait jamais décider de l'évincer.

— Ce qui compte, c'est que tu aies l'envie et l'intelligence d'apprendre tout ce que je peux t'enseigner.

Cortez la regarda bouche bée. Elle, si exigeante d'ordinaire, semblait avoir fait son choix. D'ailleurs, elle poursuivit.

— Un régisseur assure entre autres la sécurité et le respect de l'autorité de son maître. Ce qui signifie sanctionner les fugitifs, les récalcitrants, les révoltés… Sauras-tu appliquer le Code noir sur tes propres frères de sang ?

Lorenzo haussa un sourcil.

— Le Code noir ? Je ne comprends pas. Sommes-nous sur des terres françaises ?

Impressionnée par la justesse de sa remarque, elle secoua la tête.

— Nous étions espagnols jusqu'en 1763, mais depuis le traité de Paris nous sommes anglais. Cependant, le Code noir[1] était appliqué sur ma plantation par les ascendants français de mon époux. Comme il fixe efficacement les bases des rapports entre Blancs et Noirs, personne n'a jamais remis en cause son usage sur mes terres.

1. Publié en 1685, le Code noir est un édit royal d'une soixantaine d'articles qui rassemble toutes les dispositions réglant la vie des esclaves noirs dans les colonies françaises. Il définit les droits et les devoirs du propriétaire sur son esclave, en matière de religion, de justice, de logement, de nourriture, de vêtements, de statut, de châtiment, de peine en cas de délit et d'affranchissement. D'autres pays ont adopté un code similaire par la suite.

— Nous parlons bien des règles pour les marquages, les mutilations et les condamnations à mort ?

— Entre autres…

Elle resta attentive à sa réaction qui serait déterminante pour elle. Lorenzo observa alors brièvement les autres groupes d'esclaves parqués un peu plus loin. Il était navré pour eux, mais il n'avait qu'une seule et unique priorité. La chance que cette femme lui offrait était trop belle pour être rejetée. Il soupira.

— Je saurai me montrer ferme si la situation l'exige.

— Il le faudra. Sais-tu manier des armes ?

Il hocha la tête.

— Bien sûr.

— Je crains que cet homme ne réponde que ce que vous souhaitez entendre, ma chère, intervint Cortez, comme s'il cherchait à la dissuader.

Le regard glacial d'Angela refit surface.

— Monsieur Cortez, seriez-vous par hasard en train de suggérer que je ne sais pas juger mes interlocuteurs ?

Lorenzo retint à grand-peine un éclat de rire. Elle avait du caractère et les hommes face à elle filaient doux. Elle devait avoir du pouvoir pour qu'ils rampent tous à ses pieds de la sorte. Cortez remarqua son amusement. Il le montra du doigt.

— Il est insolent et vous aurez des problèmes avec lui !

Angela croisa le regard de Lorenzo. Bien sûr, il avait un air hautain insensé et dangereux pour un esclave, mais n'était-ce pas justement ce dont elle avait besoin ? Elle voulait un homme faisant preuve d'une autorité naturelle sur les autres esclaves et pouvant en imposer aux Blancs à qui il aurait affaire en son nom. Et elle l'avait devant elle. Elle ne renoncerait pas ! Comme s'il l'avait compris,

Lorenzo lui sourit. Elle ressentit un choc dans l'estomac et fixa ses fossettes.

— Je ne suis rien de tel, madame.

— Maîtresse. C'est ainsi que tu devras m'appeler.

Il déglutit péniblement avant d'acquiescer. S'il ne passait pas ce premier minuscule obstacle, il n'irait pas bien loin dans ses projets.

— Je ne vous décevrai pas, maîtresse.

Cortez leva les yeux au ciel.

— Vous ne pourrez pas dire que je ne vous aurai pas prévenue !

Elle se tourna vers lui avec agacement.

— Je ne vous comprends pas, monsieur Cortez. Vous prétendiez que ma demande ne pourrait être satisfaite, pourtant vous êtes parvenu à dénicher cet homme. Pourquoi essayez-vous de me faire changer d'avis, à présent ?

Elle secoua la tête face à son silence dépité.

— Combien en voulez-vous, capitaine ?

O'Briscol se frottait déjà les mains.

— Quinze mille livres.

Cortez faillit encore s'étouffer.

— Quinze mille ! Mais vous êtes fou ! Angela, renoncez à cette folie !

Elle fit un geste impatient.

— Dix mille livres immédiatement et j'ai des marchandises à vous proposer pour le reste du paiement.

O'Briscol hésita un bref instant. Elle insista.

— Splendora produit du sucre, du coton, du café et du cacao. Si vous acceptez l'entremise de M. Cortez, il supervisera lui-même la valorisation des marchandises au cours du marché et leur conditionnement. Cela différera votre règlement, mais vous encaisserez l'argent avec une plus-value conséquente, dès que vous serez à Londres.

Il hocha la tête avec un léger sourire.

— Vous gagnez à être connue, madame McDermott. C'est d'accord. Faites-moi livrer pour cinq mille livres de marchandises. Avez-vous besoin d'autre chose ?

Depuis son dernier entretien avec Cortez, elle avait acheté un lot de dix esclaves, puis un autre de cinq. Elle les avait eus à un prix raisonnable grâce à l'arrivée simultanée de plusieurs bateaux qui s'étaient fait concurrence entre eux. Cela compenserait le montant exorbitant payé pour Lorenzo qu'elle n'avait même pas tenté de négocier.

— Il me faut également quinze esclaves.

Le capitaine eut un sourire radieux.

À côté de lui, Lorenzo était saisi. Bon Dieu ! Il venait de changer de mains ! Il avait été acheté comme un objet et personne ne semblait se rendre compte du choc qu'il éprouvait à cet instant. Il avait envie de hurler, de jurer. Pourtant, il se contint alors qu'O'Briscol enchaînait.

— Vous voulez les choisir vous-même, je suppose.

— Évidemment.

Le cœur lourd, Lorenzo assista à leurs échanges. Il considérait Angela d'autant plus attentivement qu'elle représentait l'unique obstacle entre lui et sa liberté, depuis qu'elle l'avait acheté. Soudain, il comprit que Dieu ne l'avait pas abandonné : il lui avait offert, à lui, le séducteur à qui aucune femme ne refusait rien, une chance inespérée de regagner un jour son pays natal. Lorenzo ne gâcherait pas ce don. Il s'en fit la promesse.

Le capitaine et elle s'éloignèrent. Elle se tourna vers Lorenzo au bout de quelques pas.

— Suis-nous.

Il s'exécuta maladroitement. Il l'épia alors qu'elle choisissait ses quinze esclaves. Il la vit les évaluer, écarter les plus vieux, les estropiés, les plus fragiles émotionnellement. Enfin, elle lui lança un coup d'œil.

— Qu'en dis-tu, Lorenzo ?

Il hocha la tête.

— Je connais ces hommes et ils ont bien résisté aux épreuves de la traversée.

— Maîtresse !

Distrait parce que Soko faisait partie de ses choix, il ne réagit pas immédiatement à son ordre.

— Lorenzo ! le menaça-t-elle.

Le capitaine se pencha en avant comme pour simuler de la déférence afin d'éclairer Lorenzo.

— Pardon ! Maîtresse, répéta Lorenzo en s'inclinant pour qu'elle ne voie pas son air contrarié.

Damian reprit les rênes de la conversation.

— Vous avez l'œil, effectivement. Je vous les propose à deux mille livres chacun.

Elle secoua la tête.

— Huit mille livres pour les quinze.

O'Briscol resta bouche bée.

— Mais ils valent beaucoup plus !

Elle haussa les épaules.

— Capitaine O'Briscol, il y a actuellement dix navires à quai. En faisant jouer la concurrence, je trouverai facilement ce qu'il me faut au prix que je suis prête à payer.

Elle jeta un coup d'œil vers les quinze hommes qu'elle avait sélectionnés.

— Rien qu'à les voir, je sais que la traversée a été difficile. Le taux de mortalité a été très élevé, n'est-ce pas ? Ils resteront longtemps fragiles et vous le savez tout comme moi.

Lorenzo était soufflé par son aplomb et par sa lucidité. O'Briscol secoua pourtant la tête avec entêtement.

— Ils valent plus cher…

Elle soupira.

— Très bien. Faites habiller Lorenzo. Nous partons.

O'Briscol lança un regard désespéré vers Cortez qui haussa les épaules en signe d'impuissance. Il y avait en effet d'autres navires négriers disséminés dans le port. Le capitaine capitula.

— Madame McDermott ! Je vous propose ces quinze hommes pour quinze mille livres.

Elle se tourna vers lui.

— Douze mille livres…

O'Briscol soupira.

— Va pour douze mille livres.

— Cinq mille immédiatement et le solde en sept traites mensuelles qui vous parviendront par l'intermédiaire de M. Cortez.

Le capitaine hocha la tête.

— Entendu.

Lorenzo regarda la toute petite main de la jeune femme se perdre dans celle du capitaine, pourtant elle avait bien plus de poigne que lui. Elle n'avait rien déboursé de plus que ce qu'elle avait souhaité.

— Ce fut un plaisir, madame McDermott, acta O'Briscol avec un air déconfit qui trahissait sa certitude d'avoir été trop timoré dans ses prétentions concernant Lorenzo.

Elle sourit distraitement.

— Couvrez-les. Mes *drivers* attendent sur le quai. Je veux être partie dans moins d'une heure.

Elle se retourna au bout de quelques pas.

— À propos, ôtez ses liens à Lorenzo.

— Mais…

Elle soupira et s'éloigna alors que Cortez lui courait après, la bouche pleine d'objections.

Regroupé avec les quinze autres esclaves sous la surveillance de plusieurs gardes, Lorenzo descendit dans une réserve. Les marins leur ôtèrent leurs chaînes avant de leur donner des vêtements en toile grossière.

Quand ses entraves tombèrent à ses pieds, Lorenzo enfila docilement un pantalon bleu ainsi qu'une chemise en coton blanc. Il sourit en voyant Soko se débattre avec ses habits et l'aida à les passer.

Contrairement aux autres, Lorenzo se retrouva totalement libre de ses mouvements pour la première fois depuis des mois. Le fait de ne plus être nu lui donna également la sensation de redevenir un homme à part entière, ou tout comme. Dans quelques minutes, il rejoindrait cette femme et, avec un peu de temps et de patience, il la convaincrait de son identité. Elle le libérerait et il pourrait rentrer chez lui.

Bien sûr, il pouvait dès à présent choisir la fuite, mais il ne connaissait pas les lieux ni les coutumes locales. Il savait juste qu'une tentative d'évasion, en tant qu'esclave, lui coûterait très cher. De toute façon, sans argent, il ne pourrait jamais embarquer sur un navire à destination de l'Angleterre. Il valait donc mieux patienter et prendre la mesure de celle qui l'avait acheté.

À cet instant, la porte s'ouvrit et O'Briscol entra avec une expression embarrassée.

— Lorenzo, viens ici !

Après un moment d'hésitation et avec une sérieuse dose de mauvaise volonté, il finit par obtempérer. Le capitaine se lança.

— Je voulais juste que tu te rendes compte que j'aurais pu te vendre à n'importe quel pervers comme David et Simon m'en ont donné la consigne. Au lieu de ça, Angela McDermott va te réserver une place de choix sur sa plantation et je l'ai privilégiée face à d'autres. Tu comprends ce que cela signifie ?

— Suggérez-vous que je dois vous être reconnaissant de ce revirement final ? Pensez-vous qu'il effacera tout ce que j'ai subi par votre faute et que je pourrai vous pardonner ?

Lorenzo le dévisagea avec froideur, redevenant instantanément l'homme qu'il était avant tout cela.

— N'oubliez pas mon nom, O'Briscol, car moi, je n'oublierai pas le vôtre. Je suis Lorenzo San Pietro, marquis de Welland, comte de Stern et de Litham, vicomte d'Alberthall et baron de Jorishburgh. Vous avez commis des actes inqualifiables sur la personne d'un noble anglais. Et je vous jure que vous me le paierez.

Le capitaine reprit la parole d'une voix chargée de regrets et de compassion, tentant visiblement de le ramener à la raison.

— Je suis navré pour vous, mais vous ne retournerez jamais en Angleterre. Habituez-vous à votre nouveau statut et à cette vie, vous souffrirez moins qu'à rêver du passé.

Lorenzo voulut se détourner, mais le capitaine le retint.

— Angela McDermott a vraiment besoin d'un régisseur. Vous pourriez occuper cette place pour le restant de vos jours. Votre existence sera paisible, à défaut d'être juste. Si vous décidez de fuir ou de vous rebeller, vous serez fouetté, mutilé, tué ou vendu à un autre maître. Ne gâchez pas cette chance que je vous ai offerte d'échapper à la folie de vos frères.

Lorenzo ne voulait pas ressentir de reconnaissance

envers cet homme. Après tout, il l'avait frappé, menacé, avait essayé de le faire crever de faim, lui avait fait vivre deux tempêtes, des épidémies. À cause de lui, Lorenzo avait expérimenté les odeurs d'un négrier, la douleur et la honte, et côtoyé la mort de près. Il ne s'autoriserait jamais à éprouver autre chose que de la haine à son encontre.

— Vous avez agi dans votre propre intérêt, dès l'instant où vous avez accepté d'être leur complice.

O'Briscol secoua la tête.

— Pas seulement, mais votre colère vous aveugle, pour le moment.

Lorenzo lui jeta un regard ouvertement moqueur.

— Parce que vous imaginez qu'elle retombera un jour ?

Damian s'obstina.

— J'aurais pu vous vendre à d'autres aujourd'hui et vous le savez parfaitement.

Lorenzo laissa échapper un rire narquois.

— Qu'espérez-vous de moi ? L'absolution ? Je ne vous ferai pas cette aumône ! Vous avez joué le jeu de mes immondes bâtards de frères et pour cela j'obtiendrai votre peau.

O'Briscol semblait déçu.

— Nous n'avons donc plus rien à nous dire…

Lorenzo secoua la tête.

— Plus rien, non. N'oubliez jamais de surveiller vos arrières, car je surgirai du néant le jour où vous ne vous y attendrez plus.

O'Briscol fit signe à ses gardes de sortir Lorenzo et les quinze esclaves de la cabine pour les conduire jusqu'à leur acheteuse. La porte se referma derrière eux et le capitaine frissonna d'effroi. Pourquoi était-il si certain que la prédiction du marquis se réaliserait un jour ? Il soupira et retourna sur le pont pour superviser les ventes.

Dès qu'il posa un pied sur le quai, Lorenzo observa les alentours. Il nota soigneusement le nom du navire du capitaine O'Briscol dans un coin de son esprit.

L'*Alegria* ! Quelle plaisanterie de mauvais goût !

Il secoua la tête et examina le dispositif de sécurité mis en place par son acheteuse. Très vite, il comprit qu'Angela McDermott était tout sauf stupide. Elle avait dix hommes armés avec elle pour superviser le chargement des esclaves dans une charrette. Si Lorenzo ou les autres avaient tenté quoi que ce soit dans un moment de folie, ils ne seraient pas allés loin. Encore une fois, il dut admettre que le système esclavagiste était effroyablement bien rodé.

Alors qu'il attendait patiemment pour monter dans la carriole, un des hommes qu'Angela avait appelé *« driver »* remarqua qu'il n'était pas enchaîné. Ce dernier jeta un coup d'œil interrogatif à sa maîtresse, mais la jeune femme discutait encore avec Cortez. Le marchand semblait terriblement contrarié tandis qu'elle le félicitait d'avoir déniché Lorenzo et le saluait pour lui donner congé.

Elle se tourna vers ses équipes et remarqua que Lorenzo avait pris place avec les autres.

— Jesuah ?

— Oui, maîtresse ?

— Partez devant. Je vous rejoindrai plus loin sur la route.

Il grimaça.

— Seule ?

— Non. Lorenzo m'accompagnera. Je dois m'entretenir avec lui.

Elle lui fit signe de descendre. Docile, il obéit sous l'œil médusé des *drivers*. Elle leur lança un regard incisif et ils s'égayèrent comme une volée de moineaux. Encore une fois, il n'y avait pas de doute possible sur ses aptitudes au commandement. À peine une minute plus tard, le chariot s'ébranlait vers leur nouvelle destination.

— Allons-y.

Lorenzo la suivit vers un buggy à deux places devant lequel il resta interdit. Où voulait-elle qu'il se mette ?

— Monte.

— Sur le siège à côté de vous, maîtresse ?

— Bien sûr !

Il était sidéré qu'elle lui réserve un tel traitement. Il était sale et il devait sentir mauvais. Pourtant, elle marquait déjà une différence flagrante avec les autres. Pire, elle lui accordait une confiance totale bien surprenante pour une femme aussi avisée en apparence. Après tout, elle ne le connaissait pas. Une fois hors de la ville, Lorenzo aurait pu la maîtriser d'une seule main.

Mais à quoi le mènerait un tel geste ? Quel serait son destin dans un pays dont il ignorait tout ? Il était impuissant et elle le savait tout autant que lui.

Au moment où il parvint à cette conclusion, elle lui jeta un regard étrange, comme si elle avait perçu son combat intérieur. Il s'assit à côté d'elle en tentant de ne pas toucher sa robe grise et de ne pas voir son froncement de nez explicite. Sa pitoyable allure et son hygiène déplorable lui firent honte.

Elle attrapa les rênes et le véhicule s'ébranla. Ils traversèrent rapidement la partie de la ville dédiée aux activités maritimes. Tous les bâtiments sans attrait qui s'alignaient autour du port ressemblaient à des hangars de stockage ou à des comptoirs de commerce. Puis, sans transition, les rues devinrent plus larges et les bâtiments miteux furent remplacés par de luxueux hôtels et des résidences cossues.

Lorenzo observait ce nouvel environnement et les passants avec étonnement.

— À quoi penses-tu ? l'interrompit-elle.

Il lui retourna son regard direct.

— Je me demandais pourquoi vous m'aviez fait ôter mes chaînes.

Elle fronça les sourcils.

— Maîtresse.

Encore une fois, il ne saisit pas immédiatement qu'elle le réprimandait, puis il acquiesça en serrant les dents.

— Pourquoi, maîtresse ?

Elle se détendit légèrement avant de se concentrer à nouveau sur la route.

— En tant que régisseur, tu auras un statut à part. Tu n'as plus rien en commun avec ces hommes. Tu vas les diriger. Dès à présent, je marque une différence sensible pour qu'ils le comprennent.

Il baissa les yeux.

— Je sais que je ne devrais pas poser cette question, mais n'avez-vous pas peur de moi, maîtresse ? Après tout, je ne mérite peut-être pas votre confiance…

Elle rit et, à nouveau, il entraperçut la jeune fille exquise derrière le masque sévère.

— Pourquoi un homme intelligent, comme tu sembles l'être, mais condamné par ses origines à un sort médiocre, prendrait-il le risque de gâcher une chance aussi inespérée ?

— Vous voulez dire que ce n'est pas habituel de confier un tel poste à un…

Le mot lui resta coincé dans la gorge. Elle secoua la tête.

— À un esclave ? Non. Les régisseurs sont généralement blancs, mais ton prédécesseur était un métis lui aussi, et les choses ne se déroulaient pas plus mal qu'ailleurs.

Il sentit instinctivement qu'elle lui cachait quelque chose. Il le perçut au fond d'amertume dans sa voix. Il se tut. Il était un esclave, après tout, et elle lui avait déjà donné plus de réponses que ce qu'il aurait pu espérer.

Quelques minutes plus tard, elle s'arrêta devant un hôtel luxueux. Elle descendit du buggy.

— Attends-moi là. Je vais régler ma note et faire charger mes bagages.

Elle lui posa les rênes dans les mains et lui adressa un regard particulier. Il songea qu'elle lui offrait une occasion unique de fuir avec un véhicule. La tentation était grande et elle le savait parfaitement. Elle testait sa fiabilité. S'il cédait à cette pulsion, il serait sans doute repris et perdrait le maigre avantage que le destin venait de lui consentir. Il hocha donc la tête.

— Bien, maîtresse.

Elle disparut dans le hall après un bref sourire satisfait. Une vingtaine de minutes plus tard, elle ressortit. Des hommes la suivaient et chargèrent sa malle à l'arrière du buggy. Elle leur donna un peu d'argent et ils s'éclipsèrent en la remerciant.

Au moment où elle s'apprêtait à monter à côté de lui, Lorenzo entendit quelqu'un s'approcher en l'appelant.

— Angela ! Angela !

Elle fit volte-face avec une expression contrariée sur le visage.

— Monsieur Norrington !

Lorenzo fut frappé par la transformation. Son masque sévère était de retour. En souriant, il songea que, à la place du nouveau venu, il aurait tourné les talons sans demander son reste. Pourtant, ce Norrington s'imposa avec assurance.

— Angela ! Je viens d'apprendre la tentative de révolte de vos esclaves ! Quel drame ! Une femme seule ne devrait pas avoir à affronter de tels événements. Vous avez dû être terrifiée et je suis mortifié de ne pas avoir été à vos côtés dans cette épreuve. Pourquoi n'avez-vous pas fait appel à moi ?

Elle se crispa et Lorenzo comprit qu'elle se considérait comme insultée par ces paroles.

— Nous avons maté cette rébellion sans aucune aide extérieure.

Lorenzo observa l'interlocuteur d'Angela McDermott alors que la réplique cinglante tremblait encore dans l'air. Si Lorenzo avait subi une telle rebuffade, il aurait compris qu'on ne voulait pas de lui et encore moins de son intervention. Norrington encaissa la charge sans dommage apparent.

Âgé d'une quarantaine d'années, il était plaisant malgré son expression soucieuse de circonstance. Pourtant, il paraissait encore une fois clair qu'Angela était totalement insensible à toute forme de séduction directe, information que Lorenzo enregistra soigneusement. Il se pencha pour mieux écouter leur échange afin d'en apprendre plus sur la femme qui allait gouverner sa vie dans un futur immédiat.

Norrington lui lança un coup d'œil épouvanté.

— Vous avez pris un énorme risque. Vous auriez dû me demander des hommes.

— Non.

Norrington insista encore, comme s'il souffrait de surdité aiguë.

— J'aurais pourtant cru que, avec ce qui nous lie, vous auriez…

Elle lui coupa la parole, visiblement furieuse.

— Ce qui nous lie ?

Norrington précisa sa pensée.

— Voyons ! Depuis la mort de Trevor, vous avez bien dû comprendre que la gestion d'une plantation n'est pas du ressort d'une femme seule ! Une personne de votre âge ne doit pas rester veuve trop longtemps. Vous avez besoin d'un homme qui prenne soin de vous et vous permette de retrouver l'existence frivole d'une épouse comblée. Je peux être cet homme, Angela. Je veux être le père de vos enfants !

Lorenzo engrangeait de précieuses informations. Une veuve sans descendance ! Bonté divine ! Il se souvint de la réputation qu'on lui avait faite concernant ses facilités à séduire les femmes. Une foule d'idée lui vint soudain à l'esprit pour convaincre celle-ci de ses nobles origines.

Il remarqua alors un détail crucial. À la seule évocation de la vie que ce Norrington comptait lui donner, elle frissonna. Et ce n'était pas d'excitation. Lorenzo mit aussitôt ses prétentions au rebut. Elle cachait un terrible secret, c'était évident.

— Je vous ai déjà répondu, me semble-t-il ! Je ne vous épouserai pas.

Lorenzo perçut la panique discrètement tapie au fond de sa voix. Il ne savait pas l'interpréter, mais cela viendrait avec le temps. Il se pencha davantage, et son mouvement attira l'attention de Norrington qui lui lança un regard médusé.

— Mon Dieu ! Angela ! Vous n'avez pas fait ça ! Si vous aviez besoin d'un amant, il me semble que j'ai été clair sur le sujet. Je me tiens à votre entière disposition.

Lorenzo sentit sa bouche s'ouvrir sous l'effet de la stupeur devant une attaque aussi frontale et maladroite. Inconscient du danger, Norrington poursuivit.

— Acheter un nègre pour réchauffer vos nuits ! Je vous croyais au-dessus de ces pratiques !

La voix glaciale d'Angela figea l'air autour d'eux trois.

— Auriez-vous perdu l'esprit, monsieur Norrington ?

J'ai acheté cet homme pour m'aider à la plantation. Rien d'autre ! Dois-je vous rappeler que Ben est mort en même temps que mon époux ? Lorenzo est mon nouveau régisseur.

Interloqué, Norrington le scruta avant de revenir à elle.

— Pourquoi prendre un si beau spécimen à votre service, si vous n'attendez vraiment que ça de lui ?

Surprise, elle se tourna vers Lorenzo qui n'avait toujours pas bougé, profitant allègrement du spectacle. Elle l'observa un instant, comme si elle le voyait pour la première fois. Lorenzo sentit son regard courir sur sa peau, ses épaules, sur son visage et sur ses cheveux. Il réalisa qu'elle le découvrait seulement tel qu'il était, grâce au regard de cet homme. Tout comme il sut avec certitude qu'elle le trouvait à son goût. Cette sensation fugace s'effaça rapidement quand elle se retrancha derrière les conventions.

— Croyez-vous que les esclaves capables de devenir régisseurs pullulent ? De tous ceux que j'ai vus, Lorenzo était le seul qui avait les compétences requises. Il aurait pu avoir trois têtes que cela n'aurait rien changé à ma décision de l'acheter.

— Je vous ai proposé mon nom et mon aide pour Splendora ! Épousez-moi, Angela, la pressa Norrington en captant leur échange de regards.

Il s'empara de son poignet. Elle tenta de se dégager, mais il avait une poigne de fer. Lorenzo sauta du buggy et s'interposa pour le contraindre à lâcher prise. Le bras pris en étau, Norrington avait déjà posé un genou au sol.

— Madame vous a répondu qu'elle n'était pas intéressée. Votre insistance est parfaitement déplacée.

Les dents serrées, Norrington cracha à l'intention d'Angela.

— Je le ferai fouetter pour avoir osé me toucher !

Elle observa le visage congestionné par l'humiliation et la colère de Norrington durant quelques secondes avant de poser la main sur l'épaule de Lorenzo.

— Lâche-le immédiatement.

Il hocha la tête et s'exécuta.

— Bien, maîtresse !

Il se posta à deux pas derrière elle, le regard sévère. Il prenait soudain son rôle de garde du corps très au sérieux. Norrington se releva en époussetant son pantalon.

— J'exige réparation ! Votre esclave doit être puni !

Elle le toisa avec froideur.

— Je lui ai donné des consignes strictes concernant ma sécurité. Il a juste obéi à mes ordres, puisque vous me menaciez.

Norrington ouvrit la bouche pour protester.

— Vous allez le sanctionner pour ce geste, n'est-ce pas ?

Elle fit signe à Lorenzo de remonter dans le buggy.

— Pourquoi irais-je le punir alors qu'il a accompli son travail ?

Norrington la dévisagea. Son visage se marbra sous l'effet de la contrariété.

— Jurez-moi qu'il ne prendra pas la place de Trevor dans votre lit.

— Je n'ai pas à me justifier devant vous, monsieur Norrington ! Lorenzo est mon régisseur. Point final !

Elle monta à côté de lui dans le buggy. Sa colère irradiait et même Norrington réalisa soudain qu'il était allé trop loin.

— Adieu, monsieur Norrington.

— Angela !

Elle fit signe à Lorenzo qui tenait les rênes. La voiture s'ébranla alors que Norrington restait en arrière.

À côté d'elle, Lorenzo se taisait. Pourtant, il sentait la gêne de la jeune femme et son énervement. Il tenta de dénouer la tension et d'en apprendre davantage sur elle.

— Je suis navré de vous avoir mise dans l'embarras, maîtresse. Les actes des gens d'ici sont si différents de ce que j'ai connu… À Londres, jamais aucun homme ne se serait permis de vous parler de la sorte. Dorénavant, je ne ferai obstacle qu'aux gêneurs. Indiquez-moi quels hommes peuvent ou non vous approcher intimement, afin que je ne commette pas d'impair.

L'association des mots « homme » et « intimement » donna des frissons à Angela. Elle frémit en comprenant la méprise de Lorenzo. Qu'il puisse penser qu'elle était une femme facile la dérangea profondément. Elle était choquée par les accusations que Norrington avait portées contre elle. Elle aurait voulu plaider sa cause pour lever tout malentendu, mais le sujet la mettait très mal à l'aise.

— Certains colons ont des pratiques curieuses, tu t'en es sans doute aperçu. Mais je t'assure que ce n'est pas ce que je recherche chez toi.

— Je le sais, maîtresse. À aucun moment vous ne m'avez regardé comme certaines femmes l'ont fait à bord.

Avec elle, il n'y aurait pas de mari pour faire barrage entre lui et sa liberté. Lorenzo se demandait si la jeune veuve était aussi sage et vertueuse qu'elle en avait l'air. Il tenta une approche détournée pour tester sa résistance.

— Mais je vous appartiens désormais. Quels que soient vos ordres, je dois vous obéir…

Sa voix fit courir un frisson sur la colonne vertébrale d'Angela. Qu'avait-il voulu dire ? Elle se sentait soudain perdue. Lorenzo réprima son envie de sourire alors qu'elle balbutiait une réponse, toute froideur envolée.

— Je… Non ! Je ne suis pas comme ça ! Tu n'as rien à craindre de moi !

— Je ne me sens pas en danger. Par où allons-nous ? lança-t-il avec un sourire énigmatique.

Soulagée par ce changement de sujet, elle le lui indiqua. Ils restèrent silencieux encore quelques minutes avant qu'elle reprenne la parole pour chasser son propre malaise.

— Que connais-tu du commerce triangulaire ?

Il haussa les épaules.

— Il s'agit d'échanges internationaux mutuellement profitables.

Elle hocha la tête.

— Oui. Chacun y trouve son compte, effectivement. Les Européens reçoivent des produits qui poussent plus facilement sous nos latitudes, tels que le coton, les cannes à sucre, le riz, le café et le cacao. La demande pour ces denrées ne cessant de croître, les bénéfices ne manquent pas. La mise de départ se résume en apparence à de la verroterie, des armes et des tonneaux d'eau-de-vie coupée d'eau. Pourtant, en réalité, les capitaux à réunir sont conséquents puisqu'il faut armer des bateaux, enrôler des hommes d'équipage et quelques marins compétents.

Elle poursuivit.

— En Afrique, ce sont des Noirs qui approvisionnent les navires négriers. Ils s'enrichissent en vendant des vies qui ne leur appartiennent pas.

Lorenzo retint un sourire ironique. C'était une bien curieuse façon de juger les Africains de la part de quelqu'un qui venait d'acheter plusieurs vies ne lui appartenant pas non plus.

— Et ici ?

Elle haussa les épaules.

— Nous avons besoin d'une main-d'œuvre à bas

prix pour produire les denrées que nous écoulons sur le marché européen.

Il hocha la tête.

— Comment fonctionne une exploitation ?

— Dans les grandes plantations, on utilise le *Task System*[1]. Les esclaves s'y voient assigner un travail individuel et, une fois leur journée achevée, ils peuvent cultiver leur propre lopin de terre ou vivre une vie de famille.

— Ce n'est pas le cas sur votre plantation ? devina-t-il.

— Non. Les seules femmes présentes sont domestiques dans ma maison. Pour le reste, Splendora s'étend sur quatre cent trente hectares et compte cent soixante esclaves affectés aux travaux agricoles, auxquels s'ajoutent quarante *drivers* chargés de faire appliquer les ordres que tu leur transmettras en mon nom. Ce sont également eux qui assurent les fonctions de répression.

Elle marqua une pause pour lui laisser le temps d'assimiler ces informations.

— Chaque *driver* surveille une équipe qui accomplit

1. Le *Task System* est généralement considéré comme moins brutal que les autres formes de travail forcé. Il était toutefois, à l'image des grandes exploitations, largement minoritaire. Dans ce système, chaque esclave se voit attribuer une tâche spécifique à accomplir pour la journée. Une fois cette tâche terminée, l'esclave est libre de faire ce qu'il souhaite de son temps (culture, famille… ). Avec le *Gang System*, plus sévère, l'esclave réalise un travail continu du lever au coucher du soleil et ne bénéficie de presque aucune liberté. Le choix de l'organisation est lié au type de culture et à la taille de l'exploitation. Ainsi, la culture du tabac et du sucre exigeait un traitement et une surveillance considérables, et c'est le *Gang System* qui s'appliquait sous l'autorité d'un régisseur et des *drivers*. Le café, le riz et le piment étaient des plantes comparativement plus résistantes nécessitant une surveillance moindre et de grandes exploitations, et c'est le *Task System* qui s'appliquait.

un travail déterminé et spécialisé selon le modèle du *Gang System*, beaucoup plus répandu et adapté aux exploitations de petite et moyenne taille.

— Qu'en est-il de leurs conditions de vie ?

— Ils disposent d'une demi-journée de repos par semaine, ce qui est moins que l'autorise le Code noir, mais plus que ce qui se passe sur les plantations voisines. C'est la même chose pour les horaires, je leur en demande moins qu'ailleurs.

Elle marqua une pause.

— De toute façon, le travail de la canne à sucre est éreintant. L'espérance de vie des plus résistants ne dépasse pas quinze ans. Les autres s'épuisent rapidement, meurent de maladie ou se suicident.

Il l'observa en biais.

— Ou se rebellent ?

Elle lui répondit d'un ton renfrogné.

— John Norrington parle trop fort…

Il rit. Ce son la surprit. Son regard se figea sur le sourire éblouissant de cet homme manifestement habitué à s'amuser et à séduire. Elle dut faire un effort considérable pour détourner les yeux.

— Il est logique que des hommes jeunes essaient d'échapper à leur destin, mais notre système repose sur le fait que la masse reste sous contrôle d'une minorité. Nos moyens sont limités.

Lorenzo hocha la tête.

— Laissez-moi deviner. La peur et la répression.

Elle acquiesça.

— Comment avez-vous repris le contrôle de Splendora quand ils se sont rebellés ?

— Nous avons tendu une embuscade aux trente

esclaves qui ont tenté leur chance. Les survivants ont été sévèrement punis.

En prononçant ces mots, elle frémit. Il l'observa encore à la dérobée et s'exprima d'une voix douce.

— Une femme ne devrait jamais avoir à condamner des hommes à mort. Je comprends mieux à présent. Vous avez besoin de quelqu'un pour faire cela à votre place.

Agacée par cette perspicacité frôlant l'irrespect, elle lui retourna un regard chargé de menaces.

— Ne pense pas que je suis faible, Lorenzo ! Je sais prononcer une condamnation sans hésiter s'il le faut, alors n'outrepasse pas tes droits !

Elle ne bluffait pas et s'il la provoquait, il lui en coûterait. Il hocha donc la tête tout en serrant les dents sous l'effet d'une rage impuissante.

— Je suis désolé, maîtresse.

Il se tut. Margaret lui avait cherché querelle presque toute sa vie. Pourtant, à aucun moment elle n'avait exercé un contrôle aussi total sur sa vie qu'Angela McDermott. À vrai dire, jamais aucune femme ne l'avait même rabroué de la sorte. À Londres, il les séduisait, utilisait leur corps pour leur procurer un plaisir qu'il partageait, avant de les quitter sans un regard en arrière, malgré leurs larmes et leurs serments d'amour éternel. À présent, il était lié à l'une d'elles par des liens plus forts et plus restrictifs encore que ceux du mariage. Son ego meurtri venait une nouvelle fois de lui rappeler à quel point sa vie ne lui appartenait plus. Où s'arrêterait la chute ?

Sur le navire, il y avait eu des marins armés face à lui et, à présent, une femme et ses menaces de sanctions suffisaient à le faire plier. Il se rembrunit et elle perçut sa contrariété.

— Lorenzo, je dois savoir si tu peux accepter mes

ordres sans rechigner. Je suis veuve et j'ai hérité de Splendora. Il n'y aura que moi face à toi. Si tu te sens incapable d'obéir à une femme, dis-le-moi tout de suite et je te revendrai.

Lorenzo calcula rapidement ses différentes options. Cette femme était sa meilleure chance, l'unique en fait, de sortir de l'esclavage et de regagner l'Angleterre et sa vie d'avant. Il ne pouvait faire la fine bouche, dans sa situation. Il capitula.

— Pardonnez mon impertinence, maîtresse. Je voulais juste comprendre les tenants et les aboutissants de mon rôle à vos côtés.

Elle se radoucit avant de lui montrer une colonne de fumée un peu plus loin sur la route.

— Les autres sont devant.

Pour mener à bien son plan, Lorenzo devrait séduire cette femme. Avec nostalgie, il se souvint de sa vie de libertin. Il n'avait alors qu'à sourire pour que les femmes lui cèdent tout. Il n'avait qu'à les faire rire pour qu'elles jettent leur cœur à ses pieds. Angela McDermott lui avait déjà souri. Elle avait même ri. Sans effet notable. Il faudrait beaucoup de temps, sans doute, avant qu'il parvienne à vaincre ses préjugés. Pour elle, il n'était après tout qu'un esclave métis. De fait, elle ne le voyait pas comme un homme.

Couplé à sa froide réserve, cet obstacle constituait un rude défi à relever. Lorenzo n'eut soudain plus aucune certitude. Son regard se perdit dans les champs qui s'étendaient à perte de vue. Ils lui auraient offert un milliard de cachettes s'il avait tenté de prendre la fuite, là, tout de suite.

Pourtant, il n'en fit rien. Un plan, même difficile à mettre en œuvre, valait mieux que pas de plan du tout.

Il lui faudrait du temps, mais gagner son passage en s'insinuant dans le cœur de cette femme lui semblait être la seule option viable. Lui, le séducteur, avait relevé des défis bien plus complexes.

# Chapitre 13

Après plusieurs heures de trajet, le convoi parvint enfin en vue de la plantation et fit halte devant des cases construites en terre battue. Quelques esclaves en émergèrent pour assister à leur arrivée. Sous leurs regards curieux, les *drivers* firent signe aux captifs tremblants de peur de descendre du chariot. Bientôt, des coups de fouet claquèrent. Ils glapirent de terreur. Lorenzo sauta du buggy et s'en mêla.

— Attendez ! cria-t-il en s'interposant. Ils ne comprennent pas ce que vous voulez.

Il parlementa avec Soko. Utilisant des mots simples à défaut d'un grand discours, il l'invita à mettre pied à terre. Lorenzo lui montra les esclaves. Soko les observa et finit par admettre qu'il n'y avait pas de danger immédiat. Il descendit et les autres l'imitèrent. Les *drivers* les guidèrent vers des seaux d'eau claire afin qu'ils se lavent.

Désireux de goûter à ce privilège inaccessible depuis des mois, Lorenzo fit mine de les suivre, mais Angela, qui s'était rapprochée de lui en silence, le retint d'un geste.

— Pas toi.

Cette main fraîche posée sur son avant-bras fit un effet phénoménal à Lorenzo. Il prit une brusque inspiration avant de se décider à croiser son regard.

— Je ne reste pas avec les autres ?

Elle ne sembla pas remarquer sa voix rauque.

— Remonte dans le buggy.

Il obéit. Elle s'empara des rênes et les fit claquer. Alors qu'ils traversaient des champs de cannes à sucre emplis d'esclaves au travail, elle se remit à parler.

— Ce que tu viens de voir, ce sont les cases des Bossales, les nouveaux arrivés.

Lorenzo ne comprenait plus rien.

— N'est-ce pas ce que je suis ?

Elle fronça les sourcils.

— Maîtresse, ajouta-t-il avec un temps de retard.

— Avant de mettre tes camarades au travail, je dois les laisser s'acclimater et se rétablir pendant plusieurs mois. Je viens juste de t'acheter, bien sûr, mais j'ai trop besoin de toi pour respecter cette précaution. Tu vas prendre tes fonctions immédiatement.

Il ne put cacher sa moue inquiète.

— Est-ce raisonnable ?

Angela ne put se retenir de rire. Depuis quand n'avait-elle pas ressenti un élan aussi sincère ? Elle ne le savait plus, mais c'était agréable. Lorenzo restait face à elle, sans bouger, attentif à ses réactions. Gênée par son regard, elle biaisa.

— Les autres sont destinés à des travaux physiques pénibles. Ça ne sera pas ton cas. Tes conditions de vie n'auront rien à voir avec les leurs.

D'un geste, elle l'invita à découvrir la demeure somptueuse et spacieuse qui se dressait face à lui. Lorenzo observa, bouche bée, la beauté des lieux. La façade blanche rayonnait tel un joyau dans le soleil couchant. Les volets peints en vert s'accordaient aux teintes des arbres centenaires. La végétation luxuriante formait comme un écrin d'émeraude autour d'elle. Le rez-de-chaussée était entouré d'une véranda fleurie. Un salon en rotin, disposé dans un des angles, invitait à la conversation et à la détente. Le premier étage était ceint d'une terrasse à la balustrade ouvragée, où il devait faire bon prendre l'air les nuits d'été, pour lutter contre la chaleur moite et tiède de ce climat propice à l'indolence.

Angela nota son regard appréciateur.

— Tu aimes ?

— Oui. Vous avez une belle maison, maîtresse.

Elle arrêta le buggy devant la demeure puis fit signe à Lorenzo de descendre de voiture. Elle l'invita ensuite à la suivre chez elle, ce qui le surprit réellement.

À contrecœur, Lorenzo admettait qu'O'Briscol ne lui avait pas menti. Il lui avait fait une fleur en le vendant à cette femme. Il aurait des tas d'occasions pour parler avec elle, ce qui ne serait probablement jamais le cas des autres. Sa marge de manœuvre serait pourtant étroite et il faudrait qu'il prenne la mesure de ce qu'elle était prête à lui consentir avant de décider de sa tactique.

Lorenzo entra. Il découvrit un couloir frais et décoré avec goût. Elle lui montra une porte.

— C'est mon bureau. C'est là que nous passerons la majeure partie de nos journées pendant ta formation.

Il eut à peine le temps de tourner la tête qu'elle était déjà repartie. Elle le précéda dans un escalier majestueux en bois sombre. Lorenzo observait tout ce qu'il voyait. En tant que propriétaire de plusieurs résidences, il se rendit compte qu'elle avait de l'argent, ou du moins que son défunt mari en avait eu. Ils parcoururent le palier vers l'aile ouest. Enfin, elle ouvrit une porte et entra. Hésitant, il se posta dans l'encadrement.

— C'était la suite de Ben, le précédent régisseur. Elle est à toi, à présent, annonça-t-elle.

La surprise le cloua sur place quand il découvrit une grande chambre lumineuse, ainsi qu'une alcôve spacieuse occupée par un bureau et un boudoir. La décoration était sobre, dans les tons crème, mais, après la cale du bateau, il se serait cru dans un palace ! Une haute fenêtre permettait d'accéder à la terrasse. De là où il était, la vue semblait grandiose.

Il retrouva l'usage de la parole, craignant qu'elle ne se moque de lui.

— N'y a-t-il pas erreur, maîtresse ? C'est bien trop beau, non ?

Elle secoua la tête.

— Je te l'ai dit. Ta fonction te place au-dessus des autres esclaves. Entre, voyons !

Il obéit. Elle s'avança dans la pièce et ouvrit une armoire emplie de costumes, de chemises et de linge.

— Ces vêtements appartenaient à Ben.

Elle lui montra une malle posée un peu plus loin.

— Et ceux-ci étaient à mon mari.

Elle détourna les yeux et, encore une fois, il perçut la répulsion qui rampait derrière ses paroles. Elle prit une inspiration avant de le regarder.

— Essaie-les. Tous ceux qui t'iront seront à toi. Je veillerai à compléter tes tenues si besoin pour te donner une allure convenable. Le cheval de Ben te revient aussi, tout naturellement.

— C'est très généreux de votre part, maîtresse, murmura-t-il, la gorge serrée.

— Un régisseur doit avoir de la prestance. Lorsque tu patrouilleras dans les champs, tu seras mon représentant officiel. Tu sais monter à cheval, au moins ?

Il acquiesça et elle reprit.

— Parfait. Avec ces vêtements et surtout un bain, nous serons sur la bonne voie pour ce qui relève de ton apparence.

Il sourit.

— Un vrai bain ? Vous voulez dire, avec de l'eau chaude et du savon ?

Elle approuva avec une petite grimace.

— Je dois dire que tu en as sérieusement besoin.

Là-dessus, comme si elle avait donné un signal invisible, des domestiques noirs apportèrent un bac en bois et commencèrent à le remplir de seaux d'eau fumante. Lorenzo assistait à leur ballet avec des yeux émerveillés. Une soubrette posa des serviettes, un nécessaire de rasage et du savon parfumé au musc sur une tablette.

Les paroles du capitaine prirent encore plus de sens que quelques minutes plus tôt. Il était effectivement bien loin des cases des Bossales. Une deuxième servante apporta une assiette sous cloche qui dégageait une odeur alléchante, et il lui sourit avec reconnaissance.

— Merci.

Elle s'inclina avec une moue timide.

— Meany, la cuisinière, a préparé du rôti et des légumes.

— Merci, Thea, la congédia Angela.

Elle salua ensuite Lorenzo d'un signe de tête.

— Lave-toi et mange, ensuite tu pourras te reposer. Demain, dès que tu seras réveillé, rejoins-moi dans mon bureau pour commencer ton apprentissage. Bonsoir, Lorenzo.

— Bonsoir, maîtresse. Et merci.

Dans une autre vie, il ne l'aurait pas remerciée pour tout cela, parce que le luxe était un dû, mais sa générosité présente le comblait. Peu d'esclaves devaient disposer d'une chambre aussi spacieuse et confortable, de la même nourriture savoureuse que les maîtres, d'un bain chaud individuel, de savon parfumé ou encore de cadeaux somptueux tels que des vêtements d'homme civilisé ou un cheval. Pris dans ses pensées, il ôta sa chemise avant qu'elle ait quitté la pièce. Il ne la regardait plus, d'ailleurs.

Elle, par contre, resta figée, incapable de faire un mouvement alors que l'étoffe grossière tombait aux pieds de son nouveau régisseur. Elle ressentit un brusque malaise à la vue de son corps trop maigre, mais elle ne put manquer le jeu de ses muscles sous sa peau lisse, zébrée par les coups de fouet. Troublée par les sensations inconnues qu'elle éprouvait, elle était totalement captivée par la grâce de ses gestes. Au moment où il dénoua son pantalon, elle prit lâchement la fuite.

Les semaines suivantes, Lorenzo se fit la réflexion que, pendant ses études pour apprendre tout ce qui relevait de la tâche d'un futur noble, ses journées avaient été moins studieuses que celles passées avec Angela McDermott. Cette femme était un bourreau de travail. Parfois, Lorenzo en venait à se demander si son mari n'était pas mort de jalousie en la voyant éprouver une passion aussi exclusive pour cette exploitation.

Curieux, il posait nombre de questions et Angela se faisait un plaisir de lui répondre. Elle était intarissable sur tous les sujets qui relevaient de sa terre : les esclaves, les *drivers*, les coutumes de tous les peuples africains présents à Splendora, les méthodes de répression ou de dissuasion, les périodes de plantation, les engrais, les cultures alternées, les récoltes, les traitements contre les insectes ou les maladies, les relations commerciales avec les fournisseurs, les intermédiaires et la comptabilité.

Tout à son enthousiasme, elle parvenait à épuiser Lorenzo qui se remettait pourtant rapidement des séquelles de la traversée, grâce à la nourriture riche et variée préparée par la cuisinière et par ses nuits de repos sans tangage ni tempête.

Elle le présenta au personnel de la maison sur lequel il aurait également toute autorité. À un autre moment de sa vie, il aurait frémi d'horreur à cette idée, mais à présent, il était un des leurs. Il pouvait d'ailleurs, s'il le voulait, prendre ses repas avec eux, ce qu'il fit avec simplicité pour s'intégrer et tenter d'obtenir des informations de première main sur Angela McDermott et les habitudes locales. Il fit plus amplement connaissance avec la cuisinière, Meany, qui l'adopta sans réserve. Noire plantureuse et gaie, âgée d'une cinquantaine d'années, c'était une conteuse à la mémoire infaillible. Il apprit ainsi nombre de détails sur le mariage du maître des lieux avec sa troisième épouse, une jeune fille timide, issue de la bourgeoisie provinciale. Le père de celle-ci, un marchand de Florala, l'avait pour ainsi dire vendue à Trevor McDermott pour asseoir sa position et entrer dans le grand monde. Lorenzo comprit aux allusions de Meany que ce mariage n'avait pas été heureux. Il apprit aussi comment le maître avait trouvé la mort et comment la jeune femme, que son mariage forcé avait progressivement transformée en une redoutable femme d'affaires, avait hérité de Splendora quelques mois plus tôt. Elle assumait la gestion seule depuis ce jour-là.

Les soubrettes Lettie, Thea, Bella, Mariam et Lysa avaient pour rôle de tenir la maison propre. Ça n'était pas vraiment le domaine de compétence de Lorenzo, pourtant elles recherchaient activement son contact et ses conseils. À sa décharge, il remportait un franc succès auprès d'elles avec son visage fin, sa peau claire et sa position enviable. Thea et Mariam lui firent d'ailleurs ouvertement des avances.

N'ayant pas touché une seule femme depuis des mois, il fut très tenté, mais renonça. Il n'ignorait pas, pour en avoir fait lui-même les frais à Londres, que dans une demeure comme celle-ci, tout finissait par se savoir. Sa cible réelle étant Angela, la prudence l'emporta sur les besoins de son corps.

Le personnel était complété par le fils de Lettie qui assistait Meany à la cuisine, deux jardiniers, Colton et Roger, et deux hommes à tout faire, Boone et Karl.

Angela McDermott lui fit ensuite visiter chaque centimètre carré de la vaste demeure, lui conta l'histoire de la famille de son défunt mari et lui expliqua comment la maison devait être tenue. Lorenzo apprit tout ce qu'elle avait à lui transmettre. Il prit sa fonction en main, s'imposant sans heurt auprès des hommes et avec brio parmi les femmes. Il finit par comprendre qu'Angela l'avait testé dans ce microcosme et avait surveillé ses résultats et ses réactions avant de le lancer à plus grande échelle.

Quand elle estima qu'il était prêt, elle l'invita à la suivre à l'extérieur. Ils partirent à pied alors que le ciel commençait à s'assombrir à l'horizon et que les esclaves achevaient leur journée de labeur. Lorenzo marchait à côté d'elle, savourant sa présence silencieuse, l'air pur sur son visage, les bruits familiers des travailleurs rangeant leurs outils, ainsi que leurs chants rythmés chargés de poésie. Angela attira son attention.

— Que regardes-tu ?

Ils arrivaient en vue d'un village de cases. Proches de la maison du maître, celles-ci étaient construites avec des matériaux plus nobles que celles que Lorenzo avait aperçues le premier jour. Il lui en fit la remarque et elle hocha la tête.

— Les domestiques sont logés ici, à l'écart. Les esclaves à « talents », c'est-à-dire les ouvriers qualifiés, les sucriers, les tonneliers ou les charrons, résident avec eux. Un autre village de cases regroupe les travailleurs des champs. Et plus loin encore, à cause des risques de maladies et de leur besoin de calme, il y a celui des Bossales.

Lorenzo vit qu'elle attendait une réaction de sa part, il s'exécuta.

— Cela fait trois sites à garder au lieu d'un, maîtresse.

— Trois sites qui me permettent de diviser plus aisément les esprits.

Ceux qui bénéficiaient d'un confort supplémentaire et de tâches plus valorisantes devaient vouloir protéger leurs avantages.

— Je suppose que, lors de la dernière révolte, c'est un esclave de ce village qui vous a alertée sur ce qui allait se produire.

— Effectivement.

— Comment organisez-vous la surveillance de nuit ? reprit-il.

— Les *drivers* montent la garde par roulement.

Lorenzo fronça les sourcils.

— Ce sont pourtant des esclaves, eux aussi.

— Oui.

— Vous devez avoir une totale confiance en eux. Comment les choisissez-vous, maîtresse ?

— Une plantation repose sur un fragile équilibre entre loyauté, fidélité, récompenses, peur et épuisement. Nous jouons sur les différences existantes entre vous. Une fois qu'un esclave a goûté à quelques privilèges, il ne souhaite plus retourner parmi la masse.

— C'est une forme de promotion sociale ? traduisit-il.

Surprise par son choix de mots, elle hocha la tête.

— Oui. En cas de manquement, la sanction consiste à les renvoyer dans les champs, parmi ceux qu'ils ont eux-mêmes brimés pendant qu'ils occupaient des fonctions supérieures. Ils le savent et font donc tout ce qui est possible pour conserver leur position chèrement acquise.

Il la regarda calmement.

— C'est pourquoi vous aviez besoin d'un homme à la peau pâle en tant que régisseur.

Elle approuva.

— Oui. Pourtant, si tu refuses de te montrer déférent, Lorenzo, tu pourrais fort bien te retrouver à ramasser des cannes à sucre dès demain.

Elle avait parlé d'une voix si suave qu'il mit un instant à réaliser qu'elle le menaçait. Tout ça parce qu'il n'avait pas ponctué sa phrase du mot « maîtresse ». Il inclina la tête pour cacher sa contrariété.

— Pardonnez-moi, maîtresse. Mon désir de comprendre est si fort que j'oublie tout le respect que je vous dois.

Lorenzo était si furieux qu'il se détourna. Comment séduire cette femme alors qu'elle brandissait ses menaces en permanence ? S'il tentait un geste et se retrouvait condamné au fouet, ou à servir dans les champs, il serait bien avancé ! Elle lui échappait totalement. Lui qui n'avait jamais échoué, selon son ami Samuel, allait faillir au moment le plus crucial de sa vie !

Ils passèrent les jours suivants à visiter chaque parcelle de Splendora afin qu'il se familiarise avec les lieux, les plantes et les hommes. Angela McDermott lui présenta les quarante *drivers*. Il s'entendit immédiatement bien avec Anton, leur chef récemment promu, ainsi qu'avec ses quatre lieutenants : Jesuah, N'Diouf, Tiger et Boumak. Il devrait travailler en étroite collaboration avec eux pour tout ce qui relevait des tâches journalières et de l'autorité, il se réjouit donc de leur avoir fait bonne impression. Quand il s'étonna de leur acceptation, Anton lui expliqua que personne ne se sentait lésé par son arrivée. Les esclaves étaient lucides sur leur place dans la société coloniale, pas un seul d'entre eux n'aurait pu occuper le poste de régisseur.

Peu à peu, Lorenzo s'acclimatait à la vie locale et à la chaleur. Il garderait à vie les marques de son passage à bord, sur la joue gauche, les chevilles, les poignets et le dos, mais ses plaies avaient cicatrisé. Avec toutes les heures passées à l'abri du soleil, sa peau avait perdu une partie du hâle acquis sur le bateau. Il s'en réjouissait, car il deviendrait bientôt difficile de le confondre avec un Noir, même métis. Son retour en Angleterre en dépendait.

Enfin vint le jour où Angela lui annonça qu'il était prêt. Environ un mois après son arrivée, il prit ses fonctions sur la plantation. Fort de la confiance d'Angela McDermott qui lui laissait une relative indépendance dans ses décisions, il était respecté et obéi des *drivers*, tout comme des esclaves qui l'avaient intégré sans sourciller dans leur vie quotidienne. Lorenzo s'acquitta de sa tâche avec succès. Son éducation lui permettait en effet d'être à l'aise en toute circonstance et de savoir à qui parler, comment, quel meneur briser devant les hommes prêts à le suivre. D'un seul coup d'œil, il était capable de repérer un esclave qui lambinait ou la maladie d'un autre et de prendre les mesures adéquates. Par ailleurs, ses décisions justes et équitables lui valurent rapidement le respect de chacun. Il se montrait intraitable envers ceux qui tentaient de le tromper ou de trahir sa confiance, mais les sanctions qu'il prononçait restaient proportionnelles à la faute commise. Lorenzo savait que, pour cela, il pouvait remercier la formation que son père et Angela lui avaient donnée. Après ce qu'il avait géré à Londres, cette plantation ne présentait en effet pas de réelle difficulté pour lui.

Pourtant, alors qu'il accomplissait ses nouvelles fonctions avec sérieux, Lorenzo s'impatientait. Chaque minute passée ici dans la vie d'un autre retardait son retour à Londres.

# Chapitre 14

Comme chaque jour, au moment le plus chaud de la journée, l'heure où les esclaves étaient assommés par l'air brûlant et risquaient moins de tenter le diable, Lorenzo frappa à la porte du bureau d'Angela McDermott.

— Entre, Lorenzo.

Il referma derrière lui. Elle leva les yeux des papiers qu'elle remplissait l'instant d'avant et lui sourit.

— Je t'écoute.

Il secoua la tête.

— Ce matin, nous avons eu un accident tragique au moulin, maîtresse. Un des esclaves s'est trop approché du mécanisme. Son bras a été happé et broyé par les engrenages.

— Il a survécu ?

Lorenzo ne put cacher sa tristesse.

— Il a été transporté à l'écart des autres pour recevoir des soins, mais il avait perdu trop de sang. Il est mort avant qu'on puisse tenter de cautériser ses plaies, maîtresse.

Elle hocha la tête.

— Splendora connaît peu de drames de ce type. Je rendrai visite aux esclaves employés au moulin afin qu'ils comprennent que je ne suis pas insensible à leur malheur.

Lorenzo approuva avec un soupçon d'ironie dans le regard.

— C'est une bonne idée, maîtresse.

Elle l'observa un instant, comme si elle tentait de percevoir ce qu'il avait vraiment voulu dire, mais il resta impassible sous son examen.

— Je me suis rendu jusqu'aux cases des Bossales pour remplacer cet homme, maîtresse. J'ai choisi un des plus anciens. Il est déjà au travail. J'en ai profité pour vérifier comment les plus récents s'adaptaient. Le bilan est plutôt satisfaisant.

Angela se figea. À quel moment avait-elle confié ce genre de tâche à Lorenzo ? *Jamais*. Pourtant, il avait une compréhension instinctive et globale de sa fonction. Son aptitude au commandement et à la prise de décisions rapides et efficaces était sidérante. Légèrement vexée qu'il ne l'ait pas consultée, elle parla d'une voix acide.

— On dirait que tu n'as plus besoin de moi pour gérer cette plantation.

Lorenzo ne savait pas s'il s'agissait d'un reproche ou non. Angela McDermott semblait très jalouse de ses prérogatives. Dans le doute, il se défendit donc.

— Je n'ai pas souhaité vous ennuyer avec un sujet aussi évident que le remplacement d'un esclave, maîtresse.

Angela parut se raisonner.

— Oui. Bien sûr. Merci pour ta prévenance, Lorenzo.

À son tour, il sourit. Presque immédiatement, elle rompit le contact visuel. Lorenzo soupira. Encore une de ses maudites dérobades…

Anton lui avait raconté que, pendant le soulèvement des esclaves, elle n'avait pas cédé à la panique. Elle avait pris toutes les décisions, depuis la méthode pour casser la tentative de révolte jusqu'aux sanctions terribles qui avaient été appliquées. Elle avait ensuite tenu à assister aux punitions. Pas un seul muscle de son visage n'avait tressailli alors que des hommes mouraient dans des conditions atroces, sur ses ordres. Depuis, les esclaves la craignaient ouvertement. Pourtant, Lorenzo se doutait de ce qu'elle avait dû ressentir en infligeant pareil traitement à des hommes placés, par un cruel destin, sous sa responsabilité. N'avait-il pas, à plusieurs reprises déjà, entendu des termes plutôt critiques dans sa description de l'esclavagisme ?

Lorenzo admettait qu'extérieurement elle donnait le change. Mais lui qui l'observait de l'intérieur était persuadé d'avoir perçu un traumatisme en elle. Pourquoi aurait-elle été aussi hermétique à toute forme de séduction, sinon ?

Il enrageait de se retrouver dans une telle impasse, les limites qu'on lui imposait le rongeaient. Le voyage avait duré presque six mois, il y avait ensuite eu la quarantaine et il était à Splendora depuis plus de deux mois. Soit neuf mois et demi d'absence ! La panique s'empara de lui. À son arrivée, pourrait-il simplement resurgir en réclamant ses biens ou devrait-il mener une procédure longue et coûteuse pour faire appliquer les dernières volontés de son père ? Dans ce cas, où trouverait-il l'argent nécessaire ? Si seulement il avait entrevu une issue favorable ici…

Il avait établi toute sa stratégie sur l'idée qu'il parviendrait à plaire à Angela McDermott et à devenir son amant pour atteindre un double objectif : obtenir son aide financière pour retourner en Angleterre et assouvir son envie d'elle.

Il attribuait son désir tenace au fait qu'il n'avait jamais eu un tel défi à relever. En effet, s'il réussissait à avoir une relation charnelle avec elle, cela voudrait dire qu'il avait su triompher de tous les obstacles, de sa condition d'esclave et de son prétendu métissage, des frayeurs incompréhensibles de cette jeune veuve et de la froideur qu'elle offrait comme unique réponse à ses prétendants, des hommes blancs, riches et libres…

Malheureusement, Angela McDermott ne montrait aucune forme d'assouplissement à son égard, malgré quelques tentatives timides. Son légendaire succès auprès des femmes n'était peut-être que cela finalement : un vague souvenir, une anecdote issue d'une autre vie… Il soupira. Qu'est-ce qui pourrait pousser Angela McDermott à se donner à lui, le désir mis à part ? L'amour ? Sans doute. Mais une femme comme elle pouvait-elle aimer ? Il en doutait…

De dépit, Lorenzo avait donc commencé à accumuler discrètement des provisions non périssables pour préparer sa fuite.

Pourtant, ce jour-là, alors qu'il ne s'y attendait plus, la chance lui sourit.

Comme chaque fois qu'il l'observait avec attention, tentant de percer ses défenses et de mesurer sa résistance, Angela s'agitait nerveusement. Cette fois-ci, elle remettait des feuilles en place sur son bureau quand elle laissa échapper un petit cri surpris.

— Oh !

Lorenzo s'approcha.

— Qu'y a-t-il, maîtresse ?

Elle lui montra son doigt.

— Quelle maladroite ! Je me suis coupée.

Lorenzo ne réfléchit pas à son geste, qui fut instinctif et dicté par une envie qui aurait pu lui coûter très cher.

Il attrapa la main d'Angela et porta son index à ses lèvres. Il essuya le sang avec sa langue. Il l'entendit retenir son souffle. Surpris, il leva les yeux vers elle et la vit fermer les siens brièvement avec sur le visage une expression reconnaissable entre toutes. Son cœur bondit dans sa poitrine alors qu'il entrapercevait enfin une issue favorable. Il prolongea sa caresse quelques secondes de plus, avant de la lâcher. Elle rouvrit les paupières et son regard vert ne pouvait cacher ce qu'elle éprouvait. Lorenzo sut avec certitude qu'elle avait envie de lui. Il cacha son exultation en la masquant derrière une fausse inquiétude.

— Tout va bien, maîtresse ?

— Oui… Oui.

Elle avait la voix tremblante. Lorenzo recula d'un pas.

— Soyez prudente, maîtresse.

Elle rougit violemment.

— Ça n'est rien. Rien du tout ! D'ailleurs, je ne saigne même plus.

Elle releva les yeux vers lui et Lorenzo comprit qu'elle ne parvenait pas à dominer les pulsions que son corps éprouvait. Il aurait pu saisir cette première occasion, mais il savait qu'il était trop tôt. S'il faisait un pas vers elle pour l'embrasser ou la toucher avant qu'elle soit vraiment prête, elle le ferait fouetter ou pire. Il fallait que la décision vienne d'elle.

— Tu souhaitais me parler d'un autre sujet, Lorenzo ?

Il hocha la tête avec sérieux, malgré la voix altérée de la jeune femme qui le fit exulter intérieurement.

— Oui. Je voulais vous soumettre une idée.

Le professionnalisme de son régisseur permit à Angela de recouvrer ses esprits. Lorenzo dépassait toutes ses espérances. Il était calme, curieux, intéressé, intelligent et étrangement cultivé. Ses connaissances initiales étaient sidérantes et bienvenues, ses idées et ses initiatives souvent pleines de bon sens. Elle hocha la tête.

— Je t'écoute.

— Une alimentation trop peu variée provoque des maladies telles que le scorbut[1], et des carences. Les esclaves deviennent faibles, fragiles et, dans les pires cas, ils meurent.

— Je sais tout ça, Lorenzo. À Splendora, ils mangent à leur faim grâce à nos cultures d'igname, de pomme de terre et de riz. J'achète également des fruits pour eux.

Lorenzo hocha la tête.

— Il y a aussi le problème du marronnage.

Une des formes de résistance des esclaves consistait à fuir leur plantation. Dans le meilleur des cas, il s'agissait de petit marronnage, quelques heures ou quelques jours d'absence, mais parfois leur départ était définitif.

— Aucune sanction tirée du Code noir n'est dissuasive, vous en conviendrez.

Elle hocha la tête avec fatalisme.

— Toutes les plantations ont à déplorer ce type d'actes.

— Alors, pourquoi ne pas tenter une méthode qui nous permettrait de résoudre ces deux problèmes à la fois, maîtresse ?

Elle se pencha vers lui, intéressée.

— À quoi as-tu songé ?

— Instaurons un repas de viande par semaine. Seuls

1. Le scorbut est une carence vitaminique qui se traduit par un déchaussement des dents, une atteinte gingivale et des saignements. Sans traitement, les symptômes sont de plus en plus marqués, et le patient décède à cause d'une hémorragie. Ce type de pathologie était surtout rencontrée avant le XVIII^e^ siècle chez les marins qui effectuaient de longues traversées. Le scorbut est dû à un apport alimentaire insuffisant en vitamine C que l'organisme ne peut ni produire ni stocker.

ceux qui auront été assidus pourront en bénéficier. Qu'en dites-vous ?

Elle envisagea sa proposition.

— Penses-tu réellement que cela sera dissuasif ?

Il lui adressa un de ses sourires irrésistibles qui faisaient battre son cœur plus vite.

— J'ai droit à de la viande. Est-ce que j'ai manqué une seule minute de travail à vos côtés, maîtresse ?

Elle frissonna en entendant sa voix douce s'appesantir sur ce dernier mot. Dans sa bouche, il prenait soudain un tout autre sens.

— Tu sais que cela n'a rien à voir, bougonna-t-elle.

Il haussa les épaules.

— Cela coûtera de l'argent, mais si je me trompe il suffira d'arrêter.

— Je veux bien tenter l'expérience pendant quelques semaines, accepta-t-elle.

Ils mirent rapidement au point les détails de l'opération. Puis Lorenzo la salua avant de sortir du bureau. Elle regarda son dos jusqu'à ce qu'il referme la porte.

Elle se mordit la lèvre et observa sa coupure. L'endroit où il avait posé la langue la brûlait encore. Son ventre était parcouru de décharges furieuses quand elle songeait à ce contact.

Quel était ce trouble qu'il provoquait en elle ? Elle était incapable d'en comprendre l'origine, faute de pratique. Aucun homme ne la fragilisait autant que lui. D'un seul sourire, il franchissait la muraille qu'elle affichait avec tant de volonté face aux autres. Angela chercha un mot à mettre sur son malaise et finit par décider qu'elle lui était reconnaissante.

C'était une bonne explication. Une explication rationnelle et logique, à la portée de son inexpérience totale du jeu de la séduction.

— Quels sont les premiers résultats ?

— Satisfaisants, maîtresse. J'ai opté pour une tactique risquée qui s'est pour le moment révélée payante.

Angela sourit et lui fit signe de s'asseoir face à elle.

— Je t'écoute.

Il se mordit légèrement les lèvres avant de commencer, pas totalement certain de la façon dont elle allait réagir.

— J'ai confié la garde du bétail à quelques éléments perturbateurs.

Elle fronça les sourcils. Afin d'avoir de la viande fraîche en quantité, elle avait suivi la suggestion de Lorenzo et acheté plusieurs bovins. Elle était cependant loin de se douter qu'il prendrait l'initiative de les confier à des esclaves rétifs.

— Explique-moi ton idée.

— Je suis parti du principe que le marronnage est une forme de révolte sournoise. Les absences et les cadences ralenties constituent un véritable fléau pour la productivité. En discutant avec Anton, j'ai fini par découvrir que ce type d'actes est le fait de quelques hommes clairement identifiables. Je les ai donc observés jusqu'à repérer les plus charismatiques. Ensuite, j'ai compté sur ce que vous m'avez appris concernant les privilèges.

Elle hocha la tête.

— Je vois. Tu t'es dit que, en les responsabilisant, tu briserais leurs velléités de rébellion et leur image de meneurs auprès des autres.

Il haussa modestement les épaules face à son regard

pénétrant. Pourvu qu'elle ne prenne pas ombrage de son initiative.

— J'ai juste écouté vos explications, maîtresse.

— Quels sont les résultats ?

Il se redressa légèrement en constatant qu'elle ne semblait pas fâchée.

— Ils sont très encourageants. Les quatre adeptes du marronnage chargés de garder le bétail n'ont pas une seule fois manqué à l'appel depuis leur prise de fonction. Il y a déjà eu quatre journées avec de la viande et les progrès ont été notables.

— J'ai cru le comprendre.

Elle était si jalouse de ses prérogatives qu'il pensa qu'elle lui faisait un reproche.

— Anton m'a fait part de ce constat. D'après lui, Splendora bénéficie d'une excellente réputation auprès des nègres marrons depuis l'instauration du jour de viande. L'état de santé, la motivation et le moral de tous ont été tirés vers le haut et cela en très peu de temps. Et figure-toi que les nouvelles vont vite ! Des esclaves adeptes du marronnage sur d'autres plantations ont resurgi sur mes terres, m'offrant une main-d'œuvre gratuite.

Lorenzo observa son sourire ravi avant de hocher la tête.

— Anton avait l'air extrêmement satisfait, bien que surpris par ces premiers résultats. Il faudra bien sûr encore quelques semaines avant de voir si l'effet est ponctuel ou réel.

Angela lui lança un regard espiègle.

— Lorenzo, c'est à moi de relativiser tes succès.

Il resta interdit.

— Je ne comprends pas, maîtresse.

Elle l'observa calmement.

— Tu es bien trop modeste.

Soudain, elle baissa les yeux.

— Et tu n'as pas à l'être. Tu es devenu indispensable ici.

Elle soupira.

— J'avais réellement besoin d'une aide masculine, mais je ne voulais pas…

Elle s'arrêta. Il tenta une réponse.

— D'un nouvel époux ?

Elle approuva. Encore une fois, il perçut son malaise. Elle se reprit vite pourtant.

— Mais, à présent, je t'ai, toi.

La belle affaire ! Comment signifier son désir à cette femme sans manifester ses intentions ni l'effet qu'elle produisait sur lui, afin de ne pas l'effrayer ?

Il se pliait pourtant à ce jeu de dupes. Qu'est-ce qui le retenait, au juste ? La peur d'être sanctionné ? Certainement. Angela McDermott n'avait rien d'une tendre quand il fallait faire preuve de dureté. La peur d'être rejeté ? Sans doute aussi. Il avait tout de même assisté aux échecs cuisants du capitaine O'Briscol, du marchand Cortez et du planteur Norrington. Or ils étaient tous officiellement blancs ! Lorenzo partait avec un handicap supplémentaire puisque, pour elle, il était noir. Les risques étaient d'autant plus importants.

Malgré ses doutes, Lorenzo était séduit par cette femme. Il l'observa encore une fois à la dérobée.

Elle portait toujours ses affreuses robes de deuil qui ne parvenaient pas à cacher sa taille étroite malgré l'absence manifeste de corset, liberté qu'elle s'octroyait quand elle restait à la plantation, sa poitrine généreuse et ses longues jambes. Il voyait ses mains fines qu'il rêvait de sentir sur sa peau. Il leva le regard vers son visage à l'ovale parfait et aux traits délicats. Il s'attarda sur sa bouche légèrement pulpeuse et sensuelle, sur son petit nez retroussé, sur ses yeux en amande d'un vert lumineux, sur l'arc joliment arrondi de ses sourcils et sur ses cheveux châtains soyeux.

Si un jour elle cédait, Lorenzo ne se ferait pas prier pour lui faire l'amour. Bien sûr, il avait un but précis en tête, mais elle constituerait une de ses plus belles conquêtes. Un sourire rêveur s'égara sur ses lèvres.

— Cesse de me dévisager ainsi, Lorenzo !

Brutalement ramené à la réalité par son ton mordant, il sursauta. Il se rendit compte qu'il la fixait comme s'il était affamé. Il baissa les yeux.

— Je suis désolé, maîtresse. Je ne voulais pas vous importuner.

La mâchoire de la jeune femme se contracta.

— Alors ne me fixe plus jamais de cette façon !

Lorenzo hésita un instant à peine. Il faudrait bien qu'il avance quelques pions à un moment ou à un autre. Pourquoi pas maintenant qu'elle venait d'admettre qu'il était indispensable pour elle ? Il planta le regard dans le sien.

— J'en serai incapable, maîtresse.

Sa voix traînante fit courir une onde brûlante dans le bas-ventre d'Angela. Elle baissa les yeux et parla d'un ton suppliant.

— Ne fais pas ça, Lorenzo.

— Pas quoi, maîtresse ? Je suis très flatté que vous me pensiez apte à compenser l'absence d'un époux dans votre vie.

Elle rougit violemment en comprenant le double sens des mots qu'elle venait de prononcer.

— Je n'ai jamais voulu dire ça !

Lorenzo le savait parfaitement, mais il fallait bien provoquer les événements. Il se lança.

— Je n'ignore pas que pour vous, maîtresse, je ne suis

qu'un régisseur, mais je pourrais être beaucoup plus, si vous en manifestiez le désir.

Elle réalisa avec un instant de retard qu'elle avait cessé de respirer. Angela renonça à retrouver le fil de ses pensées. Elle cherchait juste un point d'ancrage pour reprendre le contrôle de leur échange. Une seule idée lui vint. Sa voix se fit coupante alors qu'elle simulait une colère.

— Je t'interdis de dire ce genre de choses, Lorenzo ! Tu m'entends ?

Aucun d'eux ne fut dupe de sa petite scène.

Angela soupira et repoussa ses draps. Elle se leva, attrapa son peignoir en soie et sortit sur la terrasse. Tenaillée par des besoins qu'elle n'identifiait pas, elle ne parvenait pas à dormir. Elle laissa son regard errer sur son domaine, mais la paix ne vint pas.

Que lui arrivait-il ? Elle ne se reconnaissait plus. D'ordinaire si maîtresse d'elle-même face aux hommes, elle se retrouvait balbutiante, enfiévrée et intimidée dès que Lorenzo s'approchait d'elle ou entrait dans son champ de vision.

Elle n'avait jamais rien éprouvé d'autre que de la répulsion et du mépris à l'égard de Trevor, même en dehors de leur chambre. Ses réactions face à Lorenzo étaient donc incompréhensibles.

Elle posa le front contre un pilier et soupira. Son esprit se focalisa instantanément sur son magnifique régisseur. Angela tenta de détourner le cours de ses pensées, mais rien n'y fit. Elle songeait à sa silhouette souple et féline, à sa carrure virile et bien proportionnée, à ses mains aux doigts longs, fins et soignés, et à son visage époustouflant encadré de cheveux noirs soyeux. Elle ferma les paupières pour se concentrer davantage. Elle visualisa alors sans peine le menton ferme et carré de Lorenzo, sa bouche rieuse et séductrice aux dents parfaitement blanches et régulières, son nez droit, la cicatrice qui marquait sa pommette gauche, ses yeux sombres envoûtants et ses fossettes malicieuses.

À l'évocation de cet homme, le ventre d'Angela se contracta violemment et elle poussa une plainte.

— Mon Dieu, mais que m'arrive-t-il ?

Comme en réponse à sa question, Lorenzo surgit de sa propre chambre. Il ne portait qu'un simple pantalon.

Il avait l'air si préoccupé qu'il ne la remarqua pas. Angela, par contre, ne vit plus que lui. Ses yeux s'attardèrent sur la courbe de ses épaules et sur les muscles de son torse finement ciselé. Son corps avait changé depuis son arrivée. Il n'avait plus rien de décharné. Au contraire, il semblait à présent sculpté dans une matière chaude et vibrante. Angela mourait d'envie de poser les doigts sur lui pour découvrir la texture de sa peau.

Il lui fit soudain face et capta son expression tourmentée. Leurs regards se soudèrent l'un à l'autre. Celui de Lorenzo débordait d'une attente douloureuse qui acheva de troubler Angela. Fascinée, étourdie par une fugace sensation d'oubli, elle fit plusieurs pas vers lui, presque malgré elle.

En voyant son mouvement et en percevant son état fébrile, Lorenzo crut que le moment était enfin venu. Son corps réagit violemment à cette simple idée. Il avança à sa rencontre. Son regard sombre donna à Angela l'impression qu'un feu dévorant venait d'embraser son ventre et la consumait tout entière.

Lorenzo se figea, attendant un signe. Signe qu'elle faillit faire. Et puis, brusquement, Angela sentit presque la pression des mains de Trevor sur elle, son contact répugnant. Son état second se dissipa. Il ne resta plus rien que le désespoir et la peur.

Lorenzo le perçut. Son regard se voila sous l'effet d'une déception intense.

— Maîtresse ?

Paniquée, elle secoua la tête.

— Non !

Les larmes aux yeux, Angela quitta la terrasse pour se réfugier dans sa chambre.

Allongée sur son lit, elle réalisait ce qu'elle avait failli faire. Elle avait été à deux doigts de supplier Lorenzo, un esclave, de la prendre dans ses bras et de lui faire… Quoi ? La même chose que Trevor ?

Elle devait avoir perdu l'esprit pour espérer avec autant d'ardeur vivre à nouveau ce genre de scènes insoutenables. Elle se sentait affreusement embarrassée par sa faiblesse. Heureusement, Lorenzo n'était qu'un esclave et, en tant que tel, il n'avait pas son mot à dire concernant ses pitoyables hésitations.

Elle soupira et essuya une larme sur sa joue. Son corps, ce traître, n'avait toujours pas retrouvé son calme. Il réclamait encore le contact de celui de Lorenzo avec ardeur et son ventre pulsait au rythme de son cœur.

Elle gémit de frustration, car elle avait eu la preuve flagrante qu'il avait envie d'elle. Une nouvelle onde brûlante lui coupa presque le souffle. Elle se mordit les lèvres pour étouffer son soupir empli d'attentes.

Pourquoi se leurrer plus longtemps ? Malgré son inexpérience, ses souvenirs horribles et la peur paralysante qu'elle éprouvait, elle réalisa l'impensable : elle désirait Lorenzo. Chaque jour, la tentation se frayait un douloureux chemin en elle.

Si elle cédait, juste une fois, son malaise passerait-il ? Elle se sentit terriblement honteuse d'envisager d'utiliser son régisseur de la sorte. D'ailleurs, voudrait-il encore d'elle après toutes ces frustrations qu'elle lui imposait ? Il aurait fallu être aveugle pour manquer sa déception évidente lorsqu'elle avait pris la fuite sous l'effet de la panique.

De nouveaux souvenirs se frayèrent un chemin en elle : sa nuit de noces, l'obsession de Trevor pour concevoir un enfant à tout prix, son corps à elle sacrifié sur l'autel de son plaisir à lui.

Sa peur et son dégoût envers tout ce qui relevait de l'acte sexuel balayèrent ce qu'elle éprouvait l'instant d'avant. Inutile de le nier : tant qu'elle n'aurait pas vaincu le fantôme de Trevor, la tentation engendrée par Lorenzo serait facile à combattre.

À cette idée, Angela se sentit soudain terriblement désolée pour eux deux.

# Chapitre 15

Lorenzo frappa à la porte du bureau d'Angela et attendit qu'elle l'invite à entrer. Il ne savait absolument pas pourquoi elle le convoquait à cette heure matinale. Il espérait juste que cela n'avait rien à voir avec leur petit intermède de la nuit sur le balcon.

Elle ne pouvait rien lui reprocher puisque le désir qu'il éprouvait pour elle ne s'était jamais manifesté par ailleurs. Enfin, si. Mais pas de façon aussi visible ni aussi sincère. La veille au soir, il n'y avait pas eu de calculs, juste une pulsion irrépressible qui lui avait fait oublier tous les écueils. Il n'y avait plus eu que son besoin féroce de posséder cette femme inaccessible, puis cette colère dévastatrice lorsqu'elle l'avait abandonné, le livrant à une faim dévorante et obsessionnelle qu'elle seule pouvait satisfaire désormais.

Lorenzo avait d'ailleurs envisagé de la suivre dans sa chambre pour lui faire admettre l'évidence, mais il avait renoncé à la brusquer. Dans son état, il n'était pas certain de parvenir à se dominer.

— Entrez !

Il obéit en soupirant et referma la porte dans son dos.

— Vous m'avez fait demander, maîtresse ?

Elle était tendue, comme si elle se forçait à paraître sereine et sûre en sa présence. Lorenzo vit alors les cernes sombres sous ses yeux. Il en fut vaguement amusé, malgré sa contrariété latente. Il n'était donc pas le seul à souffrir de ces tergiversations.

Elle hocha la tête, tout en évitant son regard.

— Je dois me rendre à Pensacola. À présent que tu es totalement opérationnel à Splendora, je voudrais que tu découvres l'autre aspect de ta fonction. Prépare quelques affaires, nous partons dans une heure.

— Bien, maîtresse.

Il la salua et retourna dans sa chambre pour rassembler un nécessaire de voyage. Il se réjouissait de pouvoir profiter de cette occasion d'être seul avec elle, loin de cette terre. Il espérait que, à distance de ses souvenirs, elle se montrerait plus conciliante à son égard. Il pourrait faire avancer ses projets, qui sait ? Et dans le cas contraire, il connaîtrait enfin le trajet pour atteindre Pensacola, et par conséquent celui de la mer. Ce voyage tombait idéalement, quelle qu'en soit l'issue…

Moins d'une heure plus tard, il la rejoignit devant la maison. Sous l'œil d'Anton qui recevait les dernières recommandations d'Angela, Boone chargea les bagages à l'arrière du buggy. Lorenzo monta dans le véhicule et s'empara des rênes après un bref salut à l'attention du chef des *drivers*. Angela s'installa à ses côtés, sans lui prêter attention.

— La situation est calme en ce moment, Anton. Tu ne devrais pas rencontrer de difficultés.

— Ne vous inquiétez pas. Bon voyage, maîtresse. Bon voyage, Lorenzo.

— Merci, Anton. Nous serons de retour dans deux jours, tout au plus, précisa Angela.

Il sourit et leur adressa un signe de la main.

— À dans deux jours, alors.

Lorenzo fit claquer le fouet et le cheval s'élança. S'il avait espéré pouvoir profiter de ce voyage pour se rapprocher d'Angela, il en fut pour ses frais. Elle resta silencieuse pendant plusieurs heures, ne s'exprimant que pour lui indiquer le chemin. Suivant son modèle, il se plongea dans ses propres pensées qui le ramenèrent évidemment à ses frères.

David et Simon étaient des imbéciles, incultes et paresseux. Leur éducation laxiste ne les avait pas préparés à assumer une charge écrasante, alors que tant de gens dépendaient du bon sens du détenteur du titre. Lorenzo espérait ne pas récupérer un champ de ruines à son retour.

Il soupira tout en les maudissant une fois de plus, eux et leur cupidité. Angela se tourna vers lui. Elle vit son expression sombre et tourmentée. Elle lui frôla le bras.

— Tu as l'air préoccupé.

Il secoua la tête pour revenir à l'instant présent et à elle. Elle le dévisageait avec attention, s'attendant sans doute à ce qu'il évoque la scène de la veille, mais il était encore sous le coup de la frustration et de la colère, ce qui ne pouvait amener que des complications. Il biaisa.

— Vous m'en avez très peu dit sur ce déplacement soudain, maîtresse. Qu'allons-nous faire à Pensacola ?

— Nous allons acheter des marchandises aux fournisseurs habituels de Splendora. De cette façon, je pourrai te les présenter. Par la suite, tu pourras diriger toi-même les transactions en mon nom quand je ne pourrai pas me déplacer.

Il hocha la tête, affichant une expression neutre destinée à masquer l'afflux d'idées engendré par sa phrase. Elle lui proposait de revenir seul à Pensacola sans se rendre compte de la tentation qu'elle faisait naître en lui. Avec un motif officiel pour se rendre en ville, il pourrait aisément trouver un navire en partance. Restait à rassembler l'argent du voyage ou alors à dénicher un capitaine qui serait d'accord pour le prendre comme marin à bord. Sans le vouloir, elle venait de lui ouvrir une nouvelle porte de sortie. Porte qu'elle referma immédiatement.

— Ce qui ne devrait pas se produire souvent.

Il se rembrunit et elle se méprit sur sa réaction.

— Ne pense pas que je ne te fais pas confiance, mais les commerçants de cette ville sont de véritables voleurs. Si tu n'y prends pas garde, ils te font payer le double du prix réel des marchandises. Il faut sans arrêt leur montrer que tu n'es pas dupe. C'est un rapport de force épuisant.

Il ne put retenir une remarque mesquine.

— Surtout pour une femme, je suppose.

Lorenzo la vit se raidir et il comprit avec retard à quel point ce sujet était sensible et vexant pour elle. Certain de s'être attiré les foudres de la jeune femme, il se prépara à subir sa colère. Pourtant, elle soupira.

— Tu as raison, malheureusement. Depuis la mort de mon époux et de son régisseur, ils n'ont cessé de tenter de m'escroquer.

Lorenzo l'observa alors que, pour la première fois, elle admettait ses limites devant lui.

— Qu'attendez-vous de moi, maîtresse ?

Elle reconnut bien là son pragmatisme et son esprit vif.

— As-tu déjà mené des négociations marchandes ?

Quand il gérait quelques domaines de son père, Lorenzo avait dû s'occuper des approvisionnements. Il bénéficiait toutefois d'économies d'échelle substantielles et du poids de son nom dans la tractation, ce qui ne serait pas le cas ici. Il hocha la tête.

— Oui, maîtresse.

— Parfait. Ce que je souhaite surtout, c'est leur donner un interlocuteur masculin. Tu ne prendras pas la décision finale, mais ta présence servira à centrer la discussion sur le commerce et non sur…

Il croisa son regard embarrassé et finit la phrase à sa place.

— L'absence de votre mari ?

Elle approuva, soulagée qu'il n'évoque pas son aspect physique qui s'était révélé une vraie plaie depuis sa première apparition publique lors du bal des Monroe.

— Nous allons rencontrer Kit Osborne, Ted Mercier, Donovan Carter et Lyle Cortez. Chacun a sa spécialité, bien qu'ils vendent de tout en réalité. Trevor n'avait jamais envisagé de limiter la dépendance de la plantation vis-à-vis de son unique fournisseur, Osborne. Après sa mort, je les ai tous mis en concurrence pour obtenir des prix plus intéressants. À présent, les échanges avec Osborne sont réduits aux graines et au matériel. Mercier l'a avantageusement remplacé sur les tissus et le bois, Carter sur les spiritueux et les denrées alimentaires et Cortez sur les esclaves.

Elle carra les épaules avec un soupçon de satisfaction.

— Ce partenariat est assez récent. Comme Osborne a essayé de me voler à chacune de mes dernières visites, j'ai décidé de me passer encore un peu plus de lui. Et j'ai eu raison puisque c'est grâce à Cortez que je t'ai acheté.

Le visage de Lorenzo se plissa à ce douloureux rappel.

— Pourquoi avez-vous besoin d'un intermédiaire pour acquérir des esclaves alors que je vous ai vue négocier directement avec le capitaine à bord du négrier ?

Elle haussa les épaules.

— Les transactions se font rarement en espèces. Les

planteurs n'ont jamais autant de liquidités à disposition. Les capitaines doivent donc accepter de nous faire crédit.

Il se souvenait que, pour lui, elle avait réglé l'intégralité de la somme, mais que pour les quinze autres, elle avait effectivement obtenu de payer en plusieurs traites.

— Je vois. Vous avez donc besoin d'un intermédiaire reconnu pour fiabiliser la créance.

Elle approuva, encore surprise d'entendre des mots aussi pointus dans sa bouche.

— Oui. Ils assurent également le recouvrement si besoin. Les crédits portent parfois sur dix-huit mois et les planteurs ont la réputation d'être des mauvais payeurs. Alors imagine ce qu'ils pensent d'une veuve de planteur !

Il sourit de sa plaisanterie, avant de redevenir sérieux et un brin mélancolique. Elle se pencha vers lui, croyant qu'il redoutait cette première mise à l'épreuve.

— Ne crains rien. Ben, le précédent régisseur de Splendora, était également un métis et cela ne l'a jamais empêché d'obtenir le respect de ses interlocuteurs.

Il ressentit soudain l'envie irrésistible de l'attraper par les épaules et de la secouer violemment. Comment pouvait-elle ne pas voir ce qui était aussi évident ? Il n'avait rien d'un esclave ! Il était d'origine noble !

Une lueur inquiétante traversa son regard noir et une fureur irrépressible lui serra la gorge.

— Je…

Elle lui montra un point à l'horizon.

— Nous arrivons.

Coupé dans son élan, Lorenzo sentit sa colère refluer et une grande lassitude s'emparer de lui. En dehors des sujets qui l'intéressaient, Angela ne lui accordait en réalité aucune importance. Il la troublait sans doute, mais sa résistance prouvait à elle seule qu'il n'était rien d'autre pour elle qu'un simple esclave avec qui elle n'avait aucune intention de se compromettre. Une vague de découragement l'envahit.

Avait-il raison de s'acharner à croire qu'il retournerait un jour dans son pays et qu'il récupérerait sa vie passée ? De son point de vue actuel, la situation semblait bien inextricable.

Sombre et silencieux, il conduisit le buggy à travers la ville grâce aux indications d'Angela.

— Tourne à gauche. Voilà, c'est ici.

Lorenzo reconnut sans peine la façade de l'hôtel où ils avaient fait une halte le jour où elle l'avait acheté.

Il évacua ce souvenir désagréable avant de descendre du buggy. Il en fit le tour pour lui tendre la main galamment.

Elle accepta son aide avec un sourire. Lorenzo ne cessait de la surprendre. Ses manières étaient parfaites, il s'exprimait avec aisance et avec un vocabulaire qui ne correspondait pas à sa condition. Quelle chance elle avait eue de trouver une telle perle sur un négrier ! Elle n'eut pas le temps de s'appesantir sur cette idée, car il entra dans l'hôtel.

Il la précéda dans le hall jusqu'à un comptoir où se tenait un employé de taille moyenne qui les accueillit avec un sourire. Lorenzo se mit légèrement en retrait, pourtant c'est lui que l'homme fixa.

— Bonjour, monsieur. Votre épouse et vous-même avez réservé une chambre ?

Angela resta figée un instant.

Cet homme était-il ivre ? Il n'avait même pas vu que Lorenzo était un… Le regard de la jeune femme s'attarda sur le visage de son régisseur qui ne paraissait pas du tout étonné. Il fallait bien admettre qu'il n'avait aucun point commun avec les esclaves habituels, que ce soit d'un point de vue physique, comportemental ou intellectuel. La méprise de cet employé était compréhensible.

Il s'adressa au réceptionniste d'une voix autoritaire.

— Madame n'est pas mon épouse.

Nouveau regard entendu qui fit rougir Angela. Il les prenait à présent pour des amants venus se réfugier ici pour quelques heures. Conscient d'avoir accentué la méprise, Lorenzo clarifia la situation avec sécheresse.

— Nous voudrions deux chambres séparées : une suite et une chambre simple.

L'homme retint une petite grimace ennuyée.

— Bien sûr. Pardonnez ma maladresse.

Lorenzo tendit la main avec un air agacé. Le réceptionniste posa deux clés dans sa paume avec des gestes nerveux.

— Tenez. Chambre 11 et suite 34.

Lorenzo hocha la tête.

— Madame McDermott prendra la suite. Vous veillerez à ce que ses bagages soient montés le plus vite possible.

— Je m'en occupe immédiatement, monsieur.

Lorenzo s'éloigna sous le regard médusé d'Angela. Où avait-il acquis ce vernis d'assurance ? Sa façon arrogante de remettre le réceptionniste à sa place était totalement insensée pour un esclave, même s'il avait eu pour maître un lord anglais ! Son attitude n'avait rien d'une simple imitation. Angela connaissait la vérité et pourtant elle avait cru voir un homme blanc s'exprimer. Elle chercha une explication à la scène à laquelle elle venait d'assister. À Londres, l'ancien maître de Lorenzo l'avait peut-être traité comme un égal. Plus elle y songeait et plus cette hypothèse lui paraissait plausible et rendait une foule de détails logiques. Elle avait aussi entendu parler de clubs réservés à l'élite des domestiques londoniens. Ils y reproduisaient les manières de leurs employeurs.

Une autre évidence la frappa soudain. Depuis l'arrivée de Lorenzo à Splendora, sa peau s'était éclaircie. Il avait toujours un hâle doré, bien sûr, mais à présent on pouvait facilement le prendre pour un homme blanc bronzé. Lorenzo devait avoir très peu de sang noir dans les veines.

Angela chassa donc ses doutes et lui donna les consignes suivantes sans émotion particulière.

— Rendons-nous chez Osborne pour commencer.

Déçu par son désintérêt manifeste, malgré ce qui venait de se passer, il hocha la tête.

— Bien, maîtresse.

Moins d'une heure plus tard, Kit Osborne les recevait dans son bureau. Il se leva pour la saluer

— Bonjour, madame McDermott.

Son sourire forcé déplut à Angela. Osborne avait évidemment mal supporté sa défaite et il n'attendait que l'occasion de prendre sa revanche. Elle espérait que son idée désamorcerait la tension ambiante.

— Bonjour, monsieur Osborne. Laissez-moi vous présenter Lorenzo, mon régisseur.

Instantanément, le visage du marchand se détendit. Pire ! Angela perçut son soulagement à l'idée de se retrouver face à un interlocuteur masculin, comme si d'un seul coup il revenait en terrain connu.

— Bonjour, monsieur. Prenez place, je vous en prie.

Osborne tendit la main, sans réaliser qu'il avait affaire à un esclave. Angela fronça les sourcils alors que les deux hommes se saluaient cordialement. Encore un qui se faisait prendre par l'allure de Lorenzo. Parfait. Elle resta en retrait pour lui laisser les commandes. Précaution inutile de toute façon puisque Osborne ne la voyait plus.

Elle espérait que les choses se poursuivraient aussi bien qu'elles avaient commencé. Sur le trajet, elle avait donné des consignes à Lorenzo qui attaqua immédiatement la négociation. Osborne était réceptif, à l'écoute comme il ne l'avait jamais été avec elle. Elle observait tout cela : leurs rires complices, leur échange cordial et la facilité avec laquelle Lorenzo obtenait en quelques minutes des remises inégalées.

Son étonnement se mua en perplexité alors qu'elle découvrait l'étendue des qualités de l'homme qu'elle avait acheté. Sans s'en rendre compte, elle ne le quittait pas des yeux pendant qu'il dialoguait avec aisance, noyant l'essentiel dans un discours cultivé et averti, et brisant au passage les réserves du marchand, une à une. Sa technique était imparable. Telle une araignée, il savait exactement où il allait et comment entraîner son interlocuteur dans son sillage jusqu'à l'endroit où l'autre serait définitivement piégé. Le pire pour elle était de constater que Lorenzo manœuvrait si bien qu'Osborne croyait faire une affaire ! Quelle leçon !

Enfin, son régisseur conclut le marché bien en deçà de la somme qu'elle avait fixée comme limite acceptable. Satisfait, Lorenzo lui fit face. Elle n'eut pas le temps de détourner le regard et il capta son étonnement teinté d'un soupçon de jalousie.

Angela se souvenait, en effet, de ses derniers échanges houleux avec ce même homme que Lorenzo venait d'apprivoiser comme un chiot à qui il aurait gratté le ventre. Son assurance et son charisme avaient émerveillé le marchand qui semblait sous le charme. Osborne, comme les autres, considérait que seuls les planteurs expérimentés étaient des interlocuteurs dignes d'eux. Il conclut cependant l'entrevue avec un sourire ravi sur les lèvres.

— Je suis enchanté d'avoir traité avec vous, monsieur.

Lorenzo approuva.

— Moi aussi, monsieur Osborne.

Telle une figurante, Angela en fut réduite à signer leur accord. Osborne lui tendit alors la main avec un sourire magnanime.

— Au revoir, madame McDermott. J'aurai grand plaisir à travailler avec votre régisseur dorénavant.

Lorenzo la suivit hors de la boutique, bien conscient de sa contrariété. Après tout, le marchand l'avait presque bannie des négociations à venir. Lorenzo avait cherché à l'impressionner et à attiser sa curiosité, pas à l'évincer. Il comprenait mieux ce qu'elle avait voulu dire concernant l'état d'esprit des gens du cru. Et malheureusement, il avait sauté à pieds joints dans leur jeu. Piteux, il l'interpella.

— Maîtresse ?

Elle lui fit face et il lut ses doutes dans son regard.

— Où as-tu appris à faire tout cela ?

— Vous n'êtes pas satisfaite, maîtresse ? demanda-t-il, sur la défensive.

— Ce n'est pas ce que j'ai dit ! Tu sais lire, écrire, négocier. Tu diriges les hommes comme si tu avais fait cela toute ta vie ! Qui es-tu ?

Elle le suivit tout en insistant pour qu'il réponde à sa question.

— Dis-le-moi.

Elle qui était si jalouse de ses prérogatives le regardait avec un air pincé de mauvais augure, comme si elle lui en voulait. Il valait mieux faire profil bas.

— J'ai appris tout ce que je sais à Londres, maîtresse.

— Avec ton ancien maître, c'est ça ?

Le moment ne semblait pas opportun pour dévier de la version officielle.

— Oui.

— Comment s'appelait-il ?

Lorenzo détourna les yeux alors que le souvenir de son père et de son décès brutal faisait resurgir sa souffrance et sa colère à l'égard de ses frères. Angela perçut ses émotions. Le capitaine O'Briscol avait dit que Lorenzo avait été envoyé dans les colonies par les héritiers du lord après la mort de celui-ci. Elle insista et il finit par répondre de mauvaise grâce.

— Le marquis de Welland.

Elle fronça les sourcils.

— Un marquis ?

Pas étonnant que Lorenzo soit aussi à l'aise dans ses fonctions. Elle se calma. Pourquoi se montrer envieuse et mesquine envers l'homme qui lui apportait plus que ce qu'elle avait espéré ? Désireuse de faire la paix, elle relança la conversation.

— Gérais-tu ses biens avec lui ?

Lorenzo hocha la tête. Il ne voulait visiblement pas en dire plus, mais Angela insista.

— D'où viens-tu ?

— Londres.

Elle leva les yeux au ciel.

— Ce n'est pas ce que je te demande ! Quelles sont tes origines ?

Aucune lueur de compréhension n'éclairait son regard. Lorenzo était las d'espérer un miracle.

— Je ne suis pas certain que ma réponse vous convienne, maîtresse.

Il lui tourna à nouveau le dos. Angela devait avancer rapidement pour ne pas se laisser distancer.

— Lorenzo ! Attends !

Il s'arrêta et elle faillit le heurter. Il lui fit face avec une moue agacée qui la surprit.

— Tu fais bien des mystères. Réponds-moi, Lorenzo.

— Je suis d'origine anglaise et sarde, céda-t-il.

Elle fronça les sourcils.

— Ton père était noir ?

Il secoua la tête. Elle insista.

— Ta mère, alors ?

— Non plus, répondit-il, les dents serrées.

Elle ne comprenait plus.

— Un de tes ancêtres ?

Il se détourna sans répondre. Angela se méprit en pensant qu'il souffrait de devoir admettre qu'il était d'ascendance noire. Évidemment, un homme aussi fin et intelligent que lui devait détester l'esclavage. Devoir obéir jusqu'à la mort à une personne qui vous a acheté, pour la simple raison que vous descendez d'un parent noir, devait être terriblement injuste, mais il n'était pas le seul à subir cela. Toutefois, elle n'était pas une maîtresse ingrate. Il était traité avec une générosité peu commune.

Il avançait si vite qu'elle dut de nouveau presser le pas pour le rattraper.

— Lorenzo !

Il ralentit afin qu'elle puisse le rejoindre.

— Comment t'es-tu retrouvé à bord du négrier ?

— J'ai été victime d'une vengeance.

— Les enfants du marquis t'ont trahi ?

Il hocha la tête avec une moue chargée de colère impuissante.

— Ils ont dénoncé tes origines et c'est ce qui t'a amené ici, n'est-ce pas ?

Il sentit ses épaules s'affaisser. Il avait débarqué sur ce continent à bord d'un négrier et ce simple fait rendait tous leurs mensonges crédibles. Même s'il hurlait la vérité en pleine rue, elle ne l'entendrait pas. Pourtant, c'étaient bien ses origines qui étaient en cause dans cette affaire.

— En quelque sorte…

Angela ne parvint plus à lui tirer une seule parole. Elle l'avait blessé sans le vouloir et ne pas comprendre ce qui avait provoqué la réaction peinée de Lorenzo la mettait curieusement dans l'embarras. Le mystère de sa naissance semblait un sujet épineux pour lui. Elle saurait s'en souvenir et éviter d'en reparler à l'avenir.

Elle le conduisit ensuite jusqu'au bureau de Mercier, puis à celui de Carter. Chaque fois, Lorenzo mena la négociation de main de maître. Elle n'avait qu'à le présenter, à lui laisser les rênes de la discussion, puis à signer. Sa satisfaction était totale, bien qu'amère. Elle avait cru gagner le respect des trois marchands, elle se rendait compte qu'il n'en était rien. Il suffisait de voir comment Lorenzo prenait l'ascendant sur eux pour comprendre ce que ce mot revêtait pour eux. Et ça n'était certainement pas ce qu'Angela avait obtenu.

Enfin, ils arrivèrent chez Lyle Cortez qui se leva avec un sourire de bienvenue pour accueillir la jeune femme.

— Bonjour, Angela !

Cette familiarité ne parvint pas à la contrarier. Lorenzo lui avait permis de réaliser des économies substantielles, même si cela avait égratigné son orgueil au passage.

— Bonjour, monsieur Cortez. Vous connaissez Lorenzo, mon régisseur.

Cortez ne parvint pas à masquer sa stupeur devant la

transformation opérée et, même après qu'il se fut ressaisi, l'animosité instinctive qu'il avait ressentie pour l'esclave resta perceptible.

— Diantre, Angela ! Vous l'avez déguisé comme un Blanc ! C'est réellement très amusant de voir comment des vêtements peuvent donner l'illusion que ces nègres sont de vrais hommes.

Angela ne comprit pas l'agressivité de Cortez.

— Que…

Lorenzo sourit avec insolence.

— Rassurez-vous sur ce point. Je satisfais ma maîtresse au-delà de ses attentes. Le titre de « vrai homme » m'est, dans les faits, totalement acquis.

Le marchand ouvrit la bouche sous l'effet de la stupeur. L'esclave ne venait-il pas de sous-entendre qu'il avait réussi à s'introduire dans le lit d'Angela ? Cortez lui fit face avec une lueur interrogative au fond des yeux.

Lorenzo réalisa qu'il avait pris un risque incommensurable dans le seul but de réduire ce malappris au silence. Si Angela se sentait insultée par sa phrase d'une élégance douteuse, les représailles ne se feraient pas attendre. Il se tourna donc aussi vers elle avec anxiété.

La jeune femme avait assisté à leur échange, sans parvenir à saisir l'origine de leur agressivité ni de leur présente attitude. L'allusion de Lorenzo, bien que fort peu subtile, ne l'atteignit pas dans la mesure où elle ne la comprit pas. Gênée, elle estima que Cortez voulait savoir si elle était satisfaite de son achat. Innocemment, elle confirma le pire.

— Il est vrai que je ne vous remercierai jamais assez pour votre trouvaille, monsieur Cortez. Lorenzo répond parfaitement à mes besoins.

La muraille que la jeune femme dressait entre elle et

les hommes vola en éclats sous les yeux de Cortez au moment où elle croisa ceux de Lorenzo. Le marchand chancela sous l'effet du choc.

Lorenzo lui fit face pour assister à sa débâcle. Il savait que c'était mesquin de sa part, mais il ne parvint pas à s'en empêcher. La voix du marchand s'éleva, grinçante, mais pas vaincue.

— Je suis ravi de vous avoir rendu service, Angela. Que puis-je pour vous à présent ?

— Je souhaite acheter trois esclaves.

— Un navire a terminé sa quarantaine hier et il devrait accoster dans la journée. Voulez-vous que je vous envoie un message dès qu'il sera en vue ?

— Oui. C'est très aimable de votre part.

Il hocha la tête.

— À votre hôtel habituel ?

Elle approuva.

— Suite 34.

— À tout à l'heure, alors.

Il s'empara de sa main et lui baisa le bout des doigts. Lorenzo lui coula un dernier regard avant de sortir derrière elle.

Lorenzo était encore surpris par la réponse qu'Angela avait faite au marchand. Il essayait de tourner sa phrase dans tous les sens pour lui trouver une explication, mais il revenait toujours à la même conclusion : elle avait confirmé son allusion déplacée, avant de lui lancer un regard chargé de désir. Lorenzo avait beau chercher un autre mot pour qualifier son coup d'œil, il n'y avait que celui-là qui lui venait à l'esprit. Et le marchand l'avait visiblement interprété comme tel, lui aussi.

Donc, soit Angela admettait qu'il y aurait bientôt une relation charnelle entre eux et s'en réjouissait, soit elle n'avait pas compris le côté scabreux de la phrase de son régisseur.

Après réflexion, Lorenzo opta pour cette seconde hypothèse. Angela ne connaissait pas les règles du jeu de la séduction. C'était adorable et vraiment bienvenu face à Cortez, mais il se sentit coupable de l'avoir si grossièrement attirée dans un piège qui pouvait nuire à sa réputation.

Rongé par le remords, il la suivit jusqu'à leur hôtel, puis dans sa chambre lorsqu'elle lui en donna l'ordre. Elle ouvrit la porte et l'invita d'un geste à prendre place dans un fauteuil face à elle.

— Je voulais te féliciter pour ce que tu as fait aujourd'hui.

Il se pétrifia devant son air sévère. Parlait-elle de son inqualifiable goujaterie ?

Elle le regarda avant de sourire amèrement.

— Je ne m'étais pas rendu compte à quel point j'étais lasse de tout ceci avant de te voir agir…

D'un geste vague de la main, elle désigna la ville avant de poursuivre.

— Je me disais que, peut-être, un homme aurait plus de facilité que moi face à ces marchands, mais je ne pensais pas que le résultat serait aussi humiliant ! J'ai dépensé tant d'énergie, quand toi, tu n'as qu'à…

Elle fit un nouveau geste désabusé.

— Ta façon de négocier est impressionnante. Félicitations, Lorenzo.

Il soupira de soulagement.

— Oh ça ! C'était tout naturel.

Elle fronça les sourcils en comprenant qu'il songeait à tout autre chose.

— À quoi pensais-tu ?

Il baissa les yeux, conscient de l'avoir alertée. Était-il temps d'avancer encore quelques pions ? Il estima que oui, car elle s'était beaucoup intéressée à lui durant cette journée, son regard brûlant chez le marchand constituant l'élément le plus marquant. Il se lança donc avec prudence.

— J'ai fait quelque chose de très mal, maîtresse.

Sa surprise n'était pas feinte.

— Quand cela ?

Se pouvait-il qu'elle ne sache vraiment pas de quoi il parlait ? Il soupira.

— Chez Cortez… Ce que j'ai dit…

Elle fronça les sourcils en le voyant aussi perturbé.

— Tu lui as expliqué que j'étais satisfaite de toi, ce qui est exact. Il n'y a rien de répréhensible à cela, même si c'était présomptueux de ta part de le dire à ma place. Est-ce cela qui t'ennuie ?

Il se mordit la lèvre.

— C'était bien pire que cela, maîtresse.

Lorenzo était rarement aussi respectueux des règles en usage entre un esclave et sa maîtresse. Il semblait très mal à l'aise, ce qui ne lui ressemblait pas non plus. Angela réalisa avec une pointe d'angoisse qu'elle avait sans doute manqué quelque chose d'important dans l'affrontement entre les deux hommes, un élément qui expliquait probablement leur animosité et la mine coupable de son régisseur.

— Quand le marchand m'a attaqué en disant que, dans ces vêtements, j'avais presque l'air d'un homme, reprit-il, il visait ma virilité.

Angela resta figée, immédiatement sur ses gardes. Il insista.

— Vous l'aviez compris ?

Elle secoua la tête en rougissant. Pourquoi n'était-il pas surpris ? Il se demandait avec effarement comment son époux avait occupé leurs soirées pour qu'elle soit aussi innocente.

— J'ai donc répliqué que pour vous satisfaire…

Il planta le regard dans le sien pour que cette fois elle saisisse bien son allusion.

— Comme un homme satisfait une femme…

Elle déglutit.

— Mon statut d'esclave ne me posait pas de difficulté, et qu'au contraire vous me décerniez le titre de « vrai homme » à ce jeu-là.

Elle pâlit soudain, alors que l'air choqué de Cortez après sa réponse à elle lui revenait en mémoire.

— Oh ! Alors tu as sous-entendu… que nous… nous…

Il hocha la tête, vaguement amusé par sa gêne.

— Et vous l'avez confirmé sans le vouloir, maîtresse.

Elle se figea en se souvenant avoir dit que Lorenzo satisfaisait parfaitement tous ses besoins. Furieuse d'avoir été ainsi manipulée par deux mâles en rut, elle se redressa. Son regard vert lançait des éclairs.

— Comment as-tu osé ?

Il se leva à son tour. S'il s'excusait à présent, il perdrait le maigre avantage qu'il venait de prendre. En tant qu'esclave, elle ne pardonnerait pas son geste. S'adressant donc à elle comme à une égale, il attaqua.

— Cortez vous désire, c'est évident. Je n'ai pas pu le supporter.

— Quoi ?

Elle le regardait comme s'il s'exprimait soudain dans une autre langue. Il poursuivit.

— Vous imaginer dans ses bras, c'est au-dessus de mes forces…

Elle dut faire un effort pour ranimer sa colère mourante.

— Lorenzo, tu es mon esclave. Comment as-tu osé tenir de tels propos ? Si cela s'ébruite…

Il la coupa.

— Cortez n'en parlera à personne.

Son assurance la mortifia.

— Comment peux-tu en être sûr ?

— Parce qu'il veut la place que j'ai prétendu occuper. Il ne peut donc pas ruiner votre réputation sans compromettre ses chances avec vous. De plus, il sait pertinemment que personne ne s'offusquerait de voir une jeune veuve, aussi séduisante que vous, prendre un amant, alors que des matrones montent tous les jours à bord des navires pour se choisir des jouets humains.

Il la dévisagea.

— Vous êtes au courant de ces pratiques puisque vous m'en avez parlé le jour de mon arrivée.

Elle hocha la tête. Il fit un pas vers elle. La colère d'Angela reflua totalement, cédant le terrain à un sentiment plus urgent. Lorenzo soupira.

— Lorsque j'étais sur le bateau, ces femmes sont venues m'observer pour tenter de percevoir mon potentiel…

Elle ne bougea pas, alors qu'il réduisait encore la distance entre eux.

— Cela m'a révolté. Et puis, vous êtes arrivée pour m'acheter. Depuis cet instant, j'attends que vous me regardiez comme elles l'ont fait…

Elle ne pouvait plus répondre tellement elle était subjuguée par ses lèvres. Il s'approcha davantage.

— Comme vous me regardez en ce moment.

Une vague de chaleur parcourut le corps d'Angela et lui fit lâcher prise.

— Que te diraient ces femmes, si elles étaient à ma place ?

— Elles en demanderaient pour leur argent.

Angela murmura dans un souffle.

— J'en veux pour mon argent, Lorenzo.

Il approuva en souriant.

— J'avais bien cru le comprendre.

Son innocence totalement décalée le charmait. Il mit ses mains en coupe autour de son visage lorsqu'elle leva la tête vers lui. Et il n'eut plus qu'à se baisser pour l'embrasser.

Il posa les lèvres sur les siennes, goûtant leur texture douce du bout de la langue. Angela soupira et entrouvrit la bouche. Lorenzo s'engouffra dans cet espace libéré pour lui. Il l'envahit pour mieux la faire plier face à ses exigences d'homme. Il la voulait comme il n'avait jamais voulu aucune autre femme. Et il le lui fit savoir en la pressant contre son sexe dressé. Elle gémit et ses mains volèrent vers son cou. Elle le serra contre elle, lui rendant ses baisers avec passion à présent. Lorenzo sentait se rompre toutes les barrières mentales de la jeune femme. Angela se moulait si étroitement contre lui qu'il eut peur de perdre le contrôle. Il n'avait pas fait l'amour depuis presque onze mois et cette femme lui fouettait le sang d'une façon inédite. Il accentua pourtant le contact, grognant de plaisir anticipé. Il glissa la paume sur sa poitrine, qu'il pressa. Elle poussa une plainte qui l'excita davantage. Il souleva sa robe pour passer la main sous ses jupes. Il voulait toucher sa peau, puis ses chairs, pour accélérer sa reddition totale. Elle se fit molle entre ses bras alors que ses doigts progressaient toujours plus haut jusqu'à…

Un coup frappé à la porte de la chambre brisa l'enchantement.

— Madame McDermott ?

Quand Lorenzo la lâcha, Angela chancela et il la retint. Il tira une chaise pour elle et la fit s'asseoir. Elle avait les joues rouges et le souffle court. Il s'écarta d'elle et se posta face à une fenêtre. Elle pouvait faire illusion dans son état, pas lui.

Elle fit un violent effort de volonté sur elle-même pour se reprendre.

— Entrez !

Lyle Cortez embrassa la scène d'un seul coup d'œil : le regard embué de désir d'Angela, sa gêne évidente, et l'esclave qui lui tournait le dos. Cortez se doutait bien pourquoi. Il s'exprima d'une voix froide.

— Le navire négrier a accosté il y a quelques minutes. J'étais venu vous prévenir, mais je vous dérange peut-être.

Elle se récria.

— Bien sûr que non ! Lorenzo et moi étions en train de faire le bilan de cette journée.

Elle se tourna vers son régisseur tout en se levant.

— Allons-y.

Il lui emboîta le pas.

— Au fait, j'y pense, Lorenzo ne souhaite peut-être pas nous accompagner, susurra Cortez. Après tout, il risque de subir un choc en retournant aussi vite sur un navire négrier, où il se retrouvera de nouveau confronté à la réalité de sa condition.

Angela vit Lorenzo serrer les dents sous l'attaque. Maintenant qu'il lui avait ouvert les yeux, elle ressentait toute la mesquinerie des réflexions du marchand. Elle prit sa défense.

— Lorenzo n'a rien en commun avec ces esclaves.

Cortez sourit méchamment.

— Il est vrai que, avec son allure actuelle, on oublierait presque que c'est de là qu'il vient. Pourtant, il n'est que l'un des leurs, Angela. Ne vous leurrez pas.

Cortez avait fait mouche : Angela se raidit imperceptiblement.

— Ça n'est pas le cas, monsieur Cortez. Si vous êtes prêt, nous pouvons y aller.

Elle n'accorda pas un seul regard à Lorenzo qui dut les suivre sans un mot jusqu'aux quais. Il fut distrait de ses sombres pensées par la monstrueuse odeur qui émanait du navire le plus proche : un mélange d'urine, d'excréments, de reflux nauséabonds, de maladies, de vinaigre et de mort. Il fut assailli par les souvenirs immondes et sa rage impuissante refit surface. Il leva la tête vers le pont.

Ramené à la réalité de sa condition, Lorenzo ne devait plus rien avoir d'attirant aux yeux d'Angela. En réactivant toutes les barrières sociales et les différences raciales existant entre eux, Cortez avait frappé au plus juste, là où il savait qu'il infligerait le plus de dégâts. C'était d'une habileté démoniaque.

Le marchand la précéda sur la passerelle et lui tendit la main pour l'aider à monter. Lorenzo assista à tout cela en spectateur. Il ne pouvait rien faire, puisqu'elle ne lui accordait plus aucune attention. Pourtant, il s'était cru si près du but. Sans l'arrivée de Cortez, elle aurait cédé.

Lorenzo n'avait jamais connu l'abstinence avant son enlèvement. Les femmes s'étaient jetées à ses pieds dès son plus jeune âge et il avait toujours eu l'embarras du choix. Il dormait rarement seul. Il n'avait jamais été privé aussi longtemps de sexe et il ressentait les effets douloureux de sa tentative avortée.

S'il avait su qu'à cet instant Angela songeait à la même chose que lui…

La jeune femme n'osait plus le regarder en face. Le

simple souvenir de ses lèvres et de ses mains sur elle la consumait. Sans l'interruption de Cortez, elle ignorait jusqu'où elle l'aurait laissé aller. La volonté de cet homme avait pénétré ses défenses et brisé sa résistance. Elle s'était frottée contre lui afin de sentir son sexe palpiter contre sa hanche. À cet instant, elle avait tout oublié. Elle n'était plus qu'envie. Elle voulait goûter sa peau et écouter les battements de son cœur contre son oreille pendant qu'il serait en elle.

— Angela ?

Elle cligna des paupières.

— Oui.

Cortez lui jeta un coup d'œil insistant.

— Je vous présente le capitaine Spencer. Il commande l'*Alava*.

Elle le salua alors que, derrière elle, Lorenzo posait le pied sur le pont. Elle l'entendit retenir son souffle et elle ressentit un élan de compassion pour lui.

Son désir reflua lentement et son pragmatisme refit surface. Elle tenait là une nouvelle occasion de tester les qualités de Lorenzo. Après tout, à peine quatre mois plus tôt, il avait vu les choses de l'intérieur. Angela chassa son impression d'être inhumaine. Sa gêne ou ses sentiments personnels ne devaient pas interférer avec les affaires. Elle avait acheté un régisseur, un simple esclave qu'elle avait formé à sa main. Et elle l'avait emmené dans cette ville pour qu'il acquière les rudiments du commerce. Elle n'avait pas à éprouver de pitié. Il était à elle et elle en faisait, de par la loi, ce qu'elle voulait.

Elle se tourna enfin vers lui avec un air décidé.

— Capitaine Spencer, voici mon régisseur, Lorenzo.

Elle lui fit signe pour qu'il s'approche. En se raccrochant à ce qu'elle connaissait le mieux dans son quotidien, elle savait qu'elle trouverait une planche de salut. Elle croisa son regard qu'elle ne soutint que très brièvement cependant.

— J'ai besoin de trois esclaves pour les travaux des champs. Mon régisseur va faire son choix.

Elle était revenue à des rapports purement professionnels. Soit.

Lorenzo s'engagea sur le pont pour observer les groupes de captifs. Devant leurs visages émaciés et leurs corps martyrisés, les souvenirs affluèrent. Les odeurs insoutenables, le manque d'air, le contact moite des corps, le roulis du navire, la morsure du fouet et la présence oppressante de la mort, compagne permanente, réveillèrent sa conscience.

En choisissant des esclaves pour elle, il entrerait dans le circuit ignoble des trafiquants d'humains. Il hésita un instant alors que l'image d'un gâteau d'anniversaire sombre aux deux cinquièmes s'imposa à lui. Pouvait-il lui dire qu'il ne voulait rien avoir à faire avec tout cela ? Il déglutit pour maîtriser le flux d'émotions qui montait en lui.

Cortez s'exprima sur un ton moqueur.

— Êtes-vous sûre de vous, Angela ? Il ne sait visiblement pas comment s'y prendre.

Lorenzo détesta davantage le marchand en l'entendant le discréditer devant des tiers. Ses scrupules s'évanouirent. Pour se donner bonne conscience, il décida de prendre particulièrement soin des trois hommes qu'il allait choisir. Angela McDermott était une maîtresse juste et lui, un régisseur compréhensif. Ces hommes ne seraient pas maltraités.

Rassuré, il s'avança parmi les captifs, éliminant d'office

ceux qui étaient visiblement malades. Il rejeta également ceux qui avaient été maquillés ou teintés.

Enfin, il désigna trois jeunes esclaves à l'air effrayé, mais que la traversée ne semblait pas avoir trop affectés. Il se tourna vers Angela.

— Ceux-ci.

Il lut l'approbation dans son regard. Elle n'aurait pas fait mieux.

Le capitaine se frotta les mains.

— Deux mille livres pièce.

Angela adressa un geste à Lorenzo pour lui passer les rênes de la transaction. Il obtint finalement un prix de mille livres pièce. Sur un si petit lot, cela tenait presque du miracle. Angela accepta le marché et négocia les termes du paiement.

Tous trois s'empressèrent ensuite de quitter le navire. Cortez s'interposa sans subtilité alors qu'Angela voulait rejoindre Lorenzo pour le féliciter.

— Comment comptez-vous les ramener à Splendora ?

— Dès demain matin, une équipe de *drivers* arrivera pour rapatrier ces hommes.

— Vous êtes décidément une femme organisée et prévoyante.

Il se mordit la lèvre, feignant un accès de timidité.

— Pourrais-je venir vous rendre visite ? J'aimerais voir où vous vivez.

Elle se raidit légèrement, mais Cortez était un de ses principaux fournisseurs à présent. Il insista.

— Je pourrais mieux me rendre compte du fonctionnement d'une plantation, sur place.

Elle hocha la tête avec retenue.

— Vous serez le bienvenu.

Aucun d'eux n'était dupe. Elle savait qu'il avait compris

ses réticences, tout comme lui n'ignorait pas qu'elle n'avait pas envie de le voir chez elle.

— Merci, ma chère. Puis-je vous offrir un thé ?

Elle avait besoin de calme pour reprendre le contrôle de ses pensées, et se retrouver à nouveau en tête à tête avec Lorenzo était pour le moment largement au-dessus de ses forces. Elle accepta donc l'invitation de Cortez pour se donner un peu d'espace et de temps pour réfléchir.

Cortez se retourna vers celui qu'il considérait, malgré sa couleur de peau, comme un rival et qui assistait, impuissant et silencieux, à sa contre-attaque fulgurante.

— Cet établissement n'accepte pas les nègres. Rentre à l'hôtel. Je raccompagnerai ta maîtresse.

Lorenzo se tourna vers elle. Sans croiser son regard, elle hocha la tête.

— Oui, tu peux y aller. Nous partirons tôt demain.

Il les observa pendant qu'ils s'éloignaient. Désœuvré, déçu et vaguement écœuré par la tournure des événements, Lorenzo flâna sur les quais. Il se renseigna sur les navires en partance et sur le coût d'une traversée. Curieusement, pourtant, cela ne lui paraissait plus aussi important. Car un besoin beaucoup plus viscéral et pressant l'enchaînait à Angela McDermott.

C'était stupide alors que la liberté lui tendait les bras ! Il n'aurait peut-être plus jamais une si belle occasion. Pourtant, il regagna sa chambre.

# *Chapitre 16*

Lorenzo escorta les Bossales jusqu'à leur nouveau lieu de vie. Pour la première fois, il assista à leur marquage au fer et ce spectacle horrible le choqua.

Anton et Bassa firent un feu et pressèrent le soufflet jusqu'à ce que les braises deviennent blanches. Anton lui expliqua que cette température était nécessaire pour que le cachet reste visible même après la cicatrisation. Les trois nouveaux venus durent retirer leur chemise afin que Bassa leur applique le métal chauffé à blanc sur le haut de la fesse droite, pendant que deux autres *drivers* les maintenaient immobiles. Ils étaient dorénavant frappés des lettres TMD.

Lorenzo fit de son mieux pour ignorer leurs hurlements, le grésillement du fer sur leur peau et l'odeur de chair brûlée. Il ne put s'empêcher de penser que cette nouvelle humiliation n'était absolument pas nécessaire. Et dire que, pour se donner bonne conscience, il s'était promis qu'il ne leur arriverait rien. Un souffle rageur éteignit une bougie supplémentaire dans son âme.

Anton brisa le cours de ses réflexions.

— Nous avons fini, Lorenzo.

Il observa les trois pauvres bougres s'éloigner, le dos

courbé par une douleur cuisante et les joues baignées de larmes. Il réalisa avec un temps de retard qu'il devait être le seul esclave de la plantation à ne pas avoir subi cette épreuve et à ne pas porter les initiales de Trevor McDermott dans sa chair.

Il eut alors une véritable révélation. Avec son cheval, ses vêtements d'homme blanc et quelques provisions de nourriture et d'eau, il avait dorénavant la certitude d'avoir toutes les chances de son côté. Il connaissait le chemin à emprunter pour regagner Pensacola. S'il était capturé, en l'absence de marquage, personne d'extérieur à cette plantation ne pourrait prouver qu'il avait appartenu à Angela McDermott.

Il aurait préféré que les choses se déroulent différemment entre eux, mais les désillusions de la veille et du matin, quand elle lui avait demandé de rester dans le chariot des esclaves, ne lui laissaient aucune perspective optimiste. Il avait été stupide de ne pas tenter sa chance la veille au soir. Il regrettait amèrement d'avoir suivi la voix de ses envies plutôt que celle de sa raison.

Dès que l'installation des trois Bossales fut achevée, Lorenzo partit rejoindre Angela dans son bureau, bien décidé à provoquer une nouvelle confrontation.

— Entrez !

Lorenzo nota la tension dans sa voix et attribua la réaction de la jeune femme à des pensées similaires aux siennes. Il s'engouffra dans la pièce d'un pas décidé et referma la porte derrière lui.

— Maîtresse…

Affichant un air contrarié, elle lui adressa un signe de tête discret pour lui indiquer qu'elle n'était pas seule. Lorenzo remarqua alors un homme qui observait la vue à l'extérieur avec une expression envieuse plaquée sur le visage.

— Mark ?

Il lui fit face en se recomposant une attitude neutre.

— Laisse-moi te présenter mon régisseur, Lorenzo.

Pendant que le nouveau venu l'inspectait de bas en haut, Lorenzo nota sa taille moyenne, son allure soignée et plaisante, malgré l'insupportable moue arrogante qui gâchait ses traits. Il devait être un tout petit peu plus âgé qu'Angela. Un mauvais pressentiment tordit l'estomac de Lorenzo lorsque Mark le toisa avec hauteur, tout en fouettant ses bottes avec une cravache.

— Tu n'auras plus besoin d'un régisseur puisque je suis là. Renvoie-le, Angela.

Sa familiarité et ses propos directifs inquiétèrent Lorenzo. Il se tourna vers elle pour obtenir des éclaircissements.

— Mon frère, Mark King, s'exécuta-t-elle.

C'était froid, protocolaire, sans enthousiasme à vrai dire… mais terriblement rassurant. Maintenant qu'il connaissait le lien familial entre eux, Lorenzo remarqua quelques ressemblances physiques comme la couleur de leurs cheveux et de leurs yeux. Les similitudes s'arrêtaient là.

— J'ai acheté Lorenzo pour m'assister dans la gestion de Splendora et il y excelle. Je ne le renverrai pas.

Lorenzo n'aurait pas cru cela possible, mais Mark lui jeta un regard encore plus dédaigneux que l'instant d'avant. Même si au premier coup d'œil le frère d'Angela l'avait pris pour un Blanc, le mot esclave rendait immédiatement crédible le mensonge sur ses prétendues origines. C'était rageant.

Quand David et Simon avaient mis au point leur vengeance, ils avaient trouvé une méthode imparable pour détruire sa vie et ses espoirs. Doublement contrarié,

Lorenzo serra les dents, car Mark le considérait, sans aucun doute possible, comme un ennemi. La suite lui confirma son ressenti.

— Il y a toujours de la place dans les champs pour les hommes comme lui.

— Ce serait du gâchis, vu le prix que j'ai déboursé pour lui et les compétences qu'il a ! répliqua sèchement Angela.

Mark observa le régisseur de sa sœur avec insistance. Un peu de politesse n'ayant jamais nui à personne, Lorenzo le salua aimablement. Du moins le crut-il.

— Bonjour.

Le visage de Mark se plissa sous l'effet de la colère et il montra Lorenzo avec la pointe de sa cravache.

— Rappelle-moi d'où vient cet homme, Angela ?

— Tu le sais parfaitement, puisque c'est un esclave, soupira-t-elle.

Mark hocha la tête avec un sourire condescendant.

— Alors peux-tu me dire comment il ose me parler de cette façon ?

Angela croisa le regard interloqué de Lorenzo. Dire qu'il détestait déjà l'appeler « maîtresse » ! Elle doutait fortement qu'il apprécie ce qui allait suivre.

— Lorenzo, tu dois donner son titre à mon frère.

— Un titre ?

Mark gloussa avec suffisance.

— J'aime bien maître…

Lorenzo s'offusqua.

— Mais il n'est pas mon maître !

Mark se redressa de toute sa taille tout en levant sa cravache qu'il abattit sur Lorenzo. Celui-ci la lui arracha des mains avant même qu'elle le touche. Mark glapit de fureur.

— J'exige que tu le fasses punir ! Quarante coups de fouet pour cet insolent !

Agacée, Angela souffla.

— Ne sois pas stupide, Mark ! Lorenzo est un esclave irremplaçable. Je ne mettrai pas sa vie en péril pour satisfaire un de tes caprices. Ne t'avise pas de le toucher ! Quant à toi, Lorenzo, tu appelleras mon frère M. King.

Elle les dévisagea chacun leur tour avec insistance.

— Nous sommes d'accord ?

Ils hochèrent tous deux la tête à contrecœur, après s'être affrontés du regard pendant quelques secondes. Peu convaincue par leur trêve, elle prit place derrière son bureau.

— Lorenzo, assieds-toi.

Mark fronça les sourcils. Elle lui fit donc un signe.

— Toi aussi, Mark. Tu n'as pas eu le temps de m'expliquer pourquoi tu es ici.

Il haussa les épaules comme si la réponse était évidente.

— Je t'avais informée que je partais tenter ma chance ailleurs, mais cette aventure n'était pas faite pour moi.

Elle lui lança un regard sarcastique.

— Y a-t-il une seule chose qui soit faite pour toi, en ce bas monde ?

Il se tut un instant, avant de reprendre avec un air pincé.

— L'Ouest est bien trop hostile, sauvage et inhospitalier ! Tu ne peux imaginer toutes les mauvaises rencontres que l'on peut y faire.

Il frissonna rétrospectivement.

— Au moment où je pensais rebrousser chemin, j'ai reçu une lettre de nos parents m'informant de la mort de ton mari et de la tentative de révolte des esclaves sur tes terres. J'ai donc décidé de t'apporter mon aide.

Lorenzo perçut la transformation d'Angela. Sa froideur venait de refaire surface.

— Ai-je l'air d'avoir besoin d'aide ?

Mark fronça les sourcils devant le ton grinçant de sa sœur.

— C'est évident, voyons ! Tu es une femme. Tu ne peux pas gérer seule cette exploitation.

Les yeux d'Angela commençaient à lancer des éclairs. Soudain très désireux d'assister à la réaction outrée de la jeune femme, Lorenzo oublia sa colère.

— Trevor est mort il y a presque six mois. Est-ce que la plantation te paraît à l'abandon ou au bord de la banqueroute ?

Mark secoua la tête malgré lui. Elle poursuivit.

— Je n'ai pas besoin de toi, Mark. Avec Lorenzo, nous nous en sortons parfaitement.

Il haussa les épaules.

— Je suis ton frère. C'est à moi de t'aider. Je le mérite bien.

Lorenzo comprit que le jeune homme venait de commettre une erreur monumentale en voyant Angela se dresser face à lui. Sa voix tremblait sous l'effet de la fureur.

— Tu oses penser cela après tout ce à quoi j'ai dû renoncer à cause de toi !

Mark regarda autour de lui avec ironie.

— Quel sacrifice horrible ! Si tu savais comme je m'en veux d'avoir fait de toi une femme riche…

Elle lui jeta les paroles suivantes avec un ton mordant.

— Je n'ai pas souhaité ce mariage ni cet époux ! Pourtant je les ai eus ! Ce que j'ai aujourd'hui, je ne le dois qu'à moi-même !

Mark leva les yeux au ciel. Angela poursuivit.

— Tu as épuisé ton crédit auprès de moi. La mort de

Trevor m'a libérée de toi et de nos parents. Je n'ai plus besoin de vous pour survivre. Cette plantation, je l'ai gagnée et je ne te laisserai pas m'en déposséder, tu entends ?

Lorenzo engrangeait les informations qu'elle lâchait : la confirmation que son mariage était une catastrophe, une rivalité entre frère et sœur, un soupçon de vengeance. Avec un peu de chance, Mark serait expulsé manu militari dans un délai très court.

— Gagner cette plantation ? gloussa Mark. Sans l'intervention de père, tu ne serais rien d'autre qu'une fille de marchand ! Toi, qu'as-tu fait, à part écarter les jambes et te montrer incapable de concevoir l'héritier que ton époux appelait de ses vœux ?

Lorenzo tressaillit, mais sa réaction à lui n'avait aucune commune mesure avec celle d'Angela qui se mit à trembler sous l'affront. Lorenzo fut tenté de se lever pour la réconforter tellement elle avait l'air affectée par les souvenirs de cette union que les propos de son frère venaient d'éveiller. Mark se rendit aussi compte de l'état dans lequel il avait plongé sa sœur. Habile et rusé, il prit une voix conciliante.

— Tu n'aimais pas Trevor, mais tu as dû l'épouser. Dois-je te rappeler que tu n'es pas la seule femme dans ce cas-là ? Et puis, tu t'es bien vengée puisque tu t'es ensuite débrouillée pour me tenir éloigné du poste que je convoitais.

Il soupira avec emphase.

— Tu as réussi ton pari, je dois l'avouer. Tu n'as pas besoin de moi, alors que l'inverse est vrai.

Il croisa son regard et prit une voix suppliante.

— Je veux juste apprendre, Angela. Dès que je serai autonome, je partirai offrir mes services ailleurs.

On ne balayait pas vingt ans de soumission d'un revers

de main. Mark savait comment la manipuler et, comme les autres fois, elle capitula.

— Tu disparaîtras pour toujours, ensuite ?

Mark ne sembla pas prendre ombrage de l'espoir contenu dans la question de sa sœur. Il hocha la tête. Lorenzo comprit à son expression emplie de fausseté qu'Angela venait d'autoriser le diable à entrer chez elle et qu'elle n'était pas près de l'en déloger.

Angela se débattait au milieu d'une foule de sentiments contradictoires. Elle détestait évidemment son frère et ce que les ambitions de leurs parents lui avaient coûté, mais la présence de Mark lui donnait un répit bienvenu pour maîtriser les émotions tumultueuses qu'elle éprouvait pour Lorenzo, un homme noir avec qui elle avait été à deux doigts de se compromettre. Elle ne l'avait même pas sanctionné pour son comportement inacceptable avec Lyle Cortez, tout ça parce qu'elle se sentait incapable de le faire souffrir. Comment avait-elle pu devenir l'objet d'une tentation aussi improbable ? Comment cela avait-il pu lui arriver, à elle ?

Elle avait fait installer Mark entre sa chambre et celle de Lorenzo afin que celui-ci se tienne tranquille. Elle devait être beaucoup plus désespérée qu'elle ne le pensait pour croire que son frère pouvait constituer une planche de salut. Elle jouait avec le feu, car il avait pris ses quartiers un peu trop durablement à son goût.

Elle comptait pourtant sur sa promesse de chercher un emploi ailleurs dès qu'il aurait appris le métier. Aussi, quand il manifesta le souhait d'assister à tous leurs entretiens, puis d'accompagner Lorenzo pendant ses journées pour étudier le fonctionnement de la plantation de l'intérieur, Angela ne vit pas le mal. Bien au contraire. Cela s'inscrivait dans l'optique logique du séjour de Mark et pouvait rapprocher la date de son départ.

Dès lors, Mark suivit le régisseur comme son ombre. Sa curiosité était insatiable, à la différence près qu'elle ressemblait à celle d'un acheteur intéressé. Après une semaine passée sur le terrain, Mark commença à poser des questions de plus en plus insidieuses et ce, devant témoins. Prenant de l'assurance dans son travail de sape, il finit par mettre systématiquement en cause les décisions de Lorenzo, sous prétexte de s'informer et de se familiariser avec le métier. Il le contredisait d'abord, avant d'émettre une opinion sur ce que lui-même aurait fait. Son avis se transforma vite en contrordres.

Bientôt, Lorenzo n'eut plus aucune latitude. Tout ce qu'il faisait ou disait était ridiculisé devant les *drivers*. Mark le dépossédait petit à petit de son autorité et de sa crédibilité. Lorenzo ne pouvait malheureusement pas s'y opposer puisque d'une part, il n'avait pas la possibilité de rencontrer Angela en tête à tête pour l'alerter et que d'autre part, elle lui avait donné la consigne de respecter son frère et de répondre à toutes ses questions. Son mauvais pressentiment ne cessait pourtant de croître. Dire qu'il s'était trouvé à deux pas d'embarquer sur un bateau, mais qu'il était resté pour elle…

Lorenzo avait pris Mark pour un homme sans caractère, prêt à profiter du succès des autres, mais il était beaucoup plus perfide que cela. Par certains côtés, il lui rappelait David et Simon. Ses deux frères aussi affichaient des allures placides et molles ô combien trompeuses ! Tout comme son père, Lorenzo les avait crus faibles et incapables de réagir et il avait payé cette erreur de jugement au prix fort. Il ne commettrait pas deux fois la même bêtise.

Évidemment, l'inexpérience de Mark King, son ambition dévorante, son manque de maturité et sa méconnaissance du métier étaient si criants que ses tentatives pour discréditer Lorenzo avaient très peu d'effet réel. Les *drivers* et les esclaves savaient que le régisseur avait raison quand il affirmait quelque chose. Il avait largement fait ses preuves depuis son arrivée et surtout, il ne cessait de prendre leur défense pour maintenir les choses dans leur mode de fonctionnement original. Mark, lui, s'improvisait fermier et ses idées n'avaient parfois aucun sens. Pire, elles se révélèrent hasardeuses. Cependant, il était le frère d'Angela McDermott et nul ne connaissait l'étendue de ses pouvoirs réels.

Quand il décida de faire augmenter les cadences pour accroître les rendements, Lorenzo contesta ses ordres. Le chef des *drivers* semblait prêt à protester lui aussi. Comme il ne bénéficiait pas du même statut que Lorenzo, celui-ci lui adressa un signe discret pour lui signifier de ne pas s'en mêler, pour sa propre sécurité.

Le marronnage reprit de plus belle et la productivité chuta de façon générale. Loin de mettre du plomb dans la cervelle de Mark, ces réactions le rendirent encore plus vindicatif envers Lorenzo qu'il croyait responsable de ces actes de résistance.

En moins de deux semaines, le fragile équilibre que le régisseur avait tenté de préserver depuis son arrivée menaçait déjà de s'effondrer. Il n'y eut bientôt plus de justice, plus de repos, plus de pitié pour les esclaves. La révolte gronda rapidement dans les rangs. Lorenzo assistait, impuissant, à ces événements, espérant juste qu'Angela se réveillerait avant qu'il soit trop tard. Malheureusement, il ne pouvait rien faire pour l'avertir, car Mark décida de servir d'intermédiaire entre eux. Lorenzo ne la voyait presque plus jamais et, de son côté, il était bien trop occupé à colmater les brèches que Mark ouvrait un peu partout.

L'initiative suivante de Mark consista à remettre en cause la demi-journée de repos des esclaves, à réduire leurs rations de nourriture et à augmenter encore les cadences. Les accidents se multiplièrent. Rapidement, les plus fragiles moururent d'épuisement. Mark sélectionna les Bossales les plus robustes en apparence pour les remplacer, sans tenir compte de leur date d'arrivée sur la plantation. Soko en faisait partie, ainsi que les trois esclaves que Lorenzo s'était promis de protéger.

Lorenzo s'interposa encore une fois.

— Tu prends systématiquement leur défense contre moi. Angela abrite un serpent sous son toit ! affirma Mark.

Lorenzo secoua la tête.

— Dans toutes les plantations, les Bossales restent au calme pendant plusieurs mois pour s'acclimater. Cette mesure, tout comme la demi-journée de repos, est fixée par les préceptes du Code noir qui régit les rapports entre les maîtres et leurs esclaves. C'est un gage de bienveillance envers ceux qui n'ont que ce temps libre pour se remettre d'un travail éreintant !

— De la bienveillance ? Aurais-tu perdu la tête ?

Lorenzo soupira. Inutile de tenter de raisonner cet imbécile. Il essaya une autre approche.

— Aller au-delà des limites de ces hommes va les épuiser plus vite et risque même de les pousser au désespoir.

Mark pouffa.

— Au désespoir ! Que vont-ils faire ? Se mettre à pleurer ?

Lorenzo était écœuré par sa bêtise et son aveuglement.

— Nous pourrions souffrir de vagues de suicides, de marronnage ou pire, d'une révolte…

Mark marqua un temps d'arrêt. Son visage se durcit soudain.

— Me menacerais-tu ?

La colère que Lorenzo éprouvait prenait des proportions inquiétantes à présent. Il rêvait de frapper cet impudent pour lui faire entendre raison. Il se força pourtant à adopter un ton modéré.

— Non. Je vous préviens seulement des risques que nous courons si vous poussez trop les cadences. Des hommes brisés n'ont plus rien à perdre.

Mark s'emporta en percevant sa condescendance.

— Je n'ai pas de leçon à recevoir d'un nègre comme toi ! Tu passes ton temps à favoriser les tiens ! Angela sera informée de ton insubordination !

Lorenzo ressentit une vague d'espoir. Si Mark parlait à sa sœur de sa désobéissance, elle s'interrogerait sur l'état actuel de la plantation. Loin d'avoir l'effet escompté sur Lorenzo, cette menace le calma donc instantanément.

— Madame McDermott sait où va ma fidélité.

Mark comprit qu'il venait de commettre une erreur stratégique en percevant la satisfaction de Lorenzo. Jamais Angela ne validerait ses décisions. Il allait avoir besoin de renforts pour mener son projet à bien.

Après avoir reçu une invitation de leur fils, les parents d'Angela s'installèrent dans la place, avec la ferme et visible intention de prêter main-forte au coup d'État que Mark avait entrepris sur Splendora.

Le plan des King était simple : la mère maintenait Angela à l'intérieur, sous une multitude de prétextes futiles, pendant que le père et le fils prenaient le contrôle de toutes les activités économiques de la plantation. Lorenzo assistait à ce gâchis et à ces injustices sans pouvoir s'y opposer puisqu'il ne croisait plus jamais Angela.

Même si cela froissait son orgueil de capituler, il avait des projets de l'autre côté de l'océan. Mourir à cause de ces deux crétins ne faisait pas partie de ses plans ! Il fit donc ce qu'il aurait dû faire depuis longtemps. Il prépara sa fuite, persuadé qu'il n'y avait plus rien à attendre d'Angela. Dès cet instant, il rêva à nouveau de son père et de son gâteau d'anniversaire. Nelson se déclarait choqué par son égoïsme et le fait de voir qu'il préférait poursuivre son objectif de vengeance plutôt que de protéger les hommes dont Angela lui avait donné la charge. Cette nuit-là, trois bougies supplémentaires s'éteignirent. Les ténèbres gagnaient inexorablement du terrain dans l'âme de Lorenzo. Pourtant, son rêve ne lui fit pas abandonner sa décision de partir. Bien au contraire.

Durant les jours suivants, Lorenzo éprouva de vifs regrets sur un point, un seul : Angela. Il l'avait crue forte, malheureusement, à la première embûche, elle avait baissé les bras. Que pouvait-il faire pour elle dans ces conditions ? Les esclaves de Splendora n'allaient pas tarder à se révolter, c'était certain, et elle mourrait avec les autres dans des circonstances horribles. Il éprouvait un immense sentiment de vide à cette idée, mais il avait déjà assez à faire avec son propre sort sans se mettre en danger pour elle.

Il rassembla discrètement tout ce dont il aurait besoin en chemin, avec l'objectif d'avoir quitté les lieux avant que les esclaves se soient rebellés. Beaucoup plus rapidement qu'il ne le pensait, son paquetage fut prêt.

Dès lors et de façon presque inconsciente, Lorenzo

trouva chaque jour une bonne raison pour repousser la date de son départ. Chaque matin, il se présentait à son poste avec la ferme intention que ce soit le dernier. Pourtant, les journées s'enchaînèrent pour devenir des semaines sans qu'il ait tenté quoi que ce soit.

Quinze jours après sa décision de fuir, Lorenzo patrouillait selon son habitude dans les champs. Il écoutait d'une oreille distraite les jacasseries de Martin King. Juché sur un étalon ombrageux qu'il parvenait à peine à maîtriser, le père d'Angela pérorait à voix haute. Il était encore plus imbu de lui-même que son fils Mark, ce que Lorenzo n'aurait pas cru possible. Le bonhomme exposait en détail à son rejeton comment il comptait encore améliorer la productivité de la plantation.

Leurs plans auraient pu être risibles s'ils n'avaient pas signifié plus de morts et de désespoir. Lorenzo aurait aimé ne plus les avoir sur le dos en permanence ! Malheureusement, ils ne le quittaient pas une seule seconde de peur qu'il réussisse à alerter Angela. Lorenzo endurait donc leur présence malfaisante comme juste sanction de son inexplicable inaction.

Il se produisit alors un incident sans intérêt qui, pris dans un autre contexte, n'aurait eu aucune conséquence. Pourtant, ce jour-là, il changea le cours des événements.

Quand les maîtres ou le régisseur patrouillaient dans les champs, l'usage voulait que les esclaves se redressent et les saluent avec respect. Sur leur passage, les têtes se relevaient et les dos se courbaient avec plus de crainte que de déférence. Les King avaient en effet la réputation de prononcer des sanctions disproportionnées au plus infime manquement.

Soko travaillait un peu plus loin et Lorenzo le salua d'un geste discret que les deux autres ne virent pas. Soko lui fit en retour un signe de la main qui attira l'attention de Martin et de Mark. Ils crurent que ce geste désinvolte leur était destiné. Mark héla un *driver*, un sourire mauvais plaqué sur le visage.

— Conduisez celui-ci aux poteaux et faites-le fouetter à mort !

Lorenzo intervint avant que quiconque ait eu le temps de bouger.

— Monsieur King, cette punition est disproportionnée. Soko me saluait !

— Tu veux dire qu'il a osé accorder la préséance à un nègre ?

Tout ce que Lorenzo pourrait dire serait inutile face à ces deux imbéciles. Soko allait mourir à cause de lui.

— C'est ma faute, tenta-t-il quand même. Il n'est pas encore habitué aux coutumes de la plantation. Quand je l'ai salué, il m'a répondu sans penser à mal.

Martin intervint.

— Pourquoi as-tu salué celui-ci en particulier ?

Lorenzo baissa la tête.

— Nous étions compagnons de chaîne durant la traversée.

Lorenzo capta la lueur de triomphe qui s'alluma dans le regard du père d'Angela.

— Je vois. C'est pourquoi tu prends le parti de ton ami face aux décisions de tes maîtres…

C'était déjà suffisamment difficile de considérer Angela comme sa maîtresse ! La colère gagna Lorenzo et il gronda.

— Vous n'êtes pas mes maîtres !

Martin se redressa sur sa selle.

— Tu oses hausser le ton en notre présence ?

Aveuglé par sa rage, Lorenzo poursuivit.

— Madame McDermott sait quelle est la valeur

d'un bon esclave. Elle ne souscrirait pas à cette parodie de discipline !

Lorenzo venait de commettre la faute que les deux autres attendaient depuis des semaines. Martin fit alors signe aux *drivers* avec un large sourire sur les lèvres.

— Attachez aussi celui-ci à un poteau ! Qu'il paie son insubordination et son insolence ! Donnez-lui cent coups de fouet.

Il y eut un instant de flottement horrifié. Lorenzo ferma brièvement les yeux alors que les *drivers* hésitaient quant à la conduite à adopter. Les hommes s'exécutèrent cependant, non pas parce qu'ils souscrivaient à la sanction prononcée, mais parce qu'ils ne pouvaient s'y opposer sans se mettre en danger. Après tout, Angela McDermott n'avait désavoué aucune décision de son frère depuis son arrivée, quatre longues et pénibles semaines plus tôt.

Très embarrassés, trois *drivers* aidèrent Lorenzo à descendre de son cheval avant de l'escorter jusqu'à un poteau sur lequel ils l'attachèrent. On lui avait ôté sa veste et sa chemise, tout comme à Soko qui gémissait et suppliait à côté de lui. Lorenzo avait eu de la chance de survivre sur le bateau, mais là, rien ne le sauverait… Cent coups de fouet…

Mark s'approcha de lui et le toisa du haut de sa monture.

— Ça te fait quoi de réaliser que tu n'es qu'un esclave comme les autres, en réalité ? Tu as vraiment cru que tu pourrais nous défier indéfiniment sans en subir les conséquences ?

Lorenzo croisa son regard, s'efforçant d'avoir l'air calme et indifférent. Son assurance désarçonna le jeune homme qui afficha une brève expression indécise. Lorenzo força son avantage.

— Votre sœur sera furieuse.

Effectivement, Angela ne supporterait pas d'apprendre qu'ils avaient fait tuer son précieux régisseur. À la recherche d'une idée pour ne pas perdre la face, Mark baissa les yeux vers lui et constata l'absence de marquage sur le haut de la fesse de Lorenzo. Il fit face aux *drivers* avec un sourire cruel sur les lèvres.

— Comment se fait-il qu'il ne porte pas la même marque que les autres ?

— C'est un régisseur, monsieur King, lui expliqua Bassa.

— Apportez le matériel pour le faire marquer, ordonna Mark avec des gestes impérieux.

En les voyant hésiter, Martin s'en mêla.

— Obéissez !

Les *drivers* s'exécutèrent. Lorenzo fut vivement tenté de se débattre, mais son orgueil le lui interdit. Il se campa sur ses jambes, bien décidé à ne rien céder. Mark le regarda en souriant.

— En attendant leur retour, commencez à appliquer la punition sur l'autre !

Les hurlements de Soko griffèrent les nerfs à vif de son ami, alors que les premiers coups s'abattaient sur son dos. Heureusement, les *drivers* revinrent sans tarder avec le matériel de marquage. Bassa interpella son collègue qui lâcha le fouet avec soulagement pour l'aider à préparer le feu. Si la sanction de Lorenzo faisait suffisamment diversion pour que la sienne s'arrête là, Soko s'en sortirait sans dommage.

En entendant les crépitements du brasier, Lorenzo se demanda si son idée était vraiment aussi bonne qu'il l'avait cru. Se sacrifier de la sorte ne changerait rien, mais il était trop tard pour reculer. S'il suppliait, Mark et Martin ressentiraient une satisfaction qui révulsait Lorenzo et lui faisait presque accepter son sort avec stoïcisme.

Bassa mania une dernière fois le soufflet.

— Tout est prêt.

Les braises étaient blanches comme l'exigeait le marquage, même si Bassa atteignait ce résultat bien plus vite d'habitude. Lorenzo le soupçonnait d'avoir voulu gagner du temps. C'était gentil, mais inutile. Bassa avait beau agir avec des gestes lents, il finit par poser le fer dans le feu. Les lettres TMD devinrent rouges.

Lorenzo sut dès lors que plus rien ne pourrait le sauver de cette humiliation supplémentaire. Avec cet événement, une nouvelle porte de sortie se refermait dans sa vie. Dorénavant, s'il était repris, il ne pourrait plus en réchapper avec de simples mensonges. Il y aurait toujours cette marque pour le trahir.

Il sentit la chaleur de l'outil de rapprocher de ses reins. Il se promit de ne pas crier. Il ne leur donnerait pas cette satisfaction supplémentaire.

Pourtant, sa détermination fut portée à rude épreuve lorsque le fer entra en contact avec sa peau. Lorenzo serra les dents et se cabra sous l'effet de la souffrance, mais il ne laissa pas échapper une seule plainte. Mark éclata de rire.

— Je peux savoir ce que vous faites ?

En reconnaissant la voix d'Angela, Mark referma la bouche. Lorenzo ressentit un bref instant de soulagement, vite chassé par une vague de fureur incontrôlable à l'encontre de la jeune femme. Si elle n'avait pas abdiqué au profit de ces deux imbéciles, il n'aurait pas été marqué comme une pièce de bétail. Soko n'aurait pas été fouetté. Et que dire de tous les morts de ce mois écoulé !

Sans se laisser décontenancer, Martin fit face à sa fille avec assurance.

— Nous avons réparé ta négligence.

Elle posa le regard sur Lorenzo et tressaillit face à son expression accusatrice, avant de dévisager son père avec sévérité. Celui-ci haussa une épaule.

— Lorenzo s'est opposé à nous. Tu l'as trop gâté et il a tendance à oublier où se trouve sa vraie place. Avec cette marque, il ne pourra plus oublier qu'il n'est qu'un esclave !

Elle se raidit. Son père était un imbécile stupide et pitoyable. Elle lui avait donné du pouvoir en se terrant chez elle pour éviter de faire face à ce qu'elle éprouvait pour Lorenzo. Elle prit une voix tranchante.

— Faites encore mine de lever la main sur un de mes esclaves et je serai contrainte de sévir. Vous n'avez ni l'un ni l'autre aucun droit sur Splendora ! Vous êtes ici en tant qu'invités et, en mon absence, l'unique personne qui peut exercer mon autorité est Lorenzo, pas vous. Le comprenez-vous ?

Mark resta sonné par cette attaque frontale devant une foule de témoins.

— Qu'est-ce qui te prend, Angela ? s'emporta Martin.

Elle se tourna vers les *drivers* sans lui prêter attention.

— Anton est le seul qui a trouvé le courage de venir me prévenir de ce qui se passait. Les sanctions à infliger aux esclaves sont de mon ressort ou de celui de Lorenzo.

Elle croisa le regard furieux de son régisseur. Évidemment, ses consignes arrivaient trop tard le concernant.

— En aucun cas vous n'auriez dû obéir à ces deux hommes sans mon autorisation, poursuivit-elle.

Mark manqua de s'étouffer.

— Tu… Mais comment…

— Le jour où tu auras tes propres terres, tu feras selon ton bon vouloir, mais pas ici, à Splendora ! le coupa-t-elle.

Les *drivers* hochèrent la tête. Sans consigne, deux d'entre eux détachèrent Soko pour soigner ses plaies. Anton et un autre s'occupèrent de Lorenzo qui regagna la maison d'un pas raide sans se retourner.

Mark fit venir son cheval aux côtés de celui de sa sœur et lui attrapa le bras.

— Comment as-tu osé nous discréditer de la sorte devant nos *drivers* ?

Elle éclata d'un rire sarcastique avant de lui reprendre son poignet d'un geste ferme.

— Vos *drivers* ? Je crois que tu perds l'esprit, Mark.

— Tu nous as délibérément insultés !

Face à elle, des esclaves à l'air hagard et épuisé la toisaient avec rancœur. Elle était responsable d'eux, de leur sécurité et de leur survie, mais à cause de sa faiblesse, elle les avait tous trahis. Elle jeta un regard à son frère et à son père.

— Soko m'a coûté huit cents livres et Lorenzo, quinze mille. Et je ne parle même pas des dégâts que je remarque ici et des décès que je vais sûrement avoir à déplorer.

Elle réalisa soudain à quel point ces deux hommes avaient un effet catastrophique sur tout ce qu'ils touchaient. Depuis qu'elle était retombée sous leur coupe, Angela avait eu tendance à redevenir une petite chose timide et effacée. Malheureusement, son père et son frère en avaient profité pour se laisser aller à leurs mauvais penchants. Ils avaient maltraité ses esclaves et Lorenzo en particulier. Son visage se durcit et elle se redressa avec un air menaçant.

— Je ne vous ai jamais donné l'autorisation de changer les règles d'exploitation de Splendora, d'épuiser mes esclaves ou de les sanctionner sans motif. Vous me dédommagerez donc du prix d'acquisition de chaque homme décédé par votre faute pendant votre séjour.

— As-tu perdu l'esprit ? s'emporta son père.

Elle s'énerva.

— À cause de vous, la plantation va subir un grave manque à gagner. Même si j'achète autant d'esclaves que vous en avez tué, ils devront rester au repos pendant des mois avant de prendre la place des absents ! Et je ne vous parle pas des Bossales qui n'étaient pas encore aptes à travailler et qui mourront prématurément par votre faute !

Mark haussa les épaules.

— Nous n'avons rien fait de répréhensible…

— Bien au contraire ! Splendora jouissait d'une excellente réputation auprès des nègres marrons. Nous avions instauré des règles et une confiance. Vous avez tout foulé aux pieds. Je ne serais pas surprise d'apprendre qu'ils sont au bord de la révolte !

Elle frissonna en songeant à ce qui s'était déroulé la dernière fois. Son frère se méprit sur sa réaction.

— Nous sommes là pour mater ces sauvages !

Elle lui lança un regard de pure pitié.

— Sam Delaware a tenté de pousser ses esclaves au-delà de ce qui est acceptable et il en est mort. Trevor a voulu mater les hommes responsables et il l'a payé de sa vie, lui aussi. Comment pouvez-vous croire que deux pantins aussi pathétiques que vous sauront ce qu'il faut faire pour endiguer ce type de débordements ?

Là-dessus, elle s'éloigna.

Quelques instants plus tard, elle marchait d'un pas incertain dans le couloir pour rejoindre la chambre de Lorenzo. Elle lui devait des explications, mais elle s'arrêta devant sa porte, sans oser frapper.

Avoir choisi la fuite était stupide. Elle s'était calfeutrée pendant un mois dans sa maison, telle une enfant effrayée, en espérant reprendre le contrôle de ses pensées et de son corps. Tout ça pour quoi ? À peine un regard posé sur lui et ses résolutions ne valaient plus rien ! Le manque n'avait fait que la rendre encore plus réceptive à cette violente attraction.

Était-il réellement prudent de lui rendre visite à cet instant où elle était si consciente de son attirance ? Incapable pourtant de différer plus longtemps leurs retrouvailles, Angela ouvrit la porte de la chambre de son régisseur et entra à pas feutrés. Elle leva les yeux sur lui et la stupeur la figea sur place.

Lorenzo allait et venait comme un lion en cage et son visage exprimait une fureur totalement incongrue pour un homme de sa condition. Elle ne l'avait jamais vu dans cet état. Pire, elle avait l'impression de le découvrir pour la première fois. Elle fit un pas en arrière. Son pied heurta la porte qui se referma avec un claquement sec. Le bruit alerta Lorenzo. Son regard chargé de ressentiment l'épingla tel un papillon. Elle recula, prête à prendre la fuite.

— Je suis désolée, Lorenzo. Je vais te laisser.

Il ne voulait pas lui faire peur, surtout pas au moment où elle revenait vers lui.

— Non ! Non ! Restez.

Elle vit l'effort qu'il fournissait pour se maîtriser. Rassurée, elle fit plusieurs pas timides et prudents vers lui.

— Tu as mal ?

Il éclata d'un rire sarcastique.

— Votre sale petit vicieux de frère vient de me faire tatouer le dos pour son seul plaisir ! Évidemment que j'ai mal !

Elle resta interdite un instant. La tentative qu'il avait faite pour se contrôler avait lamentablement échoué. Pourtant, elle ne pouvait pas lui laisser l'ascendant sur la discussion et ce, quelles que soient les circonstances ou la justesse de ses griefs.

— Maîtresse !

Il lui fit face.

— Quoi ?

Elle cligna des yeux pour masquer la peur qu'elle éprouvait encore face à lui.

— Si tu oublies la politesse, j'ordonnerai qu'on te rattache à ce poteau pour te faire fouetter.

Il serra les dents pour cacher son sentiment d'injustice. Comment avait-il pu penser qu'elle ressentait du désir pour lui ? Il n'y avait que sa plantation de malheur pour lui tirer des frissons d'extase !

— Pardonnez-moi, maîtresse. C'est la douleur qui m'égare sans doute…

Elle ne crut pas un seul instant à son ton repentant, dans la mesure où son regard furieux le contredisait. Pourtant, elle hocha la tête pour accepter ses pâles excuses. Même si c'était irrationnel de la part d'un esclave, Angela comprenait à quel point Lorenzo devait souffrir de ce qui venait de se produire. Une marque indélébile ornait dorénavant sa peau et il ne pourrait jamais s'en défaire ni oublier. Bien sûr, les autres captifs n'avaient jamais réagi comme lui, mais Lorenzo était si particulier, si unique en son genre…

Elle tenta un geste de conciliation timide en lui tendant un petit pot.

— Je t'ai apporté de la crème… pour ta brûlure.

Un soupçon d'humour éclaira son regard noir.

— Est-ce habituel, maîtresse, que vous frottiez le bas du dos de vos esclaves ?

La tension chuta brutalement. Soulagée, elle pouffa.

— Non.

Sa voix se fit douce, caressante.

— Mais tu n'es pas un esclave comme les autres, pour moi…

Et voilà qu'elle jouait encore avec ses nerfs… Il n'avait plus de temps à perdre avec ces atermoiements stupides ! Il lui posa un ultimatum.

— Alors, prouvez-le-moi !

Elle sursauta presque à cause de la violence de ses paroles. De nouveau, il n'avait plus rien d'un esclave. Elle lui concéda d'ailleurs la victoire.

— Comment ?

— Chassez-les !

Lorenzo prenait un risque considérable, mais il ne tolérerait plus aucun retard. Chaque seconde perdue ici donnait plus de pouvoir à ses frères. Elle venait d'entrouvrir une porte, il forcerait donc le passage sans état d'âme. Elle recula sous la force de l'attaque.

— Qu'as-tu dit ?

Il ne fléchit pas.

— Vous savez ce qui nous lie, maîtresse. Ce retard m'est insupportable.

— Ne dis pas cela…, le supplia-t-elle, la tête baissée.

Il l'obligea à croiser son regard.

— Osez me dire que vous ne souhaitez pas que je vous embrasse encore, maîtresse.

L'attention d'Angela se focalisa sur la bouche entrouverte de son régisseur. Il se pencha vers elle et frôla ses lèvres. Elle ferma les yeux et se tendit vers lui pour accueillir son baiser. Pourtant, à cet instant, sa reddition n'intéressait nullement Lorenzo. Il s'écarta d'elle sans un battement de cils.

— Tant que vos parents et votre frère résideront ici, rien ne sera possible.

Déçue, elle frissonna face à son expression dure.

— Pourquoi ?

Il sourit tristement.

— Je suis un esclave, vous vous souvenez ? Ils ont ordonné qu'on me donne cent coups de fouet parce que je me suis opposé à eux. À quoi me condamneront-ils s'ils nous surprennent ensemble ?

— Ils te tueront, reconnut-elle.

Il n'y avait plus qu'à mettre sa précieuse plantation dans la balance pour la faire capituler.

— Il n'y aura alors plus personne pour prendre la défense de cette terre que vous prétendez tant aimer…

Lorenzo jouait sur tous les tableaux : désir, culpabilité, intimidation. Elle resta silencieuse un instant avant de lui tendre le pot de crème.

Il passa du baume sur sa plaie, se mordant les lèvres pour réprimer sa souffrance.

— Je suis désolée, Lorenzo. J'espère que tu sais que je ne t'aurais jamais fait subir cela.

— Je le sais, maîtresse. Mais c'est trop tard, n'est-ce pas ? Je porterai pour toujours cette marque sur ma peau. Et les esclaves morts ne reviendront pas à la vie. Je m'étais promis de protéger les trois garçons que j'ai choisis à bord de l'*Alava*, mais l'un d'eux est mort d'épuisement. J'ai échoué !

Elle plia sous la force du reproche.

— Je les ai laissés prendre les commandes ici. Pourtant, si tu savais comme je les déteste !

— Alors pourquoi leur avoir donné la possibilité d'agir ainsi ? Je ne comprends pas, maîtresse.

Elle rougit, sans oser répondre. Lorenzo saisit qu'il y avait un lien avec lui. Il soupira.

— Avant de retrouver la situation telle que nous la

connaissions, il va falloir du temps, maîtresse. Les esclaves sont au bord de l'émeute…

Elle frissonna.

— Tu en es sûr ?

Il approuva tristement. Elle se mordit les lèvres.

— Raconte-moi tout ce qui s'est passé pendant ce dernier mois.

Il ne lui épargna rien : les contrordres stupides, les cadences déraisonnables, les sanctions aberrantes, les accidents tragiques et l'incompréhension navrante de l'essence même d'une exploitation comme celle-ci. Ces actes condamnaient le père et le frère d'Angela d'eux-mêmes. Lorenzo n'avait nul besoin de noircir le tableau.

À présent, soit Angela trouvait la force morale de chasser ses hôtes indésirables, soit il prendrait la fuite dans un laps de temps très réduit. Il s'accordait une semaine à partir de maintenant, pas une seconde de plus.

Angela prit place derrière son bureau, face à ses parents et à son frère qui l'attendaient avec des mines contrariées. Cette confrontation qu'elle n'avait pas sollicitée tombait idéalement tant elle était furieuse contre eux et les largesses qu'ils s'étaient autorisées.

Le récit de Lorenzo l'avait outrée. Vingt esclaves avaient péri pendant l'interrègne de sa famille. Et ce chiffre ne comprenait pas ceux qui mourraient prématurément à cause des mauvais traitements, des rations de nourriture insuffisantes et des autres navrantes initiatives de ces deux imbéciles. Leur cupidité et leur incompétence n'avaient pas connu de bornes durant ce dernier mois.

L'exploitation dans son ensemble risquait de souffrir de leurs actes inconsidérés. Il était dorénavant hors de question de leur laisser une seule once de pouvoir. Mieux, elle était en droit de les chasser définitivement.

Pourtant, en dépit de leurs fautes, c'est eux qui affichaient des expressions mécontentes et intimidantes. Son père en particulier arborait la mine des mauvais jours. La dernière fois qu'il l'avait regardée ainsi, elle avait dû accepter d'épouser Trevor McDermott, sous la contrainte et les coups. Finalement, elle avait toujours été un jouet entre leurs mains, un jouet vendu à un riche planteur pour améliorer leurs conditions de vie à eux. À cet instant, ils tentaient encore de la manipuler et de reprendre l'ascendant sur elle. Une petite voix souffla à Angela que si elle cédait, elle perdrait tout ce pour quoi elle avait souffert.

Elle eut alors comme une révélation. Elle ouvrit enfin les yeux sur leur nature réelle et ce qu'elle vit était pitoyable.

Mark s'exprima sur un ton qui la hérissa.

— Où étais-tu ? Nous t'attendions !

— Je suis la propriétaire des lieux malgré ce que certains en pensent. J'avais par conséquent des impératifs beaucoup plus urgents que d'entendre tes éternelles doléances de prince capricieux !

— Angela, tu ne devrais pas t'énerver de la sorte contre ton frère, intervint sa mère.

Angela ne la regarda même pas.

— Mère, je n'ai pas sollicité votre avis.

Martin s'emporta.

— Comment oses-tu nous parler de cette façon ? D'abord, tu perds la tête et tu nous discrédites devant nos hommes et ensuite…

— Il me semble vous avoir déjà dit que ces hommes ne sont pas les vôtres, mais les miens. Vous avez voulu que j'épouse Trevor. Je l'ai fait. Il est mort en faisant de moi son unique héritière.

Elle les regarda à tour de rôle.

— Moi. Pas vous.

Mark gloussa.

— Je vois ! Dès que nous avons osé porter la main sur Lorenzo, ton précieux régisseur, tu as sorti les griffes ! Laisse-moi deviner… L'étalon a réussi là où Trevor avait échoué !

Elle conserva son calme malgré cette remarque insultante, mais perspicace.

— S'il n'y avait que lui en cause, ça ne serait pas grave, mais vos agissements de ces dernières semaines ont été stupides et dangereux. Votre incompétence me contraint à réagir.

Martin appliqua la bonne vieille méthode consistant à attaquer pour se défendre.

— Tu ne te rends pas compte que Lorenzo passe son temps à prendre le parti des esclaves contre toi.

— Lorenzo est un régisseur juste et ferme. S'il a dû s'opposer à vous, c'est que vos décisions étaient stupides ou arbitraires. Il n'y a rien à dire de plus puisque le nombre de décès provoqué par vos brillantes idées parle en votre défaveur.

Martin insista.

— Je crois que tu ne réalises pas à quel point cet homme te dessert.

— Je crois au contraire que, depuis votre arrivée, il a été mon seul allié.

Martin afficha une expression paternaliste inquiète.

— Ton frère a raison. Lorenzo te fait perdre la tête. Je vais le conduire à Pensacola pour le vendre.

Angela avait envie de le gifler. Pourtant, elle se maîtrisa pour opposer de la froideur à sa bêtise.

— Vous pourriez le faire, bien sûr. Si vous étiez chez vous et si Lorenzo vous appartenait, mais ce n'est pas le cas, comme je viens de vous en faire la démonstration.

Martin s'étouffa sous le coup de la surprise.

— Vous avez parfaitement entendu, père.

Elizabeth intervint pour calmer les esprits.

— Nous sommes là pour t'aider, Angela…

Angela lui jeta un regard froid.

— Je vous répondrai la même chose qu'à Mark. Je n'ai pas sollicité votre présence, je n'en veux donc pas.

Martin tenta de raviver la soumission de sa fille.

— Comment oses-tu ?

Elle se redressa.

— Comment j'ose ? C'est simple ! Vous m'avez vendue à Trevor McDermott pour placer ce bon à rien de Mark. Ma vie n'avait aucune valeur à vos yeux.

Elizabeth eut le bon goût de baisser la tête. Martin insista.

— C'était un beau mariage ! Tu devrais te montrer reconnaissante !

Le visage d'Angela se ferma.

— C'était un horrible mariage ! Mais j'ai tenu ma part du marché avant et après la mort de Trevor. Un de vos enfants est devenu quelqu'un, à présent. Et même si ça n'est pas celui que vous auriez souhaité, réjouissez-vous pour moi. Il ne vous reste plus qu'à trouver une riche héritière pour Mark et le tour sera joué.

Mark ouvrit la bouche.

— Mais…

Elle le coupa.

— Ton avis m'indiffère. Est-ce clair ?

Brusquement, Angela réalisa qu'elle n'avait pas réglé le problème de fond. Elle voulait les voir partir. Il le fallait, pour de multiples raisons, l'ultimatum de Lorenzo n'étant pas la moindre… Elle croisa le regard coléreux de son père.

— Je suis autonome depuis la mort de Trevor, il y a sept mois de cela. La plantation a continué d'être gérée efficacement, pourtant il vous a fallu un temps dérisoire pour mettre en péril tout ce que j'avais tenté de préserver. Il faudra des semaines pour que les effets catastrophiques de vos initiatives se résorbent.

Elle prit une inspiration.

— Mon hospitalité s'arrête donc dès maintenant, j'ai d'ailleurs demandé à mon personnel de préparer vos bagages. Si vous n'êtes pas partis à la fin de mon ultimatum, je vous ferai raccompagner par mes *drivers.*

Angela se leva.

— Veuillez m'excuser, j'ai beaucoup de travail en perspective.

Elle les salua froidement avant de sortir de la pièce.

Elle passa le reste de la journée à l'extérieur avec Lorenzo afin de parler avec ses *drivers.* Elle rassura ses esclaves et chiffra les pertes, prenant peu à peu la mesure des dégâts occasionnés par sa famille. Elle rendit à ses captifs leur demi-journée de repos, doubla les rations et réinstaura la ration hebdomadaire de viande. Elle inspecta les champs et les hommes et renvoya les Bossales dans leurs cases.

Enfin, accompagnée par Lorenzo et cinq *drivers* armés et prêts à user de la force si nécessaire, Angela vint assister au chargement des bagages de ses parents et de son frère.

Martin la rejoignit sur le perron.

— Angela, je voudrais que tu comprennes que nous avons sincèrement cherché à t'aider…

Elle secoua la tête.

— Je n'en crois pas un mot. Vous avez essayé de me spolier.

Il sursauta presque.

— Nous nous y sommes peut-être mal pris…

— C'est un euphémisme. Tout allait bien, avant votre venue.

Il se rembrunit alors qu'elle réduisait à néant toutes ses tentatives pour l'amadouer. Martin ouvrit encore la bouche, mais Angela le coupa.

— Écoutez, vous n'êtes plus les bienvenus ici. Vous pourriez d'ailleurs faire de très mauvaises rencontres s'il vous prenait l'envie de revenir. Les esclaves maltraités ont de la mémoire. Pour votre propre sécurité, j'ai donc demandé à mes *drivers* de ne plus jamais vous laisser pénétrer sur mes terres.

Mark pâlit. Martin hocha la tête, définitivement vaincu.

— Mes affaires m'attendent de toute façon à Florala.

Angela approuva.

— Mark pourrait vous assister dans cette tâche. Après tout, c'est la dernière chose qu'il n'ait pas essayée…

Les deux hommes montèrent dans le chariot qui devait les ramener à Florala avec des mines furieuses et vexées. Elizabeth passa près de sa fille.

— Je suis navrée de voir ce que notre cupidité a fait de toi, Angela.

— Je le prends comme un compliment, mère. Dorénavant, vous n'aurez plus à vous préoccuper de moi. Conservez toute votre énergie pour aider Mark.

Elizabeth se rembrunit. Il n'y avait plus rien à dire. Angela avait fait ses choix et sa famille n'en faisait plus partie.

# Chapitre 17

Posté devant le miroir de sa chambre, Lorenzo ôta sa chemise pour observer le reflet de son dos. Son cœur se serra sous l'effet de la colère en voyant la boursouflure qui ornait dorénavant le haut de sa fesse. Bassa était un professionnel ! Jamais cette chose hideuse ne disparaîtrait ni ne s'estomperait. Même après son retour à Londres, on pourrait toujours lire les lettres TMD en relief sur sa peau. TMD !

Trevor McDermott étant mort, cela revenait à dire qu'il était estampillé au nom d'une femme !

Une nouvelle bouffée de rage le saisit à la gorge. Cet affront supplémentaire marquait un tournant définitif dans son calvaire et clôturait l'épisode de sa pitoyable soumission. Lorenzo, le régisseur obéissant, mourait ce soir. Celui qui prendrait sa place avait un but précis : Angela McDermott.

Les risques encourus ne l'inquiétaient plus. Il ne pouvait accepter de porter cette marque que s'il possédait son corps, en contrepartie. Il laverait ainsi son honneur bafoué dans la chair soumise et consentante d'Angela et il soulagerait son âme meurtrie en écoutant ses cris de plaisir. Un frisson de désir parcourut sa peau alors qu'il songeait qu'il serait probablement le seul homme à obtenir ce résultat : faire plier la jeune femme.

Lorenzo traversa la terrasse jusqu'à la chambre d'Angela, dont la fenêtre était ouverte. Sans hésitation, il entra. Les yeux dans le vague, elle était assise sur son lit, vêtue d'une simple chemise de nuit. Elle se redressa en sursautant.

— Lorenzo !

Il la rejoignit et prit sa bouche d'assaut. Pas question de lui donner la possibilité de le repousser, cette fois. Il avait compris son erreur précédente ! Lui laisser l'initiative ou le choix revenait à accepter de ne jamais quitter ce maudit continent !

Il fut vite rassuré cependant : elle ne tenta pas de résister, bien au contraire. Elle lui rendit ses baisers en se blottissant contre lui. Lorenzo sentait les frôlements de son bas-ventre contre son sexe et cette simple sensation le mit au supplice. Leurs langues se mêlèrent, se cherchant avidement. Il perdit pied. Il accentua alors le rythme pour lui transmettre toute sa passion et son sentiment d'urgence. Elle gémit. C'était le signe qu'il attendait.

D'un geste autoritaire, il attrapa ses cheveux pour tirer son visage en arrière tout en la plaquant fermement contre son bassin. Il embrassa ses joues et son cou avant de poser les lèvres au bord de son sage décolleté. Les yeux fermés, Angela émit un soupir. Enhardi, il souleva sa chemise de nuit qu'il envoya voler à travers la pièce, découvrant enfin le corps de cette femme qu'il avait déjà déshabillée des centaines de fois dans ses songes.

Lorenzo admira sa sublime silhouette, fine et voluptueuse à la fois, avant de reprendre son exploration. Il commença par sa poitrine ferme et douce, puis son ventre plat, ses fesses rondes et ses cuisses galbées.

Elle recevait toutes ses caresses avec l'innocence gênée

et apeurée d'une femme sans expérience. Lorenzo était surpris, mais ravi de la sensation éprouvée. Enfin, il la souleva pour la porter sur le lit où il la déposa. Une seconde plus tard, il la rejoignait, nu lui aussi.

Il l'embrassa encore, parcourant son corps somptueux, tout en retardant au-delà de ses limites le moment de la faire sienne. Il la voulait, soit, mais il voulait surtout savourer chaque instant de sa reddition. D'une main, il frôla son ventre et elle se cambra en poussant un cri qu'il comprit instinctivement. Elle était prête.

Lorenzo se coucha sur elle, forçant son passage entre ses cuisses qu'elle gardait obstinément serrées. Il présenta son sexe tout contre elle pour la pénétrer, se délectant à l'avance de la sensation éprouvée.

Une plainte déchirante le stoppa dans son élan. Abasourdi, il leva les yeux vers son visage ruisselant de larmes de terreur. Désemparé, Lorenzo hésita sur la conduite à tenir. Il comprenait le langage de son corps bien mieux qu'elle, semblait-il, car celui-ci réclamait sans équivoque ce que sa tête refusait.

Une petite voix lui souffla pourtant que s'il insistait, elle garderait l'impression qu'il l'avait forcée. Serrant les dents, il s'écarta d'elle en ayant la sensation de s'enfoncer une épée dans le cœur.

— Maîtresse, que se passe-t-il ?

— Pardon, Lorenzo ! Je t'en prie, laisse-moi ! le supplia-t-elle en se couvrant le visage et en se recroquevillant sur elle-même.

Il aurait pu, bien sûr, accéder à sa demande. Pourtant, il l'implora.

— J'ai besoin de comprendre. Expliquez-moi, s'il vous plaît !

Elle sanglotait et ce son était déchirant tant il contenait

de souffrance et de crainte. Il tira doucement sur ses mains. Elle ne résista pas. Lorenzo essuya ses larmes du bout des doigts.

— Ai-je fait quelque chose qui vous a déplu ?

Elle secoua la tête avec désespoir.

— Non ! Ce n'est pas toi. Tout est ma faute !

Il haussa un sourcil.

— C'est à cause de Trevor, n'est-ce pas ?

Elle approuva, ses yeux magnifiques débordant de nouvelles larmes. Lorenzo imaginait un tas de possibilités pour expliquer son chagrin, pourtant ce qu'elle lui révéla le laissa sans voix.

— J'ai tellement peur de souffrir encore.

Elle n'avait pas l'air particulièrement affectée par l'absence de son mari. Alors quoi ? La vérité s'échappa de ses lèvres, presque malgré elle.

— Chaque fois qu'il me faisait l'amour, j'avais si mal que je pensais qu'il allait finir par me tuer ! Pourtant, il ne comprenait pas que son contact me répugnait. Il en voulait toujours plus… Entre ses mains, je n'étais qu'un objet destiné à le satisfaire.

Elle détourna les yeux, trop honteuse de lui avoir avoué ce détail horrible. À côté d'elle, Lorenzo ne savait pas comment réagir, car il l'aurait bien utilisée pour son plaisir personnel également, à la différence près qu'il ne qualifierait ce moment de victoire que si elle jouissait aussi. Pour parvenir à ce résultat, il fallait d'abord comprendre ce qui était allé de travers dans son mariage, afin de ne pas commettre les mêmes erreurs.

— Que voulez-vous dire ? Il ne faisait pas ce qu'il fallait pour vous procurer du plaisir ou il cherchait volontairement à vous faire souffrir ?

Elle gardait les yeux baissés.

— Je ne sais pas. Je…

Elle réfléchit un instant.

— Je n'ai jamais éprouvé autre chose que de la douleur avec lui, mais je ne pense pas qu'il le faisait exprès. Je crois même qu'il… se donnait du mal pour essayer d'obtenir une réponse de ma part.

Lorenzo caressa tendrement son visage pour sécher ses pleurs.

— Et vous craignez que cela se passe de la même façon avec moi ?

Elle approuva avec une moue empreinte de détresse. Il sourit. C'était inespéré. Bien sûr, il lui faudrait plus de temps que prévu pour l'amadouer, mais après ça, elle serait tout à lui ! Il murmura à son oreille des paroles douces.

— Avez-vous réagi avec lui comme avec moi ?

Il la rallongea sur le dos et frôla la pointe de ses seins avec ses doigts. Elle ferma les yeux à son contact et répondit d'une voix défaillante.

— Non.

— Nous pourrions apprivoiser votre corps, ensemble.

Il posa les lèvres sur sa poitrine pour la caresser. Angela répondit d'une voix hachée.

— Pourquoi ferais-tu une chose pareille ?

— Une femme comme vous devrait connaître ces joies-là. Je pourrais être votre guide, si vous le souhaitiez.

Avec cette question, il l'obligeait à arrêter une décision irrévocable. Elle hocha timidement la tête, le regard encore hanté par la peur. Lorenzo savait qu'il lui faudrait être très patient avec elle, mais il avait une vaste expérience du sujet qui lui donnait un avantage incontestable pour le succès de son entreprise.

Il reprit donc son exploration avec douceur. Ses doigts et ses lèvres obtinrent d'ailleurs des réponses qui ne mentaient pas. Angela le désirait, même si sa tête n'était pas encore prête à l'admettre.

Elle était adorable et touchante. Elle lui vouait une confiance aveugle, à lui qui poursuivait en réalité un but intéressé. Il ne pourrait avoir Angela que s'il l'aidait à vaincre sa peur. Or il la voulait avec une certitude qui dépassait de très loin tous ses souvenirs de libertin volage.

La bouche de Lorenzo traça un sillon brûlant sur son ventre plat. En même temps, il passa ses mains sous les hanches d'Angela dont les jambes s'écartèrent instinctivement. Il souleva son bassin, avant de plonger le visage entre ses cuisses.

Angela avait perçu dans un brouillard de sensations les gestes doux de Lorenzo. Soudain, il posa les lèvres là où Trevor lui avait infligé tant de souffrance. Ses mauvais souvenirs remontèrent à la surface comme un flot de fiel. Lorenzo la sentit se crisper brutalement.

Il lui laissa un instant d'adaptation avant d'accentuer ses caresses. Elle frissonna tout en essayant de le repousser, toujours aux prises avec son dilemme. Lorenzo frôla alors une zone particulièrement sensible. Elle lâcha un gémissement rauque et il ne fut plus question de le rejeter. Bien au contraire. Elle referma les doigts sur ses épaules, plantant les ongles dans sa peau. Une vague brûlante traversa son corps et elle se cambra pour accentuer le contact avec sa langue. Ses mains volèrent vers les cheveux de Lorenzo pour le retenir contre elle.

Quelques secondes plus tard, Angela perçait les mystères de la jouissance. Rien de ce qu'elle avait vécu avec Trevor n'aurait pu la préparer à éprouver quelque chose de semblable. Elle crut défaillir sous l'influence conjuguée du plaisir, de la surprise, du bonheur et, il fallait bien l'avouer, de l'amour.

Ses gémissements émerveillés frappèrent Lorenzo au cœur et il dut rassembler jusqu'à la moindre parcelle de volonté en lui pour maîtriser les spasmes qui menaçaient de lui faire perdre le contrôle de son corps. Cette femme allait le rendre fou ! La souffrance liée à son désir féroce et inassouvi irradiait dans tout son bas-ventre. Pourtant, il se recoucha à côté d'elle avec un sourire tendre sur les lèvres.

— Nous avons résolu cette épineuse question. Le problème ne venait pas de vous, mais bien de votre époux.

Elle ouvrit les yeux et son regard embué par le plaisir fit battre le cœur de Lorenzo plus rapidement. Maintenant qu'elle avait goûté à la jouissance, elle oublierait sa peur. Ensuite, il la prendrait encore et encore jusqu'à étancher totalement le désir qu'elle lui inspirait.

Il fit un geste vers elle et elle comprit son intention. Son regard émeraude se voila. Lorenzo suspendit son mouvement. À la place, il saisit sa main et embrassa le bout de ses doigts. Dès qu'il la lâcha, elle se blottit contre lui, prête à s'endormir. Il passa son bras autour d'elle en se disant qu'avec cet acte, il atteignait les limites de l'héroïsme humain. Elle soupira et se tortilla contre lui pour trouver une meilleure position.

Seigneur !

Lorenzo se présenta à la porte de son bureau après une journée et une nuit passée loin d'elle. Il avait voulu lui laisser le temps d'assimiler la scène de l'avant-veille et voir si elle venait le retrouver d'elle-même. Ce qu'elle n'avait pas fait. Il ignorait donc comment elle allait l'accueillir.

En attendant qu'elle l'invite à entrer, il ne pouvait s'empêcher de penser à ce qu'elle lui avait révélé sur sa vie de couple. Trevor McDermott devait s'être comporté comme une brute avec elle pour l'avoir traumatisée à ce point. Comment son mari avait-il pu passer à côté du sujet avec elle ? Angela constituait un idéal : elle était belle, réceptive, sensuelle… À évoquer ces souvenirs, Lorenzo sentit son corps s'éveiller. Il s'ébroua.

— Entrez !

Il plaqua une expression neutre sur son visage avant d'ouvrir la porte.

— Bonjour, maîtresse.

Elle l'accueillit avec un sourire radieux.

— Bonjour, Lorenzo. Prêt pour un voyage à Pensacola ?

— Heu… oui. Bien sûr.

Elle hocha la tête.

— Parfait. Tu te doutes bien qu'il va falloir remplacer les vingt esclaves que nous avons perdus.

Elle reporta son attention sur son livre de comptes.

— J'ai obtenu un petit dédommagement de la part de mon père.

— Ah oui ? À quel moment ?

Il était surpris qu'elle ne lui en ait pas parlé plus tôt.

— Avant leur départ, il a essayé de m'amadouer en me remboursant une partie du prix des esclaves décédés. J'ai pris l'argent, car il était responsable de ces morts, et puis je l'ai raccompagné jusqu'au chariot.

Lorenzo ne cacha pas son rictus ironique.

— Combien vous a-t-il donné ?

— Dix mille livres. Grâce à cette somme, la trésorerie

de la plantation ne sera pas trop mise à mal par cette dépense imprévue.

Il hocha la tête, vaguement dépité par ce sujet de discussion impersonnel et par l'absence de signes de complicité perceptibles après leur nuit ensemble. Bien sûr, il n'imaginait pas qu'elle se montrerait démonstrative, mais de là à se comporter exactement comme avant qu'ils deviennent amants !

— Dans combien de temps partons-nous, maîtresse ?

— J'ai deux ou trois choses à organiser avec les *drivers* qui devront nous rejoindre pour convoyer les Bossales. Disons… dans deux heures.

— Très bien. À tout à l'heure.

Au moment du départ, Lorenzo se rendit compte qu'elle s'était changée. Elle était vêtue d'une robe plus claire que d'habitude et sa coiffure moins stricte lui donnait l'air plus jeune. Elle venait d'assouplir son deuil. Était-ce bon signe pour lui ?

Comment le savoir alors que, par ailleurs, elle ne faisait aucune allusion à ce qui s'était passé entre eux ? Ils discutèrent de la façon dont Lorenzo devait s'y prendre pour négocier un important lot d'esclaves, du prix qu'elle était disposée à mettre dans l'opération, de la durée sur laquelle devaient porter les traites. Bref ! Encore et toujours sa plantation !

Ils prirent possession de leurs chambres à l'hôtel, voisines cette fois. Lorenzo crut que ce choix avait une signification pour elle. Quand elle frappa, il ne put retenir ni son imagination ni son soulagement. Il ouvrit.

— Tu es prêt ? Nous allons rendre visite à Lyle Cortez.

Il eut du mal à cacher son dépit. Elle se jouait de ses certitudes de libertin avec une facilité mortifiante. À Londres, jamais aucune femme n'aurait pris le risque de le laisser filer après une nuit avec lui. Il était, d'après son meilleur ami Samuel, le célibataire le plus convoité de la ville et le libertin le plus célèbre auprès du beau sexe. Angela semblait pourtant avoir tracé un trait sur le plaisir qu'il lui avait donné. Sa réputation de bon amant était-elle à ce point surfaite ?

Sur le trajet, elle se décida toutefois à aborder le sujet avec un soupçon de nervosité.

— Lorenzo, je n'ai pas oublié ce qui s'est passé la dernière fois, entre toi et Lyle Cortez. Même si je ne t'en ai pas tenu rigueur, j'espère que tu resteras discret cette fois.

Il lui lança un regard amusé. Elle ne pouvait imaginer à quel point il était coutumier de ces situations !

— Je sais exactement comment me comporter dans ce genre de relation clandestine, ne vous inquiétez pas, répondit-il avec un froncement de sourcil ironique.

Elle arbora une moue pincée, comme si elle était vexée par l'idée qu'il ait pu y avoir d'autres femmes dans sa vie.

— J'étais terriblement jaloux, maîtresse. À présent, je n'ai plus de raison de l'être puisque nous sommes devenus amants. Si toutefois vous souhaitez approfondir le sujet en ma compagnie…

Elle frémit et il sut avec certitude que ce n'était pas de peur. Il lui murmura les mots suivants à l'oreille.

— Nous avons trouvé ensemble une des clés de votre plaisir, mais ce n'était qu'un premier pas…

Perdue, elle observa la rue autour d'eux.

— Mon Dieu, Lorenzo ! Ne dis pas ce genre de choses au moment où j'ai besoin de rester concentrée sur une négociation compliquée !

Enfin ! Elle admettait son désir pour lui !

— Je me tairai uniquement si vous me promettez de

m'inviter à passer la nuit à vos côtés pour que je puisse faire de vous ma maîtresse, à part entière.

— Tu es le diable en personne, lui reprocha-t-elle avant de prendre son bras en riant, comme une épouse aurait pu le faire avec son mari.

Des notables s'arrêtaient à leur niveau pour les saluer. Lorenzo leur répondait avec l'assurance d'un homme libre. Angela ne fit pas de commentaire. Il ne sut même pas qu'elle avait remarqué son manège.

À l'angle de la rue où se trouvait la boutique de Lyle Cortez, elle retira toutefois sa main avec un soupçon de brusquerie. Pourquoi éprouvait-il de la déception alors que son geste était on ne peut plus prévisible ? Ils entrèrent dans le magasin du marchand qui les reçut immédiatement.

— Angela ! Je suis ravi de votre visite, même si je ne pensais pas vous revoir si vite.

Il se tourna ensuite vers Lorenzo qu'il toisa avec froideur. Visiblement, cette politesse ne s'appliquait pas à lui.

Angela coupa court à leurs retrouvailles orageuses. Elle devait à tout prix éviter que ces deux-là se lancent dans un nouveau concours de petits coqs.

— J'ai besoin d'un lot d'esclaves.

Cortez revint à elle.

— Combien ?

Elle se mordit les lèvres, comme si elle était ennuyée par cet aveu.

— Disons une vingtaine.

Cortez parut surpris.

— Vous avez dû faire face à une nouvelle révolte ?

— C'est bien plus triste que ça, avoua-t-elle.

Comme elle ne semblait pas disposée à en dire plus,

Cortez arriva à ses propres conclusions. Il adressa une moue dédaigneuse à Lorenzo.

— Êtes-vous certaine que vous ne devriez pas vendre plutôt qu'acheter ? Cela vous reviendrait bien moins cher que de poursuivre cette mascarade. Je vous avais pourtant prévenue que vous ne trouveriez jamais un régisseur compétent à bord d'un négrier.

Elle intercepta le regard qu'échangeaient les deux hommes. On aurait dit deux chiens prêts à attaquer. Elle s'interposa.

— Je suis l'unique responsable de ma situation actuelle. Lorenzo n'a pas failli dans sa tâche, rassurez-vous…

Elle fixa le marchand jusqu'à ce qu'il baisse les yeux.

— Vous allez faire de moi un homme riche, à ce rythme-là.

— Vous devriez vous en réjouir.

Là-dessus, elle adressa un signe impérieux à Lorenzo pour qu'il se calme. Elle avait besoin de Cortez et de son régisseur. Il fallait qu'ils le comprennent tous les deux et qu'ils parviennent à travailler ensemble.

Son geste vif attira l'attention du marchand sur elle, sur la couleur de sa robe gris perle et sur la signification de cet assouplissement de son veuvage à peine sept mois après le décès de son époux.

Cortez capta aussi leur échange de regards, chargés de complicité et d'intensité. Si, la dernière fois, il pouvait encore entretenir des doutes sur leurs rapports, cette fois-ci, ce n'était plus permis.

Dire qu'il avait obtenu l'autorisation d'Angela de lui rendre visite à Splendora, et qu'il avait été distrait par une charmante épouse volage qui lui avait fait perdre de vue son objectif. Cortez voulait accroître sa fortune et devenir un homme connu et respecté localement. Il avait même des ambitions électorales ! Seulement, tout son plan passait par la conquête de cette jolie veuve et de sa plantation.

Cette négligence avait permis à Lorenzo de creuser son avance. Tout comme l'esclave l'avait annoncé, il savait s'y prendre avec elle. La différence était flagrante maintenant qu'il y prêtait attention. Angela irradiait. Cortez n'aurait pu être plus précis, mais elle dégageait un mélange capiteux et terriblement attirant de sensualité, de joie, de légèreté, à l'opposé de l'image froide qu'il avait encore en tête la concernant.

Angela était prête à avoir une aventure, c'était une évidence. S'il avait saisi sa chance, elle l'aurait choisi, lui, et pas cet esclave de malheur !

Cortez tournait les pages de son registre sans les voir alors que la colère montait en lui irrésistiblement. Comment avait-elle pu préférer se compromettre avec un simple esclave ? À quoi s'attendait-elle avec un tel homme ? Lorenzo avait toujours été arrogant. Qu'en serait-il maintenant ?

Cortez ne put s'empêcher de l'observer. Lorenzo le dévisageait avec calme, sans trahir la moindre émotion. Cortez en fut réduit à reconnaître qu'il était non seulement séduisant, mais aussi terriblement intelligent. Avec sa peau claire et sa beauté ténébreuse, il pouvait faire illusion si Angela décidait de le faire passer pour un planteur.

Angela toussota pour se rappeler au bon souvenir de Cortez dont le regard fixe était braqué sur son régisseur. Le marchand s'ébroua et releva les yeux.

— Excusez-moi, je réfléchissais…

Il tourna encore une page de son registre.

— Un navire accostera demain à l'issue de sa quarantaine. Un autre est arrivé ce matin. Nous pouvons nous y rendre immédiatement.

Elle approuva et lui emboîta le pas. Légèrement en retrait comme le voulait l'usage, Lorenzo les suivit. Sur le trajet, Cortez se lança dans une opération de reconquête. Angela serait à lui, même si pour cela il devait se glisser entre les draps encore chauds qu'aurait occupés ce nègre de malheur.

— Vous êtes radieuse, très chère !

Elle comprit son allusion et biaisa.

— Ma famille m'a rendu visite récemment. Comme ils ont tenté de me décharger de la gestion de Splendora, j'ai eu beaucoup de temps pour me reposer.

— Oh ! Vous leur en êtes sans doute reconnaissante ?

Elle secoua la tête.

— Pas du tout. Leur venue m'a coûté vingt esclaves.

Il lui lança un regard surpris.

— Ils sont responsables de vos pertes ?

— Disons qu'ils n'avaient pas les compétences nécessaires et que leurs expérimentations ont lamentablement échoué.

Il fit une petite moue.

— Et moi qui comptais vous rappeler que je voulais vous rendre visite dans un avenir proche ! Devrai-je signer une décharge avant de passer le seuil de votre porte ?

Elle rit.

— Monsieur Cortez ! Vous êtes bien trop intelligent pour ne pas avoir perçu que je ne laisserai personne me spolier de ce qui m'appartient.

Il ravala son sourire. L'avait-elle percé à jour ?

Angela ouvrait enfin les yeux. Avant, elle dépensait tant d'énergie à se protéger qu'elle passait à côté de beaucoup d'indices ou d'événements. À présent, elle comprenait le monde qui l'entourait et jouait avec. Et son humour grinçant était diablement efficace face à des gêneurs comme Cortez. Lorenzo se sentait fier de voir ce qu'elle était en train de devenir.

Alors que son régisseur testait, éliminait, ou sélectionnait les esclaves, Angela l'observait. En le voyant à côté de ses congénères, on ne pouvait que se poser des questions sur ses origines, d'autant qu'il avait nié farouchement toute ascendance noire. Bien sûr, il avait une carnation foncée, mais guère plus que celle d'un homme blanc à la peau mate. Et que dire de son assurance ! Il aurait fallu être aveugle pour ne pas voir que tous ceux qui ignoraient son statut réel le saluaient comme un égal. L'imitation ne pouvait tout expliquer dans son cas.

Un dernier point interpellait Angela. Un esclave, même originaire de Londres, pouvait-il maîtriser à ce point les arts du plaisir ? Bien sûr, elle n'y connaissait rien, mais il l'avait éveillée au désir et à la jouissance avec une facilité qui trahissait une longue pratique.

Angela se fustigea. Tentait-elle de se donner bonne conscience ? Voir Lorenzo comme un Blanc soulagerait ses remords, car après tout, elle était devenue sa maîtresse. Elle frissonna à cette évocation.

Quand la toucherait-il à nouveau ? Elle n'osait pas le lui demander, pourtant elle en avait très envie. L'avoir à côté d'elle sans pouvoir goûter pleinement à ce qu'il pouvait lui offrir constituait un supplice digne de celui de Tantale.

— Excellent choix ! Votre régisseur a l'œil.

Angela revint à l'instant présent et observa la sélection de Lorenzo. Évidemment, il n'y avait rien à redire.

— Je vous propose ces pièces à deux mille livres chacune, annonça le capitaine en se frottant les mains.

Lorenzo secoua la tête sans même en référer à sa décision.

— Capitaine Beckett, un navire accostera demain à la même heure. Votre marchandise perdra à cet instant une bonne partie de sa valeur. Et vous savez pourquoi…

Il leva le bras d'un des hommes qu'il avait choisis.

— Vous avez traversé une tempête qui a, au bas mot, tué un quart de votre cargaison. Après cela, il y a eu des épidémies à votre bord. Je pense aussi que vous avez dû affronter une révolte…

Le capitaine ouvrit la bouche sous l'effet de la surprise.

— Comment pouvez-vous savoir tout ça rien qu'en regardant son bras ?

Cortez était bouche bée également. Lorenzo sourit, mais son visage n'exprimait aucune joie, bien au contraire, à la vue des marques de coups de fouet sur un nombre trop significatif de dos pour ne pas en tirer cette conclusion.

— Les cicatrices qu'ils portent sont préjudiciables à l'image qu'un futur maître peut se faire d'eux. Sans compter que, après tous ces mauvais traitements, ils resteront fragiles longtemps, or nous avons un besoin immédiat de main-d'œuvre.

Il se tourna vers Angela.

— Je pense que nous devrions revenir demain.

Elle hocha la tête sans discuter. Beckett s'interposa devant Lorenzo.

— Combien voulez-vous me proposer pour le groupe que vous avez choisi ?

Lorenzo fit mine de réfléchir.

— Dix mille livres pour le lot.

Tout comme Cortez qui faillit s'étouffer à ses côtés, Beckett réagit vivement. Ce régisseur lui demandait de céder ses produits au quart de leur valeur ! Bon sang ! Ce commerce devenait de plus en plus difficile. La concurrence entre les navires faisait rage et les prix s'en ressentaient. S'il ne faisait pas un effort, il risquait de devoir repartir vers un autre port pour proposer ses invendus ailleurs. Encore une perte d'argent sur un voyage dont il ne tirerait pas grand profit.

— Vingt mille, proposa-t-il.

Lorenzo resta songeur.

— Vous avez un bon chirurgien de bord, mais votre tonnelier laisse à désirer. Le premier a fait ce qu'il a pu pour maquiller les erreurs du second, mais je sais de quoi ces hommes ont souffert.

Il montra les bleus sur les bras des captifs ainsi que les gencives de celui qui était le plus proche de lui.

— Je n'irai pas au-delà de douze mille cinq cents livres pour ces vingt captifs.

Le capitaine déglutit. Encore une fois, Lorenzo avait fait mouche. Les conditions de la traversée avaient été catastrophiques. Presque un tiers de la cargaison avait péri entre les côtes africaines et ce port. Ils avaient fait ce qu'ils avaient pu pour retaper les survivants, ce qui n'empêchait pas que, face à des produits mieux portants, sa marchandise ne ferait pas illusion. Il finit par hocher la tête.

— C'est d'accord.

Angela n'avait jamais obtenu une telle remise sur ses achats d'esclaves, et pourtant ceux-là n'étaient pas particulièrement en plus mauvais état que les lots habituels. Même Cortez semblait impressionné. À l'instant où Beckett capitula, le jeune homme se désintéressa du sujet. Il s'éloigna du groupe pour laisser Angela négocier les termes du paiement.

Dès qu'elle le put, elle le rejoignit sur le quai. Elle se doutait que monter à bord d'un négrier devait être horrible pour lui.

— Tu te sens bien ?

Il hocha la tête, mais son regard sombre disait le contraire. Elle y discernait une souffrance et une colère impuissante qui lui firent mal.

— Lorenzo…, tenta-t-elle en posant la main sur son bras.

Elle aurait donné cher pour le soulager de ses tourments.

Lyle Cortez avait rencontré un autre de ses clients avec qui il avait dû échanger quelques amabilités. Quand il put se séparer de lui pour rejoindre Angela, il sentit une rage froide l'envahir en la voyant agir d'une façon aussi attentionnée avec son maudit régisseur. Il s'interposa pour interrompre leur conciliabule.

— Regardez, Angela, voilà John Norrington.

Elle leva nerveusement les yeux vers le nouveau venu.

— Très chère Angela !

Norrington s'approcha de la jeune femme qui ignora délibérément sa main tendue. Penaud, il prit une brève inspiration.

— Je voulais vous dire à quel point je suis navré de vous avoir insultée de la sorte la dernière fois que nous nous sommes vus. J'ai perdu la tête ! Je souhaitais venir à Splendora pour vous présenter mes plus plates excuses, mais j'avais bien trop honte pour oser le faire. Sachez que j'ai beaucoup réfléchi depuis notre dernière rencontre et j'ai réalisé que vous aviez raison : j'ai toujours envié le succès de Trevor. Sa mort et vos paroles m'ont ouvert les yeux. J'ai donc décidé de vivre enfin pour moi !

Elle lui rendit son sourire d'un air engageant. Il poursuivit.

— J'ai demandé la main d'une jeune femme. Nous nous marierons à la fin de la semaine et, même si je vous préviens très tardivement, je serais ravi de vous compter parmi mes invités.

— Je suis honorée que vous songiez à me convier à cette cérémonie. Je viendrai avec plaisir et je vous prie d'accepter toutes mes félicitations.

Norrington la remercia chaleureusement.

— Je voudrais également vous offrir mon amitié inconditionnelle pour réparer mes torts. Si vous avez besoin d'aide, Angela, je serai toujours là pour vous. N'hésitez jamais à venir me solliciter. Sachez-le. Je resterai un soutien indéfectible, quoi qu'il arrive et quelles que soient les circonstances.

Profondément émue, elle hocha la tête.

— Votre amitié me sera beaucoup plus précieuse que votre culpabilité.

Il serra sa main.

— Merci.

Cortez se rapprocha, n'appréciant pas d'être tenu à l'écart de l'échange. Norrington l'accueillit avec bonhomie.

— Monsieur Cortez ! Avez-vous bien reçu votre invitation pour venir à mon mariage ? Vous pourriez accompagner Angela à cette occasion !

Cortez sauta sur la proposition avec un enthousiasme exagéré.

— Bien sûr. D'ailleurs, puis-je convier mes deux clients préférés à dîner ?

John Norrington accepta avec enthousiasme. Angela coula un regard ennuyé vers Lorenzo.

— Angela ? insista Cortez.

Que pouvait-elle donner comme excuse pour refuser cette invitation ? Une partie fine avec son esclave ? Elle hocha donc la tête en feignant d'être ravie.

— Je me joins à vous.

Elle se tourna vers Lorenzo qui haussa les épaules avec fatalisme.

— Je connais le chemin, maîtresse.

Elle approuva avec une mimique contrariée qui le réconforta. Lorenzo rentra jusqu'à son hôtel sans même songer à fuir, cette fois. Car, dans son esprit, le jeu avait repris. Et après tout, dans ce genre de parties, l'attente aussi avait ses avantages.

Le convoi arriva à Splendora en milieu d'après-midi. Lorenzo passa le reste de la journée à diriger le marquage des Bossales, à les installer dans les cases, à distribuer de la nourriture et à tenter de leur expliquer les règles en vigueur sur la plantation.

Puis il estima qu'il était plus que temps de rendre une nouvelle visite à sa maîtresse. Trois soirs après s'être introduit dans son lit pour la première fois, Lorenzo attendit que la nuit soit tombée pour se faufiler sur le balcon jusqu'à la chambre d'Angela.

Dès qu'elle le vit apparaître dans l'encadrement de la fenêtre, elle sourit. Pourtant, Lorenzo ne parvint pas à obtenir sa reddition totale, même si elle se livra plus facilement à ses caresses. Il dut se contenter de ce maigre avantage pour compenser sa frustration croissante.

Pendant les jours qui précédèrent le mariage de

Norrington, Lorenzo lui rendit visite tous les soirs, gagnant petit à petit sa confiance. Rapidement, il acquit une parfaite maîtrise du corps de la jeune femme. Elle prenait ce qu'il lui offrait sans se rendre compte qu'il la rendait chaque jour un peu plus dépendante de lui.

Cependant, Lorenzo comprit dans ce même intervalle qu'Angela n'oserait jamais ni venir le trouver de son propre chef, ni lui demander de franchir un palier entre eux. S'il ne provoquait pas un nouveau revirement, elle pourrait longtemps se contenter de ce genre de rapports… Pas lui, évidemment ! Alors qu'il se détruisait à petit feu pour la satisfaire, elle ne rendait jamais rien en retour. Il ne supportait la souffrance physique qui découlait de son abstinence forcée que parce qu'il se croyait près du but, mais sa résistance atteignait ses limites.

Elle devait assister au mariage de John Norrington en compagnie de Lyle Cortez. Lorenzo n'était pas réellement inquiet concernant les prétentions du marchand. Angela était encore bien trop fragile pour faire l'amour avec qui que ce soit, y compris avec lui, malheureusement.

Non, ce n'était pas la présence de Cortez qui l'ennuyait, mais plutôt le fait de ne pas être convié à cet événement mineur. À Londres, on recherchait activement sa compagnie. Les femmes intriguaient en arrière-plan pour connaître son emploi du temps afin de le croiser, d'échanger une parole ou un regard avec lui ou, encore mieux, d'attirer son attention. Auprès des hommes, il disposait d'un réseau social étendu, et son écoute ou ses conseils étaient précieux. Il avait de l'argent et une situation enviable.

Ici, il n'était même pas digne d'être invité à la noce d'un obscur planteur. Les colons l'ignoraient ou le méprisaient à cause de sa prétendue couleur de peau. Son cercle d'influence était pour ainsi dire inexistant. Pire que tout, une femme l'avait tout à elle et elle le maintenait à distance avec une telle maestria qu'il se mettait à douter de ses propres capacités.

Encore un coup dur pour son ego, même s'il n'était plus à cela près…

En tant qu'esclave, il ne pouvait évidemment pas prétendre être son cavalier pour ce mariage de malheur, alors qu'à Londres, il l'aurait emmenée au restaurant ou au théâtre avant de l'accompagner au bal du jour. Ils auraient dansé, se seraient cherchés l'un l'autre, pour finir par s'éclipser pour la seconde partie de soirée. Il l'aurait conduite dans sa résidence, profitant du trajet en calèche pour prendre un sérieux acompte sur leur nuit à venir. Une fois sur place, il lui aurait fait l'amour sans devoir respecter les codes en vigueur entre un esclave et sa maîtresse. Il n'aurait pas eu à retenir ses gestes ni à contenir ses besoins en permanence. Elle aurait été à lui jusqu'à ce qu'il se lasse d'elle. Jusqu'à ce qu'il l'oublie…

Au lieu de cela, la résistance d'Angela l'enchaînait à elle. Elle hantait ses nuits et les jours qu'il passait loin d'elle. Sa rage impuissante se focalisa donc sur l'invitation de Norrington, bien que cela n'ait aucun sens en réalité. Son orgueil lui lança alors un signal d'alarme qui l'ébranla profondément.

La veille du départ d'Angela, Lorenzo fit tout son possible pour qu'elle ne puisse plus jamais associer la jouissance à un autre que lui. Inventif et sensuel à outrance, il lui offrit une nuit inoubliable, malgré les barrières invisibles, mais toujours infranchissables de sa prison sexuelle. Avec les maigres moyens à sa disposition, il repoussa – non sans fierté – sans cesse les limites du plaisir de la jeune femme.

Il obtint tout d'elle, sauf ce qu'il souhaitait à présent de toute son âme.

# *Chapitre 18*

Tout en conduisant d'une main légère le buggy qui la ramenait chez elle, Angela réfléchissait. Comme la plupart du temps ces dernières semaines, elle pensait à Lorenzo, à leurs rapports non conformistes et à leurs possibilités d'avenir commun, malgré des différences quasi insurmontables.

Elle avait senti au moment de quitter Splendora qu'il vivait très mal le fait de ne pas avoir été convié à ce mariage. Vu l'attitude et les gestes possessifs de Lorenzo, pendant la nuit précédant son départ, et la froideur qu'il avait affichée le lendemain matin, elle avait même cru comprendre qu'il était vexé d'avoir été évincé. Or jamais un homme issu d'un peuple opprimé et habitué à la soumission n'aurait soupiré après les mondanités.

Les doutes d'Angela se cristallisèrent dans son esprit pour lui rappeler la façon dont Lorenzo avait remis Norrington, puis le réceptionniste de l'hôtel, à leur place. Il y avait aussi son aisance à répondre aux saluts des passants et à négocier d'égal à égal avec les marchands. Il savait exactement comment s'adresser à ses interlocuteurs, quel que soit leur niveau social, comment prendre l'ascendant sur eux grâce à un regard ou une intonation de voix. Il portait toujours la bonne tenue pour chaque occasion. Extérieurement, Lorenzo ne se dissociait en rien des colons. Pire, il avait l'air plus noble que certains ! Et surtout, où avait-il appris à maîtriser le plaisir féminin avec un tel brio ? Elle avait passé trois jours chez les Norrington, et pourtant elle sentait encore l'intensité du contact de ses caresses sur elle, après la nuit qu'il lui avait fait vivre avant son départ. Angela frissonna de désir.

Elle rentrait et cette simple pensée la mettait dans un état de fébrilité épouvantable. Lorenzo lui rendrait visite ce soir, c'était sûr. Dès qu'il apprendrait son retour, il viendrait.

Elle approchait à présent de chez elle et elle était soulagée que leur séparation prenne fin. Inutile de se mentir, ce qu'elle éprouvait pour Lorenzo dépassait largement le cadre des relations normales qu'elle avait imaginé instaurer avec son régisseur. Elle avait projeté d'acheter un esclave, or elle avait affaire à un être totalement à part : un esprit blanc dans un corps de métis, mélange explosif qui dans n'importe quelle autre plantation lui aurait attiré les pires ennuis.

Quand elle arrêta son buggy devant la maison, elle eut beau regarder autour d'elle, Lorenzo n'était pas là pour l'accueillir.

— Bienvenue, maîtresse ! lança Anton en venant à sa rencontre. Comment s'est passé votre séjour à Eden ?

— Très bien, merci.

Elle se mordit la lèvre.

— Où est Lorenzo ?

Le visage du chef des *drivers* frémit d'une façon infime. Les pensées coupables d'Angela s'emballèrent en imaginant qu'il se doutait de la vérité. Pourtant, il haussa les épaules.

— Je crois qu'il aide les Bossales à améliorer leur confort.

Elle était déçue de devoir différer leurs retrouvailles.

— Oh ! Dommage.

Anton lui jeta un coup d'œil surpris. Elle se reprit précipitamment.

— Heu… J'ai observé quelques techniques novatrices chez John Norrington et je souhaitais lui en faire part.

Il fronça les sourcils.

— Bien sûr, maîtresse. Je comprends. Voulez-vous que je prévienne Lorenzo que vous le cherchez ?

Angela s'éclaircit la gorge, prête à se rétracter. Malheureusement, la tentation se fit plus forte que la raison.

— Oui, merci. Je serai dans mon bureau.

— Je lui transmettrai le message, maîtresse.

Après une heure d'attente, Angela commença à se demander ce qui pouvait exiger la présence de Lorenzo au point qu'il ignore ses ordres de la sorte. Finalement, elle ne tint plus. Elle monta dans sa chambre pour se changer et enfila une tenue d'équitation pour le rejoindre.

Il coupait du bois avec plusieurs *drivers* pour approvisionner les cases des Bossales les plus faibles. Il ne l'entendit pas s'approcher malgré la rumeur provoquée par son arrivée. Elle put donc l'observer à loisir alors qu'il travaillait.

Lorenzo avait posé sa chemise un peu plus loin et son torse luisait de sueur. Ses muscles roulaient sous l'effort alors qu'il abattait sa hache en rythme. Angela l'avait déjà vu nu et pourtant elle ne l'avait jamais trouvé plus attirant qu'en cet instant.

Elle déglutit péniblement avant de saluer les hommes présents. Lorenzo leva enfin les yeux vers elle.

— Bonjour, maîtresse.

Il l'accueillait avec sa mine impassible des mauvais jours. Elle ne put d'ailleurs manquer l'expression déterminée qui durcissait ses traits. Elle engagea la conversation pour connaître son état d'esprit.

— Je suis rentrée tout à l'heure et je me demandais si tout s'était bien passé en mon absence.

Il hocha la tête, avant de reprendre son activité.

— Nous n'avons rencontré aucun problème.

Bien que surprise par la froideur de cet accueil, Angela songea qu'il se comportait peut-être ainsi pour éviter les rumeurs. Elle descendit de sa monture et entama une discussion avec plusieurs *drivers.* Lorenzo resta à l'écart. Il y avait des témoins, elle ne s'en formalisa pas.

Elle ne comprit réellement la portée de son éloignement que quand il ne vint pas la voir cette nuit-là, pas plus que celle d'après et les dix suivantes.

Il la retrouvait chaque jour dans son bureau pour leur réunion, mais il maintenait une distance polie. Leur complicité, sa chaleur et ses allusions directes ou à peine voilées pour la tenter n'étaient plus qu'un souvenir.

Comment pouvait-il lui faire vivre des moments aussi intenses, puis décider qu'il n'y avait plus rien entre eux, alors qu'elle-même devait se retenir de le supplier à chaque instant passé en sa compagnie ?

Angela eut beaucoup de temps pour réfléchir en l'attendant inutilement soir après soir. Au début, elle ressentit une terrible frustration, puis une colère stérile. Finalement, elle se mit à ruminer sur ses torts probables depuis le jour fatidique où son père lui avait annoncé ses fiançailles. Elle songeait, en effet, qu'elle avait fait du mal à Trevor en restant froide et distante entre ses bras pour le punir de l'avoir entraînée dans une union dont elle ne voulait pas.

Puis elle avait infligé le même genre de rejet à Lorenzo. Chaque fois qu'il avait essayé de la pénétrer, elle l'avait repoussé, sans lui laisser une chance de lui prouver que le passé était bien révolu. Elle s'était montrée incroyablement égoïste : prenant sans jamais rendre, comme Trevor l'avait fait avec elle. Lorenzo devait souffrir de ne pas la voir s'abandonner totalement. Elle imaginait sans peine la frustration qu'il devait éprouver, alors qu'il aurait dû être récompensé pour sa générosité.

Chaque nuit qui passait accentuait la culpabilité et la peur d'Angela. Lorenzo avait-il fini par se lasser d'elle ? Mon Dieu ! Si c'était le cas, comment pourrait-elle l'infléchir ? Elle pouvait bien sûr lui faire comprendre qu'elle voulait qu'il vienne à nouveau dans sa chambre. Seulement, elle n'avait aucune notion de séduction. Elle ne savait pas comment s'y prendre.

Elle se mit donc à attendre les visites quotidiennes de Lorenzo avec une impatience anormale, souhaitant aborder le sujet qui la préoccupait, mais reculant sous l'effet conjugué de sa peur et de l'indifférence affichée par son régisseur.

Angela en était réduite à revivre ses nuits avec lui dans chacun de ses rêves. Chaque matin, elle se réveillait avec un désir douloureux chevillé au corps. Elle ne voulait plus que sentir la peau de Lorenzo sous ses doigts, goûter ses lèvres, entendre ses gémissements de plaisir. D'un seul coup, elle comprenait l'étendue de ses manquements à l'égard de cet homme qui lui avait tout donné.

Au plus fort de son désespoir et de ses pensées obsessionnelles, elle songea qu'elle pouvait lui ordonner de venir la retrouver. Il aurait obéi, mais elle ne pouvait s'y résoudre. Cela aurait été trop humiliant d'agir comme Trevor s'était comporté avec elle. Elle rêvait d'un Lorenzo consentant et non pas contraint par son statut.

Le plus pénible pour elle durant cette période fut de

constater que l'objet de tous ses tourments ne semblait pas du tout affecté par sa décision de rester éloigné d'elle. Lorenzo avait l'air serein chaque fois qu'il lui faisait ses rapports, alors qu'elle souffrait physiquement de le sentir si proche et pourtant si distant. C'était comme si l'âme vengeresse de Trevor venait la hanter pour lui montrer quelle blessure insoutenable et sans espoir de guérison elle lui avait infligée.

Ces douze jours sans lui furent sans conteste les pires de sa vie. Elle ne songeait d'ailleurs qu'à cela lorsqu'il entra ce jour-là dans son bureau.

— Bonjour, maîtresse.

— Bonjour, Lorenzo.

Il nota que sa voix tremblait légèrement. Il leva les yeux vers son visage marqué par la fatigue.

Il commença son rapport.

— La récolte se déroule sans incident notable. L'exploitation tourne bien avec l'équipe en place. Je pense que nous sommes parvenus à faire oublier l'intervention déplorable de votre père et de votre frère.

— Il n'y a plus de rumeurs de soulèvement ?

Lorenzo secoua la tête.

— Pas que je sache. Ce que vous avez fait après avoir chassé votre famille, en leur rendant leur demi-journée de relâche, en réinstaurant les méthodes en usage sans augmenter les cadences pour compenser les pertes, et en remettant les Bossales au repos les a convaincus de votre bonne foi.

— Continue.

— Avec l'amélioration des rations de nourriture et la diversité des aliments, la plupart des derniers Bossales ont repris des forces. Les traces du scorbut se sont atténuées sur deux tiers d'entre eux. Je me suis permis de leur faire livrer de la viande une fois par semaine pour accélérer leur guérison. Qu'en pensez-vous ?

Angela le regardait, mais son expression distraite en disait long sur son degré d'écoute.

— Maîtresse ?

Elle cligna des yeux.

— Que disais-tu ?

Il fronça les sourcils avant de reprendre son récit, mais elle semblait encore plus inattentive.

— Voulez-vous que je vous laisse, maîtresse ?

Elle secoua la tête.

— Non ! Non ! Que m'expliquais-tu à propos des réparations des cases des esclaves à « talents » ?

Lorenzo lui lança un regard ouvertement moqueur.

— Ah non ! Vous ne m'écoutiez pas puisque je parlais de l'alimentation des Bossales.

— Hum, tu es sûr ?

Il sourit.

— Évidemment. Quelque chose vous perturbe-t-il, maîtresse ?

Elle sursauta en percevant son ton ironique sous-jacent. Lorenzo jouait-il avec ses nerfs ?

— Je…

Elle hésita. Tout valait mieux que cette incertitude, non ? Elle se lança en traçant un lent sillon avec son index sur son bureau.

— Pourquoi ne me rends-tu plus visite, la nuit ?

Devant sa surprise, elle regretta sa question. Elle posa les mains sur ses lèvres avec une expression horrifiée.

— Oh ! Mon Dieu ! Oublie ce que je viens de te demander ! Je suis désolée.

Lorenzo attendait cette question depuis qu'il évitait volontairement Angela. Il ne laisserait donc pas passer cette occasion.

— Je n'avais pas l'impression que vous souhaitiez que nous poursuivions notre relation.

— Comment as-tu pu penser cela ? demanda-t-elle avec stupeur.

Il perçut sa souffrance et s'en voulut de jouer ainsi avec elle. Remords qu'il chassa bien vite, car il était le seul lésé dans l'histoire. Elle, elle avait pris du plaisir avec lui ! Il fit mine d'hésiter avant de poursuivre.

— J'ai toujours eu la sensation de devoir m'imposer à vous et vous avez une telle façon de me maintenir à distance ! Être votre amant est terriblement frustrant, pour ne pas dire décevant.

Angela se sentit mortifiée par ces mots qui confirmaient ses propres conclusions.

— Je ne te donne pas satisfaction, n'est-ce pas ? Tu me trouves égoïste de recevoir ainsi le plaisir que tu me donnes sans te le rendre.

Lorenzo haussa les épaules.

— Non, ce n'est pas ça. Je pensais être assez fort pour chasser votre peur, mais j'ai totalement échoué. Je préfère donc vous laisser reprendre le cours de votre vie avant que vous vous mettiez à m'en vouloir. Nous accomplissons du bon travail ensemble. Cela serait dommage de tout gâcher à cause d'une relation qui était vouée à l'échec dès le départ.

Il venait de prononcer les mots qu'elle redoutait d'entendre. Alors, elle plia totalement.

— Non, Lorenzo ! Tu as tort. Accorde-moi du temps !

Il secoua la tête, navré.

— Je peux vous donner plus de plaisir en vous pénétrant. Je le sais. Mais cette attente me tue, maîtresse. Je ne suis qu'un homme et je n'ai plus la résistance nécessaire.

Il s'était cru apte à relever le défi que cette beauté farouche représentait, mais Angela ne céderait jamais, c'était évident. Les Américaines étaient sans doute faites d'un autre bois que les Anglaises qu'il parvenait à séduire, puis à satisfaire sans effort.

Il retardait ses projets de fuite depuis trop longtemps désormais.

Il avait disparu depuis plus d'un an. Un an passé à vivre dans la peau d'un autre ! Il pouvait bien sûr rester ici, enchaîné à une femme qui ne lui donnerait jamais ce qu'il espérait, alors qu'il la désirait comme un fou, mais sa vengeance et la récupération de ses biens supplantaient largement ses pulsions sexuelles. Et puis, à Londres, une fois son statut rétabli, il pourrait faire l'amour avec qui il voudrait sans aucune limite. Il finirait bien par l'oublier…

Alors pourquoi éprouvait-il un tel regret à cette idée ?

Elle interrompit brutalement le cours de ses réflexions moroses.

— Tu penses vraiment ce que tu as dit, Lorenzo ?

Il eut peur soudain d'avoir évoqué les modalités de sa fuite à voix haute.

— À quel propos, maîtresse ?

— Me concernant. Je veux dire, ta décision… pour nous deux… est-elle définitive ?

Il sentit une vague de soulagement l'envahir en voyant son expression gênée, et malgré tout pleine d'attentes. Il secoua la tête.

— Elle n'est définitive que si rien n'évolue entre nous. Je n'en peux plus de vous toucher à travers les barreaux de votre cage.

— Je ne suis pas en cage…

Elle niait par habitude. Il poursuivit, la voix chargée d'une déception réelle.

— C'est faux. Vous aviez d'ailleurs promis de me laisser une chance de vous guider…

Elle se leva en tremblant.

— Je sais tout cela ! Je… je suis désolée.

Elle l'avait trahi. Honteuse, elle se détourna.

— Accepterais-tu de venir ce soir ?

Lorenzo exulta. C'était le premier pas volontaire qu'elle faisait vers lui. Il resta pourtant stoïque.

— Si tels sont vos ordres…

Elle secoua la tête, horrifiée par ces mots si semblables à ceux qu'elle-même aurait pu dire à Trevor.

— Je ne t'ordonne rien, Lorenzo ! Je te demande au contraire humblement de me donner une nouvelle chance.

Il sourit sincèrement cette fois.

— Alors, je viendrai volontiers, si tel est votre désir.

Lorenzo la fit patienter plus que de raison avant de se décider à la rejoindre dans sa chambre. Dès qu'Angela entendit ses pas sur le balcon, elle se leva nerveusement.

Même si elle en avait fait la demande, elle n'en était pas moins terrorisée. Elle venait après tout de lui donner carte blanche et il faudrait qu'elle tienne ses engagements. Ses souvenirs se mirent à flotter autour d'elle et elle s'imagina éprouver de la douleur avec Lorenzo. Si cela arrivait, sa déception ne connaîtrait aucune limite. Elle voulait tant être comme les autres femmes et pouvoir profiter de ce que son magnifique régisseur avait à lui offrir.

Dès qu'il entra dans sa chambre, elle sentit son corps palpiter d'une vie intérieure intense et autonome. C'était comme si tout devenait plus vivant à son approche. Angela compris que, physiquement, plus rien ne la retenait. Ses limites étaient ailleurs.

Vêtu uniquement de son pantalon, il la rejoignit. Il était beau à couper le souffle. Les yeux d'Angela parcouraient son visage régulier, ses traits fins, son torse nu...

Ce qu'il lut dans son regard lui fit un bien immense. Angela s'intéressait enfin à lui et n'était plus exclusivement tournée vers elle-même.

Il se pencha vers elle. Elle se rendit alors compte qu'elle avait cessé de respirer. Il posa les mains sur ses joues et frôla sa bouche avec ses pouces. Une vague brûlante s'abattit sur elle. Elle ferma les yeux sans parvenir à cacher ce qu'elle éprouvait.

— Lorenzo, tu es venu...

Il sourit et l'embrassa, tendrement d'abord. Son baiser la bouleversa. Il lui avait tant manqué. Elle le serra contre elle pour mieux sentir sa chaleur et son désir. Dire qu'elle avait cru le perdre !

Lorenzo était très satisfait des réactions d'Angela. Si tout se passait bien, ce soir, il aurait la possibilité de rattraper une partie de son retard concernant son retour en Angleterre. Sans compter que posséder cette femme qui avait failli le mener au bord du gouffre panserait un certain nombre des plaies causées à son orgueil par toute cette misérable aventure.

Il accentua ses baisers pour lui faire comprendre à quel point il avait attendu désespérément cet instant. Quand elle perdit pied et que son bassin se mit à frôler inconsciemment le sien, il sut que le moment décisif approchait. Il la déshabilla avant de la rejoindre, nu sur le lit. Il éveilla le désir d'Angela avec ses caresses expertes, jusqu'à ce qu'elle anticipe ses mouvements et qu'elle se cambre en gémissant.

Par petites touches, il effleura son sexe. Angela écarta les jambes pour s'offrir davantage à son contact et il glissa un doigt en elle, avec délicatesse. Un feulement excité lui échappa. Lorenzo venait d'obtenir une confirmation du corps même de sa partenaire.

Il se coucha sur elle en soulevant une de ses cuisses. Pourtant, dès qu'il tenta de se glisser en elle, elle ouvrit les yeux et se raidit contre lui. Il grogna en sentant ses gestes pour le repousser. Non !

— Aie confiance en moi, Angela !

Peine perdue ! Elle était aussi tendue qu'un morceau de bois entre ses bras. Il ne pouvait plus reculer ! Alors il roula sur le dos, l'entraînant avec lui, sur lui.

Elle lui jeta un regard surpris.

— Qu'est-ce…

Il gardait les yeux à demi clos.

— Fais-le pour nous deux, Angela.

Oh mon Dieu ! Angela perdit totalement pied. Lorenzo avait attendu pendant si longtemps et pourtant, au moment où elle se refusait encore à lui, il lui proposait la seule option acceptable pour elle. Il lui laissait les rênes et il le faisait d'une façon bouleversante. Elle frémit de désir.

Ses mains volèrent vers lui. Pour la première fois, elle le toucha, savourant la texture douce de sa peau et la fermeté de ses muscles. Il soupira. Les lèvres d'Angela glissèrent sur lui, imitant à la perfection sa gestuelle experte. Lorenzo gémit à son tour.

À quoi jouait-elle ? Il allait imploser avant même qu'elle commence si elle ne se décidait pas à le prendre en elle !

— Angela, je t'en prie…, capitula-t-il dans un souffle.

Quand la jeune femme le vit totalement à sa merci, une porte s'ouvrit dans son esprit. C'était elle qui provoquait le désir de Lorenzo, elle qui en était l'instigatrice ! Elle savourait la sensation de l'avoir tout à elle, enchaîné à elle par le plaisir qu'elle voulait lui donner. Son ventre se contracta violemment et elle ne se posa plus aucune question. Elle se redressa au-dessus de lui pour le guider en elle.

Elle s'était préparée à beaucoup de choses, mais certainement pas à éprouver une telle plénitude. Son instinct lui souffla comment bouger et elle le fit avec un sens inné.

Lorenzo avait senti sa douce chaleur se refermer autour de lui et il avait mobilisé toutes ses forces pour ne pas s'abandonner trop rapidement à cette séductrice inattendue, mais diablement douée. Il lui avait promis un moment mémorable, il le lui devait. Elle rejeta le visage en arrière et se cambra davantage au-dessus de lui tout en accélérant la cadence de ses mouvements langoureux. Lorenzo ne tenait plus que par orgueil, à présent.

Quand il l'entendit crier de plaisir, il oublia toute prudence. Il était pourtant certain qu'elle n'avait jamais eu l'intention de le laisser jouir en elle, mais il ne parvint pas à se contrôler un instant de plus.

Le souffle court, il la sentit se coucher sur lui. Il referma les bras autour d'elle. Aucune de ses précédentes maîtresses ne lui avait fait perdre la tête de cette façon, ni ses moyens aussi rapidement. Il mit d'ailleurs un temps fou à émerger des brumes du plaisir où Angela l'avait projeté. Les effets de l'abstinence expliquaient sans doute ce qu'il ressentait avec elle. Il n'avait pas connu le plaisir depuis des mois, ce qu'il éprouvait était par conséquent logique, surtout vu les circonstances.

Angela se redressa. Il ouvrit brusquement les yeux, inquiet.

— Comment vous sentez-vous ? Je ne vous ai pas fait mal ?

Les joues roses, elle secoua la tête.

— Non. Tu as été parfait. Tu as fait exactement ce qu'il fallait pour me donner confiance et me libérer du passé. Tu es un guide merveilleux.

Lorenzo ne put masquer totalement sa fierté face à son sourire comblé.

— Ce n'était qu'une mise en bouche.

Elle frissonna.

Il roula sur elle et l'embrassa avec tant de savoir-faire qu'elle ne songea pas une seule seconde à le repousser cette fois. Alternant la vitesse, la profondeur et l'intensité de ses coups de reins, il joua avec son corps en virtuose, l'amenant tout près de l'orgasme, avant de casser le rythme pour la laisser retomber chaque fois un peu plus près du sommet d'une montagne de plaisir. Quand il l'autorisa enfin à jouir, Angela crut toucher le paradis du bout des doigts.

Lorenzo aurait voulu se dominer plus longtemps, mais il capitula quelques secondes après elle. À nouveau, la puissance de ses sensations le bouleversa.

Quand il ouvrit les yeux, il sentit sur lui son regard émeraude, chargé de sentiments brûlants qu'il refusa d'analyser.

— Où as-tu appris à faire toutes ces choses, Lorenzo ?

Il se laissa rouler sur le dos, à côté d'elle, et cacha son visage derrière son bras. Elle soupira en se tournant sur le côté, une main soutenant sa tête pour pouvoir l'observer.

— Cesse de te dérober. Dis-moi qui tu es, Lorenzo !

Il s'exprima avec raideur.

— Je doute que la vérité vous plaise.

— J'ai besoin de savoir.

Angela venait de prendre conscience de ce qu'elle éprouvait pour lui. Elle aimait Lorenzo, tout simplement. Enfin, si elle pouvait qualifier ainsi le tumulte d'émotions qu'elle ressentait. Mon Dieu ! Elle était à présent la maîtresse d'un esclave ! D'un esclave métis ! Elle se sentait perdue et, en même temps, elle voulait tout connaître de lui, pour se rapprocher de lui.

— Ma mère, Isabella San Pietro, était une noble sarde. Elle faisait partie de la suite de la fille d'un seigneur de Cagliari, Girolamo Suzzarelli, un ami de mon grand-père. Mon père voyageait dans toute l'Europe, comme tous les jeunes héritiers anglais le font pour parfaire leur éducation, quand il a fait escale chez cet homme.

Interdite, elle dévisagea Lorenzo qui poursuivit son récit sans prêter attention à sa stupeur.

— Ils sont tombés éperdument amoureux l'un de l'autre et ont vécu leur passion en secret. Ils désiraient se marier. Malheureusement, mon père, en tant que fils cadet, était promis de longue date à une jeune aristocrate anglaise : Margaret Hall. Malgré ses sentiments, il ne pouvait s'engager avec ma mère tant qu'il était toujours lié par ce contrat. Alors que leur situation semblait désespérée, son père et son frère aîné périrent dans un naufrage. Mon père rentra donc en Angleterre pour prendre possession de son héritage, rompre ses fiançailles et préparer la venue de ma mère. Malheureusement, à son retour au royaume de Sardaigne, il a tout juste eu le temps d'assister à ma naissance et au décès de celle qu'il n'a jamais cessé d'aimer, jusqu'au jour de sa mort.

Angela écoutait ces révélations en silence, abasourdie. Perdu dans ses souvenirs, Lorenzo continua.

— Il m'a ramené en Angleterre et a repris le cours de sa vie de pair du royaume. Croyant me donner une nouvelle mère dévouée, il a fini par épouser Margaret Hall, mais il s'est lourdement trompé sur sa sincérité et son pardon. Elle m'a haï dès la première seconde : j'étais la preuve vivante de son humiliation et du rejet public qu'elle avait subi. Elle a eu trois enfants avec lui : deux fils et une fille. J'aurais pu y gagner une famille, au lieu de quoi, elle leur a inculqué l'idée que je n'étais qu'un enfant illégitime, un bâtard qu'ils devaient détester ! Elle a fait de ma vie un véritable enfer. Heureusement, mon père m'a toujours soutenu. C'était un homme extraordinaire.

Lorenzo se tut un instant. Angela posa la main sur la sienne pour l'encourager à poursuivre. Il hocha la tête.

— J'ai fait tout ce que je pouvais pour le rendre fier de moi et mériter l'affection des miens, mais leur rancœur était trop forte. Au décès de mon père, ils ont montré leur vrai visage. Lors de la lecture du testament, ils ont appris qu'il avait fait de moi son unique héritier. Moi, le bâtard de la catin sarde ! Ils ne l'ont pas supporté.

Il détourna les yeux. Sa colère devint presque palpable.

— Ils m'ont alors fait enlever et livré à leur complice sur un négrier. Le temps que je reprenne mes esprits, nous étions en partance pour l'Afrique et ensuite pour les colonies.

Angela se couvrit la bouche alors que l'atroce vérité faisait son chemin en elle.

— Es-tu en train de me dire que tu es un noble anglais, sans une seule goutte de sang noir dans les veines ?

Il s'enflamma.

— Je te l'ai déjà dit, Angela : j'ai été victime d'une vengeance.

Elle le dévisagea encore, sans parvenir à démêler les fils de ce qu'elle venait d'apprendre. Il soupira.

— Regarde-moi ! Est-ce que j'ai quoi que ce soit à voir avec tes autres esclaves ?

Elle secoua la tête. Il émit un ricanement ironique.

— Évidemment, puisque je suis Lorenzo San Pietro, marquis de Welland, comte de Stern et de Litham, vicomte d'Alberthall et baron de Jorishburgh.

Angela sentit une horreur indicible lui broyer l'estomac à l'énonciation de tous ces titres. Mon Dieu ! De quoi s'était-elle rendue coupable ? Allait-elle faire de la prison pour une complicité quelconque ? Ses doutes revinrent au galop.

— Mais… c'est impossible ! Le capitaine…

— C'était lui, l'homme de main qu'ils ont chargé de me faire vivre un enfer.

— C'est incroyable, Lorenzo ! Ils auraient pris un risque énorme…

— C'est aussi ce que j'ai pensé en me réveillant enchaîné à fond de cale, sans eau et sans nourriture !

Elle baissa les yeux ne parvenant pas à soutenir la lueur meurtrière de son regard.

— Est-ce que tu peux imaginer ce que moi, un Blanc habitué à l'opulence, j'ai pu ressentir quand j'ai compris quel sort lui et mes immondes demi-frères me réservaient, pendant cette traversée apocalyptique, lorsque les premiers colons sont montés à bord ou quand tu m'as acheté, me privant ainsi définitivement de ma liberté ?

Angela frissonna soudain en découvrant une facette de Lorenzo qu'elle n'avait jamais perçue. Ce n'était pas un homme qui se tenait à côté d'elle dans ce lit, mais un animal blessé. Il prit une inspiration douloureuse pour se maîtriser.

— Tu me crois, Angela, n'est-ce pas ?

Elle croisa son regard sombre. Qu'espérait-il d'elle ? Qu'elle le libère, bien sûr ! Le doute s'insinua en elle. Pourquoi avait-il attendu qu'elle soit totalement éprise pour lui révéler cela ? Jouait-il avec ses sentiments ? Elle ne savait plus que dire.

— Pourquoi ne m'as-tu pas parlé de tout cela plus tôt ?

Il soupira.

— Qu'aurais-tu pensé si je t'avais avoué la vérité le jour où tu m'as acheté, ou même ensuite, quand tu m'apprenais le métier pas à pas ?

Elle rougit sous son regard accusateur. Elle l'aurait pris pour un fou. Elle n'aurait pas écouté son histoire et il le vit à son expression.

— Je devais attendre le moment où tu pourrais me croire, confirma-t-il.

Elle frissonna, car les mots de Lorenzo ne faisaient qu'accroître ses doutes. L'utilisait-il depuis le début ?

— Tu m'as séduite pour atteindre ce résultat ? gémit-elle.

Lorenzo ne savait pas avant qu'elle le demande comment il réagirait face à une telle accusation. Certes, il la désirait, mais il ne niait pas avoir ajouté un soupçon de ruse au plaisir. Il tendit la main vers sa joue pour recueillir une larme sur le bout de ses doigts. Une vague de tendresse inattendue le secoua.

— Angela, comment un homme pourrait-il ne pas vouloir de toi en toute sincérité ? Je ne suis ni pire ni meilleur qu'un autre. Je te désire depuis le premier jour. Je ne peux donc te mentir encore alors que tu m'as demandé de te donner des réponses sur mon identité réelle, qui pourrait nous ouvrir tant de portes…

Elle lui lança un regard ému qui le fit se sentir atrocement coupable. Un souffle violent éteignit une nouvelle bougie sur son gâteau d'anniversaire. Il frissonna en s'apercevant que, avec ce qu'il infligeait à cette femme adorable, son âme était à présent à moitié dans l'ombre.

Il soupira et tenta de se ressaisir. Certes, il l'utilisait, mais elle y trouvait son compte, elle aussi. Les femmes l'ayant précédée dans le lit de Lorenzo auraient tué pour l'avoir ainsi tout à elles, sans concurrence et sans limites.

Il l'observa comme un amant contemple une conquête qu'il a attendue pendant cinq douloureux mois. La sensation grisante de victoire fit réagir son corps.

— Explique-moi comment je pourrais simuler une telle envie de toi.

Angela gémit au moment où il s'emparait de sa bouche. Une minute plus tard, il plongeait en elle avec une douceur affolante.

— Angela ?

Elle ouvrit ses yeux embués par le désir et les prémices de son plaisir.

— Me crois-tu ?

Bien sûr. Et cette certitude lui offrait tout un horizon de possibilités. Avec ces révélations, elle pouvait espérer le garder à ses côtés… Elle gémit.

— Oui, Lorenzo. Oui.

Le corps d'Angela se contracta autour du sien et il perdit pied à son tour.

La semaine qui suivit parut presque parfaite à Lorenzo. Maintenant qu'Angela ne se refusait plus à lui, il rattrapait activement le temps perdu. Leurs nuits s'enchaînaient dans un brouillard de sensations intenses. Dire qu'il avait cru l'initier à la jouissance, alors qu'elle lui révélait une nuance de plaisir à laquelle il n'avait jamais goûté auparavant ! Le libertin était pris à son propre jeu et se retrouvait captif de cette femme qu'il avait prévu de conquérir.

Chaque soir, il était attiré dans sa chambre comme un papillon par la lumière. Chaque nuit, l'innocente se faisait tentatrice, dominatrice, joueuse… Autant de facettes qui ravissaient et comblaient l'épicurien en lui.

Comment son défunt mari avait-il pu manquer l'éveil sexuel de cette merveille ? En tout cas, lui profitait de chaque seconde qu'elle lui offrait. Dorénavant, elle ne retenait rien, donnant tout au contraire. C'était à le rendre fou !

Quand, aux premières lueurs de l'aube, Lorenzo se détachait d'elle pour quitter sa chambre dans la clandestinité, il éprouvait pourtant une forme de rancœur envers elle. Il lui avait révélé la vérité, et Angela n'en avait jamais reparlé.

Il ne pouvait pas passer sa vie ici, même s'il savait qu'elle lui manquerait réellement s'il devait partir sans elle. Lorenzo secoua la tête avec surprise, comme si on lui avait jeté un seau d'eau glacée en pleine figure. Ne venait-il pas d'admettre qu'il voulait qu'elle le suive en Angleterre ? À peine avait-il formulé cette pensée folle qu'une foule d'objections, toutes plus raisonnables les unes que les autres, se présentèrent à lui. Que ferait-il d'elle lorsqu'il lancerait les hostilités contre sa belle-famille ? Ses frères ne risquaient-ils pas de la prendre pour cible afin de l'atteindre ? Et une fois qu'il aurait récupéré son héritage, comment s'adapterait-elle à sa nouvelle vie de marquise ? Elle était libre, ici. Comment réagirait-elle aux règles strictes et guindées qu'imposait l'aristocratie anglaise à la femme d'un pair du royaume ? Pourrait-elle trouver le bonheur à ses côtés dans cette existence si chère aux yeux de Lorenzo, mais tellement différente de celle qu'elle connaissait ?

Non content de souhaiter qu'elle le suive à Londres,

il venait en plus de lui décerner le titre d'épouse ! Où avait-il la tête ? À quoi bon désirer réintégrer sa vie d'avant s'il rentrait marié ? Il soupira.

Il savait ce qui avait pu amener l'être épris de liberté et de plaisirs qu'il était à songer à s'engager de la sorte. Évidemment ! Il avait beau tout faire pour ignorer les coups de semonce lancés par sa conscience, un détail majeur de son idylle pouvait avoir des conséquences fâcheuses à très court terme.

À Londres, il prenait des précautions avec ses maîtresses pour éviter que l'une d'elles le piège avec une grossesse, mais ici il ne s'imposait aucune limite. Angela risquait fort de se retrouver enceinte, si elle ne l'était pas déjà…

S'il ne lui offrait pas la protection de son nom, elle serait une mère célibataire et nulle part dans le monde, ce statut n'était valorisant. De plus, son enfant serait le fils d'un esclave et donc, de par la loi, un simple bien meuble[1].

Lorenzo ne pouvait l'accepter. Des mesures radicales s'imposaient encore, même si la brusquer pouvait la rebuter. Il se souvenait qu'elle avait eu des doutes concernant sa sincérité et ses motivations lorsqu'il lui avait avoué la vérité. S'il lui demandait de s'engager encore plus, elle risquait de se sentir piégée. Si seulement elle pouvait prendre l'initiative, pour une fois !

— Lorenzo ?

1. L'esclave est un « bien meuble » (art. 44) et il est envisagé dans le Code noir selon cette évaluation de son humanité. Un bien meuble constitue une des deux catégories juridiques de biens caractérisée par le fait qu'il peut être déplacé, par opposition au bien immeuble qui est solidaire du sol.

Il tourna la tête vers Anton qui arrivait vers lui au galop.

— Oui ?

— Madame McDermott veut te voir.

Lorenzo approuva, sans bouger. Anton s'agita.

— Elle a dit : tout de suite !

Lorenzo abandonna son poste de surveillance. Il traversa la plantation pour regagner la maison. Devant la porte du bureau, il prit une brève inspiration avant de frapper, et d'entrer quand elle l'y invita. Veillant toujours à maintenir les apparences, il s'inclina.

— Bonjour, maîtresse. Vous m'avez fait demander ?

Elle hocha la tête avec une moue contrariée.

— Nous avons de la visite. J'aurais dû m'y attendre…

Elle soupira.

— Lyle Cortez est arrivé en début d'après-midi.

Lorenzo se rembrunit.

— Ah… Que comptez-vous faire ?

Elle perçut son ton soupçonneux.

— Il se doute vaguement de quelque chose. Pour nous deux, je veux dire…

Lorenzo ricana.

— Bien sûr que oui, mais cela ne l'arrêtera pas. Il va tenter quelque chose avec vous.

— Pourquoi ferait-il ça ? se crispa-t-elle.

— Il veut vous épouser.

Elle pouffa, mais nota que Lorenzo, lui, ne riait pas du tout. Elle frissonna devant son air dur.

— Tu as tort.

Mais s'il disait vrai ? Elle hésita un instant et se mordit la lèvre.

— Par mesure de prudence, ne viens pas ce soir. Je

le dissuaderai de tenter quoi que ce soit. Il finira bien par comprendre de lui-même.

Lorenzo lui lança un regard exaspéré.

— Un homme comme lui ne reculera devant aucune bassesse pour vous avoir.

Angela lui posa une main apaisante sur l'épaule.

— Tu me fais confiance, n'est-ce pas ?

Lorenzo approuva, sans s'engager davantage. Elle avait beau avoir donné des ordres précis, il n'en ferait qu'à sa tête.

Effectivement, quand Angela prit congé de son hôte insistant et s'engouffra dans sa chambre avec la nette impression que Cortez n'avait pas entendu son message, Lorenzo l'attendait déjà.

— Bonsoir.

Elle sursauta.

— Mon Dieu ! Lorenzo ! Que fais-tu là ? Cortez est dans la pièce juste en face.

Lorenzo sourit.

— Je le sais.

Il s'approcha et se pencha vers elle pour l'embrasser, mais elle le repoussa d'un geste impérieux.

— À quoi joues-tu ? Tu veux que je perde le peu de réputation qu'il me reste ?

— Il va vous rendre visite ce soir, que vous le souhaitiez ou non.

— Tu n'en sais rien !

Son père, puis son mari ne lui avaient donc rien appris ! Son éducation concernant les hommes était déplorable. Il haussa un sourcil et parla d'un ton calme.

— C'est ce que n'importe quel homme ferait à sa place. Moi compris.

— Tu as de bien curieuses manières ! s'offusqua-t-elle.

Il s'expliqua d'une voix patiente.

— Même s'il ne fait que suspecter nos relations, elles lui permettent de penser que vous vous êtes assouplie envers la gent masculine. Cortez sait qu'il représente une option de choix pour me remplacer. Quelle femme digne de ce nom préférerait rester la maîtresse d'un esclave plutôt que de se trouver un mari respectable ?

Bras croisés, elle ne réagit pas à la provocation. Il la toisa avec froideur.

— Je vois… Je me suis fourvoyé en m'interposant. Vous espériez sans doute sa visite.

Il recula d'un pas furieux en direction du balcon. Elle le rattrapa.

— Lorenzo ! Ne sois pas stupide !

Elle lui prit la main et l'attira vers elle. Il frôla ses lèvres et Angela s'accrocha à lui comme une noyée à un morceau de bois. Elle aimait cet homme à la folie. Il pouvait faire d'elle ce qu'il voulait. Elle n'avait aucune force de caractère à lui opposer. Et face à sa capitulation sans condition, il ne cédait pas un pouce de terrain. Bien sûr, il paraissait jaloux de Cortez, mais n'était-ce pas la peur de perdre sa place qui l'aiguillonnait ? Il fallait qu'elle sache ! Ses questions et ses doutes la rendaient folle. Elle l'aimait trop pour rester dans l'incertitude et l'ignorance. Le moment était sans doute mal choisi, mais c'est lui qui avait lancé le sujet, après tout !

— Lorenzo, que ressens-tu pour moi ?

L'instant d'avant, l'ambiance dans la pièce était plutôt détendue et le suivant, l'air était saturé de tension.

— Vous voulez savoir ce que j'éprouve pour vous, maîtresse ?

Elle déglutit en l'entendant lui donner son titre avec tant de sécheresse.

— S'il te plaît, Lorenzo…

Elle rougit alors qu'il la dévisageait toujours de façon incrédule. Puis il soupira douloureusement.

— Angela… Je t'appartiens. Que veux-tu de plus ?

Les yeux de la jeune femme se remplirent de larmes. Ce n'était pas du tout la réponse qu'elle attendait !

— Toi !

Désabusé, il rit.

— À tes ordres.

Il ouvrit son pantalon qu'il laissa glisser sur ses jambes avant de le jeter un peu plus loin avec un geste provocant. Angela releva ses yeux noyés de larmes.

— Ai-je vraiment donné l'impression que je ne m'intéressais qu'à cela chez toi ?

Il comprit qu'elle se sentait insultée par son attitude. D'ailleurs, elle poursuivit.

— Si je ne recherchais que le plaisir physique, j'aurais pu me tourner vers n'importe qui d'autre !

Nu, il s'assit sur le lit en se prenant la tête entre les mains.

— Excuse-moi. Je ne sais plus du tout où j'en suis.

Il leva un regard accablé vers elle.

— Tu comprends, Angela, si j'étais toujours le marquis de Welland, j'assumerais mes responsabilités envers toi. Je t'épouserais, je ferais mon possible pour te rendre heureuse et pour que tu ne manques jamais de rien.

Il baissa les yeux, effaré par cette proposition désespérée. Encore cette idée folle de mariage !

Elle avait l'air très émue, toutefois il ne pouvait se permettre de brûler les étapes.

— En tant qu'esclave, par contre, la seule chose dont je dispose est mon corps… tu possèdes tout le reste. Je n'ai que le plaisir que tu éprouves avec moi à opposer à tes prétendants sérieux. Je ne peux pas m'afficher avec toi ni montrer ce qui nous lie. Je ne peux pas t'offrir de cadeau, et encore moins ma protection. Ici, je ne suis rien.

Il s'allongea sur le lit, comme une offrande.

— Ne me prive pas du seul privilège qu'il me reste, je t'en prie.

Les larmes aux yeux, elle déglutit. À cet instant, son cœur, son cerveau, son âme menaçaient d'imploser sous l'afflux d'émotions. Elle tenta de faire le tri. Lorenzo voulait l'épouser, mais il ne le pouvait pas parce qu'il n'était qu'un esclave. Et si elle le libérait ? Elle avança vers lui en ôtant sa chemise de nuit.

— Tu ne te rends pas justice, Lorenzo.

Elle le rejoignit, incapable de résister à l'attrait qu'il exerçait sur elle. Elle l'embrassa et le caressa, l'esprit focalisé sur la proposition de mariage qu'il lui avait faite. Elle ne demandait qu'à devenir sa femme ! Mais si elle se trompait ? Si elle le libérait et qu'il disparaissait sans un regard en arrière ? Elle secoua la tête pour chasser les larmes de ses yeux. Lorenzo la fit rouler sous lui. Elle le dévisagea un instant.

— Si tu étais libre, que ferais-tu ?

Il sourit rêveusement, tout en la pénétrant avec une lenteur de gourmet. Angela accorda ses mouvements aux siens.

— Nous aurions enfin un avenir possible, tous les deux. Je pourrais me mettre à genoux devant toi pour demander ta main. Nous savons d'ores et déjà à quoi pourraient ressembler notre union et nos nuits. Nous serions heureux, c'est certain.

La joie amplifia les perceptions d'Angela et la jouissance la submergea avec une violence presque effrayante. Perdue, elle ne retint rien, livrant son cœur sans aucune protection.

— Je t'aime, Lorenzo !

C'était une chose de lancer des phrases qu'il pensait en partie et une autre de recevoir une déclaration aussi touchante. Angela était si adorable qu'il se fit une promesse : si elle le libérait, s'ils se mariaient, si elle le suivait en Angleterre et s'il parvenait à récupérer ce qui lui appartenait, il passerait chaque instant de son existence à la rendre heureuse ensuite. Mais, en attendant d'avoir franchi ce dernier obstacle, elle ne serait pas prioritaire.

Il masqua le dégoût qu'il s'inspirait en la faisant jouir à nouveau. Il songea à ses bougies d'anniversaire et à l'ombre qui gagnait inexorablement du terrain en lui. À ce rythme-là, il retournerait à Londres avec une âme irrémédiablement noire.

Le lendemain matin, Cortez la fit prévenir de son départ précipité. Quand Angela manifesta sa surprise, le marchand lui avoua qu'il l'avait surprise avec Lorenzo. Sous couvert de la rassurer et de l'informer de son soutien indéfectible, il ne se priva pas de critiquer sa crédulité.

Blessée, Angela réalisa que Lorenzo l'avait volontairement mise en difficulté pour décourager le marchand. Elle décida donc de l'éviter pendant quelques jours, afin de ne pas se laisser influencer par l'attrait physique qu'il exerçait sur elle. Elle dormit avec les fenêtres fermées, lui signifiant ainsi son refus de l'accueillir dans sa chambre.

Il comprit le message, mais ne manifesta pas plus de réactions que les autres fois. Il ne chercha même pas à s'expliquer ou à se justifier. Au contraire, il resta aussi professionnel que d'habitude.

Angela en vint à douter de ce qu'il éprouvait envers elle et tous ceux qu'il pouvait, dans sa rage, juger complices de sa situation.

Pourtant, personne sur ce continent n'était responsable du fait qu'il s'y soit retrouvé en tant qu'esclave malgré ses nobles origines. Dans son malheur, il avait été mieux traité que les autres. Elle avait été une maîtresse juste, voire trop permissive avec lui. Cette façon de se venger des prétentions du marchand en l'utilisant elle comme un vulgaire objet, c'était indigne ! Insultant même.

Elle en voulait à Lorenzo, mais elle l'aimait tant qu'elle se sentait prête à tout pour soulager la souffrance manifeste qu'il éprouvait, quitte à ce que son réveil soit affreusement douloureux. Elle se rendit donc seule à Pensacola.

À son retour, elle convoqua Lorenzo. En attendant qu'il la rejoigne, Angela sentit sa nervosité atteindre des sommets.

Ce qu'elle s'apprêtait à faire et la réaction de Lorenzo en retour lui révéleraient tout ce qu'elle désirait découvrir, quitte à subir la cruelle désillusion qu'elle redoutait, et que d'une certaine façon elle aurait bien méritée…

Enfin, elle saurait s'il était sincère avec elle ou s'il jouait la comédie depuis le début, dans le but de l'amener là où elle venait précisément d'arriver. Dans quelques heures tout au plus, elle serait fixée. Le poids des moments à venir la cloua sur place, rendant sa respiration laborieuse.

Un coup frappé à la porte la fit sursauter. Elle inspira profondément pour se calmer et s'installa derrière son bureau. Ses jambes tremblaient trop pour la porter un seul instant de plus.

— Entrez.

Lorenzo obéit avec une légère appréhension. Il avait l'impression de marcher sur des œufs. Angela n'avait pas du tout apprécié sa récente indélicatesse et, avec du recul, il ne pouvait que le comprendre. Son comportement avait été on ne peut plus condamnable. Il avait donc choisi de faire profil bas depuis.

— Bonjour, maîtresse. Avez-vous fait bon voyage ?

— Oui. Merci. Assieds-toi.

Elle lui indiqua la chaise face à elle. Il prit place.

— Merci, maîtresse.

— Je souhaite te parler.

Il lui lança un regard curieux en la sentant aussi nerveuse. Son expression lui fit soudain peur. Et si elle avait décidé de le revendre ?

— À quel propos, maîtresse ?

Gênée, elle lui tendit un papier. Le cœur battant à tout rompre, il le prit.

— Lis-le, cela te concerne, lui intima-t-elle.

Il obéit et ouvrit la feuille pour prendre connaissance de son contenu. Il s'agissait d'un extrait de registre du conseil municipal de la ville de Pensacola.

*Aujourd'hui, le 17 décembre 1770, s'est présentée Angela McDermott, veuve de Trevor McDermott et héritière légitime de la plantation Splendora, en cette ville de Pensacola, pour affranchir le dénommé Lorenzo, esclave lui appartenant depuis le 31 juillet*

*1770, et ce, moyennant le versement d'une taxe d'affranchissement de 300 livres.*

*Le conseil municipal donne donc acte à Angela McDermott de l'affranchissement par elle consommé dudit Lorenzo, ci-devant son esclave, et déclare que le susdit est libre, dégagé de toutes servitudes personnelles et réelles et passe au rang d'homme libre au terme de la loi.*

Abasourdi, il releva les yeux vers elle.

— Qu'est-ce…

Elle haussa les épaules.

— Tu es libre.

Il y eut un instant de flottement avant que les mots d'Angela pénètrent l'esprit de Lorenzo. Sa gorge se serra sous l'effet de la reconnaissance.

— Mon Dieu !

Il enfouit son visage dans ses mains. Le soulagement déferlait en lui par vagues furieuses. Il en tremblait presque. Des larmes de victoire lui montèrent aux yeux. Il était *libre* ! Libre de rentrer chez lui ! Libre de récupérer ce qui lui appartenait de droit ! Il redevenait Lorenzo San Pietro de Welland. Et il le devait à une jeune femme hors du commun, une âme généreuse. Enfin, il releva le visage.

— Merci, Angela. Merci.

Il se leva et saisit ses mains. Elle hocha la tête avec une expression neutre avant de sortir une bourse du tiroir de son bureau.

— Tiens. Prends-la. C'est pour toi.

Il s'en empara et l'ouvrit. Il y avait au moins cinq cents livres à l'intérieur. Il la dévisagea à nouveau avec stupeur. C'était énorme. Elle haussa une épaule désinvolte.

— C'est l'usage. Un maître qui rend sa liberté à un de ses esclaves lui donne de quoi commencer sa nouvelle vie d'homme libre.

Il fronça les sourcils. Il y avait beaucoup plus qu'un peu d'argent dans cette bourse. Elle capta son expression surprise et se mordit la lèvre.

— Dans notre cas, je rémunère aussi la qualité de tes services de ces derniers mois en tant que régisseur. Tout en espérant que notre collaboration puisse se poursuivre longtemps.

À cet instant, elle lui rendait bien plus que sa liberté. Elle lui rendait son amour-propre et son autonomie. Par ce geste, elle lui donnait la possibilité de partir dès maintenant s'il le souhaitait. L'aimait-elle au point de le laisser totalement maître de ses choix, quitte à ce qu'il la fasse souffrir ? Il contourna le bureau et l'attira dans ses bras.

— Tu es une femme extraordinaire. Merci pour tout ce que tu m'as rendu, Angela. Et je ne parle pas seulement de ma liberté et de cet argent.

Elle lui coula un regard curieux. Il secoua la tête et lui caressa le visage du bout des doigts.

— Dire qu'il aura fallu tant de souffrances pour te découvrir !

Malheureusement, il se montrait incapable d'apprécier ces gestes à leur juste valeur en l'état actuel de sa quête personnelle. Il voyait la lueur d'espoir et d'attente dans ses yeux. Il coupa court en l'embrassant. À cet instant seulement, il réalisa à quel point son contact lui avait manqué depuis qu'elle lui avait refusé l'accès de sa chambre. Il aurait voulu rattraper le retard, mais ils furent interrompus.

Anton avait besoin de Lorenzo pour régler un problème à l'est de la plantation.

Angela regarda la porte se refermer derrière lui. Malgré toutes ses résolutions, elle était déçue. Bien sûr, Lorenzo l'avait remerciée, mais il n'avait manifesté que de la reconnaissance en agissant de la sorte. Même si elle s'était interdit d'y songer avec espoir et envie, elle n'avait pas eu droit à une demande en mariage en bonne et due forme. Avec un soupir, elle s'assit lourdement dans son fauteuil. Lorenzo étant libre, il pouvait dès à présent disparaître de sa vie. Il ne lui devait plus rien. Dans quelques heures à peine, elle serait sans doute fixée sur son avenir.

Angela ne le revit plus de l'après-midi, pas plus qu'il ne vint lui rendre visite cette nuit-là. Quand, en milieu de journée le lendemain, elle finit par s'étonner de son absence, Anton lui apprit que Lorenzo était parti de bonne heure ce matin-là, sans fournir d'explications à personne.

L'attente n'avait pas été très longue en fin de compte. Angela avait enfin sa réponse…

Lorenzo pénétra en silence par les fenêtres ouvertes de la chambre d'Angela et l'observa un instant. Elle était assise sur son lit. Il remarqua la larme brillante qui roulait sur sa peau et son air profondément attristé. Il sourit, touché malgré lui par sa fragilité.

— Bonsoir, Angela.

— Lorenzo ?

Elle semblait surprise et essuya ses joues avec des gestes précipités.

— Tu es revenu ?

Il secoua la tête, un coin de sa bouche soulevé par une expression de tendresse amusée.

— Tu en doutais ?

Il lui prit le menton entre les doigts pour l'obliger à le regarder.

— Voyons ! Tu n'écoutes donc pas ce que je te dis ?

Elle soupira et s'écarta de lui. Incrédule, il insista.

— Tu m'en veux, Angela ?

Les épaules de la jeune femme s'affaissèrent. À quoi bon prétendre le contraire ?

— Tu m'as utilisée, Lorenzo ! Ce qui s'est passé avec Cortez était très dégradant pour moi. Pourtant, je t'ai rendu ta liberté. Tu en as profité pour disparaître sans un seul mot. Qu'est-ce que j'aurais pu croire d'autre ?

Lorenzo savait qu'il lui devait des excuses. Il avait eu un comportement déplorable. Avant, il n'aurait pas eu besoin de signaux extérieurs pour reconnaître les limites acceptables. Il baissa la tête.

— J'ai terriblement honte d'avoir laissé ma colère me guider. Je me rends compte que je t'ai mise en danger. Cortez doit vraiment beaucoup tenir à toi pour garder le silence à propos de nous.

Elle l'ignora encore. Il soupira.

— J'ai mal agi et je le sais. Pardonne-moi, Angela ! Mais la simple idée qu'il puisse avoir des vues sur toi m'a rendu fou. Je ne suis pas partageur te concernant… Tu as raison, je suis terriblement jaloux.

Il lui posa un doigt sous le menton pour l'obliger à lever ses yeux pleins de larmes vers lui.

— Tu pleures ?

Elle battit furieusement des cils.

— Non !

— Angela ! la gronda-t-il.

Elle croisa son regard sévère et finit par capituler.

— J'ai cru que tu étais parti. Est-ce si difficile à comprendre ? Je t'ai rendu ta précieuse liberté et, l'instant suivant, tu avais quitté la plantation sans un mot d'adieu ou d'explication.

Effectivement, il avait passé la journée à Pensacola. Il avait effectué quelques achats, il avait déjeuné dans un restaurant pour tester sa toute nouvelle liberté, il s'était renseigné sur les navires en partance avant de confier une lettre destinée à maître Emerson au capitaine d'un navire qui devait appareiller quelques heures plus tard.

Il rit tout en la serrant contre lui.

— Excuse-moi.

Elle lui lança un regard qui le fit se sentir stupide. Il lui prit la main.

— Il est vrai que mes réactions sont très embrouillées. Je n'ai jamais vécu ce genre de choses avant… Enfin, il y a eu des femmes dans ma vie avant toi, mais aucune que je…

Il souffla, peu habitué à avoir autant de mal à s'exprimer.

— Si je t'avais expliqué pourquoi j'avais besoin d'aller en ville, j'aurais gâché la surprise.

Il fouilla dans sa poche et sortit un objet qu'il lui tendit tout en s'agenouillant devant elle.

— J'aimerais que tu acceptes de devenir ma femme, Angela.

Elle posa les mains sur son cœur. Elle avait espéré ce moment et, curieusement, elle voulait le faire durer davantage, obtenir plus de lui. Elle ne bougea pas, le dévisageant sévèrement au contraire.

— Pourquoi souhaites-tu ce mariage ?

Il fronça les sourcils. Fallait-il vraiment un argumentaire ? Après tout, elle l'aimait ! Alors à quoi jouait-elle ?

— Je n'ai qu'une parole, Angela. J'ai mis ta réputation en danger, cela me donne des responsabilités vis-à-vis de toi.

Ce n'était évidemment pas ce que la jeune femme voulait entendre. Elle se détourna en croisant les bras.

— Tu ne me dois rien.

Lorenzo eut soudain peur qu'elle refuse sa demande.

— Je… J'ai besoin de toi, Angela.

Il soupira.

— Tu comprends, ma liberté n'aura de sens que si je la partage avec toi qui m'as sauvé de bien des façons.

Enfin, elle sourit et observa la bague qu'il lui tendait. C'était une véritable merveille. Deux anneaux d'or fin soutenaient trois diamants étincelants.

— Elle est magnifique, Lorenzo.

— Cela signifie-t-il que tu acceptes ma demande ?

Elle rit en percevant sa nervosité et se pencha pour l'embrasser, le cœur débordant de joie.

— Oui.

# Chapitre 19

À la fin de la semaine, ils se marièrent en très petit comité. Les époux n'avaient pas tenu à attirer l'attention sur eux. John Norrington, accompagné d'Alicia, avait accepté la situation et la vérité telles que le couple les leur avait annoncées, mais les quelques autres convives restaient plus dubitatifs.

Ce n'était pas tous les jours qu'une planteuse unissait son destin à celui d'un esclave affranchi prétendant être un Blanc pure souche.

Qu'un lord anglais se retrouve réduit à l'esclavage et épouse celle qui lui avait rendu la liberté ressemblait trop à un joli conte pour convaincre. Cette histoire qu'ils avaient livrée à leurs invités rencontrait déjà une foule de détracteurs qui craignaient qu'elle se répande et qu'une sorte de légende fasse émerger des velléités similaires chez leurs captifs.

Lorenzo se tenait près d'Angela qui rayonnait de bonheur à ses côtés. Il venait de l'épouser devant Dieu et ce, pour la vie. Alors qu'il aurait dû apprécier cet instant à sa juste valeur, il ressentait une gêne tenace. Il avait désiré cette femme dès le premier regard, il l'avait convoitée, séduite pas à pas, convaincue de son identité, et il l'avait conquise en écartant tous ses rivaux.

Cependant le scepticisme et la méfiance des invités d'Angela ne lui échappaient pas. Lorenzo songeait même que certains d'entre eux n'avaient assisté à la noce que pour satisfaire leur curiosité malsaine. Dire qu'il avait un instant espéré que la simple vérité suffirait ! Malheureusement, pour eux, il resterait à tout jamais un esclave métis, un homme au passé souillé, parvenu à son statut grâce à la crédulité d'une femme amoureuse. Ce qui était partiellement vrai. Il n'aurait jamais la place qui lui était due, ici, c'est pourquoi il devait vite la convaincre de le suivre en Angleterre.

Quand la soirée toucha à sa fin, les invités les saluèrent et s'éclipsèrent un à un, non sans échanger des chuchotements. Lorenzo entraîna Angela à l'étage sans attendre. En arrivant sur le palier, il la souleva dans ses bras. Pour la première fois, il passa le seuil de la chambre d'Angela, la sienne à présent, de façon officielle. Il était dorénavant son époux.

Jusqu'à présent, elle avait été son acheteuse, puis celle à qui il devait sa liberté. Il avait accepté sa domination dans trop de domaines d'ordinaire réservés aux hommes. Désormais, son statut de mari lui donnait l'ascendant.

Bien décidé à faire valoir ses droits et sa supériorité, il posa sa main sur l'épaule d'Angela pour l'obliger à lui faire face. Sevré d'elle depuis la nuit où Cortez les avait surpris, il l'embrassa avec avidité. Sa passion se révéla vite contagieuse. Il la débarrassa de sa robe, de son jupon, de tous ses rubans, de son corset et de ses sous-vêtements, avant de plaquer son corps entre le sien et le mur.

— Angela… tu es si belle.

Sa bouche descendit vers son oreille, puis vers son cou.

Angela soupira. Il entreprit de la caresser. Il n'avait jamais été aussi direct avec elle. Pourtant, il agissait avec tant de savoir-faire que, même si elle le trouvait trop empressé, elle gémit bientôt. Il ouvrit son pantalon et la souleva pour la pénétrer d'une poussée énergique. Elle noua les jambes autour de ses hanches alors qu'il donnait ses premiers coups de reins.

Lorenzo ne la regardait pas. Il prenait tout simplement. Elle était déçue par cette entrée en matière surprenante pour leur nuit de noces. Elle avait espéré une communion, or elle subissait un assaut furieux et sans subtilité. Était-ce l'effet que le mariage avait sur les hommes ?

Lorenzo dut se rendre compte qu'elle ne partageait pas son enthousiasme. Sans transition, il modula son rythme effréné et Angela oublia immédiatement ses griefs. Le plaisir balaya ses interrogations.

Lorenzo déposa une pluie de baisers sur ses lèvres et son visage avant de s'écarter d'elle. Elle l'aida à ôter ses vêtements. Enfin, elle allait pouvoir sentir la peau de son mari contre la sienne.

Il la repoussa vers le lit et la retourna sur le ventre pour lui caresser le dos. Elle soupira et se détendit sous ses doigts experts. Puis, sans signes avant-coureurs, il se glissa en elle.

Angela faillit protester, car Lorenzo n'avait jamais agi de cette façon, *jamais*. C'était comme si toutes les concessions qu'il avait faites pour l'apprivoiser avant de devenir son amant, tout ce qu'il avait cumulé de frustration en tant qu'esclave lui donnait le droit, à présent qu'il était son mari, de la dominer. Ils ne partageaient rien du tout à cet instant et cela la gênait profondément !

Quand elle voulut s'écarter de lui, il posa les mains sur ses hanches pour la retenir et réorienter l'angle de son bassin. Un afflux de sensations envahit Angela. Elle tourna son visage vers lui en gémissant son prénom, et il l'embrassa.

Angela appréciait ce qu'il lui faisait, bien sûr, comment aurait-elle pu prétendre le contraire ? Mais elle aspirait à plus de complicité et d'échange.

Elle repoussa donc Lorenzo pour qu'il s'allonge sur le dos. Elle entreprit de le caresser et de goûter sa peau, comme elle aurait aimé le faire dès le départ. Il passa les bras sous sa tête et ferma à demi les yeux alors qu'elle embrassait son ventre plat. À l'instant où elle allait revenir vers sa bouche, elle sentit la main de Lorenzo peser sur elle. Sans aucune brutalité, il la poussait doucement vers son sexe. Si elle avait voulu ignorer sa suggestion, elle était persuadée qu'il n'aurait pas insisté.

Angela savait ce qu'il attendait d'elle. Elle approcha donc ses lèvres de lui. Lorenzo cessa de respirer quand son souffle léger le frôla. Enhardie par cette réaction, elle le prit dans sa bouche et le caressa avec un sens inné. Rapidement, il se laissa aller à la jouissance.

Angela se rallongea ensuite à côté de lui. Il la serra dans ses bras avec un sourire de mâle repu et s'endormit.

Angela gardait les yeux ouverts. Dépitée, elle n'aurait jamais imaginé une nuit de noces comme celle-ci. Lorenzo lui avait fait une démonstration sans faille de ses talents et, pourtant, elle se sentait moins convaincue que lorsqu'il se montrait plus doux et moins dirigiste.

Le soleil entrant à flots par la fenêtre réveilla Lorenzo. Il ouvrit les yeux et reconnut la chambre d'Angela. Il sursauta en se demandant quelle heure il pouvait être, puis se redressa en poussant un juron pour s'échapper discrètement par le balcon avant l'arrivée des femmes de chambre. Il se souvint enfin avec retard qu'il avait le droit d'être ici, à présent.

Son sourire s'effaça cependant en songeant à ses agissements de la veille. Il avait voulu dominer Angela et lui prouver que, maintenant qu'ils étaient mariés, c'était lui qui allait reprendre l'ascendant dans leur couple. Il avait cherché à la prévenir que, si elle avait tenu sa vie entre ses mains pendant plusieurs mois, dorénavant, elle lui avait implicitement reconnu la supériorité qu'ont les maris sur leurs épouses.

Il avait été maladroit, il le savait, mais elle n'avait pas souffert de sa démonstration. Il avait juste réaffirmé son statut d'homme qui avait été si malmené depuis tant de mois.

Il se tourna vers elle. Allongée sur le côté, elle dormait encore paisiblement, son dos calé contre lui. Il sourit en l'observant. Elle était divine. À Londres, il devrait dresser des barricades pour empêcher les libertins de l'approcher. Elle serait bien trop tentante pour eux. Tout comme elle l'avait été pour lui.

Lorenzo sentit une émotion inconnue étreindre son cœur. Sa marquise de Welland ! Il avait réussi à conquérir cette femme alors que tous les autres avaient échoué lamentablement avant lui. Cette beauté et ses talents exceptionnels dans tous les domaines, y compris les plus inavouables, étaient à lui. Il était vraiment ravi de l'avoir épousée, même si pour cela il avait dû retarder son départ.

Angela soupira avant de s'étirer.

— Tu es réveillé ? demanda-t-elle d'une voix somnolente.

Il laissa échapper un petit rire.

— Oui. L'habitude de fuir ta chambre aux aurores pour éviter qu'on nous surprenne, sans doute.

Elle lui fit face et son regard brûlant le fit immédiatement réagir.

— Ai-je le droit de prendre l'initiative, Lorenzo ?

Il fronça les sourcils.

— L'initiative ?

Elle le poussa sur le dos avant de se placer au-dessus de lui.

— Alors ?

Il sourit.

— Tu n'imagines pas combien d'hommes aimeraient entendre de tels mots dans la bouche de leur épouse.

Il s'abandonna à ses gestes doux, bien plus appropriés à une nuit de noces. Quand elle le fit glisser en elle, ses mouvements langoureux lui firent tout oublier. Il regardait son corps somptueux onduler au-dessus du sien et une étourdissante vague de tendresse l'envahit. Il se redressa face à elle pour pouvoir la serrer dans ses bras et l'embrasser.

Angela laissa échapper un gémissement annonciateur de sa reddition.

— Je t'aime, Lorenzo.

Alors qu'elle s'abandonnait à la jouissance en l'entraînant dans les rets de son plaisir, il réalisa l'ampleur des sentiments qu'il éprouvait pour elle. Il ne savait pas s'il s'agissait d'amour, faute de moyens de comparaison, mais il ne pouvait plus douter de leur réalité.

Ils descendirent ensuite dans la salle du petit déjeuner. Thea leur servit des boissons chaudes.

— Bonjour, maître. Bonjour, maîtresse.

Lorenzo sourit de satisfaction en entendant son nouveau titre.

— Bonjour, Thea.

Ils prirent place pour manger. La jeune bonne s'activa autour d'eux pour leur apporter du pain, du beurre et de la confiture. Elle versa du thé dans leurs tasses, puis elle s'éclipsa. Lorenzo semblait distrait. Angela but une gorgée dans sa tasse avant de se manifester.

— Que prévois-tu de faire aujourd'hui ?

Il haussa les épaules.

— Je pensais me familiariser avec les comptes.

— Pardon ?

Elle reposa sa tasse pour éviter de la laisser tomber. Il ne s'était jamais occupé de cette partie-là des tâches administratives. Pourquoi voulait-il le faire ? Il attrapa sa main et lui adressa un sourire rassurant.

— Je pourrais te décharger de ton travail à présent.

Un sentiment de vide atroce frappa Angela. Pourquoi n'avait-elle pas évoqué cet aspect de leur vie future avant d'accepter sa demande en mariage ? Elle avait épousé Lorenzo sans prêter aucune attention au fait que, en tant qu'époux, il prenait automatiquement le contrôle de tout. Un homme, même affranchi, avait tous les droits sur sa femme. Elle avait été stupide d'imaginer qu'il resterait en retrait une fois libéré !

Trevor avait des défauts, mais il lui avait accordé une confiance très inhabituelle en lui déléguant des tâches. Et elle pensait, naïvement sans doute, que Lorenzo agirait de même.

Comme elle ne répondait pas, il inclina la tête.

— Tu ne dis rien ?

Elle cligna des yeux.

— Je… je voudrais savoir quelles sont tes intentions réelles. Après tout, nous n'avons pas du tout discuté de cela avant notre mariage et je m'aperçois que j'ai commis une grave erreur.

Il porta sa tasse à ses lèvres.

— Ne t'inquiète pas. Je ne compte pas te prendre la gestion de Splendora. C'est ta plantation et elle le restera. Tu pourras t'en occuper seule, même si la distance risque de compliquer les choses.

Elle ouvrit la bouche.

— La distance ? Mais de quelle distance parles-tu ?

Il leva les yeux vers elle.

— Angela, tu ne m'as donc pas écouté lorsque je t'ai expliqué qui je suis et ce que ma belle-famille m'a fait ?

— Je ne vois pas le rapport.

Il soupira.

— Nous partirons prochainement pour Londres. Je compte récupérer ce qui m'appartient de droit. Nous pourrons revenir ici de temps en temps, si tu le souhaites, mais nous vivrons en Angleterre la majeure partie de l'année.

Elle se redressa, le visage blême de rage.

— À quel moment exactement pensais-tu me parler de cette décision ?

Il la toisa avec un calme hautain déstabilisant.

— Il me semble que j'ai toujours été clair concernant mes intentions.

Elle déglutit.

— Quand je t'ai révélé mon identité, je t'ai aussi expliqué que mon objectif était de reprendre ce qu'on m'a volé. Je suis marquis, Angela. Personne ne peut me priver de mon droit de naissance à porter ce titre.

Elle écarta son argument d'un geste.

— Pourquoi ressens-tu le besoin de retourner là-bas, alors que nous avons tout ici ?

Il soupira.

— Ici ? Tout appartenait à ton défunt mari. Tu as constaté les réactions de nos invités, tout comme moi.

Pour eux, je ne suis que l'homme qui s'est glissé dans le lit d'un mort.

Il l'aurait giflée qu'elle n'aurait pas eu plus mal. Elle sentit les larmes lui monter aux yeux.

— Je pensais que…

— Qu'ils m'accepteraient ? Tu as vu comme moi qu'ils ne m'ont pas cru. De toute façon, je dois rentrer dans mon pays.

— Et où est ma place dans tes plans ?

— Tu es ma femme ! Tu te dois d'être à mes côtés.

Il se leva.

— Repose-toi. Tu as l'air fatiguée.

Il lui déposa un baiser sur le front avant de sortir de la pièce.

— Mon Dieu…

Elle était atterrée par la transformation de Lorenzo et par sa propre bêtise. Elle venait de donner le contrôle de sa vie à un parfait inconnu.

Trois semaines plus tard, Lorenzo reçut enfin le message qu'il attendait avec tant d'impatience. Les hommes qu'il avait payés pour le prévenir lui avaient confirmé l'arrivée d'un navire à Pensacola. Il déchargerait sa cargaison et reprendrait la mer pour se rendre à Londres dans sept jours. Le capitaine de ce navire, le *Stella*, avait également des cabines pour accueillir des passagers à bord.

Lorenzo se rendit sur place pour acheter deux billets pour la traversée, quitte à n'en utiliser qu'un seul si Angela refusait de le suivre.

Lorsqu'il lui avait révélé son identité, il lui avait semblé évident qu'elle avait compris ses intentions.

En l'épousant, elle avait donc tacitement donné son accord pour l'aider. D'ailleurs, si les situations avaient été inversées, il aurait admis qu'elle souhaite récupérer ce qui lui revenait de droit.

Il avait donc attendu l'arrivée d'un navire pour relancer le sujet. Entre temps, il n'avait pas voulu la perturber davantage. Il avait donc repris son rôle habituel. Elle gérait Splendora, avec son aide ponctuelle, et il s'occupait des rapports avec les *drivers* et les esclaves. Ils cohabitaient professionnellement le jour et partageaient une passion tumultueuse la nuit.

Lorenzo n'ignorait pas qu'Angela pourrait se satisfaire à jamais de cette existence. Mais pas lui. Pas alors que les colons croisés depuis leur union le considéraient comme un parvenu qui se serait hissé par un procédé honteux jusqu'à leurs vies proprettes. Sa réalité se trouvait de l'autre côté de l'océan, sur un autre continent, et il n'en démordrait pas.

En arrivant à Splendora, assez tard dans la soirée, il apprit qu'Angela était déjà dans leur chambre. Il l'y rejoignit après avoir pris un bain.

— Angela ?

Elle leva les yeux du livre qu'elle feuilletait.

— Bonsoir, Lorenzo. Où étais-tu ?

Il lui sourit.

— J'ai une excellente nouvelle.

S'il était content, c'est que cela concernait son retour en Angleterre. Un froid terrible envahit la jeune femme.

— Je t'écoute.

Il s'assit sur le lit et serra ses mains dans les siennes, ignorant volontairement son manque d'enthousiasme.

— J'ai trouvé un navire pour rentrer chez moi.

Elle hocha la tête avec résignation. Chez moi… Bien sûr, depuis leur discussion, il avait dû l'éliminer de l'équation. C'était tellement plus simple ainsi…

Elle s'était crue différente, insensible au bonheur. Lorenzo lui avait indiqué la voie à suivre et elle aurait souhaité cheminer avec lui jusqu'à la fin. Elle aurait voulu avoir le temps de tester leur amour à l'occasion de toutes ces petites épreuves de la vie que traversent les couples, de savourer chaque instant passé avec lui, d'apprendre pas à pas chaque détail de ce qui constitue l'autre et de vieillir à ses côtés. Malheureusement, il allait briser le cours des événements.

Elle eut soudain très peur, car le départ précipité de son mari, au moment où elle venait de prendre tous les risques pour lui, provoquerait sa perte. Elle ne se relèverait pas d'un tel scandale, surtout pas après avoir imposé à ses concitoyens son union avec un affranchi. Pourquoi Lorenzo ne voulait-il pas admettre qu'il pouvait reconstruire sa vie ici, sans chercher à renouer avec le passé ?

Sans réaliser la tournure des pensées de son épouse, il avait poursuivi avec bonne humeur.

— Il prend la mer dans une semaine. J'ai réservé deux places à bord.

Elle sursauta violemment.

— Pardon ?

Il hocha la tête.

— Oui ! Nous partons.

Fou de joie, il la serra contre lui. Sous le choc, elle s'écarta de lui.

— Te rends-tu compte de ce que tu dis, Lorenzo ? Je ne peux pas tout abandonner. Des vies dépendent de moi. C'est impossible !

Refusant de la laisser entamer sa bonne humeur, il la rassura.

— Je suis passé voir John Norrington de ta part. Il est d'accord pour s'occuper de tout, en ton nom, avec l'aide d'Anton. Il ne reste que des détails mineurs à régler.

Il avait tout arrangé dans son dos et la mettait devant le fait accompli. Elle était furieuse. Certes, elle aurait été prête à tout pour qu'il ne l'abandonne pas derrière lui, mais à présent qu'il lui imposait ce voyage, elle n'avait plus envie de s'incliner. Contrairement à lui, sa vie à elle était ici. Il y avait Splendora, sa famille, ses esclaves.

— Mais, Lorenzo…

Il se rembrunit. Sa voix se fit cassante.

— Fais ton choix, Angela. Avec ou sans toi, je prendrai ce bateau. Je ne différerai pas davantage mon départ.

Il se leva et se mit à arpenter la chambre, furieux. Elle tenta de lui faire entendre raison. Elle s'approcha, les mains tendues vers lui en signe de supplique.

— Lorenzo, tu ne peux pas m'imposer de quitter du jour au lendemain tout ce qui me tient à cœur. Donne-moi quelques mois pour organiser sereinement notre absence. Nous pourrions partir au printemps.

Il lui lança un regard terrifiant.

— Tu ne comprends donc pas que chaque jour qui passe assied leur pouvoir sur ce qui m'appartient ? Combien de temps penses-tu que je puisse rester disparu avant qu'on me déclare officiellement mort ? Je ne peux pas abandonner, Angela. C'est impossible !

Elle secoua la tête.

— J'avoue que ton obsession me dépasse. Ta vie est ici à présent. Avec moi.

Le regard noir de Lorenzo s'enflamma.

— Ce que tu me conseilles, c'est de céder, sans chercher à leur faire payer ce qu'ils m'ont fait ?

Elle recula d'un pas, effrayée malgré elle par sa fureur.

— Tu as survécu et tu es libre. Ils ont échoué. Que veux-tu de plus ?

— Je veux…

Il serra les poings.

— Quand je me suis retrouvé enchaîné à fond de cale, dans le noir, le capitaine a décidé de briser l'homme que j'étais en me laissant croupir au milieu des rats, sans eau et sans nourriture. Ensuite, une fois que je n'ai plus été qu'une épave sans amour-propre et incapable de résister, il m'a mêlé aux quatre cent cinquante autres captifs. Tu ne peux même pas imaginer la promiscuité, les odeurs, la chaleur, la souffrance, l'injustice des châtiments, la faim et la peur… Pour les marins, tu n'es plus qu'une marchandise, qu'ils jettent aux requins dès qu'elle n'est plus vendable. J'ai vu des hommes mourir de maladie, ou se suicider de façons monstrueuses. Par temps calme, les chaînes t'arrachent la peau à chaque balancement du navire. Quand les vagues forcissent, les corps sont projetés contre la coque comme de vulgaires poupées de chiffon. Le mal de mer et la faim te rongent les entrailles alors que tu baignes dans les déjections et le sang des autres !

Un frisson le secoua et il s'interrompit. Il fit un violent effort pour revenir à l'instant présent.

— Et tu voudrais que je les laisse impunis ?

Une lueur de folie brillait au fond de son regard, la brûlant presque. Angela parla d'une voix emplie de compassion.

— Lorenzo, tu n'es plus sur ce navire.

Elle lui caressa la joue pour chasser les fantômes du passé.

— Je ne peux qu'imaginer ce que tu as subi à bord,

mais tu as survécu. Tu as prouvé que tu étais plus fort que leurs manigances.

Il lui saisit la main et secoua la tête.

— Ça ne me suffit pas, Angela. Je veux récupérer ma vie !

Il y avait une telle souffrance dans sa supplique qu'Angela sentit son cœur se déchirer. Elle le serra dans ses bras et lui embrassa le visage.

— J'aimerais tant t'aider à oublier.

Il posa le front contre sa joue.

— Tu m'as permis de redevenir un homme à part entière.

Il prit une inspiration décidée avant de s'écarter d'elle.

— Mais je ne guérirai définitivement que quand j'aurai obtenu justice.

À cet instant, la jeune épouse comprenait ce qui s'était passé le soir de leur mariage. Lorenzo avait subi des choses atroces à bord du négrier où il avait été traité comme une marchandise. Son image en avait fortement pâti et il avait voulu se réaffirmer en tant que mâle dès que l'occasion s'était présentée.

— Tu es toujours resté un homme, Lorenzo. Ce n'est pas parce qu'ils ont essayé de te faire croire le contraire que tu es devenu autre chose.

Il détourna les yeux.

— Tu dis cela parce que tu ne sais pas ce que c'est que d'être privé de sa liberté de façon aussi brutale et amère.

Elle lui prit la main.

— Aujourd'hui, tu es affranchi. La plantation nous assure des revenus confortables. Même si l'annonce de notre mariage a choqué les esprits, les gens se souviendront qu'ils te respectaient avant tout cela. Tu trouveras un nouvel équilibre. Ne peux-tu te contenter de cette vie que je t'offre ?

Il détourna les yeux.

— Non ! trancha-t-il. Mes frères m'ont fait trop de mal pour que je les laisse profiter de ce qu'ils m'ont volé.

Angela retint sa respiration, déçue au-delà du possible par sa réponse.

— Alors, tout s'arrête ici ?

Surpris, il planta le regard dans le sien.

— Tu ne peux pas me comprendre, je le conçois, mais reste à mes côtés, Angela. J'aurais pu fuir il y a des mois de cela, j'aurais pu partir sans toi à plusieurs reprises, mais je suis encore là à te supplier d'être ma femme jusqu'au bout, pour le meilleur et pour le pire. Ne m'abandonne pas.

C'était une demande si humble qu'Angela perdit toute velléité de résistance.

# Chapitre 20

— Je préférerais t'accompagner dans tes déplacements, une fois que je me serai libéré de mes obligations.

Ils occupaient depuis quelques minutes la suite verte d'un hôtel londonien prestigieux, sous un nom d'emprunt, bien évidemment. La prudence de Lorenzo n'admettait aucune limite, mais de là à lui interdire de sortir seule…

Angela trouvait la chose particulièrement exagérée et pour tout dire ridicule. Son visage dut exprimer son scepticisme, car Lorenzo émit un claquement de langue impatient. Il lui indiqua le lit gigantesque recouvert d'une courtepointe émeraude assortie à la teinte générale de la chambre.

— La traversée a été pénible pour toi. Profite des quelques jours pendant lesquels je vais m'absenter assez souvent pour te reposer. Tu en auras besoin.

Angela soupira, certaine de la tirade qui allait suivre et qu'elle aurait presque pu réciter par cœur. Il ne la déçut pas.

— Songe que, après ma résurrection, les invitations vont s'enchaîner et tu devras être à mes côtés, souriante et fraîche. Le titre de marquise te donne des obligations que tu devras remplir avec honneur et élégance.

Lorenzo lui adressait ce genre d'avertissement à peu

près deux fois par jour depuis leur départ. Ne pouvait-il la laisser souffler un instant ?

— Je suis informée de tout cela. Inutile de me le répéter sans cesse, Lorenzo !

Cette réponse sèche interrompit le geste de son mari qui s'apprêtait à lire l'heure sur sa montre. Il lui prit les mains.

— Je m'inquiète pour toi. J'ai toujours été capable de me défendre et pourtant regarde ce qu'ils m'ont infligé. Ils pourraient vouloir me faire du mal à travers toi, même si je n'ai aucune intention de leur en laisser le temps.

Angela se rembrunit davantage. La traversée n'avait fait que renforcer les idées de vengeance de son époux. C'était comme si, à mesure que les côtes anglaises approchaient, la proximité de ses ennemis l'emplissait de rage.

Une forme de tension s'était installée entre eux. Elle n'approuvait pas sa démarche et il lui en voulait de le désavouer ainsi. Angela souffrait de cette situation, pourtant elle ne cédait pas un seul pouce de terrain et tentait régulièrement de lui faire entendre raison. Cette fois encore, elle prit un ton conciliant.

— Personne ne me connaît dans ce pays ! De plus, tu nous as inscrits dans cet hôtel sous le nom de McDermott. Personne ne peut établir de lien entre toi et Trevor. Je peux donc parfaitement me promener en ville pendant que tu règles tes affaires.

Elle avait passé un mois enfermée dans la cabine ridiculement étroite du navire sur lequel ils avaient fait la traversée. Elle ressentait un besoin viscéral de marcher, de respirer, de découvrir cette ville et le mode de vie de ses habitants. Il secoua la tête sans même la regarder.

— Je souhaiterais te faire visiter Londres moi-même. S'il te plaît.

La sécheresse de son ton s'apparentait plus à un ordre qu'à une humble demande, mais elle hocha la tête.

— Tu as raison.

Il approuva et se détourna d'elle comme il l'aurait fait après avoir réglé un détail insignifiant.

— Dès que j'aurai rencontré l'avocat de mon père et préparé mon retour, nous pourrons aller te commander une garde-robe digne de ce nom. Il te faudra de toute façon, très rapidement, une robe de bal époustouflante pour le grand soir.

Oubliant ses bonnes résolutions, elle protesta.

— Mais mes tenues sont neuves !

Il soupira comme si elle venait de faire preuve d'une stupidité sans bornes.

— Elles sont correctes... pour les colonies. Quel type de mari serais-je si je ne m'assurais pas que tu portes ce qu'il y a de mieux ? Je ne peux tout de même pas me promener au bras d'une femme qui ferait honte au titre de marquise !

Angela sentit ses yeux se remplir de larmes. Lorenzo faisait de moins en moins preuve de délicatesse à son égard. Au contraire, plus il se rapprochait de sa vie de lord et plus il devenait insupportable et arrogant. Angela priait pour avoir vu son vrai visage à Splendora, quand il était charmant, prévenant, attentif et doux, bien loin de l'homme intransigeant et insensible qui lui faisait face depuis quelque temps.

Elle le toisa avec froideur.

— Si j'avais une allure si déplorable, au point qu'elle te fasse honte aujourd'hui, explique-moi donc pourquoi tu t'es glissé dans mon lit avec tant d'insistance.

Il marqua un instant d'arrêt, conscient de l'avoir froissée.

— Comprends-moi : tout ce que tu possèdes, tu le tiens de Trevor ! Ne puis-je…

Elle secoua la tête.

— Trevor est mort ! Laisse-le reposer en paix !

Depuis qu'elle l'avait acheté, il portait les vêtements de son premier mari et mangeait grâce à sa plantation. Même ce voyage, il l'avait payé avec son argent à elle. Son tatouage aux initiales de TMD le brûlait presque comme au premier jour. Sa colère explosa brutalement.

— Je le sais ! Mais c'est moi ton époux à présent ! Il est donc de mon devoir de t'offrir ce qu'il y a de mieux. Est-ce si difficile à comprendre ?

Encore son satané orgueil de mâle qui refaisait surface. Angela soupira.

— Je suppose que nous revenons toujours au même problème. Sache seulement que tu n'as rien à me prouver, Lorenzo.

La colère de Lorenzo se dissipa d'un seul coup. Et pour cause… Angela était tombée amoureuse de lui alors qu'il n'était qu'un esclave. Soulagé par ses mots, il rit et lui prit les mains.

— Oh ! Angela, excuse-moi ! Comprends mon impatience et ma joie à l'idée de retrouver ma vie et tout ce qui s'y rattache ! Ne gâchons pas tout avec des querelles sans intérêt. Après tout, n'importe quelle femme serait ravie de se faire offrir une garde-robe aussi somptueuse que celle que tu vas avoir.

Elle lui lança un regard morne. Vu sous cet angle, évidemment… Elle céda avec mauvaise grâce.

— Je vais me reposer.

Il lui lâcha les mains et se détourna.

— Oui. Je dois m'absenter pour mon rendez-vous avec

M^e^ Emerson. À mon retour, je t'accompagnerai chez une couturière de renom. Je veux que tu sois éblouissante.

Il sortit de la chambre.

Angela regarda la porte avec un air sombre. Les devoirs du titre de marquise lui permettraient-ils de respirer de temps en temps ? Elle se prit à en douter.

— Mon Dieu ! Je n'aurais jamais cru cela possible ! Il y avait tellement de raisons pour que cette rencontre ne puisse jamais avoir lieu…

Toujours voûté et ridé, M^e^ Emerson tendit la main vers Lorenzo qui s'en empara avec une joie bien réelle.

— Maître Emerson ! Je suis si heureux de vous revoir !

En sentant la peau parcheminée de l'avocat sous ses doigts, Lorenzo s'avoua qu'il avait craint par moments d'avoir perdu l'esprit et inventé son passé tortueux. Dans les instants les plus désespérés, son cerveau aurait parfaitement pu imaginer un conte fabuleux pour lutter contre le marasme ambiant et la compagnie permanente de la folie et de la mort. Cependant l'accueil de cet homme était tangible et bienveillant.

— Et moi donc, monsieur le marquis ! Entrez.

Il l'entraîna dans son cabinet aux murs recouverts de panneaux de bois sombres et de bibliothèques emplies d'ouvrages de droit. Une fois assis, ils s'observèrent brièvement sans dire un mot. Emerson rompit le silence le premier.

— Lorsque j'ai reçu votre courrier, j'ai failli me trouver mal ! Votre disparition a causé un tel choc dans la bonne société… Je ne saurais exprimer ma joie de vous revoir en vie et bien portant.

— Vous avez eu ma lettre. Parfait. Vous avez donc reçu mes consignes ?

Si Emerson remarqua sa froideur, il n'en montra rien. Au contraire, il hocha la tête et chaussa ses lunettes. Il fouilla ensuite dans ses tiroirs pour en sortir une épaisse chemise.

— J'ai exécuté vos ordres et réuni les informations que vous vouliez obtenir. J'ai dû agir avec une extrême prudence, mais vous devriez avoir un tableau assez fidèle de la situation présente. Par quoi souhaitez-vous commencer ?

Lorenzo grimaça légèrement.

— Disons, par l'essentiel. Suis-je mort ?

Emerson rit en percevant le malaise du jeune homme.

— Non ! Vous êtes porté disparu depuis quinze mois environ.

Lorenzo s'étonna du choix de sa belle-famille.

— Cela me surprend. Pourquoi n'ont-ils pas fait acter mon décès pour s'approprier mon héritage ?

L'avocat approuva avec une petite moue incrédule.

— J'ignore pourquoi ils ont préféré opter pour cette situation plus précaire pour eux. Officiellement, ils n'ont pas fait main basse sur vos biens. Votre frère cadet, David, assure l'intérim du titre, même si dans les faits la nuance est faible. Il se fait appeler et se comporte comme l'héritier légitime.

— Étant donné qu'il pensait avoir fait ce qu'il fallait pour se débarrasser de moi, il a dû s'en donner à cœur joie…

Lorenzo reprit avec un sourire sinistre.

— Comment dans ces circonstances puis-je récupérer ce qui m'appartient ?

L'avocat consulta quelques notes.

— Selon le testament de votre père, vous êtes son

héritier légitime. Il n'y a pas plus d'ambiguïté aujourd'hui qu'il y a quinze mois. Vous êtes vivant, donc tout vous revient. De leur côté, ils n'auront droit qu'à ce que la décision de votre père prévoyait pour eux.

— Dans les faits, comment me conseillez-vous de procéder pour qu'il n'y ait aucune contestation possible ? Je veux les priver de tout recours légal et éviter tout scandale.

L'avocat réfléchit un instant.

— Voyons… Vous pouvez vous présenter à la demeure de votre belle-mère qui réside dans votre hôtel particulier à Londres pour la saison, et exiger la restitution de vos biens. Elle ne pourra s'y opposer. Nous pouvons aussi éviter une confrontation directe et réclamer un acte juridique. Nous pourrions sans peine obtenir une ordonnance du tribunal pour leur signifier leur congé.

Lorenzo se mordit la lèvre. Qu'est-ce qui provoquerait la réaction la plus terrible chez Margaret ? Il sourit.

— Je veux cette ordonnance pour demain midi, dans le plus grand secret. Nous la lui remettrons ensemble, puis je lui annoncerai mes exigences et mes conditions.

Lorenzo songea qu'entre-temps il aurait récupéré des invitations pour le bal du lendemain. Il y ferait son retour officiel. Ses ennemis n'auraient plus d'issue possible, sauf à le tuer.

Emerson réfléchit à haute voix, venant briser le cours des pensées du jeune noble.

— Pour demain midi ? Cela risque d'être court…

Lorenzo croisa les bras sur son torse et son mouvement dénuda ses poignets. L'homme de loi remarqua alors ses cicatrices horribles qui le firent frémir. Il leva les yeux vers le visage du marquis et resta figé face à son expression d'une dureté inouïe.

— Faites le nécessaire. J'attends depuis trop longtemps pour différer davantage mon retour !

L'avocat perçut alors l'étendue des changements survenus chez son interlocuteur. Il se souvenait d'un fils affecté par la mort de son père et plutôt conciliant face à la fureur de sa belle-mère. À présent, il semblait aussi acéré et menaçant qu'une lame posée sur la peau blanche et lisse d'une gorge de vierge. Son visage avait perdu son expression douce et les vestiges de sa crédulité. Sa joue gauche portait une cicatrice claire, symbole visible de ce qu'il avait sans doute subi lors de son exil. Son regard était beaucoup plus intense et lucide sur ce qui l'entourait, et il brillait à cet instant d'une lueur de rage insidieuse. La volonté du jeune noble écrasa la sienne avec l'efficacité d'une botte broyant un insecte.

Emerson soupira.

— Je ferai mon possible, monsieur le marquis.

Lorenzo se détendit et la pièce retrouva son ambiance chaleureuse.

— Je compte sur vous.

Ils échangèrent un bref regard et l'avocat songea que le père de Lorenzo, son ami Nelson, n'aurait sûrement pas approuvé ce que son fils s'apprêtait à faire. Le défunt marquis avait choisi de privilégier Lorenzo parce qu'il était généreux et plein d'empathie, à l'inverse de ses autres enfants. Il voulait ainsi transmettre son héritage dans l'harmonie.

Sauf que rien ne s'était passé comme il le souhaitait. Lorenzo avait été enlevé et avait subi Dieu seul savait quoi. Ses cicatrices attestaient de son calvaire. Le jeune homme revenait à présent sur le devant de la scène, le cœur ravagé par la haine et endurci comme la pierre.

Emerson se racla la gorge.

— Puis-je me permettre de vous poser une question ?

Lorenzo hocha la tête. L'avocat s'éclaircit encore la voix avec prudence.

— Votre père souhaitait que vous subveniez aux besoins de votre belle-famille. Tiendrez-vous cet engagement envers ses dernières volontés ?

— Bien sûr ! J'attends même impatiemment le moment où ils viendront me voir pour quémander de l'argent.

Lorenzo éclata d'un rire sans joie qui fit frissonner l'avocat malgré la douce chaleur du feu de cheminée. Inconscient du malaise croissant de son interlocuteur, le marquis poursuivit.

— Oh ! à propos ! Dites-moi combien leur train de vie m'a coûté.

Avec un soupçon de fatalité, Emerson reprit ses dossiers pour aborder le point crucial de cette affaire.

— D'après ce que les hommes que j'ai engagés ont trouvé, David et Simon ont dépensé sans compter. Ils ont perdu d'importantes sommes au jeu. J'ai entendu parler de plusieurs centaines de milliers de livres.

Lorenzo ferma brièvement les yeux.

— Combien exactement ?

— Plus de six cent mille.

Lorenzo ne put retenir une petite grimace significative. Et pour cause : la fortune du marquisat n'était pas inépuisable. Les disponibilités ne devaient pas dépasser un million de livres en tout. Les domaines, les usines, la flotte marchande et les exploitations agricoles engendraient des revenus, certes, mais les charges fixes étaient extrêmement lourdes. L'inconséquence de ses frères allait bien au-delà de ce qu'il aurait imaginé dans ses pires cauchemars.

— Ont-ils entamé le patrimoine pour éponger leurs dettes ?

— Oui. Ils ont revendu une des propriétés.

Un terrible pressentiment serra le cœur de Lorenzo en captant l'hésitation de l'avocat.

— Laquelle ?

— Thetford.

Lorenzo sentit une vague de fureur l'engloutir. C'était dans cette demeure que son père s'était installé pour faire son deuil à son retour de Sardaigne. Margaret avait de la mémoire et sa rancune était toujours aussi vivace. Après avoir exilé son beau-fils dans les colonies, il fallait encore qu'elle combatte le fantôme de sa rivale, Isabella, en vendant ce château si symbolique pour Nelson. Sa voix claqua.

— Qui l'a acheté ?

Emerson pâlit davantage en songeant à ce que le marquis semblait capable d'infliger à l'impudent.

— Le comte de Sands.

— Entamez immédiatement des démarches auprès de lui pour voir quel serait son prix.

Emerson hocha la tête.

— Oui. Bien sûr. Pourtant…

Lorenzo lui jeta un regard acéré.

— Pourtant ?

— Vos finances ne vous le permettront peut-être pas, souffla l'homme de loi.

Lorenzo ferma les yeux.

— Ah… Que dois-je savoir d'autre ?

À cet instant, une bûche craqua dans l'âtre et l'avocat sursauta.

— Mes agents ont découvert que, en l'absence d'une gestion efficace, une de vos usines de textile a fait faillite, lâcha-t-il sans respirer.

Jusqu'à présent, rien ne semblait irréparable à Lorenzo. L'avocat brisa ses derniers espoirs.

— Malheureusement, pour les mêmes raisons, la plupart des autres exploitations de votre père sont au bord de la banqueroute. L'argent a été drainé de toute part pour éponger leurs dettes et assurer leur train de vie à Londres.

Lorenzo fronça les sourcils.

— Et la flotte de navires marchands ?

Emerson soupira. Sans plus tergiverser, il se lança dans un exposé concis.

— Faute, encore une fois, d'une gestion efficace et d'ordres avisés, les capitaines ont effectué de mauvais investissements. Je doute qu'actuellement l'entreprise maritime soit encore rentable. Dans les autres usines, le laxisme des dirigeants a donné de déplorables habitudes à vos salariés. Mes hommes ont constaté des vols, un fort taux d'absentéisme et un manque de zèle préjudiciable. Vos propriétés n'ont pas non plus été entretenues durant cette période. Certaines nécessitent des réparations coûteuses et rapides si vous ne voulez pas que l'ensemble tombe en ruine. Vos frères n'ont plus payé les gages de vos employés de maison depuis plusieurs mois maintenant.

Les épaules de Lorenzo s'affaissèrent et il s'exprima d'une voix incrédule.

— Je ne comprends pas… Ils désiraient posséder cet héritage au point de tenter de me tuer. Pourquoi le dilapider de la sorte ? Pourquoi ?

Emerson se passa les doigts sur la bouche.

— Votre belle-mère ne pensait sans doute pas que David et Simon se montreraient aussi gourmands et irresponsables…

Lorenzo émit un ricanement ironique.

— Elle a toujours été aveugle les concernant.

Il secoua la tête. Dès le lendemain, il faudrait qu'il reprenne la gestion en main. La charge de travail serait si monstrueuse qu'il aurait besoin d'aide.

— Savez-vous si Elliot Foster est encore en poste ?

Emerson feuilleta encore une fois son dossier.

— Oui, mais ses fonctions ont été réduites à très peu de chose. Il sert de secrétaire à votre belle-mère lorsqu'elle envoie des invitations.

Lorenzo secoua la tête.

— Quel gâchis…

Lorenzo refusait d'admettre qu'il ne rentrait que pour récupérer des ruines. Il sauverait tout ce qui pourrait l'être, quitte à passer ses jours et ses nuits à travailler pour reconstituer la fortune familiale ! Il secoua la tête pour chasser son abattement.

— Maître, encore deux choses avant que vous alliez chercher l'ordonnance du tribunal. Pouvez-vous faire porter cette lettre à mon ami le comte Samuel de Gears ?

Emerson tendit la main vers le courrier.

— Je m'en occuperai aujourd'hui même.

— Merci. Avez-vous retrouvé la trace du capitaine O'Briscol ?

Emerson tourna une nouvelle page de son dossier.

— Damian O'Briscol a débarqué à Londres, il y a cinq semaines environ. J'ai cru comprendre qu'il avait eu à affronter des pirates lors de sa dernière expédition. Pour le moment, son bateau est donc immobilisé dans le port de Londres, afin de subir d'importantes réparations. En attendant de pouvoir remettre son navire en état, il séjourne au Cheval fringant, une taverne sur les quais.

— Merci pour tout, maître Emerson. J'ose espérer que vous resterez mon homme de confiance.

— J'étais un ami de votre père. Ma fidélité vous est évidemment acquise, confirma l'avocat, avant d'hésiter un instant à peine. Je me permettrai juste de vous rappeler le contenu du testament de votre père concernant ses autres héritiers.

Lorenzo hocha la tête.

— Obtenez-moi cette ordonnance et je tiendrai également mes engagements.

Lorenzo régla les honoraires de l'avocat avant de se retirer.

Emerson resta songeur après son départ. Qu'avait-il pu arriver à ce jeune homme pour qu'il devienne un tel prédateur ? Il fallait bien l'avouer, Lorenzo lui avait donné la sensation d'être devenu un fauve dangereux, obsédé par le désir de plonger les mains dans le sang frais de ses bourreaux.

Emerson se força à rire de son idée, mais ce son rendit encore plus réelle l'image qu'il fuyait. Il soupira.

— Nelson, si tu voyais ce qu'ils ont fait de lui…

Affublé de vêtements miteux, Lorenzo guettait la porte de la taverne du Lion d'or dans laquelle O'Briscol avait passé sa soirée à boire. Embusqué dans une ruelle perpendiculaire, sombre et venteuse, Lorenzo frissonna. Il resserra les pans de son immense cape autour de lui et tira sur les bords de la capuche sous laquelle il était dissimulé. Peine perdue, le fond de l'air de ce mois de février était glacial. Il recula un peu plus dans l'ombre.

Il était caché là depuis presque deux heures. Au début, dans cet environnement trop peu familier, il avait sursauté à chaque bruit. Peu à peu, il s'était habitué aux clapotis de l'eau, aux craquements du bois des navires amarrés quelques mètres plus loin, aux hurlements des ivrognes, aux cris exagérés des prostituées en plein travail, aux injures lancées d'une voix alcoolisée et au son des bagarres éclatant à intervalles plus ou moins réguliers. Lorenzo bougeait le moins possible. Seul son regard perçait l'obscurité pour repérer le capitaine O'Briscol lorsqu'il sortirait de la taverne pour rejoindre le Cheval fringant.

Pour s'occuper l'esprit, Lorenzo songeait au résultat désastreux de l'enquête d'Emerson. Contrairement à ce qu'il avait annoncé à Angela, il devrait se montrer raisonnable et économe.

Il grimaça en songeant qu'il avait bien mal commencé quand il s'était engagé à offrir des vêtements à son épouse alors qu'il n'en avait sans doute pas les moyens.

L'après-midi même, il avait emmené Angela dans une boutique pour lui commander des tenues à la dernière mode, aux tissus légers et pastels pour les sorties du matin, aux couleurs chaudes et naturelles pour les promenades à cheval, aux teintes fleuries et acidulées pour prendre le thé, aux coupes élégantes et aux étoffes chatoyantes pour les soirées mondaines, aux matières moirées et aux décolletés provocants pour les bals… Il avait été particulièrement exigeant concernant celle qu'il souhaitait la voir porter le lendemain. Pour cette occasion, il avait choisi une folie en soie verte profondément échancrée, destinée à mettre en valeur la silhouette parfaite de son épouse. Il avait ensuite fallu compléter l'ensemble avec des manteaux, des ombrelles, des chapeaux, des chaussures et des bottines assorties. Heureusement, il avait obtenu de payer sa commande à la livraison du dernier accessoire. Cela lui laisserait un peu de temps pour mener un audit de sa situation financière et prendre ses dispositions pour réunir la somme exigée.

Quand il aurait récupéré son hôtel particulier, il espérait retrouver sa garde-robe intacte. Grâce aux vêtements de bonne facture de Trevor, il n'aurait peut-être pas de dépenses à effectuer pour lui-même, dans l'immédiat.

La bourse passablement allégée et l'esprit d'autant plus préoccupé, Lorenzo avait accepté la promenade en fiacre suggérée par Angela, durant laquelle il lui avait fait une visite commentée de la ville. Il l'avait ensuite invitée dans un restaurant gastronomique succulent situé à la périphérie de Londres. Enfin, ils avaient regagné leur hôtel. En se préparant pour se coucher, Angela avait semblé bien plus joyeuse que ces derniers temps.

Lorenzo n'ignorait pas qu'il ne se montrait pas sous son meilleur jour en ce moment. Il se savait impatient, peu disponible, distant… Il songea à leurs disputes de plus en plus fréquentes. Sa petite épouse, si douce et féminine, avait un caractère bien affirmé et, lui ayant perdu les traits modérés et conciliants du sien, leurs affrontements étaient explosifs.

En refusant catégoriquement de cautionner ses idées de vengeance, Angela le contraignait à plus de dureté, de fermeté et d'intransigeance. Pourquoi ne comprenait-elle pas qu'il ne pouvait se résoudre à abandonner la lutte après avoir subi une telle injustice ?

Lorenzo avait d'ailleurs prouvé sa détermination en quittant la chambre d'hôtel alors qu'elle voulait visiblement clore la soirée de façon encore plus agréable.

Il avait pris la direction du port et il patientait depuis. Plus le temps passait, cependant, et moins il était certain de ce qu'il attendait de cette confrontation. Lors de leur dernière entrevue, O'Briscol lui avait fait comprendre qu'il regrettait ses actes et qu'il l'avait favorisé, malgré les consignes de David et Simon. Qu'espérait-il donc de cette rencontre ?

Lorenzo leva les yeux en entendant un homme sortir en titubant de la taverne. Encore une fausse alerte… Il croisa les bras plus étroitement contre son torse. La seule raison qui le poussait à rester, c'était la promesse qu'il comptait bien tenir : avant de quitter l'*Alegria*, Lorenzo avait juré au capitaine qu'un jour ils se reverraient.

Lorenzo voulait donc lui rappeler qu'on ne s'attaquait pas à lui impunément.

Il tapa des pieds et chercha à réchauffer ses doigts engourdis en soufflant dessus. Au bout d'un temps infini, la porte de la taverne s'ouvrit encore. Lorenzo reconnut aussitôt la carrure imposante de sa cible. Il agita nerveusement ses mains bleuies par le froid.

Un autre homme sortit derrière le capitaine, l'interpellant d'une voix étouffée.

— Tu retournes à bord, Damian ?

Le timbre rauque qui hantait les cauchemars de Lorenzo s'éleva alors.

— Non. Je vais me trouver un peu de compagnie pour la nuit.

Le marin le salua.

— À demain, alors.

— Oui. À demain.

O'Briscol s'arrêta et regarda son compagnon disparaître en direction des quais. Avec un soupir douloureux, le capitaine bifurqua ensuite dans la direction opposée. Il passa devant la cachette de Lorenzo d'un pas lourd et poursuivit son chemin. Le jeune noble hésita un instant sur la conduite à tenir. Finalement, il le suivit. O'Briscol avançait en titubant et en grommelant dans sa barbe, comme un homme ivre. Lorenzo parvint juste à saisir sa dernière phrase.

— Envie de pisser !

Le capitaine s'engouffra dans une ruelle étroite. Lorenzo plaqua son dos contre les parois de pierres rugueuses. À vingt pas, tout au plus, O'Briscol urinait contre le mur. Lorenzo vérifia qu'on ne pouvait pas les voir depuis la rue avant de retirer silencieusement sa cape et de la poser sur une cagette abandonnée. Il attendit que l'autre se soit rhabillé pour signaler sa présence.

— Bonsoir, capitaine O'Briscol.

Lorenzo entendit le bruit métallique caractéristique d'une lame sortie de son étui. O'Briscol lui fit face avec un sourire mauvais plaqué sur le visage.

— Lorenzo, quelle surprise ! Alors comme ça, tu as survécu…

Lorenzo écarta prudemment les bras.

— Je ne suis pas armé.

Un éclat de rire accueillit ses mots.

— Tu viens m'affronter les mains nues ? C'est stupide de la part d'un gars qui a juré de me tuer.

Lorenzo fit un pas en avant en affichant une décontraction qu'il était loin de ressentir.

— Je voulais juste vous faire savoir que j'étais revenu.

O'Briscol pointa sa dague dotée d'un tranchant effilé de vingt centimètres vers lui.

— Je ne suis pas surpris. Tu l'avais clairement annoncé. C'est pour ça que j'ai toujours ceci sur moi. Juste au cas où, tu vois ? Est-ce que tu vas tenir ta promesse jusqu'au bout…

Il observa Lorenzo et répondit lui-même à sa question.

— Évidemment que tu vas vouloir me tuer. Tu me détestais tellement à bord, à cause de ce que je t'ai fait subir.

Il cracha presque les paroles suivantes.

— Mais sache que la réciproque est valable ! Je te hais, car ton passage sur mon navire a ruiné ma vie.

Le cœur de Lorenzo fit un bond de rage dans sa poitrine en entendant la note de désespoir dans la voix du capitaine. Il serra les poings et répondit avec sarcasme.

— Vous voulez que je vous plaigne, peut-être ?

— Je n'aurais jamais dû accepter de te prendre à mon bord, soupira le marin. Cette mauvaise action a apporté le malheur sur mon navire. D'abord, il y a eu cette tempête entre l'Angleterre et les côtes africaines, c'était du jamais vu ! Ensuite, il y a eu les maladies, une saloperie de cyclone qui a fait des morts par dizaines. J'aurais dû y voir un signe ! J'estimais pouvoir rentabiliser le voyage avec l'or de ta vente. Pourtant, au retour, les marchandises ont pourri dans les cales. Je n'ai rien pu sauver. Avant que mes créanciers me sautent à la gorge, j'ai réinvesti l'argent que tu m'avais rapporté pour entreprendre une nouvelle traversée, mais une épidémie foudroyante a décimé les captifs et mes marins. À la fin de la quarantaine, je n'avais plus rien à vendre et un équipage réduit à peau de chagrin. Je n'ai toujours pas voulu voir les signes du destin, alors j'ai appareillé avec des hommes trouvés sur place. Ils se sont mutinés et ont essayé de me voler mon navire ! Quand j'ai récupéré le contrôle de l'*Alegria* avec une poignée d'officiers fidèles, nous avions été pris en chasse par des pirates ! J'ai fait ce que j'ai pu pour éviter la confrontation, mais mon bateau a subi d'énormes dommages. C'est un miracle que nous ayons réussi à rallier le port de Londres.

Il leva des yeux larmoyants vers Lorenzo, mais s'exprima d'une voix hargneuse.

— Tu es satisfait de mes malheurs ?

Lorenzo haussa les épaules.

— Je n'ai aucune intention de vous plaindre, si c'est là votre question. Dites-moi juste pourquoi vous avez accepté d'aider mes frères.

— J'ai perdu de grosses sommes contre eux aux cartes. Ils m'ont promis d'effacer une partie de ma dette, alors…

— Je ne parlais pas de ça. N'avez-vous donc aucune morale pour avoir souscrit à leur complot et participé aussi activement à leur vengeance ?

Damian hocha la tête.

— Je savais que ce projet était illégal, mais pourquoi ta misère aurait-elle été plus condamnable que celle des milliers de captifs ayant transité sur mon navire ? Tu n'en étais qu'un parmi tant d'autres…

Ils s'observèrent comme deux chiens prêts à mordre. O'Briscol craqua le premier.

— Si je leur ramène ton cadavre, ils annuleront peut-être tout ce que je leur dois… Avec cette épée de Damoclès en moins au-dessus de la tête, je respirerai déjà un peu mieux.

Lorenzo fit un rapide calcul. Il était désarmé et il se retrouvait piégé dans cette allée puante, avec cet ours bien décidé à en découdre… De chasseur, il était devenu proie. Merveilleux ! Quel imbécile d'arriver ainsi, les mains dans les poches ! Il n'avait pourtant pas affaire à un débutant.

Il fit un mouvement impatient. O'Briscol était manifestement tendu comme un arc, car il prit cela pour un signal. Il se rua sur Lorenzo en visant son abdomen. Celui-ci évita la lame grâce à un saut de côté peu élégant. Il bloqua ensuite le poignet du capitaine. Lorenzo aurait voulu lui dire que tout ceci était stupide, mais il sentait que la moindre parcelle d'énergie lui serait utile pour se sortir de cette situation.

O'Briscol le fixait d'un regard fou. Il se dégagea avec brusquerie. Lorenzo le lâcha. Le capitaine avait mis une telle force dans son mouvement que, soudain privé d'appui, il perdit l'équilibre vers l'arrière. Dans une tentative désespérée, il attrapa la veste de Lorenzo qui chuta avec lui. O'Briscol réagit avec une agilité surprenante pour un homme de sa taille. D'un coup de reins rageur, il roula sur son adversaire et leva sa lame pour la lui planter dans la cage thoracique. Mettant toute son énergie dans son geste défensif, Lorenzo bloqua les poignets de son agresseur, mais O'Briscol était beaucoup plus fort que lui. La pointe effilée se rapprochait dangereusement du cœur du jeune noble.

O'Briscol soufflait comme un bœuf dans son effort. Impatient d'en finir, il imprima une secousse à son corps monstrueux. Les bras de Lorenzo ne résistèrent pas à la charge et la lame pénétra ses chairs au niveau des poumons. Avec l'énergie du désespoir, il repoussa l'arme qui entailla la peau de son torse en glissant sur une côte. O'Briscol sourit cruellement en voyant le sang couler et la gorge offerte de son adversaire. Il relâcha un bref instant la pression pour prendre de l'élan. Lorenzo n'hésita pas : il profita de cette seconde de répit pour lui planter ses doigts dans les yeux. O'Briscol hurla et s'écarta précipitamment, mais pas avant que sa lame ait pénétré à nouveau les chairs de Lorenzo au niveau de l'épaule.

D'un côté comme de l'autre, il s'agissait à présent d'une lutte à mort. Rongé par la haine et aiguillonné par l'instinct de survie, Lorenzo se redressa face au géant qui se frottait les yeux en gémissant. D'un coup de pied dans les doigts, il le désarma. La lame roula un peu plus loin avec un bruit métallique.

O'Briscol se jeta sur lui. Lorenzo s'effondra au sol, à

nouveau écrasé par la masse de son adversaire. Les mains du capitaine se refermèrent autour de son cou. Lorenzo enserra ses poignets pour lui faire lâcher prise, mais sa force était terrifiante. Il tenta alors de le frapper au visage, mais ses coups étaient de plus en plus faibles à mesure que l'oxygène cessait d'alimenter ses organes.

Ses jambes battaient frénétiquement le sol dans un mouvement dérisoire. Sa cuisse heurta quelque chose qui rebondit un peu plus loin avec un son clair. Le poignard ! Sur le point d'étouffer, Lorenzo tendit les doigts vers l'origine de ce son providentiel. Les oreilles bourdonnantes et des crépitements aveuglants dans les yeux, il se sentait au bord de l'évanouissement quand sa main se referma sur le manche de la dague. Il assura sa prise et frappa sans même chercher à viser. La lame pénétra la trachée de son adversaire, projetant un jet de sang rouge et chaud sur lui. O'Briscol le lâcha et recula.

Lorenzo se redressa en cherchant avidement de l'air. Il croisa le regard terrifié du capitaine qui tentait vainement de stopper son hémorragie.

Lorenzo secoua la tête.

— Je ne venais pas pour ça…

Le marin eut un dernier soubresaut avant de cesser de bouger. Ses yeux ouverts et son expression d'intense surprise firent frémir Lorenzo.

Avant que le raffut provoqué par leur affrontement attire du monde, il fouilla à tâtons les poches du mort pour s'emparer de leur contenu, dans le but de simuler un vol ayant mal tourné. Il récupéra ensuite sa cape et s'enfuit en courant vers l'ombre protectrice de la ruelle. Il fit une halte près d'une fontaine pour laver ses mains et son visage. Ensuite, il quitta le quartier du port à pied, se délestant en chemin des biens volés au capitaine de l'*Alegria*. Enfin, il héla un fiacre pour rejoindre son hôtel.

À pas furtifs, il regagna sa chambre, dans laquelle Angela dormait paisiblement. Il se déshabilla, se lava, pansa ses plaies heureusement bénignes et se coucha à côté d'elle sans toutefois oser la toucher.

*Il venait de tuer un homme.*

Et même s'il se répétait que ce qui s'était passé ce soir était un regrettable accident et qu'il n'avait fait que protéger sa vie, il ne cessait de voir son gâteau d'anniversaire sur lequel une vingtaine de bougies seulement brillaient encore dans l'obscurité.

Lorenzo avait juste voulu tenir parole en rendant visite à son tortionnaire et après, il n'avait fait que lutter pour survivre. Il ne pouvait pas perdre de temps à s'appesantir sur cet événement, car dès le lendemain la vraie partie démarrerait avec les pièces maîtresses.

# Chapitre 21

— Lorenzo ! Quel bonheur de te revoir ! Je te croyais mort !

Samuel prit son ami dans ses bras et le serra sur son cœur, avec une joie contagieuse. Lorenzo lui rendit son étreinte. Leur émotion n'était pas feinte et ils s'observèrent avec gravité pendant un instant durant lequel leurs souvenirs communs affluèrent : leur complicité immédiate et instinctive sur les bancs de l'école, leurs fous rires irrépressibles, leurs études dans les mêmes classes, leurs premiers émois amoureux et sentimentaux vécus de concert, leurs débuts dans le grand monde et leurs premiers succès…

Samuel avait laissé sa main sur l'épaule de Lorenzo comme pour être certain qu'il était bien là.

— Où étais-tu, mon vieux ? Tu m'as dit que tu voulais rentrer à pied chez toi et ensuite tu t'es volatilisé. J'ai remué ciel et terre pour te retrouver. Sans succès malheureusement…

Lorenzo l'invita d'un geste à s'installer dans le salon vert et beige de sa suite.

— C'est une longue histoire, assieds-toi.

Samuel prit place dans un fauteuil confortable. Une

seconde plus tard, un membre du personnel de l'hôtel leur apportait un plateau chargé de victuailles et de vaisselle. Samuel attendit que l'homme se soit éclipsé pour reprendre.

— J'ai failli avoir une attaque en lisant ton message ! Pourquoi as-tu eu recours à un avocat pour me faire parvenir ton invitation ?

Lorenzo servit deux verres de vin avant d'en tendre un à son ami.

— J'aurais pu te rendre visite, mais je préfère agir avec discrétion pour le moment. Cet endroit m'a donc semblé idéal pour nos retrouvailles. Pardonne-moi pour l'aspect mystérieux de tout ceci.

Ils commencèrent à manger avant que Samuel insiste.

— Dis-moi tout, Lorenzo. Je suis vraiment curieux de savoir ce qui s'est passé pendant ton absence.

Il résolut de débuter là où Samuel avait perdu sa trace.

— Je me souviens d'avoir refusé ta proposition de me ramener à mon hôtel particulier. Je voulais clarifier mes pensées avant de devoir affronter Margaret et ses maudits rejetons.

Samuel hocha la tête. Lorenzo poursuivit.

— Je n'avais pas anticipé leur riposte fulgurante.

Il avala une gorgée de son vin pour masquer son malaise. Samuel fit un geste impatient pour lui signifier de continuer.

— Des complices de David et Simon m'attendaient à la sortie du club. Ils m'ont assommé et emmené à bord d'un navire en partance pour l'Afrique, soupira Lorenzo.

Samuel porta sa main à sa bouche pour cacher sa stupéfaction.

— En Afrique ? Mais pour quoi faire ? À part les

bateaux qui participent au commerce triangulaire, il n'y a rien là-bas…

Lorenzo hocha la tête pour confirmer les déductions de son ami.

— Il s'agissait bien de cela.

Samuel ouvrit la bouche, visiblement horrifié.

Lorenzo se perdit dans ses pensées et ses yeux prirent un éclat terne. Samuel lui posa la main sur le poignet et il tressaillit en remarquant les cicatrices horribles qui marbraient la peau de son ami. Lorenzo suivit son regard et remit les manches de sa veste en place pour les cacher.

— Souvenirs de la traversée dont je t'épargnerai les détails. Bref, à mon arrivée, j'ai été… vendu comme esclave.

— Pardon ?

Lorenzo se frotta les yeux pour chasser l'horreur qu'il ressentait à l'idée d'avoir admis ce fait odieux à haute voix, devant quelqu'un appartenant à son monde.

— Tu as bien entendu. Le capitaine m'avait exposé au soleil pour que ma peau devienne plus mate et que leur mascarade soit plus crédible. À notre arrivée, j'ai été acheté par une veuve qui cherchait un régisseur pour l'aider dans l'exploitation de sa plantation.

Samuel hocha la tête en comprenant soudain comment son ami avait pu trouver le moyen de revenir à Londres.

— Je suppose que ton charme a fait des miracles sur cette femme qui a été plus qu'heureuse de croire à ton passé tragique ?

— Je l'ai effectivement séduite et elle m'a rendu ma liberté.

Samuel gloussa.

— Tu ne changeras jamais ! Tu n'as rien perdu de tes talents pour mettre les donzelles que tu voulais dans ton lit !

Lorenzo ne put cacher sa petite moue en songeant à la résistance farouche d'Angela.

— Je ne serai pas aussi affirmatif la concernant. Tu comprends, j'ai dû l'épouser pour obtenir son aide.

Samuel s'esclaffa.

— Alors, tu as fini par te faire piéger !

Lorenzo hocha la tête avec un sourire de mâle satisfait.

— Je ne dirais pas cela. Quand tu la verras, tu sauras pourquoi j'ai accepté de renoncer à mon célibat.

Une lueur particulière dans le regard de Lorenzo alerta Samuel.

— Je suis impatient de faire la connaissance de cette merveille.

Lorenzo fronça les sourcils, soudain pris d'un doute affreux. Angela plairait forcément à Samuel. Ils avaient toujours eu les mêmes goûts en matière de femmes. Samuel serait-il capable de tenter de la séduire au mépris de leur amitié ? Percevant ses craintes, Samuel leva les mains en signe d'apaisement.

— Et elle te rend jaloux ! Il faut absolument que je rencontre celle qui a réussi à vaincre le débauché le plus célèbre de notre pays.

Lorenzo résolut de changer de sujet.

— As-tu pu obtenir les invitations que je t'ai demandées ?

Samuel fouilla dans sa poche et en sortit une enveloppe gaufrée avec un sourire amusé.

— Je les ai. Je me suis précipité chez Doris Matheson dès que j'ai eu ton message.

Lorenzo grimaça.

— Le bal de ce soir se déroule chez Doris ?

Samuel approuva avec une petite mimique désolée.

— Eh oui, Lorenzo. Le bal de ce soir a lieu chez une

de tes anciennes maîtresses… Tu te doutais bien que cela risquait d'arriver, non ?

Ils échangèrent un regard chargé de fatalisme et la question muette de Lorenzo flotta entre eux. Samuel finit par formuler sa réponse à voix haute.

— Elle t'aura peut-être oublié avec le temps.

Samuel n'avait pas l'air convaincu. Doris était une veuve aigrie et bigote, qui se targuait d'être guérie des hommes depuis la mort de son époux. Lorenzo l'avait séduite à cause d'un pari stupide lancé lors d'une soirée trop arrosée. Comment auraient-ils pu, lui et ses complices, imaginer qu'elle croirait au véritable amour ? Lorenzo n'avait jamais eu l'intention de lui faire du mal, pourtant, il avait lamentablement échoué à la préserver de la rumeur. Elle s'était accrochée à lui avec une énergie désespérée à l'époque de leur rupture, qui remontait à presque deux ans à présent. Lorenzo se raisonna. Deux ans… Doris avait forcément tourné la page. Samuel et lui convinrent d'arriver tardivement au bal pour amplifier l'effet d'annonce du retour du vrai marquis.

Lorenzo aborda un sujet plus épineux.

— Samuel, je te demande de la discrétion sur ce que j'ai subi pendant ma disparition, mais j'ai aussi besoin de ta complicité pour délivrer une fausse explication concernant cette absence.

Samuel soupira.

— Pourquoi ne dis-tu pas la vérité, tout simplement ?

— Voyons, laisse-moi réfléchir à ta proposition… J'étais ivre lorsque j'ai été capturé et enchaîné à bord d'un négrier. J'étais parfaitement impuissant quand les privations, les conditions de vie à bord et les mauvais traitements ont failli me conduire à la folie et à la mort. Ma seule victoire, involontaire dois-je le préciser, consiste à avoir survécu à la traversée. Une fois à destination, ils m'ont placé, nu, sur le pont pour que je trouve un acquéreur. J'ai eu de la chance d'être acheté par une femme, j'en conviens, mais ne va pas croire que les choses ont été faciles à partir de là. Je lui devais un tel respect que le simple fait d'oser lui sourire pour lui dévoiler mon intérêt constituait un crime passible du fouet !

Samuel perçut la tension chez son ami malgré son ton léger. Il chercha donc à dédramatiser.

— Tu as toujours aimé les défis, non ?

Lorenzo releva un coin de sa bouche avec une expression moqueuse, avant de reprendre son sérieux.

— Si David et Simon n'avaient pas dilapidé presque toute la fortune familiale, je ne ferais pas tous ces mystères. Mais dans les prochains mois, je vais avoir besoin de toute ma crédibilité pour redresser la situation financière du marquisat. Je n'ai pas le choix, je dois mentir.

Samuel hocha la tête.

— Et tu penses que, de leur côté, tes frères vont se taire ?

Lorenzo acquiesça.

— S'ils ne le font pas, ils devront admettre leur tentative d'enlèvement et de meurtre.

— Vu sous cet angle, tu as raison. Je me charge de répandre la version que tu me communiqueras.

— Merci. Une dernière chose… J'ai du mal à comprendre pourquoi ils ne m'ont pas fait déclarer mort. C'était idiot de leur part de me laisser une telle opportunité.

— Je me doutais bien que ton absence était liée à eux, avoua Samuel. Alors, dès que nous avons constaté ta disparition, j'ai annoncé à tout le monde le contenu du testament de ton père et la réaction de ta belle-famille à sa lecture. Comme la haute société ne supporte pas les parvenus fratricides et que David est loin d'avoir ton charisme, l'aristocratie s'est liguée contre eux. Une enquête a même été ouverte, mais elle n'a abouti à rien faute d'indices à exploiter.

— C'est donc grâce à toi que je suis toujours porté disparu ?

Samuel approuva.

— Quelques mois après ton enlèvement, un homme brun de ta corpulence a été repêché dans la Tamise. Les autorités m'ont demandé, en tant que dernier témoin t'ayant vu en vie, d'identifier le corps, car le visage était méconnaissable. Quand je suis arrivé à la morgue, Margaret et ses troupes étaient déjà sur place. Avec les lourds soupçons qui pesaient encore sur eux, ils ne pouvaient évidemment pas profiter de cette aubaine. Ils ont donc joué la scène de la famille éplorée. Margaret a été particulièrement convaincante lorsqu'elle a juré ses grands dieux qu'elle avait toujours été une mère pour toi, et qu'en tant que telle elle aurait pu te reconnaître dans n'importe quelles circonstances. Elle a ensuite affirmé que ce cadavre n'était pas le tien et que, tant qu'elle aurait un souffle de vie, elle ne croirait jamais à ta mort !

Lorenzo ne put s'empêcher de rire en imaginant la scène.

— Dommage que j'aie manqué ça !

— Je ne te le fais pas dire ! C'était un moment mémorable. Pour ma part, je n'avais aucune certitude, mais j'ai confirmé ses propos. David assume donc…

Samuel perdit le fil de sa phrase lorsque la porte du salon s'ouvrit.

— Lorenzo ?

En se rendant compte qu'il avait un visiteur, Angela se figea.

— Oh ! Excusez-moi !

Les deux hommes se levèrent. Lorenzo lui tendit la main pour l'inviter à s'approcher.

— Samuel, je te présente Angela, mon épouse. Angela, voici le comte Samuel de Gears, mon meilleur ami.

Angela tendit sa main que Samuel baisa en s'inclinant galamment. Quand il se redressa, il avait une expression émerveillée sur le visage.

— Grand Dieu ! Dire que ce chenapan de Lorenzo a réussi à trouver une femme aussi belle que vous, à l'autre bout du monde et ce, dans une situation pour le moins inhabituelle. À sa place, je vous aurais obéi aveuglément sans me plaindre, pour le simple plaisir de pouvoir vous servir à loisir et obtenir un sourire de vous.

Elle s'amusa de ce compliment alambiqué.

— L'orgueil de Lorenzo n'aurait jamais supporté de se contenter de si peu. Il fallait qu'il reprenne l'ascendant sur son destin d'une façon ou d'une autre…

Le visage de Lorenzo se crispa et Samuel éclata de rire.

— Je suis ravi de vous rencontrer, marquise.

— Je suis également enchantée de faire la connaissance d'un ami de mon époux.

Elle ne mentait pas. Elle se tenait enfin devant une preuve tangible que Lorenzo n'avait pas affabulé.

— Samuel nous a obtenu des invitations pour un bal. Ta robe sera-t-elle prête à temps ? demanda Lorenzo.

Avait-il besoin de lui parler aussi sèchement ?

— La couturière s'est engagée à me la livrer avant ce soir.

— Parfait. Autre chose ?

Elle serra les dents en s'entendant congédier comme une simple domestique.

— M^e^ Emerson a fait déposer une lettre à ton intention à la réception de l'hôtel. Je l'ai placée sur ta table de nuit.

— Merci. Si c'est le document que j'attends, je vais

devoir m'absenter une bonne partie de l'après-midi. Je te rejoindrai sans doute après le dîner. Tiens-toi prête pour 21 h 30.

— Êtes-vous certain de vouloir assister à cette entrevue, monsieur le marquis ?

Emerson observa encore la luxueuse demeure avant de jeter un coup d'œil nerveux à son passager. Même si le jeune homme semblait plus policé aujourd'hui, l'avocat craignait que, face aux responsables de ses malheurs, il ne réagisse très mal. Inconscient de l'inquiétude de son interlocuteur, Lorenzo hocha la tête et posa un chapeau à large bord sur ses cheveux pour dissimuler ses traits.

— Maître Emerson, nous en avons déjà discuté et nous avons fixé les modalités de cet entretien. Il n'est plus temps de reculer à présent. Par ailleurs, vous et moi avons toujours su que je devrais les affronter un jour. Le plus tôt sera le mieux, conclut-il d'une voix implacable.

À son tour, il regarda la façade de sa résidence et une foule de souvenirs lui revinrent en mémoire. Il était sincèrement ravi de pouvoir revivre dans cette maison à très brève échéance.

— Je veux avoir récupéré cette propriété dès ce soir. Pas question de dormir une nuit de plus à l'hôtel, alors que tout ceci m'appartient.

Emerson hocha la tête.

— Soit. Allons-y.

Lorenzo afficha l'attitude humble d'un timide employé portant une mallette et suivit Emerson.

— Ne craignez-vous pas de rester sur place tant qu'ils sont encore dans les parages ? murmura Emerson.

Lorenzo émit un ricanement amer.

— Je leur souhaite bien du courage s'ils tentent à nouveau de s'attaquer à moi.

L'homme de loi soupira nerveusement en percevant la lueur dangereuse dans le regard du jeune noble. Il frappa.

Quelques secondes plus tard, un majordome hautain, inconnu de Lorenzo, leur ouvrit la porte en les toisant.

— Messieurs ?

L'avocat montra l'enveloppe qu'il tenait.

— J'ai un message urgent pour Mme Margaret de Welland.

Le majordome tendit la main.

— Je lui remettrai votre courrier, monsieur.

Emerson recula hors de portée.

— Nous nous sommes mal compris. Je dois le lui remettre en main propre.

L'homme fronça les sourcils et sa posture se fit défensive.

— Avez-vous pris rendez-vous ?

L'avocat secoua la tête et le majordome s'apprêta à refermer la porte.

— Madame ne reçoit pas sans rendez-vous. Bonne journée.

Emerson l'empêcha de leur claquer le battant au nez.

— Je me dois d'insister. Cette affaire est de la plus haute importance.

Le majordome songea qu'il n'avait pas été embauché pour servir de barrage à tous les créanciers qui tentaient de pénétrer dans cette maison.

— Dites-lui que Me Emerson souhaite la voir, précisa l'avocat. Elle se souviendra sans doute de moi. Indiquez-lui que ma visite concerne la succession de son défunt mari. Nous sommes parvenus à identifier des placements qui étaient bloqués jusqu'à présent. Je dois lui faire signer certains papiers.

Le majordome se détendit à la simple évocation d'une future rentrée d'argent. Les secrets les plus inavouables des employeurs échappaient rarement à leur personnel. Il les pria instamment d'entrer.

— Si vous voulez bien me suivre, messieurs.

Il les guida jusqu'à un salon tendu de délicates nuances vert amande.

— Je vous prie de bien vouloir patienter. Je vais prévenir madame.

À peine eut-il refermé la porte que Lorenzo se redressa.

— Pas étonnant que la fortune familiale ait été dilapidée. Si chaque pièce a été redécorée avec autant de luxe…

Il regarda les meubles en noyer cirés qui s'accordaient parfaitement aux tons muraux et à la teinte fleurie du canapé. Emerson se permit une petite touche d'humour.

— N'oubliez pas de les remercier pour leurs goûts exquis, car c'est vous qui profiterez de cette maison dès ce soir.

Quelques minutes plus tard, une domestique apporta un plateau chargé d'un service à thé. Elle était à peine ressortie que Margaret fit son entrée avec un sourire radieux de bienvenue sur les lèvres, une robe digne d'une reine et une démarche d'impératrice défilant devant son peuple.

— Maître Emerson ! Quelle bonne surprise ! Installez-vous, je vous en prie.

Ils prirent place sur les sofas moelleux. Lorenzo s'était posté un peu à l'écart, face à une fenêtre. Son cœur battait la chamade depuis que cette voix honnie, chargée d'onctuosité et d'hypocrisie, avait signalé l'arrivée de son ennemie. Il lui semblait pourtant évident que Margaret ne pouvait avoir oublié l'avocat qui l'avait, à la demande de son mari, spoliée de tous ses biens et devant lequel elle s'était ridiculisée quinze mois plus tôt. La situation devait être encore pire que ce que Lorenzo craignait pour qu'elle fasse des courbettes à la seule mention d'une possible rentrée d'argent.

— Madame, je suis au regret de vous demander de préparer vos bagages dans les plus brefs délais, commença Emerson.

Margaret, qui était en train de lui verser une tasse de thé, en renversa sur la table tant elle était surprise.

— Pardon ? Quelle est cette plaisanterie ?

Lorenzo s'amusa intérieurement du ton pédant qu'elle avait bien vite repris après la surprise initiale.

L'avocat lui montra l'enveloppe qu'il tenait à la main.

— Cette ordonnance du tribunal vous laisse, à vous et à vos trois enfants, quatre heures pour quitter définitivement cette demeure.

— Une ordonnance du tribunal ? répéta-t-elle sans comprendre. Pour quel motif, je vous prie ?

— Nous avons retrouvé l'héritier légitime de votre époux.

Elle ouvrit la bouche sous l'effet de la stupeur alors que, imperturbable, l'avocat poursuivait.

— Selon les termes du testament du défunt marquis de Welland, vous n'avez plus aucun droit d'occuper cette demeure.

Margaret lui jeta un regard incrédule.

— L'héritier légitime de… Qu'insinuez-vous ? Mes enfants sont les héritiers directs de Nelson !

Le visage de Margaret était devenu livide tandis que l'atroce vérité surgissait, bien malgré elle, dans son esprit. L'avocat hocha la tête comme pour confirmer ses soupçons.

— Vous savez comme moi que, dans ses dernières volontés, votre époux désignait une tout autre personne, à l'origine…

Les traits déformés par un mélange de rage et de peur, elle se redressa en hurlant d'une voix stridente :

— Lorenzo est mort !

L'intéressé ôta alors son chapeau et lui fit face avec un sourire ironique.

— J'avoue que je suis déçu par cette affirmation. J'ai pourtant eu vent du discours émouvant et passionné durant lequel vous avez catégoriquement démenti mon décès…

Une main plaquée sur son cœur pour en maîtriser les battements et le visage blême d'horreur, Margaret balbutiait des propos incohérents.

— Je suppose que la façon dont j'ai survécu à votre plan sournois ne vous intéresse absolument pas. Je ne vais donc pas abuser de votre temps, trancha Lorenzo.

Il jeta un regard à l'avocat.

— Comme M^e^ Emerson vous l'a précisé, j'ai la loi de mon côté. À présent, j'exige que vous quittiez cette demeure avant la fin de l'après-midi.

Elle se leva en tremblant.

— Tu ne peux…

L'avocat sortit l'ordonnance de son enveloppe et en lut le contenu.

— Le tribunal vous somme de vous plier aux dernières volontés de votre mari qui a fait de Lorenzo, en toute légalité, son unique héritier. Par conséquent, cette propriété ainsi que toutes les autres résidences, usines, exploitations agricoles, navires et liquidités lui reviennent de droit. Comme le prévoit le testament, vous recevrez une fois par an la rente déterminée par votre époux. Il en sera de même pour vos trois enfants. Le marquis de Welland vous restitue les terres que vous avez apportées dans votre dot. De son côté, les dernières volontés de son défunt père sont ainsi respectées.

Il lui jeta un regard par-dessus ses lunettes en demi-lune.

— Avez-vous compris, madame ? Puisque le testament l'y autorise en tant qu'unique héritier, le marquis de Welland exige que vous quittiez les lieux dans les plus brefs délais.

Lorenzo adressa un signe à l'avocat qui déposa l'ordonnance du tribunal sur la table et se leva.

— Madame, je vous salue.

Il s'inclina et ressortit de la pièce en laissant Lorenzo seul avec sa belle-mère. Elle lui jeta un regard assassin.

— Comment oses-tu me traiter ainsi devant un tiers ?

Il sourit.

— J'ai pris goût à la vengeance. Grâce à vos leçons, dois-je le préciser ?

Elle frémit.

— Lorenzo, tu ne peux pas faire ça à ta propre famille, imagine le scandale…

— Oh si ! Je peux et je vais le faire.

— Tu ne l'emporteras pas si facilement ! hurla-t-elle.

Il attrapa une clochette sur la cheminée et l'agita. Une seconde plus tard, la même servante fit son entrée dans la pièce.

— Madame ?

— Vous n'étiez pas dans cette maison au moment de ma disparition, vous ne pouvez donc pas savoir que c'est à moi que vous devez obéir dorénavant. Je suis le marquis de Welland, lui expliqua Lorenzo avec placidité.

La jeune fille se tourna vers son employeuse qui, totalement anéantie, ne le contredit pas. Elle finit par s'incliner.

— Monsieur le marquis ?

Il marqua son approbation d'un hochement de tête satisfait.

— Convoquez tout le personnel dans l'entrée. Immédiatement !

— Tout de suite, monsieur le marquis.

Elle s'éclipsa en courant. Moins de cinq minutes plus tard, l'ensemble des domestiques était regroupé dans le hall. Lorenzo reconnut Baptist, son cocher, Colton, son valet, Elliot Foster, son secrétaire, ainsi que les cuisinières et quelques femmes de chambre. Ces anciens informèrent les autres à voix basse du retour de l'héritier légitime du marquis.

Il se posta face à eux et les murmures s'éteignirent.

— Je suis Lorenzo San Pietro, marquis de Welland, de retour chez moi après des mois d'absence. Tous ceux qui souhaiteraient rester au service de ma belle-famille sont dès à présent libres de la suivre dans ses nouveaux logements.

Personne ne bougea.

— Très bien. Je vous demande de vider leurs armoires et de préparer leurs bagages le plus vite possible. Je veux que ma belle-mère soit partie avant 18 heures.

En prenant conscience de la proximité de son ultimatum, Margaret eut un sursaut de rage impuissante.

— Si elle prétend que certains objets lui appartiennent, sachez qu'elle ment, poursuivit Lorenzo. Tout ce qui se trouve ici a été acheté avec l'argent qui aurait dû revenir à l'héritier légitime du titre, en l'occurrence, moi. En la laissant emporter autre chose que ses vêtements et son nécessaire de toilette, vous vous rendriez complices de vol…

Elle poussa un glapissement de fureur en l'entendant l'accuser publiquement.

— Exécutez mes ordres. Messieurs Colton et Foster, restez, je souhaite m'entretenir avec vous.

Les deux hommes interpellés s'avancèrent de quelques

pas. Les autres se dispersèrent dans un bel ensemble en chuchotant dès le palier franchi.

— Lorenzo…, tenta Margaret d'un ton suppliant.

Il se tourna vers elle.

— Aucun de vous quatre ne devra jamais remettre les pieds dans cette maison de son propre chef, ou il lui en cuira. Prévenez vos fils afin qu'aucun d'entre eux ne se méprenne sur le sens de mes paroles. Je serai sans pitié. Est-ce clair, Margaret ?

Face à Lorenzo, l'union avait toujours fait leur force ; seule, elle ne faisait pas le poids.

— J'ai compris tes instructions, Lorenzo, mais ne pense pas que nous allons renoncer sans nous battre !

— Sortez, maintenant, j'ai à faire !

Elle frémit sous l'insulte, avant de monter dans sa chambre, le dos courbé par la honte.

Lorenzo se tourna vers son valet qui accepta avec joie de reprendre son poste. Dans le doute, Colton avait, en dépit des consignes de sa belle-famille, préservé la garde-robe de son employeur. Quand Lorenzo exigea de récupérer ses appartements, il approuva également.

— Ces pièces sont restées inoccupées. Cela ne nous posera aucune difficulté de les remettre en état pour vous.

— Excellente nouvelle. Je vous laisse donner les ordres en conséquence. Ensuite, préparez-moi une tenue pour le bal de ce soir. N'oubliez pas qu'il s'agit de mon grand retour !

— Monsieur le marquis fera pâlir de jalousie tous les autres membres de la haute société.

Lorenzo poursuivit avec un hochement de tête approbateur.

— Je réside actuellement à l'hôtel Savoy avec la marquise. Quand vous aurez terminé ici, je voudrais que vous vous y rendiez avec la femme de chambre de votre choix. Empaquetez nos bagages et aidez mon épouse à se préparer pour la soirée.

— Bien, monsieur le marquis. Puis-je me permettre de vous féliciter pour votre mariage ?

Lorenzo approuva avec un sourire.

— Merci, Colton.

Le valet s'éclipsa pour exécuter ses ordres. Lorenzo reporta alors son attention sur le discret secrétaire de son père.

— Mon ami !

Lorenzo lui serra chaleureusement la main. Cet homme qu'il connaissait depuis toujours semblait pourtant plus frêle que jamais. La joie éclairait son visage parcheminé.

— Comme je suis heureux de vous revoir en vie, monsieur le marquis !

— Et moi de constater que vous êtes resté au service de ma famille.

Lorenzo prit une inspiration rapide.

— J'ai cru comprendre que la situation actuelle n'était pas brillante.

Le secrétaire grimaça légèrement.

— Je crains fort que vous ne soyez en dessous de la vérité. Moi-même, je ne suis au courant que grâce aux indiscrétions de vos frères qui devaient me penser sourd.

Lorenzo soupira en hochant la tête.

— J'aurai besoin de vous pour m'aider, dans les mois à venir.

Elliot Foster se redressa subitement.

— Votre confiance m'honore, monsieur le marquis.

Lorenzo approuva.

— Bien. Je voudrais avoir un premier bilan sommaire

afin de parer au plus pressé. Je vous rejoindrai dans quelques instants dans le bureau de mon père.

Le secrétaire s'inclina et s'éclipsa à son tour.

Lorenzo passa alors dans ses appartements dont Colton avait ouvert toutes les fenêtres pour renouveler l'air après tant de mois de confinement. Aidé par un autre valet, Colton sortait les vêtements du marquis de leurs protections en tissu et les suspendait dans le vestiaire attenant. Pendant ce temps, deux soubrettes préparaient le lit avec des draps propres. Lorenzo observa rêveusement la scène en imaginant Angela entre ces murs.

Il connaissait les coutumes de la noblesse : la plupart des couples ne partageaient pas la même chambre. Ça ne serait pas leur cas, Lorenzo profiterait aussi souvent que possible du corps merveilleux d'Angela et cela, à tout moment de la nuit, sans aucune limite ni aucune convention rigide.

Il informa donc son personnel de sa décision. Satisfait, il observa les murs tendus de bleu et de marron glacé, les meubles en chêne cirés, la lourde cheminée en pierre blanche, la bibliothèque chargée de ses ouvrages préférés, le balcon en fer forgé avec sa vue sur le parc verdoyant à l'arrière de sa propriété et la salle de bains en marbre brun.

Il rejoignit ensuite son secrétaire qui avait eu le temps de trier les documents nécessaires et ils entamèrent leur examen.

Lorenzo s'interrompit à deux reprises : une fois pour raccompagner Margaret et tous leurs bagages à la porte, et une autre pour dîner rapidement à sa table de travail.

Samuel les attendait devant la résidence de Doris Matheson, la complice involontaire de leur mise en scène.

Angela suivit les deux hommes à l'intérieur. Des valets en livrée surgirent de toute part pour les aider à retirer leurs manteaux. Angela les voyait s'activer avec servilité et se demanda un instant quelle différence Lorenzo percevait entre l'attitude de ces automates somptueusement vêtus, mais dépourvus d'émotions, et celle de ses esclaves de maison dont le comportement n'avait jamais été bridé, que ce soit du temps de Trevor ou du sien. Une vague de nostalgie la frappa en songeant à sa plantation, mais Lorenzo l'entraîna à sa suite. Samuel glissa un mot à un valet qui annonça d'une voix puissante l'entrée du comte de Gears, du marquis et de la marquise de Welland. La porte de la salle de bal s'ouvrit vers l'intérieur. Lorenzo posa la main d'Angela sur son bras pour la guider dans la pièce brillamment éclairée et décorée avec goût. Une multitude de visages curieux et ébahis se tournèrent vers eux dans un bel ensemble.

En reconnaissant Lorenzo, l'aristocratie anglaise perdit une partie de son flegme légendaire. Les trois nouveaux venus s'avancèrent de quelques pas seulement avant que la foule les happe avec avidité.

Dans cette cohue, Angela parvenait à distinguer les vrais amis de son mari de ses vagues connaissances rien qu'en les voyant le saluer avec aisance, admiration, déférence ou servilité. Contraintes d'assister à ces échanges en retrait, les femmes se pressaient avec plus ou moins de subtilité pour tenter d'attirer son regard. Lorenzo semblait très à l'aise au milieu de l'attention générale, de cette opulence ostentatoire, de ces tissus luxueux et de ces poitrines largement exposées. Angela comprenait enfin la profondeur de l'enfer qu'il avait connu en étant considéré et traité comme un esclave alors qu'il était habitué à cela.

Elle notait avec quelle facilité il s'intégrait aux conversations en cours et plaisantait avec tous ses interlocuteurs avec succès. Selon le plan établi, Samuel précédait Lorenzo de groupe en groupe pour répandre l'histoire enjolivée de sa disparition : son envie de voyager après le décès de son père, sa rencontre avec sa future femme lors d'un bal aux colonies.

À côté de lui, Angela saluait, répondait aux questions qu'on lui posait et souriait presque sur commande. Lorenzo semblait satisfait d'elle et notait les regards chargés de convoitise des hommes sur elle et ceux emplis de jalousie des femmes. Angela remplissait inconsciemment son rôle de faire-valoir à la perfection. Cette robe aguichante et la parure somptueuse qu'il lui avait offerte pendant le trajet avaient été choisies dans ce but précis. Elle finit par s'en rendre compte en entendant un individu corpulent féliciter Lorenzo.

— Mon cher marquis, je comprends que vous soyez allé au bout du monde pour dénicher une merveille pareille.

Comme ils la regardaient tous les deux à cet instant, Angela saisit qu'ils parlaient d'elle. Elle remarqua le sourire satisfait et fier de Lorenzo. Le fait qu'il l'ait ramenée comme conquête justifiait et excusait en partie sa longue escapade. Non seulement il l'utilisait pour contourner les questions concernant son absence, mais en plus, il faisait de sa désastreuse aventure une victoire fabuleuse pour tous les autres mâles de cette salle. Dépitée par cette certitude, elle perdit son sourire.

Quelques minutes plus tard, une douce musique s'éleva et Lorenzo l'entraîna sur la piste pour danser avec elle. Grisée par sa virtuosité, elle se laissa porter par les notes et par son cavalier, oubliant momentanément son pénible instant de lucidité.

— Tu es divine, ce soir.

Il frôla la peau de son cou pour murmurer son compliment et elle frissonna. Elle sourit et leva les yeux vers lui. Elle réalisa alors qu'une foule de curieux observait leur échange sans chercher le moins du monde à rester discrets. Quand donc s'arrêtait le paraître dans ce genre d'événement ? Insensible à ce manque d'intimité, Lorenzo lui jeta un regard intrigué.

— Un problème ?

— Non, non.

Ils dansèrent jusqu'à ce qu'elle demande une pause.

— Tu souhaites te reposer un instant ?

— Oui. J'ai terriblement soif.

Il venait de lui trouver une chaise et un verre de champagne quand quatre personnes à l'allure revêche firent irruption dans leur champ de vision. La main sur l'épaule de sa femme, Lorenzo se crispa. Il ne fallut pas longtemps à Angela, en percevant leur animosité réciproque, pour comprendre qu'il s'agissait de la belle-mère, de la demi-sœur et des deux demi-frères de Lorenzo. Il se pencha vers elle pour murmurer d'une voix tendue :

— Pendant que tu te délasses, puis-je régler quelques affaires en suspens ?

Elle hocha la tête.

— Bien sûr.

Il s'éloigna.

— Lorenzo ?

Il se tourna vers elle.

— Oui ?

— Ne leur prête pas attention, même s'ils cherchent à provoquer un esclandre.

Il resta immobile, l'air pensif.

— Et toi, ne les laisse pas s'approcher, lui conseilla-t-il.

Puis il fendit la foule en évitant sa belle-famille.

Un instant plus tard, une voix mélodieuse s'élevait derrière Angela.

— Ma chère ! Quelle prise !

La femme brune magnifique d'une trentaine d'années qui avait prononcé ces mots était vêtue d'une robe en velours cramoisi. Elle la dévisageait avec un soupçon de jalousie perceptible dans ses grands yeux bleus expressifs.

— Je suis Doris Matheson, votre hôtesse.

Angela se leva en lui tendant la main.

— Oh ! enchantée. Je suis…

— Je sais qui vous êtes ! En revanche, j'ignore comment vous avez accompli l'exploit de vous faire épouser par cet esprit libre.

Très surprise de subir une attaque directe dans un environnement aussi feutré, Angela remarqua le regard chargé de désir et de regrets de Doris sur la silhouette de Lorenzo. Il s'en dégageait une intimité douloureuse. Sa question lui échappa.

— Qu'entendez-vous par esprit libre ?

Angela comprit qu'elle était tombée dans un piège grossier quand Doris lui fit à nouveau face avec une lueur narquoise au fond des yeux.

— Oh ! Quelle maladroite je fais ! Vous venez de si loin que vous ignorez sans doute que vous avez épousé le plus fabuleux libertin de ces dernières années.

La mine atterrée d'Angela lui fournit la réponse.

— Non, visiblement, vous ne le saviez pas, apprécia-t-elle.

— Un libertin…

Doris sourit avec une moue complice.

— Eh oui, ma chère. Plusieurs femmes dans cette assemblée ont goûté à ses performances et vous détestent pour l'exploit que vous avez réalisé ! Sachez qu'au moment même où ce magnifique et puissant étalon franchissait cette porte, les manigances pour attirer son attention et attiser son désir reprenaient comme au bon vieux temps. Il est vrai que les amants de sa trempe ne sont pas légion.

Elle se figea soudain.

— Oh ! Mais je vous choque avec mes révélations sulfureuses ! Pardonnez ma brutalité.

Elle n'en pensait rien, évidemment. Agacée, Angela décida de rendre les coups.

— Ne vous inquiétez pas. Je suis juste un peu lasse ! Vous connaissez visiblement l'inépuisable appétit de mon époux. Vous pouvez donc comprendre à quel point ces mois de vie commune ont pu être éreintants maintenant que je suis seule à le combler...

Doris resta silencieuse, dépitée par cette réplique cinglante à laquelle elle ne s'attendait pas. Angela profita de sa surprise pour la saluer d'un geste malicieux et s'éclipser avant qu'elle retrouve l'usage de la parole.

Angela s'engouffra dans un couloir. Son sourire factice se fissura pour laisser apparaître sa détresse. Elle erra d'une pièce à l'autre dans l'espoir de dénicher un endroit où elle pourrait rester seule un instant, le temps d'encaisser le choc de ce qu'elle venait d'apprendre et de se recomposer une attitude.

Elle passa une arche et trouva enfin ce qu'elle cherchait. Il s'agissait d'un jardin d'hiver surplombant un parc arboré magnifique. Angela observa sans les voir les fauteuils en rotin acajou garnis de coussins fleuris. Soupirant, elle s'assit dans l'un d'eux.

Les paroles de Doris Matheson tournaient en boucle dans sa tête. Elle lui avait pratiquement avoué avoir été la maîtresse de Lorenzo. La souffrance irradia le cœur d'Angela alors qu'elle prenait conscience qu'il l'avait conduite à ce bal, tout en sachant que leur hôtesse serait une femme avec qui il avait fait l'amour !

Comment avait-il pu imaginer que son secret resterait à l'abri ? Surtout, pourquoi ne l'avait-il pas informée afin qu'elle ait l'air moins sotte ? Encore une fois, son manque de tact frôlait l'irrespect. Ou alors, il espérait qu'elle n'apprendrait jamais la vérité car, à la lumière des révélations de Doris, tout un pan de son histoire avec Lorenzo s'éclairait d'un jour nouveau.

Avait-elle été la victime crédule d'un séducteur manipulateur habitué à obtenir la reddition des proies féminines sur qui il jetait son dévolu ? Sans concession, elle analysa leur relation, en rougissant de honte par moments. Elle devinait soudain pourquoi, chaque fois qu'elle lui avait avoué ses sentiments, il n'avait jamais répondu. Une petite voix chargée d'incompréhension et de désespoir s'éleva en elle. S'il ne l'aimait pas, pourquoi avoir passé tant de temps à la conquérir ?

Dans un cruel éclair de lucidité qui la fit chanceler de douleur, la vérité émergea. Lorenzo l'avait séduite dans le seul but d'obtenir son affranchissement. Il avait besoin de recouvrer sa liberté pour pouvoir quitter le continent américain sans risque et rejoindre sa précieuse Angleterre. La même petite voix, s'accrochant désespérément à ses illusions, le défendit encore : pourquoi l'avait-il épousée ? Il n'avait plus aucun intérêt à le faire : le mariage représentait de nouvelles chaînes. Doris Matheson avait bien précisé qu'aucune femme n'avait jamais pu prétendre à ce privilège. Alors pourquoi s'était-il encombré d'elle, qui avait assisté à sa déchéance ? Elle réfléchit une seconde, envisageant un instant qu'il puisse s'agir d'une question d'orgueil, avant de songer à l'aspect financier. Bien sûr, il avait besoin d'argent pour faire un retour fracassant parmi ses pairs.

Et elle s'était laissé manipuler, comme une marionnette docile. Confrontée à ces conclusions, elle pleurait presque de rage, d'auto-apitoiement, de honte et de dépit. Elle s'était toujours pensée apte à décider de sa vie, pourtant l'humiliante réalité était tout autre, bien plus cruelle que ce qu'elle était prête à accepter. Son père l'avait vendue à Trevor McDermott qui l'avait ensuite utilisée sans égards. Puis Lorenzo l'avait manipulée pour obtenir son affranchissement et de l'argent, et se servait à présent d'elle comme alibi pour expliquer son absence.

Une foule de petites phrases lui revenaient en mémoire. Comme cette fois où, après la première nuit où il lui avait donné du plaisir avec sa bouche, elle lui avait demandé de rester discret. Ironiquement, il lui avait fait comprendre qu'il était un habitué de ce genre de situations clandestines. Et pour cause ! Un libertin ! Elle se sentait soudain misérablement ridicule.

Un rire haut perché interrompit le cours de ses sombres pensées. Angela se recomposa une attitude alors que deux personnes approchaient de sa cachette sans discrétion. Un couple enlacé franchit l'entrée de la véranda, sans la voir. L'homme serra la femme contre lui et l'embrassa fougueusement, la main déjà posée sur sa poitrine opulente. Angela songea que Lorenzo avait dû faire ces mêmes gestes des centaines de fois par le passé. Pire, il avait retrouvé son aura charismatique et le prestige de son titre qui lui assuraient à nouveau l'attention de toutes les femelles désœuvrées et avides de ses performances. S'il le décidait, il pouvait reprendre sa vie de débauche. Angela aurait alors définitivement tout perdu. Écœurée par ses découvertes et peu désireuse d'assister à la suite de la partie fine qui se jouait devant elle, elle toussota. L'homme leva les yeux vers elle et se figea sous l'effet de la surprise.

— Angela ! Que faites-vous là ?

— Samuel ?

Il lâcha sa conquête, après un petit instant de gêne.

— Vous n'êtes pas avec…

— Non.

Il perçut son humeur morose. Il se tourna donc vers sa plantureuse compagne.

— Lydia, pouvons-nous nous retrouver plus tard ?

La femme arbora un sourire crispé. Samuel lui caressa la joue et elle frissonna de délice.

— Tu veux bien ?

Il avait un ton plein d'attente et de promesses. Lydia capitula.

— Bien sûr.

Encore une fois, Angela ne put que noter la technique bien rodée de cet homme et faire le parallèle avec les gestes que Lorenzo avait utilisés sur elle. Lydia salua Angela avec un regard d'avertissement possessif vers Samuel. Elle s'éloigna ensuite avec dignité. Son amant l'observa avant de s'asseoir à côté d'Angela.

— Que se passe-t-il ? Pourquoi cette mine triste ?

Elle hésita un instant. Après tout, Samuel était l'ami de Lorenzo. C'est vers lui qu'irait sa fidélité si elle lui révélait ses doutes humiliants. Elle devait donc être prudente.

Il sembla lire dans ses pensées.

— Je sais que vous ne connaissez personne ici. Vous êtes déracinée, mais vous pouvez me faire confiance si vous éprouvez le besoin de parler.

Elle soupira tout en clignant des yeux pour tenter de maîtriser les larmes qui montaient.

— Doris Matheson vient de m'informer du passé tumultueux de Lorenzo.

Samuel grimaça légèrement. Elle resta silencieuse un instant avant de se cacher le visage.

— Dans mon pays, j'ai pris tous les risques pour ma réputation et ma plantation en épousant un esclave affranchi. Ici, le danger est plus grand encore. Tant de femmes le convoitent…

Samuel posa une main réconfortante sur la sienne.

— Je ne l'ai jamais vu se comporter comme il le fait avec vous. Je peux par conséquent vous affirmer que Doris et toutes les autres font partie d'un passé révolu. Vous êtes son présent et son avenir d'une façon évidente pour tous ceux qui le côtoyaient. N'est-ce pas ce qui compte ?

Elle afficha un faible sourire.

— Pourquoi Lorenzo n'a-t-il pas eu le tact de me prévenir que nous nous rendions chez une de ses anciennes maîtresses ? J'aurais pu me préparer à ces révélations.

— Il m'a fait parvenir une lettre me demandant de lui trouver des invitations pour le bal de ce soir. Il n'a su qu'ensuite que l'hôtesse serait Doris. Il était alors trop tard pour reculer. Vous comprenez ?

— A-t-elle été importante pour lui ? le questionna Angela au bout d'un instant.

Samuel secoua la tête.

— Pas le moins du monde. Leur histoire n'a pas duré.

Pourquoi, dans ce cas, cette femme avait-elle affiché sa jalousie ?

— Et de son côté à elle ? insista-t-elle.

Samuel s'agita sur sa chaise, soudain mal à l'aise.

— Heu…

Son regard vert étincelant le fit capituler.

— Doris a très mal supporté leur séparation, parce qu'elle était tombée amoureuse de lui.

Angela pouvait aisément la comprendre. Elle soupira avant de poser une autre question préoccupante et déterminante pour nombre de soirées à venir.

— Si Lorenzo a eu autant de maîtresses que cela, dois-je m'attendre à des révélations embarrassantes à chacune de nos sorties ?

Samuel comprit ce que Lorenzo avait voulu dire en affirmant que sa femme était spéciale. Il avait l'impression de subir un interrogatoire en règle tout en se sachant incapable de refuser quoi que ce soit à cet adorable minois inquiet. Il se racla la gorge avant de répondre d'un ton ennuyé.

— Je ne suis pas la meilleure personne pour vous parler de ce genre de choses…

Elle insista.

— S'il vous plaît ! Comme vous l'avez si bien dit, je ne connais que vous dans ce pays. Je ne pourrai poser cette question gênante à personne d'autre.

Elle braqua sur lui un regard angoissé et il capitula en perdant une partie de son cœur au passage.

— Lorenzo avait beaucoup de succès auprès des femmes. Elles se jetaient toutes à ses pieds. Il prenait et donnait autant qu'il recevait, mais il n'en a jamais aimé une seule. Il n'a jamais parlé mariage à aucune d'elles.

Il pensait la rassurer. Évidemment, pour rien au monde elle n'aurait avoué ses doutes récents concernant la motivation de Lorenzo pour l'épouser.

Samuel insista.

— Vous avez vu comme moi qu'il n'a prêté attention qu'à vous ce soir.

Elle ne pouvait le nier. Il ne l'avait pas quittée un instant avant l'apparition de sa belle-famille.

— Comment était-il avant son enlèvement ?

Samuel accepta avec soulagement ce changement de sujet.

— Ah ! Lorenzo est un paradoxe vivant, à l'image de son éducation. Son père le vénérait et lui donnait tout ce qu'il y avait de mieux. Il l'a envoyé dans les écoles les plus prestigieuses, lui a payé les meilleurs professeurs d'escrime, de boxe, d'équitation, de langues… Il l'a emmené dans ses voyages aux quatre coins du monde et l'a initié à la navigation, aux affaires, au commerce, à l'agriculture. Comme un contrepoids à cet amour inconditionnel, il y avait Margaret, toujours prête à le critiquer, le punir, l'humilier publiquement, le piéger, essayer de le faire tomber dans l'estime des autres… Véritable produit de ces extrêmes, Lorenzo a donc toujours été sûr de lui, mais conscient de ses limites, sérieux quand les circonstances l'exigeaient, mais bourré d'humour, d'un tempérament modéré et patient tout en étant passionné et énergique à la fois, séducteur et conquérant, mais humble dans ses succès. Il est respectueux des autres, tout en sachant exactement ce qu'il veut, et comment l'obtenir.

Samuel se tut un instant.

— Quand il a disparu, j'ai cru perdre mon propre frère.

Elle capta sa souffrance bien réelle à ce souvenir.

— Espérons que, avec ce retour à ses origines, il redeviendra cet être charmant que vous décrivez.

— Qu'avez-vous dit ? s'inquiéta-t-il.

Elle soupira.

— Il vous a expliqué ce qui lui était arrivé, n'est-ce pas ?

Samuel hocha la tête. Elle poursuivit.

— Lorenzo a été meurtri par cette malheureuse aventure. Les épreuves l'ont endurci et rendu plus intransigeant à l'égard des autres.

— Je ne peux croire que le tableau soit aussi noir que vous le peignez. Une femme si intuitive n'aurait pas épousé un homme comme celui que vous décrivez.

Elle se redressa avant de laisser échapper des paroles qu'elle risquait de regretter.

— Vous avez sans doute raison. J'ai été déstabilisée par les révélations de cette femme. Accepteriez-vous de me raccompagner jusqu'à la salle de bal ?

Il se leva comme un diable en lui tendant son bras.

— Bien sûr, Angela. Ce serait un honneur.

Elle rit et le suivit.

Samuel et elle continuèrent à discuter quelques instants sans se rendre compte qu'ils avaient rejoint la foule des invités. Plusieurs personnes notèrent l'arrivée de ce nouveau couple qui semblait très complice. Le comte de Hollister, un homme d'une cinquantaine d'années doté d'un œil infaillible pour repérer les ingrédients d'un bon scandale, s'empressa de prévenir Lorenzo.

— N'est-ce pas votre femme, là, avec le comte de Gears ?

Lorenzo tourna la tête dans la direction indiquée et dut faire appel à toute sa maîtrise pour cacher sa contrariété. Hollister reprit avec un ton doucereux.

— Vous avez de la chance que votre épouse et votre meilleur ami s'entendent aussi bien…

Lorenzo capta la lueur narquoise dans le regard de certains de ses interlocuteurs. Si lui, le libertin, ne parvenait pas à tenir sa femme, cela ferait jaser. Furieux contre eux, Lorenzo observa Angela et Samuel. Comme il l'avait craint, Samuel avait succombé au charme d'Angela. Et elle, innocente comme elle l'était, ne sentait pas le danger. Une bouffée de colère lui serra la gorge. Avaient-ils besoin de s'isoler et de revenir bras dessus bras dessous de leur escapade, à la vue de tous ?

Bien sûr, il avait individuellement confiance en ces deux personnes, mais il était hors de question que la haute société puisse penser que, après quelques mois de mariage, Angela se montrait déjà attentive à la cour d'un autre homme. Elle était à lui ! Il entendait bien le prouver sans perdre un instant.

— J'ai demandé à Samuel de tenir compagnie à ma femme pendant que je réglais quelques affaires. Si vous voulez bien m'excuser, messieurs, j'ai négligé mon épouse trop longtemps…

Il les salua avec dignité et rejoignit les deux coupables avec une mine sévère.

— Merci de t'être occupé de ma femme, Samuel, mais je suis là maintenant.

Son regard sombre et sa voix tranchante étaient suffisamment explicites. Samuel s'écarta d'Angela avec une lueur surprise dans les yeux.

— Bien sûr.

Sans prêter attention au sentiment d'injustice de son ami, Lorenzo prit le bras d'Angela et l'entraîna sur la piste de danse. Elle n'avait pas apprécié son attitude autoritaire et condescendante envers Samuel. Quand il croisa son expression irritée, il s'emporta.

— Tu veux donc ruiner tous mes efforts pour récupérer ma position sociale en t'isolant avec un débauché notoire et en t'affichant ensuite avec lui à la vue de tous ?

Outrée par la teneur de ses propos, elle s'insurgea.

— Tu es injuste, Lorenzo. Dois-je te rappeler que tu parles de ton meilleur ami qui t'aime sincèrement ?

Et puis, tu es mal placé pour juger son libertinage avec autant de sévérité, non ?

Il lui jeta un regard intrigué.

— Ton orgueil si insatiable doit savourer la proximité de toutes ces femmes qui se réjouissent de ton retour et qui espèrent que tu n'auras rien changé à tes mœurs dissolues, susurra-t-elle.

Il se figea en entendant ces propos sarcastiques. Angela manqua son arrêt et lui marcha sur le pied. Il grimaça de douleur avant de se reprendre en sentant l'attention des curieux fixée sur eux. S'il creusait la question, il était certain que leur discussion dégénérerait en dispute.

— Nous reparlerons de tout cela plus tard. En attendant, profitons ensemble de cette soirée.

Toujours ce ton autoritaire à peine masqué. Elle leva les yeux au ciel. Il lui jeta un regard d'avertissement avant de la serrer plus étroitement contre lui pour réaffirmer son contrôle sur elle. Pourtant, pas question cette fois de se laisser faire sans répliquer.

Elle afficha une moue mutine.

— Je te présente mes excuses pour avoir mis tes plans en danger, lui souffla-t-elle à l'oreille en effleurant sa peau au passage.

— Tu me présentes tes excuses de cette façon ? grogna-t-il.

Elle sourit de façon engageante en fixant ses lèvres.

— Cela ressemble bien plus à une invitation, non ? C'est toi, le spécialiste, après tout…

Même si cette réplique accentua son malaise, il n'en laissa rien paraître. Angela n'eut pas besoin d'insister outre mesure après cela pour le faire capituler.

— Il est tard. Rentrons, annonça-t-il.

Il s'empara de sa main et quitta la piste de danse. Il

salua Doris Matheson d'un ton dégagé, prouvant que, pour lui, leur liaison était un sujet révolu.

Dans le carrosse, Angela regardait la ville défiler par la fenêtre pour éviter de croiser le regard de son époux, sinon elle se serait immédiatement mise à hurler de rage et de douleur. Les découvertes de cette soirée formaient un bloc compact qui pesait comme une pierre sur son cœur meurtri.

Lorenzo était un libertin !

Leur mariage était probablement fondé sur un mensonge, voire sur une navrante mystification. Elle aurait pu lui demander des explications, mais elle n'osait pas. La confirmation de ses doutes la détruirait.

Elle se raccrochait encore avec un vague espoir à sa démonstration de possessivité. S'il était jaloux, cela devait avoir une signification, non ? En effet, après son retour avec Samuel, Lorenzo avait rassuré tous les témoins de la scène en affirmant sa propriété sur elle. Une minuscule voix lui souffla alors que oui, mais guère plus que pour ce carrosse, sa demeure londonienne et le reste. Abattue, elle soupira.

Inconscient de ce qui se jouait dans la tête de son épouse, Lorenzo leva les yeux vers elle.

— Je te sens troublée, Angela. Veux-tu que nous en parlions ?

Il y avait tant de questions qui se bousculaient dans son esprit. Elle s'empara de la première excuse plausible pour justifier sa mauvaise humeur.

— J'aurais souhaité que tu m'informes de ton passé tumultueux avant de me jeter dans la fosse aux lions. J'aurais eu l'air moins ridicule.

Quelqu'un s'était donc chargé de prévenir Angela…

— C'est Doris qui te l'a dit, n'est-ce pas ?

— Oui.

Il choisit de lui parler avec sincérité.

— J'ai eu une liaison avec elle, il y a deux ans de cela. Nous sommes restés ensemble une dizaine de nuits, tout au plus. Je ne peux rien changer à cette vérité ni à toutes mes autres relations passées. Ce qui est important, c'est ma façon de me comporter avec toi, n'est-ce pas ?

Elle ne répondit pas à son sourire engageant. Bien au contraire !

— Tu veux parler de ta possessivité et de ta mâle domination, sans doute ? Vas-tu me rejouer à l'infini la même scène qu'avec Lyle Cortez, en utilisant publiquement mon corps pour régler tes comptes et afficher ta virilité écrasante ?

Il sursauta et rougit.

— Je…

Lorenzo avait des projets pour la nuit et une réconciliation avec Angela était impérative.

— Je n'ai effectivement pas supporté que tu t'éclipses avec Samuel alors que, toute la soirée, j'ai eu envie de faire ceci…

Il se glissa sur le siège à côté d'elle. Mon Dieu ! À combien de femmes avait-il joué cette scène dans ce même carrosse, sur cette même banquette ? Combien avaient entendu ces mêmes mots chuchotés et avaient senti les mêmes caresses sur leur peau ? Le rêve était comme brisé.

Lorenzo posa les lèvres dans son cou, puis dans son décolleté, pendant que ses doigts s'égaraient sous ses jupons. Baptist frappa sur le toit pour signaler leur arrivée prochaine, code établi de longue date entre eux pour éviter les surprises désagréables. Avec l'habitude née d'une longue pratique, Lorenzo s'écarta soudain d'elle et l'aida à remettre de l'ordre dans sa tenue. La bulle sensuelle dans laquelle avait plongé Angela éclata et sa mauvaise humeur resurgit lorsqu'elle comprit que le cocher n'ignorait rien de ce qui se déroulait dans la voiture quand Lorenzo était accompagné par une femme.

Lorsque l'attelage s'arrêta devant une magnifique demeure en pierre blanche éclairée de toute part, Lorenzo sauta hors du carrosse et tendit la main vers la nouvelle maîtresse de maison. Angela entendit des applaudissements. Malgré l'heure tardive, deux rangées de domestiques les attendaient : majordome, cuisiniers, valet, femmes de chambre, jardiniers, secrétaire… Ils devaient être une dizaine en tout, chacun percevant un salaire : quelle opulence !

Lorenzo leur présenta son épouse comme le voulait l'usage dans ce genre de circonstances. Cependant, il bouillait trop d'impatience pour laisser cette scène s'éterniser et il prit congé. Sans perdre un instant, il entraîna Angela dans sa chambre dont il claqua la porte derrière lui. Elle avança de quelques pas pour observer son nouvel environnement, mais Lorenzo la retint. Elle se dégagea d'un geste agacé.

— Que veux-tu ?

Il la tira vers lui.

— Toi, voyons ! Déshabille-toi pour moi…

Elle tenta d'échapper à son étreinte.

— Je suis fatiguée. Je vais me coucher.

Il lui lança un sourire espiègle.

— Et ton invitation ?

Elle haussa les épaules.

— Je la reporte à un autre jour.

Il s'étonna.

— Tu ne souhaites pas faire de cette soirée un moment inoubliable ?

Elle soupira avec mauvaise humeur.

— Elle l'est déjà de mon côté…

— Angela…

Son murmure chuchoté et à demi suppliant la mit au supplice. Trop tard ! Il avait reposé la bouche à la naissance de son décolleté. Des ondes brûlantes parcouraient la peau d'Angela. Si elle voulait marquer son opposition, c'était le moment ou jamais.

— Je suis épuisée, Lorenzo !

— S'il te plaît.

Elle sentit ses doigts s'agiter dans son dos et, un instant après, sa robe somptueuse tombait à ses pieds.

— J'ai eu envie de t'arracher cette tenue diabolique pendant toute la soirée.

Ses sous-vêtements suivirent et elle se retrouva nue face à lui. Elle se précipita sous les draps. Un peu surpris, il la rejoignit. Quand il tendit la main vers elle, elle s'écarta.

— Je veux dormir. Bonne nuit, Lorenzo.

Elle lui tourna le dos.

— Tu es sérieuse ?

— Oui.

Elle sentit son hésitation.

— Angela…

Devant son silence buté, il se le tint pour dit.

# *Chapitre* 22

— Si nous proposions au capitaine du *Sagittarius* de se rendre dans les colonies pour importer du sucre, le *Nebula* pourrait parfaitement faire les allers-retours pour les grains de café. Le *Bélial* est quant à lui mieux armé pour transporter les marchandises plus précieuses, il serait dommageable, je pense, de le retirer de ces courses.

Lorenzo réfléchit à l'offre de son secrétaire. Géographiquement et économiquement, cette solution était la plus sensée. Il approuva.

— Faisons cela.

Foster nota qu'il faudrait écrire aux deux capitaines concernés par ces nouveaux itinéraires. Il releva ensuite la tête et aborda un autre souci préoccupant puisque, en l'état actuel, ils en étaient réduits à colmater les brèches au fur et à mesure qu'elles se présentaient à eux.

— L'usine de Portsmouth connaît d'énormes difficultés. Que pouvons-nous encore faire, selon vous ?

Lorenzo lut le courrier du responsable que son secrétaire venait de lui tendre.

— Le personnel ne veut plus travailler, donnons-lui satisfaction, décida-t-il. Cette usine de voiles ne nécessite pas une main-d'œuvre hautement qualifiée. Nous embaucherons sans peine des gens désireux de gagner honnêtement leur pitance. Au moment des recrutements, favorisez les candidats ayant des familles nombreuses à charge, ils seront par définition plus dépendants de la source de revenus que nous leur offrirons. Mettez en place un système de primes de productivité et d'assiduité. Dès que l'usine aura retrouvé ses cadences de production, nous pourrons à nouveau honorer nos carnets de commandes et percevoir certaines factures en attente de livraison.

— Ne craignez-vous pas que nous perdions de gros clients ? demande Foster.

— Si, admit Lorenzo, mais il faut éviter à tout prix les annulations avec restitution des acomptes versés. Proposez donc aux plus mécontents des réductions sur le prix des marchandises pour nous excuser de ces contretemps. Pour les autres, faites votre possible pour les faire patienter et les satisfaire au mieux.

Foster nota les suggestions de Lorenzo.

— Et pour le directeur de l'usine ? Il s'est laissé déborder par la situation. Pensez-vous le licencier ?

— Nous devrons nous rendre sur place afin d'avoir un entretien avec lui. Si je ne le sens pas motivé ou suffisamment compétent pour relancer cette usine historiquement rentable, je le remplacerai sans aucun état d'âme. Qu'il soit prévenu de ce qui risque de lui arriver si je ne le trouve pas à la hauteur des enjeux qu'il va devoir affronter.

Foster hocha la tête. Puis il sortit un autre dossier.

— Le régisseur de votre château de Bloom Dale vient de nous envoyer un courrier. À la suite d'une violente tempête, la toiture a subi de gros dégâts. Il a pris la liberté de demander quelques devis, mais compte tenu du coût des réparations, environ cinquante mille livres, il attend vos consignes.

Lorenzo passa sa main dans ses cheveux d'un air ennuyé. L'idée qui lui trottait dans la tête lui paraissait être la solution la plus rationnelle à ses difficultés. Sa décision résoudrait son problème de liquidités immédiates, ainsi que son dilemme moral.

— Envoyez des courriers dans les colonies. Je me souviens qu'un voisin insistant a proposé à mon père de lui acheter les plantations du marquisat, et cela à plusieurs reprises. S'il est toujours intéressé, vendez-les-lui au meilleur prix. Cette entrée d'argent rapide nous permettra de parer au plus pressé. En attendant, indiquez au régisseur de Bloom Dale de n'entreprendre que les réparations les plus urgentes et au moindre coût.

Foster ne parvint pas à masquer sa surprise.

— J'avais cru comprendre que vous souhaitiez préserver l'intégralité du patrimoine de votre père !

Lorenzo haussa les épaules d'un air faussement dégagé.

— Le patrimoine historique se trouve ici, sur le sol anglais. Pour le protéger, des sacrifices sont nécessaires et inévitables. Je n'ai pas le choix.

Lorenzo et Foster restèrent silencieux un instant, chacun pris dans ses pensées.

Ils passaient ainsi en revue les problèmes quotidiens les plus urgents. Une fois la difficulté évoquée, ils discutaient, inventaient, négociaient, rognaient sur les coûts pour tenter de sauver ce qui pouvait l'être encore.

Un coup frappé à la porte les interrompit.

— Entrez.

Le ton de Lorenzo était très sec. Il avait explicitement demandé à ne pas être dérangé. Horace, le majordome, se présenta avec la mine pâle.

— Monsieur le marquis, je suis absolument navré de vous importuner malgré vos ordres, mais votre belle-famille au complet exige de vous rencontrer. Ils refusent de partir et menacent de faire un scandale.

Lorenzo soupira.

— Vous avez eu raison de me prévenir. Dans quelle pièce les avez-vous priés de patienter ?

Horace eut un léger mouvement de recul alors que son employeur sous-entendait qu'il aurait pu déroger à ses consignes sans son autorisation expresse.

— Ils attendent devant la porte d'entrée. Je ne me serais pas permis de les introduire dans votre résidence sans votre accord.

Impressionné par sa droiture, Lorenzo hocha la tête.

— Installez-les dans le salon mauve, mais ne leur offrez rien à boire. Je n'ai pas envie qu'ils s'éternisent.

Lorenzo se rassit derrière sa table de travail. Son secrétaire l'observa avec inquiétude.

— Est-ce bien raisonnable de les faire entrer dans cette maison ?

— J'ai toujours su qu'il faudrait, un jour, les affronter tous ensemble, admit Lorenzo. Un entretien privé sera plus pénible, mais cela vaut mieux qu'un déballage public qui pourrait ruiner nos efforts.

— Soyez tout de même prudent, monsieur le marquis.

— Si je n'ai pas réussi à les renvoyer d'ici une heure, venez me chercher sous un prétexte quelconque.

Horace ouvrit la porte d'entrée derrière laquelle les quatre autres membres de la famille du marquis patientaient en gesticulant et en entretenant leur colère, et ceci sans aucune retenue ni aucun amour-propre. Il les toisa froidement.

— Monsieur le marquis accepte de modifier son

emploi du temps pour vous recevoir. Si vous voulez bien me suivre.

Margaret se promit que, quand ses fils auraient récupéré leurs biens, elle chasserait ce traître de majordome qui les avait loyalement servis pendant tous ces mois et qui les traitait à présent comme des hôtes indésirables ! Dire qu'elle s'était crue à l'abri des représailles... Elle grinça des dents sous l'effet de la déception.

Inconscient de sa disgrâce, Horace leur ouvrit le salon mauve et s'écarta pour les inviter à entrer. Il les regarda s'asseoir dans les confortables fauteuils.

— Monsieur le marquis vous rejoindra dans quelques instants.

Il referma la porte en masquant difficilement son soulagement de s'en sortir à si bon compte. La réapparition de l'héritier légitime et l'expulsion de ses anciens employeurs ne constituaient pas des situations communes pour le personnel de maison ! Traiter comme des parias ceux qui l'avaient engagé le laissait quelque peu pantois, il devait bien l'admettre.

Cependant, sa gêne servit à merveille les objectifs des intrus qui n'avaient pas osé espérer se retrouver seuls dans la pièce. Simon sourit en se levant. Décidément, Lorenzo était trop crédule, et imprudent. Il n'avait toujours pas compris que, face à lui, il avait au moins un véritable tueur qui avait pris sa survie pour un affront personnel. Simon adressa un signe à David.

— Fais le guet.

David regarda avec nervosité autour de lui comme s'il s'attendait à voir surgir son demi-frère d'un instant à l'autre. Puis il se leva pour surveiller le couloir.

Avec des gestes vifs et précis, Simon ouvrit la porte de la réserve d'alcool du buffet en ébène. Comme ce salon était réservé à la famille proche, il était persuadé que son projet ciblerait Lorenzo, et lui seul. Il sortit une carafe à whisky remplie de liquide ambré, dans laquelle il versa le contenu d'un flacon qu'il venait d'extirper de la poche intérieure de sa veste. Il referma le buffet, rangea la fiole vide et se redressa avec un sourire glaçant.

David s'éloigna de la porte et se rassit.

— J'espère que tu sais ce que tu fais.

Simon haussa une épaule désinvolte.

— Crois-tu qu'il va partager le reste du patrimoine avec nous ?

David se mordit la lèvre.

— Bien sûr que non. Cependant, si nous attentons à sa vie une nouvelle fois, nous risquons d'avoir de sérieux ennuis. Je ne pense pas que le tuer soit la bonne solution.

Helen, qui avait assisté de loin à leur échange, jeta un regard épouvanté vers Simon.

— Qu'as-tu fait ?

Il la toisa.

— Moins tu en sais et mieux ça vaut.

Helen se le tint pour dit. Quand avait-elle été considérée comme une personne intéressante par sa famille, de toute façon ? Jamais ! Alors d'où lui venait sa soudaine prise de conscience ?

Elle sourit rêveusement en songeant à Michael. Son soupirant avait entamé une cour timide auprès d'elle, malgré le rejet sommaire que lui avait infligé Margaret quelques semaines plus tôt. À l'époque, sa mère pouvait se permettre ce genre de fantaisie, même si Helen n'avait pas tant de prétendants que cela. Margaret avait en effet estimé que la famille de Michael n'était pas assez riche pour son unique fille. Elle aurait dû changer d'opinion à présent qu'ils dépendaient du bon vouloir de Lorenzo.

Pourtant, elle ne s'était pas laissé fléchir. Malgré les suppliques d'Helen, Michael ne lui paraissait toujours pas assez bien pour eux.

Ce que Margaret ne pouvait comprendre, c'était l'amour sincère qui les unissait. Comment l'aurait-elle pu, elle dont le cœur était sec depuis tant d'années ? Au contraire, la famille de Michael débordait d'affection, comme pour compenser sa situation modeste. Plus Helen évoquait sa vie avec son prétendant et notait ses réactions horrifiées, plus cela l'éclairait sur la mesquinerie et la folie des siens.

De façon dérisoire, elle s'écarta un peu plus de David pour prouver à Lorenzo qu'elle n'était pas partie prenante de leur querelle, ni du complot ourdi par ses frères. Mais à quoi bon ? Si ce que Simon avait mis dans la carafe était bien ce à quoi elle pensait, Lorenzo ne serait bientôt plus de ce monde. Et s'il mourait, Helen n'aurait plus aucun espoir d'épouser celui qu'elle aimait.

À l'autre bout de la pièce, Simon s'installa à côté de son aîné avec un sourire complice satisfait, vierge de toute trace de remords. Helen frissonna.

Lorenzo entra à cet instant. David remarqua son expression froide et tranchante qui lui rappela celle que Nelson affichait devant eux. Il se leva pour le saluer, avant de se figer sous le regard impérieux de sa mère. Il se rassit avec gêne.

— Lorenzo…

Celui-ci lui jeta un coup d'œil explicite, notant ses vêtements coûteux, mais choisis sans goût. David avait profité de son absence pour s'empiffrer et pour prendre un embonpoint confortable. Son front était plus dégarni que dans son souvenir.

— Inutile de vous installer, vous repartez dans quelques instants, précisa Lorenzo.

Simon se redressa comme un diable, imité par sa mère et son frère.

— Comment oses-tu nous parler de cette façon ?

Lorenzo fronça les sourcils et observa son plus jeune demi-frère. Il était devenu plus massif aussi, mais chez lui il s'agissait de muscles. Le jeune homme dégageait une indéfinissable aura de brutalité et de dépravation, cachant un puits sans fond derrière sa trompeuse affabilité. Le véritable danger de ce quatuor, c'était lui, bien évidemment. Lorenzo lui sourit pour lui prouver qu'il ne le craignait pas, avant de lancer une phrase provocante pour tester ses réactions.

— Dois-je vous rappeler que, selon les dernières volontés de notre père et de votre époux, madame, tout ce qui est ici me revient de droit ? Vous n'êtes que des profiteurs sans talent et sans aucune imagination.

— Nelson n'avait pas le droit de déshériter mes enfants ! hurla Margaret en retenant Simon par le bras pour l'empêcher de se jeter à la gorge de Lorenzo. S'il nous avait accordé un partage un tout petit peu plus juste, tu n'aurais jamais eu à te plaindre de nous !

Lorenzo faillit s'étouffer de rage en percevant la moralité douteuse de ces propos, pourtant il conserva une mine impassible.

— Mon père a agi en connaissance de cause. Et vous devriez m'être reconnaissants d'avoir survécu.

David marqua sa surprise.

— Pourquoi ?

Lorenzo poursuivit sur un ton ouvertement moqueur.

— Sans mon intervention pour rétablir la situation, vous

couriez tout droit à la ruine. Que seriez-vous devenus sans moi pour vous faire l'aumône de votre pension annuelle ?

Leurs hurlements de rage le ravirent. Il sourit d'ailleurs plus largement.

— Tout ceci me revenait de droit dès le départ, nous en sommes tous parfaitement conscients, malgré vos pitoyables prétentions. Pourtant, vous le reprendre contre votre volonté et constater votre échec lamentable à vous montrer dignes de vos ambitions me comble à un point que vous ne sauriez imaginer.

Il soupira de volupté.

David leva les yeux vers Lorenzo avec un visage défait.

— Pourquoi aurais-tu droit à tout ? Peux-tu me le dire ? Tu avais déjà l'amour exclusif de père alors que j'étais tout autant son fils.

Lorenzo perçut la faille affective derrière la jalousie matérielle. Nelson avait commis des erreurs avec ses autres enfants, mais Lorenzo ne s'en estimait pas responsable.

— Il a entrepris tout ce qui était humainement possible pour te rendre digne de ces mots. Malgré tous ses efforts, tu as choisi la facilité et tu t'es contenté de rester un être médiocre.

Ils réagirent encore. Lorenzo réalisa alors qu'il s'amusait sincèrement, même si cette petite scène ne faisait qu'exacerber leur colère à son encontre. Il insista.

— Le pire, c'est que la situation actuelle prouve que père avait raison de ne pas t'accorder sa confiance.

Les reproches de Lorenzo atteignaient de plein fouet David, qui se liquéfiait sous ses attaques. Margaret ressentit le besoin pressant de protéger son fils. Elle se mit donc à réfléchir avec frénésie à leur situation.

Lorenzo se montrait conciliant avant son enlèvement, mais son caractère souple avait dorénavant disparu, il ne restait plus qu'une muraille abrupte et pleine d'aspérités. Elle comprit à cet instant que les cris et les insultes ne les mèneraient nulle part. Lorenzo sortirait vainqueur de cet affrontement si elle ne parvenait pas à entamer un dialogue raisonnable. Elle prit donc sur elle et respira calmement.

— Écoute, Lorenzo. Je ne demande pas beaucoup pour mes enfants. Laisse-nous une petite part de l'héritage, un domaine éloigné de Londres, avec des terres, par exemple, et tu n'entendras plus jamais parler de nous.

Lorenzo fronça un sourcil et sa colère perça.

— Vous avez tenté de m'assassiner et vos fils ont dilapidé la fortune familiale. Malgré cela, vous voudriez que je cède à vos suppliques ! Avez-vous perdu l'esprit ?

Il les regarda avec une expression dure.

— Vous avez plus que largement perçu votre part d'héritage ! Vous n'aurez rien de plus.

Simon essaya un nouvel angle d'attaque.

— Il ne s'agit pas de cela, Lorenzo, juste d'un acte sensé. J'ai entendu le joli conte qui circule pour expliquer ta disparition. Imagine que la vérité s'ébruite et se retrouve à la une de tous les journaux ou arrive aux oreilles de ta charmante épouse.

Lorenzo éclata de rire face à ce pitoyable chantage.

— Vas-y ! Je t'en prie. N'oublie pas de réserver immédiatement une cellule en prison. Car je doute qu'un enlèvement et une tentative de meurtre sur ton propre frère vous rapportent, à toi et à ta famille, autre chose que cela…

Simon ferma la bouche alors que Margaret et David lui jetaient des regards de désapprobation. Lorenzo avait toujours eu du répondant, mais à présent il était plus redoutable qu'un serpent. Il bloquait toutes leurs attaques, les laissant de plus en plus frustrés et impuissants. Simon haussa les épaules à l'intention de sa mère et de David pour leur confirmer que le poison versé dans le whisky préféré de Lorenzo restait la meilleure solution pour régler leur épineux problème.

— Avant de me menacer, poursuivit Lorenzo, songe aussi à ta mère et à ta sœur. Combien de temps penses-tu qu'elles tiendront en prison face à des gardes corrompus, avides et pervertis ? Tu sais comme moi que, sans argent, elles en seront réduites à vendre leur corps pour obtenir des miettes de pain.

Helen retint un sanglot, alors que Margaret le dévisageait avec horreur.

— Tu n'oserais pas infliger cela à ta famille ?

C'était ce qu'eux-mêmes n'avaient pas hésité à lui faire subir. Son ton avait perdu toute trace d'indulgence lorsque Lorenzo reprit d'une voix lente et menaçante.

— J'ai suffisamment été votre victime. À présent, je ne ferai rien pour vous faciliter la vie. Vous avez préféré faire de moi votre ennemi, vous n'aurez pas affaire à un ingrat. Vous vouliez ma mort, vous avez obtenu ma haine éternelle. Et sachez que j'ai eu tout le temps d'imaginer comment vous punir. Alors ne cherchez plus à vous mesurer à moi. Disparaissez de mon existence !

Il se leva, signifiant la fin de l'entretien. Margaret se tordit les mains avant de le rappeler à l'instant où il allait sortir de la pièce.

— Lorenzo ! Nous n'avons plus d'argent. Laisse-nous au moins de quoi trouver un logement décent !

Il lui fit face avec une expression de profonde incrédulité sur le visage.

— Vous venez ici pour me menacer et me faire du chantage et, à présent, vous réclamez ma pitié ?

Margaret baissa les yeux, lui donnant la réponse qu'il attendait.

— Vous n'avez eu aucun scrupule à vous séparer du patrimoine familial lorsque vous avez bradé Thetford ! Vous n'avez qu'à vendre les terres issues de votre dot, chère Margaret. Quand il s'agit de survivre, le sentimentalisme n'a plus cours, n'est-ce pas ?

Il les toisa avec mépris.

— Je vous laisse une minute pour quitter cette maison. Au-delà, je vous ferai expulser.

En se réveillant ce matin-là, Angela songea avec dépit à l'absence totale de projet ou d'idée pour occuper la journée à venir. Elle soupira et se leva en observant la place vide à côté d'elle. Inutile d'espérer une aide de la part de son époux, Lorenzo avait visiblement déjà entamé la sienne sans elle. Alors qu'Angela ruminait cette pensée, Annette entra dans la pièce pour ouvrir les rideaux et la saluer.

— Bonjour, madame la marquise. Avez-vous bien dormi ?

— Bien. Merci, Annette. Savez-vous où se trouve mon mari ?

— Monsieur le marquis est dans son bureau avec M. Foster, son secrétaire particulier.

Angela hocha la tête.

— Ah…

Elle réfléchit une seconde.

— A-t-il laissé des consignes me concernant ?

Annette s'interrompit alors qu'elle remettait les coussins en place sur le lit.

— Des consignes ? Non.

Angela se retrancha dans la salle de bains avant que

ses questions finissent par inquiéter la jeune fille. Elle pouvait difficilement demander à une femme de chambre comment occuper ses journées de marquise !

Un instant de panique s'empara d'elle au moment où elle réalisa qu'elle n'avait personne vers qui se tourner pour obtenir une réponse à cette question. Elle songea brièvement à rendre visite à Samuel, mais la réaction de Lorenzo s'il apprenait son initiative la retint. De plus, le libertin ignorait sans doute comment les femmes de la haute société employaient honnêtement leur temps.

Elle se prépara et descendit prendre son petit déjeuner. Alors qu'elle buvait une tasse de café, Horace entra et déposa une pile d'enveloppes devant elle.

— Bonjour, madame la marquise. Votre courrier.

Il ressortit avant qu'elle puisse lui demander s'il n'avait pas fait erreur. Curieuse, elle décacheta la première enveloppe dans laquelle elle découvrit une invitation à assister à une course de chevaux. Surprise, elle les ouvrit toutes. Elle était conviée à une partie de cartes, des promenades en calèche dans les parcs londoniens, plusieurs thés, une pièce de théâtre, une visite au musée et une représentation musicale. Elle sourit, car elle venait involontairement de remplir ses journées à venir.

Pourtant, au moment de répondre à ces invitations, Angela hésita quelque peu. Se mêler à tous ces gens issus du monde de Lorenzo lui faisait un peu peur, elle devait l'avouer. Elle ne connaissait rien à leur mode de vie ni à leurs codes. Elle redoutait de faire un faux pas ou d'être tournée en ridicule par une ancienne maîtresse de son époux. De plus, comment tous ces aristocrates aux illustres ancêtres réagiraient-ils lorsqu'elle leur annoncerait qu'elle n'était qu'une simple fille de marchand ? À leurs yeux,

Lorenzo n'avait-il pas commis une folie en mêlant son noble sang au sien ?

Finalement, la peur de l'ennui la décida à affronter l'inconnu. Angela se savait forte. Après tout, elle avait pris la place de Trevor à sa mort et elle avait largement honoré sa part du marché. De plus, Lorenzo l'avait épousée, elle, et pas une autre. Cette réalité lui donnerait un certain prestige.

Elle accepta donc l'invitation de la baronne Lindbergh à boire le thé. Cette sortie discrète constituait un bon début. Elle prêta une attention particulière à sa tenue et se fit conduire par Baptist.

Dès son arrivée dans le salon bondé de la baronne, Angela se rendit vite compte que la haute société anglaise voulait la découvrir, la connaître et l'initier à ses plaisirs avant de la happer dans ses méandres et ses jeux complexes. Une lutte de pouvoir se déroulait en sous-main pour savoir qui aurait la primeur de ses confidences. Elle dut ainsi répondre à des centaines de questions sur sa vie dans les colonies, son exploitation agricole, sa rencontre avec Lorenzo, leur mariage, sa famille… Pourtant, les secrets de son époux l'obligeaient à laisser une part de mystère dans son récit. Plus elle occultait de détails, plus elle attisait inconsciemment la curiosité.

Même si elle n'en fut jamais informée, un autre événement, indépendant de sa volonté, joua en sa faveur. Depuis son retour, Lorenzo n'affichait aucune relation extraconjugale. Cette fidélité lui ressemblait si peu qu'elle fut rapidement imputée aux prouesses présumées de la si exotique marquise. Après tout, lors des apparitions publiques du couple, Lorenzo passait le moins de temps possible loin d'elle. Elle avait conquis et assagi le plus fabuleux libertin de ces dernières années. La notoriété d'Angela ne connut bientôt plus aucune limite. En conséquence, ses nouveaux amis l'inondèrent de demandes.

Angela se montra tout de même raisonnable. Elle voulait avant tout se consacrer à Lorenzo et se réservait donc des disponibilités pour lui. Malheureusement, elle se rendit vite compte que sa prévenance était inutile. Il restait enfermé dans son bureau toute la journée, du matin au soir. Il n'en sortait que pour répondre à quelques rares invitations qui pouvaient servir ses intérêts, pour honorer des rendez-vous d'affaires ou pour aller au bal avec elle. Il se mit aussi à voyager à travers le pays pour visiter ses usines, ses exploitations agricoles, ses domaines et rencontrer son personnel. Généralement, il s'agissait de sauts de puce de quelques jours, mais Angela n'eut pas d'autre choix, pour s'occuper en son absence, que de se tourner vers ceux qui lui tendaient les bras.

Si elle avait pu craindre un instant que ses réticences initiales aient refroidi leurs ardeurs, dès qu'elle entra de plain-pied dans le cercle des invitations mondaines, elle n'eut plus un moment à elle.

Devenant un membre à part entière de ce monde, Angela rencontra des femmes charmantes et réellement adorables qui lui ouvrirent leur cœur. De façon plus surprenante, son statut de femme mariée attira également une foule d'hommes séducteurs et troublants, romantiques et poétiques, ou encore timides et discrets…

Aux côtés de tous ces gens, elle découvrait un univers de plaisirs futiles, culturels, ludiques et égoïstes. Elle se jetait avec ivresse dans des occupations aux antipodes de ses habitudes pour oublier que le Lorenzo qu'elle avait épousé lui manquait cruellement. Elle achetait des vêtements luxueux, elle goûtait des mets exquis et des vins millésimés, elle parlait de sujets politiques et intellectuels avec ses nouveaux amis, elle recevait des compliments avec un sourire et repoussait les importuns d'un froncement de sourcils. Elle se mouvait et réagissait avec une assurance croissante et un succès grandissant.

En un mot, la haute société londonienne l'avait adoptée.

En rentrant chez lui après une difficile journée de négociations, Lorenzo rêvait de passer une soirée en tête à tête avec Angela. Aussi, dès que Baptist arrêta la voiture, il en descendit sans perdre un instant. Il s'engouffra dans le hall en tendant son chapeau à son majordome.

— Bonsoir, Horace. Pouvez-vous demander à ma femme de me rejoindre dans le salon mauve, s'il vous plaît ?

— Bonsoir, monsieur le marquis. Je suis navré, mais madame la marquise est sortie.

Lorenzo se figea, déçu par cette nouvelle qui le laissait esseulé pour la soirée. Il soupira en songeant au prix à payer pour redonner son prestige à la fortune familiale. Son emploi du temps l'épuisait et le privait d'un certain nombre de plaisirs, comme celui de voir ses amis, d'aller au théâtre, de participer aux courses de chevaux qu'il prisait tant avant son enlèvement et tant d'autres occupations futiles qu'il avait remplacées par des devoirs d'un sérieux assommant.

Dépité, il se rendit dans le salon mauve pour se servir un verre. Il avait là un whisky pur malt, un quinze ans d'âge aux saveurs de tourbe qu'il faisait venir directement d'Écosse. Il se versa une généreuse rasade et s'affala sur le canapé, la tête en arrière.

Après deux mois d'efforts, de négociations, de reprises en main sévères et de sacrifices, Foster et lui commençaient à percevoir quelques résultats prometteurs. La production des usines était relancée, les commandes pouvaient de nouveau être honorées dans des délais normaux, l'argent entrait dans les caisses et la flotte maritime redevenait progressivement rentable. Grâce au produit de la vente des plantations, les réparations les plus urgentes concernant les domaines avaient pu être entreprises. Dans les champs, les semailles porteraient leurs fruits sous peu.

Lorenzo était satisfait de ces premiers résultats, même s'il n'avait pas imaginé un seul instant quelle énergie colossale il lui faudrait déployer pour les obtenir. Pour relancer la productivité et les cadences, il avait dû employer des trésors d'ingéniosité avec son personnel. Afin de générer une trésorerie excédentaire, il négociait pour que les clients règlent à la commande et attendait que les marchandises aient été vendues pour payer ses fournisseurs. Lorenzo jonglait ainsi, au jour le jour, avec les liquidités qu'il avait reconstituées avec rigueur ou pour entreprendre les dépenses les plus urgentes. L'objectif final consistait à recréer un bas de laine confortable et surtout digne de celui dont son père disposait en son temps.

Englué dans ces contraintes matérielles pressantes, Lorenzo avait la sensation de ne plus vivre qu'une moitié de vie. Les seuls moments où il s'autorisait à respirer, c'était quand il se montrait en public avec Angela et quand il lui faisait l'amour. Il ne savait même plus à quand remontait sa dernière soirée entre hommes avec Samuel et leurs plus anciens amis. Et pourtant, malgré toutes ces privations, il restait tant à accomplir…

Lorenzo songea qu'il avait d'ailleurs encore du travail en attente, mais, inutile de le nier, il avait cruellement envie de revoir sa femme. Il était parti presque cinq jours plus tôt et il ressentait un besoin impérieux de la serrer dans ses bras. Il porta son verre à ses lèvres. Le visage d'Angela s'imposa à lui et le désir balaya tout sur son passage. Comme hypnotisé, il reposa le verre sans y avoir touché et se leva pour appeler son majordome.

— Horace ?

— Oui, monsieur le marquis ?

— Où se trouve ma femme ?

Horace s'inclina légèrement.

— Madame la marquise devait se rendre au bal des Livingstone.

— Prévenez Colton, je veux être prêt pour la rejoindre le plus rapidement possible.

Horace s'exécuta et, une demi-heure plus tard, Lorenzo pénétrait dans la charmante demeure de Livia et Paul Livingstone, grands amateurs de jardins exotiques.

En arrivant dans la salle de bal, il repéra sa somptueuse épouse qui dansait au bras d'un comte, si sa mémoire était bonne. Lorenzo remarqua le regard affamé que cet homme posait sur sa femme et fronça légèrement les sourcils. Elle était divine dans sa magnifique robe en satin grenat !

Déçu que la danse se termine déjà, son cavalier la ramena à sa place et plusieurs hommes se précipitèrent vers elle pour lui offrir un verre, pour l'inviter, pour lui parler… Lorenzo réalisa à quel point Angela était courtisée. Il prenait un risque terrible en la laissant seule si souvent, à la merci de tous ces séducteurs notoires qui seraient ravis de mettre une beauté comme elle dans leur lit et de le ridiculiser, lui, au passage.

Il était presque sûr que jamais Angela ne pourrait lui être infidèle. Pourtant, une petite voix lui souffla qu'elle pouvait se lasser de ses absences. Un autre homme n'aurait qu'à se glisser dans la place pour combler le manque. Lorenzo la perdrait alors aussi certainement qu'il était parvenu à remporter son cœur.

Il traversa la salle sans précipitation, en saluant plusieurs personnes de sa connaissance. Il ne voulait pas que quiconque puisse penser qu'il était envoûté par sa femme et qu'il était pressé de la rejoindre. Il échangea donc des propos badins avec ses amis et quelques plaisanteries avec son hôte, puis posa les bases d'un accord commercial avec un de ses clients, avant de s'interposer entre elle et son cavalier suivant, qui ne cacha pas sa contrariété.

— Puis-je inviter ma ravissante épouse à danser ?

Elle lui fit face avec un sourire radieux sur les lèvres.

— Lorenzo ! Tu es rentré ?

Il approuva et s'empara de sa main avec assurance. Ils commencèrent à évoluer au gré de la musique.

— Oui. J'ai trouvé la maison vide et j'avais très envie de te voir.

Elle l'observa avec un sourcil froncé.

— Tu as pu t'arracher à ton travail ?

— Sans aucune peine. Je me languissais de toi.

Elle rit.

— Je ne t'ai pas senti d'humeur aussi frivole depuis des mois.

Il la dévisagea, notant son expression mutine. Parmi tous ces hommes avides de lui plaire, elle avait dû apprendre à s'endurcir et à repousser les tentatives trop audacieuses et les compliments exagérés. Il lui adressa une moue amusée.

— Me réserves-tu le même traitement répulsif qu'à tes autres prétendants ?

Elle haussa un sourcil.

— Tout dépend…

Il dissimula son impatience derrière un air hésitant.

— Penses-tu pouvoir m'accorder quelques instants… en privé ?

— En privé ? Que me proposes-tu ?

Il afficha un sourire mystérieux.

— Les Livingstone ont un jardin merveilleux. Accepterais-tu de me laisser te servir de guide ?

Surprise par cette réplique qui éveillait des échos de leur première nuit ensemble, elle hocha la tête.

— Pourquoi pas…

Il l'entraîna à l'extérieur sans prêter attention à la foule des curieux qui observaient leur départ. Ils traversèrent ce jardin exquis, fait de taillis sculptés et de massifs de fleurs odorants. Il la mena jusqu'à une tonnelle isolée, coupée du monde par un rideau de feuilles de lierre et tapissée d'herbe tendre, éclairée par des dizaines de lumignons. Non loin de là, un petit bassin faisait entendre son doux bruissement.

Angela tourna sur elle-même.

— C'est féerique.

Il approuva avant de l'attirer vers lui. Elle résista légèrement.

— Que fais-tu ?

Il rit.

— Je te prends dans mes bras, comme ceci…

Il la serra contre lui et posa les lèvres sur les siennes. Ses mains se refermèrent sur le creux de ses reins et elle se sentit faiblir.

— Lorenzo ! N'importe qui pourrait nous surprendre !

Il enfouit le visage dans son cou pour s'enivrer de son odeur.

— Tu m'as tellement manqué.

Sans qu'elle sache comment elle était parvenue à ce résultat, Lorenzo était devenu dépendant de son corps. Pourtant, elle espérait bien plus que cela : elle voulait son amour. Rien de moins !

N'était-ce pas stupide de sa part d'attendre cela

d'un libertin façonné pour ne donner que du plaisir à ses partenaires ? Combien de femmes l'avaient suivi jusqu'ici, sous cette tonnelle où il avait manifestement ses habitudes ? Combien d'entre elles avaient rêvé de conquérir son cœur en sentant la force de son désir et en acceptant son étreinte ?

Elle le repoussa avec sécheresse.

— Ce n'est ni le lieu ni le moment.

Fou de désir, il insista.

— Nous ne nous sommes pas vus depuis plusieurs jours.

Elle prit un air sévère.

— Ce n'est pas une raison pour nous donner en spectacle, Lorenzo.

Il lui jeta un coup d'œil étonné.

— En spectacle ? Personne ne peut nous apercevoir depuis la maison.

Elle soupira.

— Tu parles d'expérience ?

— Oui... Mais n'essaie plus de me repousser, sinon je vais hurler de frustration. Ils vont tous venir se renseigner sur l'origine de ce bruit, et nous serons faits comme des rats.

Il lui adressa un tel regard qu'elle ne put retenir un éclat de rire. Elle accepta enfin de s'asseoir sur le banc. Soulagé de la voir se détendre, il s'agenouilla devant elle, entre ses jambes. Il passa les mains sous ses jupons pour frôler ses cuisses. Elle ferma les yeux en sentant sa peau s'embraser.

— Tu aurais le cœur de nous priver de ça ? soupira-t-il contre ses lèvres avant de l'embrasser avec passion.

Elle gémit contre lui. Ses doigts remontèrent plus haut encore, se firent plus précis et elle s'accrocha à lui, éperdue de sensations.

— J'ai tellement besoin de toi, Angela.

Enivrée par ses paroles et ses caresses, elle le laissa faire lorsqu'il lui ôta ses sous-vêtements pour la caresser à loisir et qu'il ouvrit son pantalon.

— J'ai besoin de ta chaleur et du réconfort que tu m'apportes.

Il l'attira plus près de lui.

— Je veux te faire l'amour, Angela.

Il lui lança un regard attentif, comme s'il attendait son autorisation. Elle hocha la tête, et il s'enfonça en elle en douceur. Elle se mordit la lèvre pour retenir un cri et s'accrocha à ses épaules.

— Lorenzo…

Il s'écarta brièvement pour la dévisager. Elle discerna dans son regard une émotion profonde et intense qui la combla, tout autant que ses baisers.

Les mains calées derrière les fesses d'Angela, il plongeait en elle avec ardeur et délices, savourant ces instants en gourmet. Son plaisir enfla de façon irrépressible dans ses veines. Il enfouit le visage dans le cou de sa femme.

— Angela, je t'en prie ! Je n'en peux plus, chérie.

Grisée par la sensation de puissance générée par ses mots, Angela sentit une lame brûlante de jouissance fondre sur elle. En entendant ses cris étouffés, Lorenzo perdit pied. Il se mit à répéter son nom comme une litanie. L'intensité de son plaisir le laissa abasourdi, tremblant contre elle.

Émue au plus profond d'elle-même par ses réactions et ses gestes tendres, elle lui rendit son étreinte.

— Je t'aime, Lorenzo.

Il resta ainsi, appuyé contre elle pendant plusieurs minutes, comme s'il ne parvenait pas à se ressaisir. Puis il se redressa et prit son visage entre ses mains.

— Je sais que je ne suis pas toujours un mari exemplaire, mais c'est uniquement parce que je me bats pour te donner le meilleur, comme je te l'ai promis. Je ne veux pas que tu manques de quoi que ce soit.

Elle posa les doigts sur sa joue.

— Je ne manque de rien, Lorenzo. Juste de ta présence.

Il se redressa et se rhabilla. Il l'aida à se lever puis à rajuster sa tenue.

— Viens t'asseoir à côté de moi, lui demanda-t-il ensuite.

Elle obéit.

— La fortune de mon père est très lourde à gérer. Beaucoup plus que je ne l'imaginais…, soupira-t-il avec lassitude.

Elle observa son visage et remarqua les signes évidents de sa fatigue.

— Pourquoi ne me l'as-tu pas dit plus tôt ?

Il évita son regard. Il était hors de question d'admettre devant elle la précarité de leur situation.

— Je…

Elle insista.

— Tu sais que je suis capable de te décharger de certaines tâches. Je peux t'aider à supporter une partie de ton fardeau. Laisse-moi être à tes côtés comme tu l'as fait pour moi, à Splendora.

Il la serra contre lui.

— Tu es adorable, Angela. J'ai de la chance de t'avoir pour épouse.

Il baisa sa main.

— Viens, rentrons. Il commence à faire froid et notre absence va alerter les amateurs de ragots.

Lorenzo ne quitta pas Angela de la soirée ni d'ailleurs de la nuit. Il se montra tendre, doux et proche. Elle crut enfin avoir pénétré sa carapace.

Pourtant, au petit matin quand elle ouvrit les yeux, il s'était de nouveau enfermé dans son bureau et ne reparut pas avant le dîner. Le lendemain, il n'y eut plus de doute possible : il n'avait rien changé à son comportement, malgré leur touchant échange. La déception d'Angela fut immense.

Pour ajouter à son vague à l'âme, elle se sentait mal ces derniers temps. Prise de nausées et sujette à une extrême fatigue, elle estima que toutes ses sorties avaient fini par épuiser sa résistance. Depuis son arrivée à Londres, un peu plus de deux mois auparavant, elle n'avait pas pris assez soin de sa santé. Elle s'était couchée tard, avait fait des excès en tout genre, et son état général s'en ressentait probablement.

Elle rendit visite au médecin recommandé par une de ses amies. Elle pensait se faire prescrire un tonique et fut donc quelque peu surprise lorsqu'il l'examina longuement. Inquiète, elle le supplia presque.

— Suis-je gravement malade ?

Il rit.

— Gravement malade ? Non, voyons ! se moqua-t-il gentiment. Vous attendez un enfant.

Elle ouvrit la bouche sous l'effet de la stupeur. Le médecin reposa ses instruments médicaux, avant de lui faire face.

— Félicitations, madame la marquise !

Trevor étant stérile, elle n'avait jamais eu à se préoccuper de ce genre de détail avec lui. Mais Lorenzo était fertile et, depuis le début de leur liaison, elle n'avait pris aucune précaution particulière. Indécise, elle posa une question.

— Depuis combien de temps pensez-vous que j'attends cet enfant ?

— Les jeunes mariés ont souvent la mémoire courte !

plaisanta le médecin. À quand remontent vos dernières règles ?

Elle réfléchit une seconde. Elle n'avait pas été indisposée depuis leur départ pour l'Angleterre, début janvier. Comment avait-elle pu ne pas s'apercevoir de cela alors qu'on était fin avril ? Mais, entre les affres de la traversée, l'attitude distante de Lorenzo depuis son retour et sa propre vie trépidante dans le grand monde, elle n'avait vraiment pas été attentive. Elle fit un rapide calcul.

— Cela doit faire un peu plus de trois mois.

— Cela confirme les résultats de mes observations. Dans six mois environ, vous accoucherez d'un beau bébé. Félicitez le marquis pour moi, voulez-vous ? Il va être fou de joie.

Elle hocha la tête sans conviction. Elle connaissait les façons de faire de la noblesse au sujet de la maternité. Une de ses amies avait récemment dû s'exiler dans un domaine à la campagne.

— Dans combien de temps pensez-vous que mon état sera visible ?

— La réponse est très variable d'une femme à l'autre. Pour une première grossesse, cependant, vous devriez pouvoir vous afficher en société encore un mois ou deux, tout au plus.

Angela sortit de son cabinet dans un état second. Elle savait qu'elle aurait dû être folle de joie à l'idée de donner un héritier à l'homme qu'elle aimait. Pourtant, une inexplicable appréhension la saisit à la gorge et elle décida de ne pas livrer son secret dans l'immédiat. Lorenzo avait prononcé des paroles touchantes l'autre soir, au bal des Livingstone, mais à quoi bon, si elles n'étaient pas suivies d'effets.

Elle avait vraiment cru avoir conquis son amour en

entendant ses mots, en percevant ses regards enfiévrés et en sentant son corps trembler d'émotion contre le sien. Depuis, Lorenzo avait repris ses distances. En privé du moins, car en public il affichait de nouveau une attitude horripilante de propriétaire. Elle en déduisit que cet instant d'intimité bouleversant avait sans doute été dicté par quelque impératif mystérieux, probablement lié à son maudit orgueil.

Angela espérait beaucoup plus que cette domination étouffante de la part de son époux. Pour elle-même bien sûr, mais aussi pour leur enfant. Elle voulait l'amour inconditionnel de Lorenzo, vivre de vrais moments de partage avec lui et vieillir sereinement à ses côtés, sans se poser toujours les mêmes questions angoissantes.

Certes, sa passion ne faiblissait pas, mais comment réagirait-il en découvrant qu'elle attendait un enfant ? S'il ne recherchait que sa beauté, qu'allait-il se passer quand sa grossesse deviendrait évidente et que son corps ne l'attirerait peut-être plus ? Que lui resterait-il, à elle, lorsque le désir de Lorenzo serait éteint et qu'il reprendrait sa vie dissolue ?

Terrifiée par cette idée, elle perdit l'appétit et le sommeil avant que son médecin la rappelle à l'ordre. Pour sa santé et celle de l'enfant, elle se décida à demander une explication à son époux.

Se comportant donc comme n'importe lequel de ses clients, elle lui fit parvenir une lettre officielle pour solliciter un entretien.

# Chapitre 23

Angela lisait dans le salon mauve lorsque Lorenzo surgit avec sa mine des mauvais jours. Il lui tendit sa lettre avec un geste furieux.

— Peux-tu me dire ce que c'est ?

Elle haussa les épaules en reposant son livre.

— Il s'agit d'une humble demande de la part d'une épouse qui souhaite s'entretenir avec son invisible mari.

Il explosa.

— As-tu perdu l'esprit ? Mon secrétaire a ouvert cette lettre et il…

Elle lui coupa la parole.

— Quel autre moyen avais-je pour que tu m'accordes du temps, Lorenzo ?

Il se figea.

— Pardon ? De quoi parles-tu ? Je te consacre toutes mes soirées !

Elle sourit tristement.

— Il s'agit d'un sujet sérieux. Souhaites-tu vraiment que je l'aborde en public, puisque c'est le seul moment où j'ai toute ton étouffante attention ?

Il se rembrunit davantage.

— Nous sommes souvent tous les deux dans cette maison, ne sois pas injuste !

Elle hocha la tête avec une moue désabusée.

— Ah… Je suppose que tu veux parler de nos nuits débridées. Pardonne-moi, mais je doute fort de pouvoir mener une conversation sérieuse avec toi dans ces moments-là.

Conscient que leur mise au point risquait de durer, il s'assit face à elle, non sans avoir jeté un regard à l'horloge.

— J'avoue ne pas comprendre tes remarques désobligeantes !

— Pourquoi m'as-tu épousée, Lorenzo ?

— Je t'ai déjà répondu, me semble-t-il.

Elle secoua la tête.

— Tu l'as fait en tant que Lorenzo. Je souhaite connaître la version du marquis de Welland, à présent.

Il soupira en songeant à la masse de travail qui s'entassait sur son bureau et à son secrétaire qui devait l'attendre pour clôturer certains dossiers urgents.

— Elle est identique, Angela, répondit-il, agacé. Quand tu as accepté que notre relation évolue, tu m'as rendu la dignité qu'on m'avait volée. Grâce à toi, j'ai pu reconquérir ma liberté et mon honneur.

Encore son ego et rien d'autre. Angela soupira.

— Tu as effectivement réussi l'exploit de dompter la femme de glace.

Lorenzo marqua un temps d'arrêt, surpris qu'elle emploie ces mots-là. Il se souvenait que lui-même l'avait qualifiée ainsi. Pourtant, il se récria.

— Je ne t'ai pas domptée, je t'ai séduite.

— Est-ce réellement différent pour toi, le libertin à qui aucune proie ne résiste ?

— Je ne t'ai pas obligée à devenir ma maîtresse, Angela,

se défendit Lorenzo. Nous avons mutuellement pris du plaisir avant et après notre union.

Inutile de tergiverser davantage. Elle posa la question qui lui rongeait les entrailles.

— Tu as lancé ton opération de séduction pour que je t'affranchisse, n'est-ce pas ?

Lorenzo encaissa le choc avec un instant de retard. Angela lut la vérité dans sa brève expression coupable. Elle soupira.

— Évidemment… Je peux comprendre l'attrait physique et le petit bonus moral, mais pourquoi m'as-tu épousée après avoir obtenu ce que tu voulais ? C'était devenu inutile, et même encombrant.

Elle le fixa à nouveau avec perspicacité.

— Sauf si on considère que tu avais besoin de mon argent pour rentrer chez toi…

— Angela ! Ne dis pas ça ! Je… Je me sentais responsable de toi dans la mesure où notre aventure risquait de s'ébruiter. Ta réputation aurait été perdue. Je ne pouvais pas te laisser sans soutien, alors que je te devais tout.

Elle hocha la tête avec dépit. Il ne parlait toujours pas de sentiments, ou du moins pas de ceux qui l'intéressaient, elle.

— C'est certain, épouser un affranchi était une excellente façon d'étouffer le scandale…

Il encaissa sa remarque avec une petite moue douloureuse.

— Selon toi, j'aurais dû t'abandonner là-bas, alors que tu me plais au-delà de tout ? Je suis sous ton charme, Angela. C'est mon seul tort.

Elle avait sa réponse. Il ne s'agissait pas d'amour, mais de désir.

— Le seul, dis-tu ? Depuis notre retour, tu utilises notre mariage comme excuse pour expliquer ta disparition. C'est comme si tu disais à tous ces gens que ma « capture » justifiait ces mois d'absence.

Se remémorant toutes les ruses employées par ses maîtresses pour l'attirer dans leurs filets, et ce, sans faire preuve d'un orgueil particulièrement démesuré, Lorenzo ne comprenait pas le malaise de sa femme. Ses anciennes conquêtes se seraient damnées pour qu'un homme volage comme lui leur décerne le titre de marquise après avoir passé quinze mois à l'étranger pour les séduire au moment où ses responsabilités auraient dû l'accaparer. Il haussa d'ailleurs un sourcil perplexe.

— Je ne suis pas une de tes propriétés ! s'insurgea Angela.

— Comment oses-tu employer ces mots-là ? Tu n'as aucune idée de ce que l'on ressent lorsque quelqu'un nous possède corps et âme !

Il se mordit les lèvres. La voix brisée, elle lui répondit alors que la vérité s'emboîtait tel un puzzle dans son esprit.

— L'esclavage est une réalité trop horrible pour ton orgueil, n'est-ce pas ? En m'épousant, tu penses ainsi être devenu mon maître et avoir le droit de me commander, comme mon titre me permettait de le faire avec toi à Splendora. Pour inverser les rôles, tu te comportes comme un despote en public pour montrer à quel point je te suis soumise. Tu m'utilises pour prouver ta virilité ! Et en privé, tu sais aussi me faire comprendre que toi seul tiens les rênes.

— Angela…

Comment arrondir les angles ? Il tenta sa chance en ayant la sensation de marcher sur un fil au-dessus d'un précipice vertigineux.

— Selon les paroles du prêtre qui nous a mariés, nous nous appartenons mutuellement. Pour ma part, je suis très heureux de mon sort. C'est pourquoi je suis navré que tu vives aussi mal ma fierté d'avoir une femme telle que toi à mon bras. Excuse-moi également de m'être senti si flatté par l'exploit que j'ai réalisé en te séduisant au moment où, pour toi, j'étais moins qu'un homme. Et concernant ce que tu appelles ma domination…

Ennuyé, il se passa une main dans les cheveux.

— Je veux te protéger.

— De ta famille, encore ?

— Non. À cause de moi, tu es devenue la cible de plusieurs libertins qui ont jeté leur dévolu sur toi, admit-il à regret.

— C'est vrai ?

En la voyant tomber des nues, il reconnut bien là son innocence. Il afficha un air embarrassé.

— Notre escapade pendant le bal des Livingstone n'est pas passée inaperçue.

Angela sentit sa colère fondre.

— Et tu penses que je pourrais m'intéresser à eux ? Lorenzo, sois sérieux un instant !

Il soupira.

— J'ai confiance en toi, évidemment, mais pas en eux… Je t'en prie, essaie de comprendre que rien n'aurait pu préparer un homme tel que moi à vivre pareille déchéance. Cela me rend sans doute trop méfiant. Je te supplie donc d'être patiente avec moi, car je tente désespérément de rebâtir ma vie à partir des ruines que ma famille y a laissées et en évitant les dangers qu'elle fait toujours planer au-dessus de nous.

Pourquoi fallait-il toujours qu'il mentionne sa famille dans les moments les plus inappropriés ? Chaque fois qu'elle commençait à espérer, Lorenzo ramenait tout à eux et à son inévitable désir de revanche. En tant qu'épouse, son rôle était pourtant de lui montrer d'autres voies. Elle insista.

— Il n'y a qu'une façon de régler sereinement le problème. Témoigne de leurs agissements auprès de la police. Je confirmerai tes propos. Toutes les preuves se trouvent à Splendora. Il te suffit de dire la vérité et ils ne pourront plus jamais t'ennuyer.

Il secoua la tête.

— Nous en avons déjà parlé, Angela. Je ne peux faire ça sans mettre en péril ma crédibilité.

Sans compter que, dès lors, la mort du capitaine O'Briscol, dont le corps avait fini par être retrouvé et identifié, risquait de lui être imputée. Elle soupira en voyant son expression fermée.

— Alors, pour toi, il ne reste que la vengeance comme option ?

— Comment oses-tu m'accuser de cela ? À part reprendre ce qui m'appartient, je n'ai rien fait contre eux ! Absolument rien.

— Tant mieux, car je ne pourrais jamais cautionner ce genre de comportement.

— Angela, il faut que tu comprennes que je n'aurai peut-être pas le choix… pas face à eux.

Elle se leva.

— J'espère sincèrement que tu sauras prendre les bonnes décisions si ce choix se présente, car j'ai très peur de ce que tu pourrais devenir, Lorenzo. L'homme dont je suis tombée amoureuse me manque.

Sur cet avertissement, elle quitta la pièce. Lorenzo resta seul, momentanément abattu par leur échange. Le pire dans tout cela, c'était qu'elle avait raison sur plusieurs points. Il ferma les yeux, mais les rouvrit aussitôt pour échapper à une vision d'horreur. Son gâteau d'anniversaire ne comptait plus que huit bougies !

Il se passa une main sur la bouche avant de se lever pour se servir un verre de whisky. Il ne mentait pas, bon sang ! Il avait besoin d'Angela ! D'ailleurs, ne l'avait-il pas prouvé en se montrant aussi souvent à ses côtés ? Il avait clairement renoncé à sa vie de libertin parce qu'elle comblait toutes ses attentes. Avec elle, il ne ressentait plus cette nécessité de papillonner et de séduire toutes les femmes. Au contraire. Dans ses bras, il éprouvait un plaisir d'une rare intensité. Elle l'attirait comme un aimant. Que voulait-elle de plus d'un homme tel que lui, au moment où il devait consacrer toute son énergie à sa quête personnelle ? Si elle l'aimait tant que ça, pourquoi ne comprenait-elle pas sa souffrance morale ? Elle aurait dû le soutenir.

Il leva son verre vers ses lèvres au moment où l'horloge sonnait 3 heures de l'après-midi. Il jura et se redressa d'un bond. Il avait un rendez-vous dans quelques minutes avec un partenaire qui pouvait lui offrir un débouché important pour la production de son usine de poudre. Il reposa précipitamment le récipient et sortit de la pièce en se disant qu'il réglerait plus tard son problème avec Angela.

Horace entra dans le bureau mauve pour le ranger. La marquise y avait passé une partie de son après-midi et son époux l'avait sans doute rejointe à un moment, car un verre de whisky gisait, abandonné, sur la table basse. Horace fronça les sourcils. C'était la deuxième fois que le marquis se servait un alcool avant de le reposer sans même y toucher. Une lueur d'espoir s'alluma dans son regard.

La première fois, il avait lutté contre son envie féroce

de le siroter et l'avait vidé dans l'évier de la cuisine. Cette fois, il n'avait pas l'énergie de résister. Le marquis était sorti et les autres vaquaient à leurs propres occupations. Qui le saurait s'il buvait ce whisky en cachette ?

Horace sourit et s'empara du précieux liquide. Il tourna le dos à la porte et lampa l'alcool à grandes gorgées. Il eut tout juste le temps de remarquer l'étrange arrière-goût amer du breuvage, puis les premiers spasmes le terrassèrent. Il perdit l'équilibre sous l'effet de la douleur et ses genoux heurtèrent brutalement le sol. Il tendit la main vers le couloir pour appeler au secours, mais aucun son ne franchit ses lèvres. L'air ne parvenait plus jusqu'à ses poumons. Il lutta quelques instants avant de s'effondrer. Le verre roula à quelques centimètres de ses doigts, alors qu'Horace se recroquevillait pour échapper à la souffrance intolérable qui lui labourait les entrailles. Rapidement, le poison fit son effet et son cœur cessa de battre.

Quand Lorenzo revint de son rendez-vous, la nouvelle lui fit l'effet d'un coup à l'estomac. Son majordome venait d'être empoisonné au cyanure en buvant son whisky préféré. En observant le verre en question, Lorenzo réalisa qu'il s'agissait de celui qu'il s'était servi, sans y toucher. Horace était donc mort à sa place !

Lorenzo entrevit le déroulement des événements : ses frères assis dans cette même pièce, ourdissant son meurtre, le sourire féroce de Simon au moment de quitter cette maison avec le sentiment du devoir accompli, le piège qui ne pouvait se refermer que sur lui. Lorenzo s'en était versé deux verres qu'il n'avait pas bus. Le poison avait cependant atteint la mauvaise cible : Horace avait signé, par ce petit larcin, son arrêt de mort.

Atterré par sa propre crédulité, Lorenzo comprit que, pour sa belle-famille, la partie était loin d'être terminée.

Pourtant, avec ce nouvel éclairage, l'évidence s'imposait : tant que David, Simon et Margaret ne seraient pas mis hors d'état de nuire, Lorenzo resterait une cible. Après l'enlèvement et l'empoisonnement, il ne pouvait plus ignorer leur souhait de le voir mourir. Avec eux, le danger était partout ! Et dans leurs tentatives désespérées pour le faire disparaître, ils risquaient de faire des victimes collatérales, dont Angela. Cette idée révulsa Lorenzo. Une terreur immonde se répandit dans ses entrailles en imaginant sa douce épouse sans vie. Pas Angela, non !

Il s'était laissé submerger par ses soucis matériels immédiats et avait négligé la sécurité des siens. Il devait remédier sans perdre un instant à cette terrible erreur de jugement.

Lorenzo fit donc un audit rapide de sa situation avec Foster. Ils estimèrent que leurs actions pour redresser sa fortune porteraient leurs fruits dans les semaines et les mois à venir et qu'il pouvait relâcher un peu son effort.

Il rendit ensuite visite à Samuel pour obtenir l'adresse d'un professionnel qui pourrait lui servir d'homme de main et de garde du corps. Puisqu'il y avait eu un mort, Samuel tenta d'infléchir Lorenzo. Il lui parla de son oncle Gerald. Juge influent, il pouvait procéder sur le témoignage du marquis à une arrestation discrète, mais Lorenzo refusa tout arrangement. Il voulait rendre les coups à présent, quitte à se retrouver à la limite de la légalité. En désespoir de cause, Samuel lui fournit le nom de Bruce MacAllistair, réputé pour son excellence et sa loyauté.

Lorenzo prit rendez-vous avec lui. Il lui expliqua en détail sa situation passée et actuelle, ainsi que son souhait de pouvoir sortir du cadre réglementaire pour protéger sa maisonnée. Ils s'entendirent sur les modalités financières de leur contrat et sur les premières actions à mener, pour lesquelles l'homme de main aurait toute latitude. Lorenzo voulait être consulté, mais rester dans l'ombre pour ne pas être suspecté en cas de dérapage.

En premier lieu, MacAllistair se chargea de surveiller la belle-famille du marquis. Une fois que leurs emplois du temps respectifs n'eurent plus de secret pour lui et qu'il eut découvert tous leurs points faibles, il passa méthodiquement à l'étape suivante : la destruction de leurs vies.

Moins de deux semaines plus tard, à force d'intimidation, de fausses rumeurs et de pots-de-vin, MacAllistair parvint à faire expulser les Welland du logement dans lequel ils avaient trouvé refuge. Poussés à la rue, ils n'eurent pas d'autre choix que de louer une chambre d'hôtel. Chambre dont ils furent rapidement chassés, lorsque le propriétaire de cet établissement huppé apprit que la police les recherchait pour vol et escroquerie, information savamment diffusée par MacAllistair et un de ses complices. À nouveau contraints de prendre la fuite, les sans-logis durent progressivement revoir leurs prétentions à la baisse, car où qu'ils tentent de poser leurs bagages, la rumeur les avait précédés. MacAllistair reçut l'ordre de cesser ce procédé quand ils n'eurent plus d'autre choix que de louer un trou à rats dans un hôtel sordide qui ressemblait furieusement aux cales de l'*Alegria*.

Cependant, loin de s'avouer satisfait par leur descente aux enfers, Lorenzo racheta les dettes de ses demi-frères partout où ils en avaient. Ensuite, MacAllistair leur envoya ses hommes pour récupérer l'argent, par la force s'il le fallait. Quand David et Simon, meurtris et ruinés, voulurent obtenir des explications dans leurs salons de jeux préférés, ils découvrirent qu'ils y étaient dorénavant *persona non grata*.

Lorenzo venait de les priver de leur principale source de revenus, mais il ne s'arrêta pas là. Partout où les deux frères avaient leurs habitudes, MacAllistair les précédait et salissait leur réputation grâce à des procédés peu recommandables, mais dignes d'eux : violence, intimidation, chantage… Lorenzo se battit avec leurs propres armes pour les isoler de tout ce qui avait constitué leur vie jusqu'à présent.

David, Simon et Margaret durent se rendre à l'évidence. Leur tentative d'empoisonnement avait été découverte et déjouée. Pire, Lorenzo venait d'entrer en guerre.

Margaret était parvenue in extremis à obtenir une invitation pour le bal des Mildrup. Pour cela, elle avait dû mendier l'entremise de ce garçon sans attraits qu'elle avait été contrainte d'accepter comme futur gendre. Elle était furieuse de constater qu'elle ne faisait plus partie du circuit des mondanités.

En arrivant dans la charmante demeure des Mildrup, elle prit pourtant sur elle pour afficher une expression assurée. Elle traversa la salle en saluant quelques vagues connaissances. Malheureusement, la rumeur de sa disgrâce semblait s'être déjà répandue et ses gestes ne reçurent pas de réponse. On la toisait tel un insecte particulièrement dérangeant. Et ce n'était pas sa toilette froissée et empestant l'humidité de leur chambre d'hôtel miteuse qui allait changer leur façon de la regarder.

Margaret serra les dents et cessa de maintenir les apparences. Elle se dirigea droit vers sa cible : la femme de Lorenzo. Pour oser une tentative aussi désespérée, elle avait attendu d'être certaine que son beau-fils soit en déplacement. Elle redoutait toutefois sa réaction lorsqu'il aurait vent de cette initiative.

Malheureusement, leur situation était si catastrophique à présent qu'elle n'avait pas le choix. Ils n'avaient plus de toit décent et plus d'argent. Elle avait déjà monnayé les biens issus de sa dot et tous ses bijoux. Il ne leur restait que leurs vêtements et les vendre ne leur permettrait pas de survivre au-delà de quelques semaines, dans le meilleur des cas. Elle se posta donc à quelques pas de la marquise, prête à l'accoster loin des oreilles indiscrètes, dès que ses prétendants se disperseraient. Quand Angela s'éloigna d'eux un instant, Margaret se précipita à sa rencontre.

— Bonjour. Nous n'avons pas été présentées. Je suis…

— Je sais qui vous êtes, la coupa Angela. Nous n'avons rien à nous dire.

Margaret fit une petite mine engageante.

— Ne voulez-vous pas que je vous explique ce qui m'amène, avant de parler de la sorte ?

D'un signe de tête, Angela chassa un de ses soupirants qui tentait une approche timide.

— Je m'en doute fort bien. Allons donc à l'essentiel. Qu'attendez-vous de moi, Margaret ?

L'intéressée avait prévu de tourner longuement autour du pot avant de pouvoir aborder le cœur du problème, mais la marquise venait de réduire ce projet à néant. Dans ces conditions, inutile de tergiverser.

— Je…

Déstabilisée par les regards accusateurs et méprisants qu'elle sentait peser sur elle, Margaret baissa les yeux.

— Ne pouvons-nous nous isoler quelques instants ?

Angela lui montra la fenêtre ouverte et le balcon qui n'attendait qu'elles. Margaret la suivit avec empressement.

— J'imagine ce que Lorenzo a pu vous dire me concernant…

Angela hocha la tête sans s'engager. Margaret poursuivit sur un ton pressant.

— Vous avez sa version, mais voulez-vous entendre la mienne pour vous faire votre propre opinion ?

Angela devait avouer que cette entrée en matière l'intriguait. Avoir le pendant de cette querelle de famille ne pouvait que l'éclairer sur la personnalité de son époux.

— Je vous écoute.

Margaret se détendit imperceptiblement.

— Lorenzo a dû vous expliquer que Nelson et moi étions fiancés depuis notre plus jeune âge. Un contrat de mariage avait été signé entre nos deux familles. Quand j'ai fait mon entrée dans le monde, j'ai réalisé à quel point l'homme qu'on m'avait promis depuis ma plus tendre enfance était séduisant et convoité. Il représentait un idéal inaccessible pour tant d'autres, alors qu'il m'était destiné, à moi qui n'étais pas spécialement jolie. Je l'idolâtrais avec naïveté.

Elle prit une inspiration douloureuse.

— Puis il m'a rejetée pour vivre sa passion avec sa maîtresse sarde, et j'ai cru mourir de chagrin. Tous mes espoirs et mes rêves s'effondraient. Je l'aimais tant que j'ai mis ma réputation en péril pour lui, ajoutant le déshonneur à mon humiliation cuisante. Quelques mois plus tard, Nelson est rentré, brisé par son deuil et accompagné de son nourrisson. Je n'avais pas renoncé à lui et, peu à peu, je suis devenue une amie proche. Rapidement, j'ai pu de nouveau envisager qu'il m'épouse. Quand il l'a fait, j'ai commis la bêtise de croire qu'il exauçait mon rêve de jeune fille éprise. En réalité, il ne cherchait qu'une mère pour son fils.

Son visage se figea soudain.

— Il aimait toujours Isabella, la mère de Lorenzo, d'une façon désespérée et obsessionnelle. J'aurais pu accepter cette cruelle réalité, même si elle me faisait souffrir, s'il avait traité mes enfants comme son aîné. Malheureusement, mon cœur saigne encore en songeant à toutes ces injustices, à tous ces moments volés et à toutes les privations qui ont jalonné leur jeunesse, alors que Lorenzo avait tout ce qu'il voulait. Nelson anticipait tous ses besoins, tous ses désirs. Il lui passait tous ses caprices.

— Lorenzo était-il responsable des choix de son père, selon vous ? l'interrompit Angela.

Margaret soupira avant de se livrer davantage, presque malgré elle.

— Nelson était aveuglé par le souvenir d'Isabella. Le rejeton de l'amour de sa vie ne pouvait être que parfait. Tout ce que Lorenzo faisait était admirable, somptueux, digne, exemplaire, grinça-t-elle. Le traitement de faveur dont il était l'objet a fini par le rendre hautain, égoïste et agressif envers ses frères qu'il a toujours méprisés. Moi qui l'avais élevé comme mon propre fils, j'en ai été bouleversée.

Angela fronça les sourcils. Si le reste du récit de cette femme pouvait paraître vraisemblable, cette dernière affirmation venait discréditer l'ensemble. Elle coïncidait si peu avec la suite de l'histoire qu'Angela se permit de le signaler à son interlocutrice.

— Par quel malencontreux coup du sort vos fils l'ont-ils jeté à bord d'un négrier si vous l'aimiez tant ?

Margaret sursauta, mais se ressaisit rapidement.

— C'est ce qu'il vous a dit ?

Angela secoua la tête, amusée malgré elle par les mensonges éhontés de cette femme.

— Non. C'est ce que j'ai constaté par moi-même.

Voyez-vous, je l'ai acheté à son arrivée aux colonies. Lorenzo a été mon esclave.

Margaret eut un mouvement de recul. Elle n'avait pas pensé un seul instant à ce scénario catastrophe. Angela poursuivit sur un ton mielleux.

— Je suis navrée d'avoir à vous dire que je l'ai très bien traité, contrairement aux souhaits manifestés par vos fils.

Margaret changea de cap à une vitesse surprenante.

— J'en suis heureuse. Mes enfants ont agi sur un coup de tête, mais ils ne sont pas mauvais au fond. Des individus sans scrupules auraient assassiné Lorenzo, vous en conviendrez.

— Oh ! oui. Bien sûr ! renchérit Angela. Après la lecture du fameux testament qui faisait de Lorenzo l'héritier unique de votre époux, il ne vous restait pas d'autre solution que de faire disparaître le problème. La distinction que vous mentionnez toutefois entre l'esclavage et le meurtre est une pure question de rhétorique, dans la mesure où les chances qu'avait Lorenzo de survivre à cette traversée étaient minimes.

Margaret se rendit compte que cette discussion ne la mènerait nulle part. Elle choisit donc d'abandonner les fioritures pour revenir à l'essentiel : détruire son beau-fils.

— Connaissez-vous réellement Lorenzo ? Savez-vous de quoi il est capable ?

Angela resta silencieuse un instant et Margaret saisit sans attendre cette ouverture involontaire.

— Il profitait de l'extrême tolérance de Nelson pour ramener toutes sortes de créatures sous notre toit ! Pour lui, le jeu de la séduction se réduisait parfois à de simples paris avinés entre amis. Qu'importe la réputation de la victime de leur coalition et ses sentiments, du moment qu'ils avaient le frisson et la luxure ! Lorenzo est infidèle, immoral et dépravé.

Angela se raidit.

— Je suis au courant du passé de libertin de mon époux.

Le visage de Margaret se tordit de dépit.

— Ah ! Il vous l'a dit… mais êtes-vous informée de ce qu'il nous fait vivre en ce moment ?

Margaret afficha une mine de martyre.

— Il a mené une véritable campagne d'intimidation contre nous. Nous ne sommes plus les bienvenus nulle part, à cause des rumeurs outrageantes qu'il a lancées sur notre compte. Nous n'avons plus de toit décent sur la tête. Il nous a ruinés, menacés, rançonnés. Mes fils ont même été frappés et dépouillés par ses hommes de main !

— Et pourquoi fait-il cela selon vous ? demanda-t-elle d'un ton moqueur.

— Il nous en veut à cause de ce que nous lui avons fait subir, admit Margaret. Mais il est rentré des colonies, non ? Et il a récupéré son titre ! Alors pourquoi ?

Horace était mort empoisonné et les domestiques avaient vidé toutes les réserves de nourriture sur ordre de Lorenzo. Le lien n'avait pas été très difficile à établir pour Angela.

— Oui. Pourquoi ? ironisa-t-elle encore.

— Lorenzo est comme son père ! cracha Margaret. Ils ne vivent que pour amasser une fortune colossale, sans en profiter. Mes fils ont préféré jouir de cet argent. Même s'ils ont dépassé les limites raisonnables.

Angela masqua sa surprise. Lorenzo ne lui avait pas parlé de cela… Elle se tut, espérant que la belle-mère de son époux poursuivrait. Margaret s'exécuta sans se faire prier.

— Notre gestion peu orthodoxe a provoqué la faillite d'une usine et nous avons été contraints de vendre un des domaines de prédilection de Lorenzo pour récupérer des liquidités.

Tout devint clair pour Angela. David et Simon avaient dilapidé la fortune familiale et depuis Lorenzo se battait pour la reconstituer. Elle comprenait mieux son acharnement à rester enfermé pendant des heures entières pour sauver ce qui pouvait l'être.

Pourquoi ne lui avait-il pas dit la vérité ? Encore une question d'orgueil mal placé, sans doute. Lasse de toutes ces cachotteries, Angela reporta son attention sur Margaret.

— Laissez-moi résumer la situation : vous avez tenté de vous débarrasser de lui, vous avez ensuite dépensé à tort et à travers son argent et enfin vous avez essayé de l'empoisonner, en tuant au passage notre majordome. Dois-je continuer la liste de vos torts pour répondre à votre question ?

Margaret recula d'un pas, la main posée sur son cœur dans une parfaite imitation d'une personne injustement accusée.

— Empoisonner ? Vous nous pensez capables d'un acte aussi atroce ?

Angela aurait pu éclater de rire si le sujet n'avait pas été si dramatique. Un homme était mort, après tout.

— Oui. Et je sais que vous n'en êtes pas à votre coup d'essai. Ce que je ne comprends pas, c'est pourquoi vous êtes venue me voir.

— J'espérais que, si je vous expliquais la situation de notre point de vue, vous pourriez intercéder en notre faveur auprès de Lorenzo.

Angela soupira.

— En admettant que je détienne ce pouvoir sur lui, pourquoi ferais-je cela ?

— Parce que j'ai remarqué votre regard triste quand

vous pensez que plus personne ne vous observe. Il vous rend malheureuse. Et cela ne m'étonne absolument pas, car, comme je vous l'ai dit, Nelson a fait de Lorenzo un être égoïste, insensible et indifférent aux autres. Nous pourrions vous aider à vous libérer de lui et vous donner de quoi assurer votre avenir matériel.

Angela ouvrit la bouche.

— Vous voulez dire que vous partageriez votre argent avec moi, après avoir tué Lorenzo ?

Margaret hocha la tête avec un sourire complice.

— Évidemment !

Angela était abasourdie.

— Vous avez perdu l'esprit. J'aime Lorenzo et jamais je ne vous aiderai à lui faire du mal, bien au contraire. Le testament de votre époux est pourtant clair. Vous devriez vous y conformer et cesser de vous en prendre à l'héritier légitime de la fortune familiale. Il s'agit d'un crime.

Angela abattit sa dernière carte.

— Lorenzo ne le souhaite pas, mais sachez que moi, je n'hésiterai pas à vous dénoncer à la police s'il est victime du moindre nouvel incident. Au cas où vous en douteriez, j'ai tous les documents à ma disposition pour justifier qu'il a été mon esclave. Si je témoigne contre vous, vous irez en prison. Alors laissez-nous tranquilles !

Elle s'éloigna de Margaret, anéantie par cette menace inattendue. Son initiative avait eu des conséquences désastreuses. À présent, il faudrait éliminer deux personnes.

Les semaines suivantes, Margaret et ses enfants se tinrent tranquilles.

Lorenzo reprit ses habitudes avec Elliot Foster. Après trois mois d'efforts, ils étaient parvenus à redresser la situation de façon acceptable. Les impulsions avaient été données, il fallait maintenant du temps pour que tout rentre dans l'ordre. Les différentes exploitations avaient plus ou moins retrouvé leur rythme de croisière. Lorenzo ne pouvait pas encore parler de profits, mais de simple retour à l'équilibre, ce qui était fort encourageant dans un si court laps de temps. Cette tendance ne pourrait que se confirmer dans les mois à venir, la confiance des clients et des fournisseurs étant de retour et les usines ayant retrouvé leur cadence de production. De leur côté, les métayers annonçaient que les champs auraient des rendements très intéressants cette année. De même, le cours des denrées transportées par la flotte navale de Lorenzo ne cessait de grimper.

Satisfait de cette reprise en main et de ses choix judicieux, le jeune homme se résolut enfin à alléger son emploi du temps. Il s'offrit quelques soirées à son club avec Samuel et d'autres amis. Il assista à plusieurs représentations théâtrales et à une foule d'autres manifestations en compagnie de son épouse.

Cependant, depuis leur discussion presque un mois plus tôt, Angela conservait une dose de retenue à son égard qui le rendait fou. Maintenant qu'il lui donnait satisfaction en lui consacrant plus de temps, il l'aurait voulue éprise et docile. Or elle se révélait insaisissable et rétive.

Ainsi, elle refusait dorénavant de mentir pour expliquer sa disparition. Dès que quelqu'un posait une question concernant leur mariage ou l'absence du marquis, elle s'excusait poliment et quittait le groupe. Elle rejoignait alors la meute de ses prétendants, et Lorenzo se voyait contraint d'afficher un air serein et indifférent, à l'opposé de la jalousie brûlante et de la colère froide qu'il ressentait. S'il voulait danser avec elle au cours de la soirée, c'était toujours à lui de revenir vers elle. Il devait alors patienter jusqu'à pouvoir s'emparer de sa main pour l'entraîner sur la piste en la ravissant à ses admirateurs. Bien sûr, il aurait pu l'ignorer et se contenter de la retrouver plus tard, mais il en était incapable. Lui, le libertin, l'homme que les femmes s'arrachaient, en était réduit à mendier publiquement l'attention de sa propre épouse !

Les insatiables curieux remarquèrent la tension qui régnait entre eux à chacune de leurs apparitions et des rumeurs se répandirent sur leur compte. Comme Angela se montrait plus froide avec lui lors de leurs sorties et que, dans le même temps, elle était entourée d'une véritable foule d'admirateurs, les mauvaises langues estimèrent que l'exquise marquise s'était déjà lassée de son légendaire époux. Quand Samuel lui relaya l'information avec une moue d'excuse, l'orgueil de Lorenzo se cabra. Il ne pouvait laisser dire ce genre de choses sans réagir !

Pour prouver à tous qu'Angela l'aimait toujours, il fallait bien évidemment commencer par se réconcilier avec elle. Oui, il avait agi avec des arrière-pensées au début de leur relation et elle s'en était rendu compte, mais à présent il était satisfait d'être marié avec elle. Elle était parfaite : belle, drôle, intelligente, sensuelle, passionnée, et elle avait immédiatement conquis la noblesse anglaise.

Lorenzo avait accompli l'exploit de séduire Angela une première fois, il était certain de pouvoir réitérer. Heureusement, il avait une longue expérience des femmes. Il avait toujours su les faire fléchir quand il le souhaitait. Elle ne ferait pas exception à la règle. Il adopta donc sa ligne de conduite habituelle en pareille circonstance : cajoleries recherchées, bijoux somptueux, attentions charmantes et nuits débridées. Mais il échoua lamentablement. Toutes ses tentatives issues de son passé de libertin se heurtaient à un mur de désapprobation et de sarcasme. Angela voyait clair en lui. Or, plus elle le maintenait ainsi à distance, plus il se sentait irrésistiblement attiré vers elle.

En désespoir de cause, il accepta une invitation à un bal donné dans la campagne londonienne. Il comptait profiter du trajet en tête à tête pour entamer le dialogue et adoucir l'humeur de la frondeuse.

Assis en face d'elle, Lorenzo cherchait un moyen de pénétrer ses défenses, sans succès jusqu'à présent. Il se mit à douter du bien-fondé de cette apparition publique en l'état actuel de leurs relations.

— Veux-tu que nous rentrions à la maison ? Je crois que nous avons grandement besoin de discuter.

Angela secoua la tête.

— C'est impossible. J'ai promis plusieurs danses ce soir. Je ne peux me décommander.

— Bien sûr ! Si tes admirateurs t'attendent, tu ne peux leur faire faux bond…, ironisa-t-il.

Elle évita son regard et Lorenzo éprouva une vive souffrance en constatant son indifférence.

— Angela ?

Il lui prit la main et elle leva les yeux vers lui.

— Depuis notre arrivée à Londres, je t'ai tenue à distance…

Elle haussa les épaules, sans se compromettre. Un horrible sentiment d'abandon l'envahit. Mon Dieu ! L'avait-il perdue ? Il se mordit la lèvre, résolu à tenter l'impossible pour la faire fléchir.

— Si je t'avais expliqué la situation, tu aurais pu comprendre pourquoi je me suis éloigné de toi. Au lieu de cela, j'ai tout géré tout seul, pour ne pas t'inquiéter. Et je réalise, en voyant tes réactions, que tu as pris mon attitude préoccupée pour du détachement. Je m'en veux de t'avoir laissée croire que tu n'étais pas importante pour moi.

Elle tourna imperceptiblement la tête vers lui.

— Je suis prêt à présent à te révéler la vérité sur ce qui a monopolisé mon temps.

Il enchaîna sans attendre.

— David et Simon ont presque totalement dilapidé mon héritage pendant mon absence. Quand j'en ai repris le contrôle, la fortune liée à mon titre n'était plus qu'un souvenir et toutes mes entreprises se trouvaient en difficulté. En quinze mois, ils ont mis en péril ce que mon père et ses ancêtres avaient constitué en plusieurs vies.

Elle cligna des yeux en attendant la suite. Il lui caressa le bout des doigts.

— Je t'avais promis que tu ne manquerais jamais de rien et, à notre arrivée, il n'y avait même plus assez d'argent pour te faire vivre dignement !

Elle soupira en lui retirant sa main.

— Je sais tout cela, Lorenzo.

— Pardon ?

Elle hocha la tête face à son air abasourdi.

— Margaret m'a expliqué les raisons de ta haine envers ses fils.

— Margaret ! Mais comment est-ce possible ? s'étonna-t-il.

— Elle est venue me demander d'intercéder en leur faveur.

Lorenzo se figea.

— Ah ! Qu'a-t-elle pu te raconter pour que tu te montres aussi froide avec moi ?

Angela le toisa.

— La vérité, peut-être…

— Angela ! s'insurgea-t-il. Sais-tu seulement quelles

ruses a employées cette femme par le passé pour me faire du mal ? Ses paroles auraient-elles donc plus d'importance à tes yeux que les miennes ?

La voix d'Angela monta d'un ton.

— Les tiennes, Lorenzo ! J'ai dû t'arracher chaque aveu que j'ai obtenu jusqu'à présent. Tu n'as consenti à me parler qu'une fois que tu étais dos au mur !

Lorenzo laissa planer un instant de silence entre eux. Angela n'avait pas vraiment tort. Il soupira.

— Tu as raison, j'ai été en dessous de tout avec toi. J'ai voulu te protéger en te cachant la situation et j'ai échoué.

Elle l'observa avec méfiance. Il secoua la tête.

— Je te promets de te dire la vérité dorénavant. Est-ce que cela pourrait te convaincre de ma bonne foi ?

Elle haussa les épaules face à son timide sourire de conciliation.

— J'en dis que tu ne prends plus beaucoup de risques, puisque je dois, à présent, connaître tous tes secrets honteux. Que peut-il y avoir de pire, en effet, que d'apprendre que tu es un libertin, que tu m'as épousée par intérêt et que tu m'as caché le fait que tu as failli être ruiné ?

Lorenzo ne put retenir un soupir atterré. Il avait mal évalué sa situation. Elle était bien plus catastrophique que ce qu'il pensait. Comment la convaincre ?

— Demande-moi ce que tu veux ! Je te répondrai, proposa-t-il avec un soupçon de panique dans la voix.

Angela lui jeta un coup d'œil. Malgré toutes les questions qui se bousculaient en elle, elle songea à un point de détail qui ne lui sortait plus de la tête depuis que Margaret le lui avait révélé.

— Margaret a évoqué l'existence de paris dont l'enjeu était des femmes. Est-ce vrai ?

Il ne put cacher une grimace de dépit. Voilà un aspect

bien peu reluisant de sa vie passée qui n'allait pas le faire remonter dans l'estime d'Angela… Mais il venait de s'engager à dire la vérité.

— Ce n'est arrivé qu'une seule fois ! J'avais bu et lorsque mes amis m'ont défié de séduire une jeune veuve aigrie…

Ses épaules s'affaissèrent en réalisant quelle analogie elle risquait de faire avec elle-même. Il soupira.

— J'ai accepté. C'était totalement stupide ! Je le sais.

— Pourtant, tu l'as fait. Tu as abusé des sentiments de cette femme pour la mener jusqu'à ton lit et tu as fait l'amour avec elle, juste pour remporter la mise.

Il hocha la tête avec regret.

— Elle me plaisait et sa résistance a aiguillonné mon désir, mais tu as raison. Je l'ai utilisée pour gagner un pari.

— Qui est-ce ?

— Doris Matheson, admit-il dans un souffle.

Angela comprenait mieux l'amertume de son hôtesse. Elle avait même la sensation qu'un pont venait de se créer entre elles.

— Comment Margaret a-t-elle eu vent de cette anecdote ? Je suppose que tu ne t'en es pas vanté.

Il ploya les épaules.

— Doris commençait à parler mariage et sentiments. J'ai pensé qu'elle souffrirait moins si je rompais rapidement, mais elle a refusé d'entendre ce que j'avais à lui dire. Elle qui avait toujours affirmé qu'elle ne voulait plus d'homme dans sa vie a provoqué un véritable scandale en me pourchassant de ses assiduités. La rumeur a enflé. Quelques indiscrétions ont filtré sur ce qui nous avait liés et l'affaire a fini par éclater au grand jour.

Angela resta silencieuse et raide comme la justice. Lorenzo fit appel à sa raison.

— J'ai été un libertin notoire. C'est vrai. J'ai séduit

beaucoup de femmes. Encore vrai. Je me séparais d'elles quand mon désir retombait. Toujours vrai. Et, fausse modestie mise à part, ma réputation ne s'est pas éteinte en mon absence… Mais je ne peux rien changer à ce passé.

Elle finit par le reconnaître en hochant la tête, saluant au passage son honnêteté.

— Quand Margaret t'a-t-elle révélé tout ceci ?

— Quelle importance ?

Lorenzo ressentait le soudain besoin de se justifier.

— En arrivant à Londres, j'avais planifié de récupérer mes biens et de reprendre le cours de ma vie, avec toi à mes côtés. Nous aurions été riches, en vue, et j'aurais pu tenir ma promesse te concernant. Malheureusement, j'étais loin de me douter que la situation serait aussi catastrophique. Le marquisat était au bord de la banqueroute. J'éprouvais une honte terrible à l'idée de t'avoir entraînée dans cette situation qui risquait de tout te faire perdre. J'ai donc entrepris de redresser mes finances, seul, pour ne pas t'inquiéter, mais la tâche était si colossale que je me suis laissé submerger. À présent, j'ai la sensation que tu me détestes.

— Tu prétends avoir fait tout cela pour moi, alors que tout ce qui comptait à mes yeux, c'était que nous soyons tous les deux. Le reste m'importait peu. Je pensais te l'avoir prouvé en t'épousant, Lorenzo.

Il soupira en réalisant qu'elle avait parlé au passé et qu'elle n'avait pas contredit son affirmation.

— Je n'ai jamais voulu te faire souffrir.

— C'est pourtant ce que tu as fait. Tu m'as tenue à l'écart alors que j'aurais pu t'aider. J'aurais pu te seconder et te libérer du temps, que nous aurions pu passer ensemble. Mais non ! Tu as sans doute pensé que ton image pâtirait du fait que ton épouse t'assiste, si la nouvelle se répandait !

Il voulut ouvrir la bouche pour répliquer, mais elle poursuivit sur un ton de condamnation.

— Nous sommes mariés, Lorenzo, et pourtant tu me tiens dans l'ignorance de ta vie réelle ! Trouves-tu normal que ce soient d'autres personnes que toi qui m'aient informée de ta situation ? Et toutes ces dépenses que tu m'as laissée faire alors que tu ne disposais pas de l'argent nécessaire !

Une larme glissa sur sa joue alors que ses mots résonnaient dans l'habitacle avec une intonation définitive.

— Au fond, tu ne m'accordes guère plus de place dans ta vie qu'à toutes ces femmes qui ont jalonné ton passé. Tu as fait de notre union un misérable simulacre !

Il sentit sa peine et comprit soudain qu'elle n'agissait pas ainsi parce qu'elle ne l'aimait plus, bien au contraire. Elle souffrait. Et lui aussi.

— Angela, je…

Dans un fracas épouvantable, le carrosse se renversa dans un virage et le monde bascula autour d'eux.

# Chapitre 24

— Comment va-t-elle, docteur ?

Lorenzo ne parvenait pas à comprendre ce qui venait de se passer. Baptist roulait vite sur cette route de campagne, certes, mais pas au point de provoquer un tel cataclysme ! Un des essieux s'était brisé net en plein virage. Le véhicule avait basculé sur le côté et l'attelage s'était rompu comme du biscuit. Projeté à terre et traîné par les chevaux sur une distance considérable, Baptist avait été grièvement blessé dans l'accident.

De son côté, Lorenzo avait été éjecté. Miraculeusement indemne à quelques contusions près, il avait pourtant perdu connaissance sous l'effet du choc. Dès son réveil, il s'était précipité vers la carcasse brisée du carrosse en hurlant le nom de sa femme. Terrifié, il avait escaladé les restes du véhicule et arraché la porte de ses gonds. Il avait alors regardé à l'intérieur et découvert une scène d'horreur. Angela était inconsciente et une plaie barrait son front. Lorenzo se souvenait d'avoir prié pour qu'elle survive avec une ferveur impressionnante, tout en courant sur la route pour aller chercher des secours.

Ils étaient à présent de retour chez eux et Lorenzo attendait avec anxiété le verdict du médecin qui venait d'ausculter Angela. Celui-ci ôta ses lunettes et les essuya sur un pan de sa veste.

— Madame la marquise a eu beaucoup de chance. Quelques coupures, une entorse au poignet, quelques contusions et une commotion cérébrale, rien de bien méchant. Elle restera un peu désorientée pendant quelques jours. Il faut qu'elle garde le lit et se repose. C'est de toute façon l'unique chose à faire dans son état.

Lorenzo fronça les sourcils.

— Dans son état ?

Le médecin prit une inspiration.

— La marquise n'a pas perdu son enfant, mais une hémorragie pourrait encore provoquer une fausse couche. Et même si cela n'arrive pas, je suis incapable de vous dire si l'enfant aura des séquelles après un tel choc.

Lorenzo se figea.

— Pardon ?

— La marquise devra se reposer pour limiter…

— J'ai entendu ! Mais vous devez faire erreur…, insista Lorenzo.

Le médecin remit ses lunettes sur son nez pour mieux l'observer. Surpris, il fronça les sourcils.

— Vous ne le saviez pas ?

Lorenzo s'humecta les lèvres.

— Depuis quand est-elle enceinte ?

— Un peu plus de quatre mois.

Lorenzo perdit ses dernières couleurs.

— Mon Dieu !

Il se passa la main sur la bouche, atterré par cette découverte et ce qu'elle impliquait. Pourquoi lui avait-elle caché sa grossesse ? Il rougit soudain de honte en comprenant à quel point il avait été négligent envers elle.

— Vous vous sentez bien, monsieur le marquis ?

Lorenzo prit une inspiration douloureuse.

— Je… A-t-elle repris connaissance ?

— Oui. Vous pouvez lui rendre visite si vous le souhaitez. Cependant je vous recommande de ne pas la fatiguer.

— L'avez-vous informée pour le bébé ? s'inquiéta le marquis.

Le médecin secoua la tête.

— J'ai pensé que vous seriez la personne la plus à même de la réconforter concernant les conséquences dramatiques que pourrait avoir cet accident sur la vie de votre enfant. Au cas où elle aurait des contractions, j'ai laissé un calmant sur sa table de nuit. Si elle souffre trop, n'hésitez pas à lui en donner une cuillère à soupe toutes les six heures environ.

— Merci, docteur.

Sans plus attendre, Lorenzo entra dans la chambre où Angela se reposait. Il s'approcha du lit en silence et s'assit à côté d'elle. Elle avait les paupières fermées. Il soupira et lui prit la main.

— Je suis tellement navré pour tout, Angela.

Elle cligna des yeux.

— Lorenzo ? Tu vas bien ?

Il hocha la tête et écarta quelques mèches de cheveux de son visage tuméfié.

— Et toi, comment te portes-tu ?

Elle chercha à se redresser et grimaça de douleur.

— J'ai mal partout.

Il cala ses oreillers derrière elle pour l'aider à s'asseoir.

— C'est une réaction normale de ton corps. Tu te sentiras bientôt mieux.

Les yeux de la jeune femme se remplirent de larmes.

— J'ai si mal au ventre…

Lorenzo lui caressa la joue tendrement, malgré

l'amertume qu'il ressentait. Comment pouvait-il être la meilleure personne pour lui annoncer que la vie de leur bébé était peut-être en danger, alors qu'elle n'avait pas jugé opportun de l'informer de sa grossesse ? Pourtant, il fallait qu'il lui révèle la cruelle vérité.

— Le médecin a peur que tu fasses une fausse couche après un tel choc.

Elle resta immobile face à lui, avant de rejeter fermement ses mots.

— Non !

— Je suis désolé.

Il la serra contre lui pour lui offrir son réconfort. Elle ne le repoussa pas, mais ne lui rendit pas son étreinte.

— Je suis certain que, si tu appliques ses conseils, que tu te reposes beaucoup, sans faire d'efforts, tout va bien se passer pour vous deux.

— Et si ça n'est pas le cas ? Si je le perds ? sanglota-t-elle avec terreur.

— Ça n'arrivera pas. Nous ferons ce qu'il faut, ensemble.

Il s'écarta d'elle pour l'observer, anxieux de sa réaction après ces propos maladroits, car en réalité le sort de cet enfant ne reposait plus entre leurs mains. Angela pleurait en silence, renfermée sur son angoisse, sans lui prêter attention. Il avait l'impression d'être rejeté, exclu et seul. Une question franchit brutalement ses lèvres.

— Te sens-tu si mal à mes côtés pour m'avoir caché que j'allais être père ?

Elle détourna les yeux.

— Je suis exténuée, Lorenzo. Je voudrais dormir.

Blessé par cette expulsion sommaire, il hocha dignement la tête.

— Je vais te laisser.

Il se redressa et la borda comme une enfant. À la porte,

il se retourna encore, mais elle pleurait en regardant le plafond. Il n'y avait manifestement pas de place pour lui dans son chagrin. Les épaules basses, il sortit de la pièce.

Bruce MacAllistair l'attendait dehors.

— Monsieur le marquis, il faut que je vous parle !

Lorenzo avait besoin de rester seul un instant, afin d'assimiler la scène qui venait de se dérouler.

— Plus tard, s'il vous plaît…

MacAllistair eut un petit mouvement de surprise.

— Vous ne voulez pas savoir ce qui s'est passé ?

Lorenzo se figea.

— Ce qui s'est passé ? Il s'agit d'un malheureux accident !

Le détective secoua la tête avec une expression grave plaquée sur le visage.

— Je suis navré d'avoir à vous affirmer que non. Le bois de l'essieu a été scié et l'attelage a lui aussi été saboté. Il n'y a aucun doute possible sur l'aspect intentionnel de ce tragique événement. Il s'agit d'une nouvelle tentative de meurtre contre vous, monsieur le marquis.

Lorenzo contint tant bien que mal sa rage à la suite de cette révélation. S'il parvint à réaliser cet effort surhumain, c'est parce qu'il consacrait toute son attention à Angela.

Petit à petit, elle reprit quelques forces. Ses contusions finirent par s'estomper. Le médecin vint lui rendre visite très souvent et finit par confirmer que le spectre d'une fausse couche s'éloignait lentement, même si les conséquences du drame ne seraient connues qu'à la naissance.

Lorenzo se montra présent, attentif et tendre pendant toute la période où elle resta alitée. Puis, à l'issue de ces jours de repos forcé, il lui proposa quelques sorties prudentes. Sur les conseils du médecin et comme le temps magnifique de ce début de mois de juin le permettait, ils déjeunèrent dans le jardin derrière la résidence du marquis, puis se promenèrent en calèche dans les parcs londoniens. Pas à pas, elle accepta de l'accompagner au théâtre, au restaurant, et ils participèrent même à un bal, cinq semaines après leur accident.

Lors de cette soirée, il ne la quitta pas une seule seconde et, dès qu'elle montra des signes de fatigue, il lui proposa de rentrer se reposer. Une fois dans leur chambre, Lorenzo congédia la femme de chambre de son épouse pour se charger lui-même de lui ôter ses vêtements, ne lui laissant que sa chemise. Ses doigts glissèrent sur la peau soyeuse de sa nuque. Il vit ses épaules trembler.

— Angela ?

Elle lui fit face, les joues baignées de larmes.

— Je me sens si coupable, Lorenzo. Et toi, tu te montres si gentil avec moi, alors que je ne le mérite pas.

— Que dis-tu ?

Elle accepta son étreinte lorsqu'il la prit dans ses bras pour la réconforter.

— J'ai eu peur de te perdre à cause de cet enfant. J'ai tellement honte d'avoir éprouvé des sentiments aussi mesquins vis-à-vis de ce petit être qui ne sera peut-être que l'ombre de ce qu'il aurait été sans cet accident. C'est comme si Dieu m'avait punie pour mes mauvaises pensées, lui avoua-t-elle entre deux sanglots.

Il fronça les sourcils.

— Je ne comprends pas. Pourquoi m'aurais-tu perdu ?

Elle cacha son visage dans ses mains.

— Je sais que tu me désires aujourd'hui, mais qu'adviendra-t-il quand cette grossesse transformera mon corps ? Avec toutes ces femmes qui n'attendent qu'un seul mot de ta part…

Vues sous cet angle, ses réserves devenaient limpides, même si elles étaient terriblement vexantes pour lui. Il écarta ses doigts pour croiser son regard.

— C'est à cause de ces craintes que tu ne m'as pas dit que tu es enceinte ?

— Oui, admit-elle, honteuse.

Sous le choc, il recula.

— Avec tout ce que tu as découvert sur mon compte depuis ton arrivée, je suppose que je mérite ta condamnation, soupira-t-il après un instant de silence douloureux. Je crois que j'ai perçu les changements de ton corps, mais je ne me suis pas préoccupé une seule seconde de te poser des questions ou de te rassurer quant à mon engagement envers toi.

Il secoua la tête.

— Nous avons pris un bien mauvais départ, Angela. Serais-tu d'accord pour que nous donnions une seconde chance à notre union ?

Elle le fixa avec espoir.

— C'est ce que tu souhaites ?

Il approuva en caressant son ventre qui commençait tout juste à s'arrondir.

— Pas seulement. Je veux te rendre heureuse et voir ton corps changer pour mettre cet enfant, notre enfant, au monde.

Il posa un doux baiser sur sa tempe.

— Il n'y aura plus de secrets entre nous. Et pas de culpabilité non plus, je t'en prie. Dieu n'a rien à voir avec notre accident. Les débris de mon carrosse prouvent que nous avons été victimes d'une nouvelle tentative de meurtre.

Non ! Pourquoi remettait-il ce sujet entre eux au moment où elle pensait enfin obtenir de tendres aveux de sa part. Elle se crispa.

— Tu vas donc poursuivre ta petite guerre.

Son ton était si froid qu'il ne comprit pas immédiatement ce revirement d'humeur. Ils s'observèrent un instant. Déçue, elle lui tourna le dos pour rejoindre le lit. Il la retint.

— Angela ! Je m'efforce de respecter ma part du marché en te livrant la vérité. Pourquoi réagis-tu de cette façon ?

Il soupira en voyant sa mine contrariée.

— Est-ce ainsi que tu comptes nous laisser une seconde chance ? En me condamnant sans cesse pour des actes dont je ne suis pas responsable et en me repoussant toujours plus loin ? Tu me tues, Angela !

Elle tenta de conserver un visage impassible, mais son air torturé la fit fléchir. Combien de femmes avaient entendu une demande aussi humble de la bouche de cet homme ? Il lui donnait bien plus qu'à aucune autre.

— Pardon, Lorenzo. Tu as raison. Je... j'aimerais retrouver la chaleur de tes bras, si tu le souhaites, bien sûr.

— Je serai toujours là pour toi, Angela.

Il l'attira avec douceur pour la serrer contre lui. Elle finit par lui lancer un regard surpris en comprenant qu'il n'entreprendrait rien de plus. Il haussa une épaule.

— Je sais que tu penses que je suis un égoïste sans cœur, mais je ne ferai rien qui puisse mettre ta vie ou celle du bébé en danger, soupira-t-il avec une moue désabusée.

Elle lui lança un sourire timide.

— J'ai vu le médecin, ce matin. Il a été très rassurant. Je ne risque plus de perdre le bébé et il m'a confirmé que nous pouvions reprendre notre vie de couple.

— Rien ne t'y oblige, Angela.

— Non, rien, en effet.

Elle posa les lèvres sur les siennes. Il poussa un soupir vaincu. Avec une tendresse infinie, il goûta sa bouche. Irrépressible, le désir monta dans ses veines, mais il se contint. Cette nuit devait marquer un tournant dans ses relations avec sa femme. L'indifférence d'Angela à son égard depuis leur dispute lui avait ouvert les yeux. Il devait lui prouver qu'il n'était pas le monstre qu'elle imaginait.

— J'ai eu tellement peur de te perdre, avoua-t-il en collant le front contre le sien.

Avec sensualité, il déplaça ses doigts sur les épaules de sa femme et plus bas, sur son dos. Il faisait naître des frissons sous ses paumes. Quand il posa la bouche sur ses seins, elle frémit. Il la porta alors sur le lit, avant de se redresser sur un coude pour la fixer.

— Si tu te sens trop fragile pour supporter mon contact, promets-moi de me le dire.

Elle savait à quel point il avait envie d'elle. Malgré cela, il lui demandait l'autorisation de lui faire l'amour. Touchée par sa prévenance, elle prit l'initiative. Elle ouvrit sa chemise et embrassa son torse ferme.

— J'ai besoin de toi, Lorenzo.

Il gémit. Elle l'aida à ôter ses vêtements. Il la caressa longuement, avec douceur, patience et habileté. Ce soir, il reprenait contact avec le corps de sa femme et il voulait qu'elle sente la différence. Elle n'était pas qu'un objet pour lui et jamais il ne la quitterait pour des motifs aussi futiles que ceux qu'elle avait imaginés.

Quand il se glissa enfin en elle, Lorenzo la traita comme une porcelaine particulièrement délicate et fragile. Il fit preuve de retenue, la conduisant avec patience jusqu'au plaisir. Puis il cueillit ses cris du bout de ses lèvres, les savourant comme un mets exquis.

— Que vas-tu faire ?

Lorenzo haussa les épaules. Il avait longuement hésité

avant de confier sa situation à Samuel. Ce n'était pas d'admettre encore une fois son statut de victime potentielle devant son ami qui le gênait particulièrement. Non. Il voulait surtout éviter qu'Angela apprenne qu'il n'avait pas renoncé à sa vengeance.

Depuis qu'il lui avait demandé une seconde chance, ils avaient retrouvé une complicité et une harmonie qui ravissaient Lorenzo. Il ne pouvait se permettre de mettre en péril ce fragile équilibre. Angela lui faisait à nouveau confiance en privé et lui accordait son attention en public. Leur mésentente n'était plus qu'un mauvais souvenir. Lorenzo avait reconquis sa femme et il en éprouvait une joie sincère, mêlée de crainte à l'idée de tout perdre s'il la décevait une nouvelle fois. Désorienté par l'écart entre ses aspirations personnelles et les attentes de son épouse, il serra les poings sous l'effet de l'impuissance.

— Je ne sais pas. Quand ils ont tenté de m'empoisonner, ils ne visaient que moi, mais cet accident…

Lorenzo frissonna.

— Si Angela était morte…

Il s'interrompit, la gorge nouée en songeant au pire. Il déglutit alors que Samuel détournait les yeux avec pudeur pour lui laisser le temps de se ressaisir.

— Jusqu'où iront-ils ? Ils ont provoqué le décès de mon majordome et mon cocher restera probablement estropié à vie. Ils ont attenté à la vie de ma femme et de notre enfant à naître !

Son ton était à présent résolument féroce.

— Je voudrais les mettre hors d'état de nuire. Pour un peu, je songerais moi aussi à des méthodes expéditives pour me débarrasser d'eux.

Samuel le dévisagea.

— Pourquoi ne le fais-tu pas ? Ils le mériteraient.

Lorenzo repoussa la tentation.

— Tu sais, quand j'étais à bord du négrier, je me suis promis de les exécuter de mes propres mains, mais Angela ne cautionnerait jamais de tels agissements de ma part. Je ne peux prendre le risque de la perdre, même si cela contrarie mon désir de revanche à un point que tu ne peux imaginer.

Samuel ne put retenir un sourire amusé. Lorenzo n'avait jamais montré autant de ferveur envers une femme. Il venait pourtant de manifester à l'égard de la sienne tous les symptômes d'un amour profond. Samuel haussa les épaules, réellement navré de devoir tester ses sentiments.

— Es-tu obligé de tout lui dire ?

Lorenzo grogna.

— L'effet sera bien pire si elle l'apprend par quelqu'un d'autre. Or, jusqu'à présent, des âmes charitables se sont toujours chargées de l'informer de ce que je tentais de lui cacher.

Lorenzo se crispa. Face à lui, Margaret, suivie de ses deux fils, fendait la foule avec assurance. Les gens s'écartaient sur leur passage et se retournaient sur eux en murmurant. Pourtant, ils n'y prenaient pas garde.

Lorenzo secoua la tête se parlant presque à lui-même.

— Je me demande parfois si nous avons vraiment le même père. C'est tellement incompréhensible… D'où tirent-ils leur aptitude à faire le mal ? Après la lecture du testament, je pensais que le plus dur serait de chasser Margaret de chez moi sans provoquer un scandale. Or je me suis retrouvé enchaîné à bord d'un négrier. À mon retour, je croyais que ma détermination à leur reprendre ce qui m'appartient suffirait à les tenir éloignés. Au lieu de ça, ils ont essayé de m'empoisonner. J'ai haussé le ton et, là encore, leur réplique a été sans équivoque. Ils veulent me voir mourir. Dans ces conditions, quelles options me reste-t-il ?

Samuel tourna les yeux vers les demi-frères de Lorenzo. À cet instant, Simon lança un sourire moqueur à l'intention de celui qui avait encore eu l'audace de survivre. Lorenzo sentit la colère le gagner, mais Samuel le retint.

— Ne leur donne pas ce plaisir. Ils n'attendent que ça.

Puis, avec un brin d'humour, il ajouta :

— De plus, Angela t'observe.

Le regard de Lorenzo vola vers sa femme qui discutait paisiblement avec une amie, inconsciente du drame qui avait failli se jouer. Samuel gloussa en voyant le froncement de sourcils de Lorenzo.

— Très drôle…

— Que veux-tu ? Je n'hésite pas à employer les grands moyens pour te protéger de toi-même !

Lorenzo mit un temps fou à calmer les battements de son cœur et à chasser la fureur aveugle qui l'aurait poussé à se jeter sur eux en public.

Samuel avait raison sur un point à propos d'Angela : elle ne devait se douter de rien. Quel dilemme ! Elle ne croyait pas à ses projets de vengeance. Soit, mais s'il n'agissait pas avant eux Lorenzo était certain de se faire tuer à plus ou moins brève échéance. Il ne bénéficierait pas éternellement d'une chance insolente. Que faire dans ces conditions : survivre en prenant l'initiative, avec pour conséquence de décevoir sa femme, ou accepter de mourir sans réagir ?

Samuel lui jeta un coup d'œil chargé de compassion.

— Il te reste toujours la solution légale, si tu te décides à faire appel à mon oncle Gerald.

— Depuis mon retour, certains de mes actes sont tout

aussi répréhensibles que les leurs. L'enjeu ne vaut pas les risques encourus.

— Et si tu tentais de les diviser ? proposa Samuel.

— Quoi ?

Samuel fit un geste impatient de la main.

— Nous pourrions monter les deux frères l'un contre l'autre.

Lorenzo soupira.

— C'est impossible ! Ils sont soudés comme des siamois !

Samuel insista.

— L'appât du gain peut faire des miracles ! Après tout, si tu meurs, David héritera. Simon vivra de la charité de son aîné à tout jamais. N'y a-t-il pas un filon à exploiter selon toi ?

Lorenzo réfléchit un instant. Comment Simon, sans conteste le plus menaçant des deux, supportait-il de rester dans l'ombre de David ? Des dissensions étaient-elles apparues entre eux pendant les quinze mois où ils s'étaient crus riches ? Lorenzo secoua la tête.

— Simon a beaucoup de défauts, mais il ne s'attaquera jamais à son propre frère…

Samuel pouffa.

— Cela ne les a pas gênés avec toi.

Lorenzo faillit répliquer qu'ils n'avaient pas la même mère et que cela faisait toute la différence. Pourtant, il s'abstint. Au contraire, il l'invita à poursuivre d'un signe engageant.

— Quelle est ton idée exactement ?

— Isole-les. C'est l'union qui fait leur force. Tu as d'ailleurs une occasion idéale de mettre ce plan à exécution.

— Laquelle ?

— Helen, affirma Samuel. C'est elle, le point faible de leur groupe. Ensuite, il faudra éliminer le plus dangereux. Malheureusement, je crains fort que, pour celui-ci, la violence soit la seule option envisageable. Une fois Simon écarté, Margaret et David seront diminués et probablement inoffensifs.

Les yeux de Lorenzo roulèrent dans leurs orbites.

— Commencer par Helen ? Elle me hait tout autant qu'eux.

Samuel secoua la tête avec un sourire supérieur.

— Figure-toi que, d'après mes sources, elle a trop besoin de ce que tu es susceptible de lui offrir pour se permettre de te détester plus longtemps. Juste avant ton retour, elle venait d'obtenir sa première demande en mariage, de la part de Michael Gerhardt. Margaret a estimé que c'était un piètre parti et a refusé cette alliance.

Lorenzo fronça les sourcils.

— Les Gerhardt sont criblés de dettes, non ?

— Tout juste. Michael est cependant un honnête garçon, sympathique avec ça.

Se pourrait-il que ce jeune homme ait une influence positive sur sa demi-sœur ?

— Depuis que tu es rentré, Margaret a dû revoir ses prétentions à la baisse, ajouta Samuel. Les fiançailles ont été annoncées, mais aucune des deux familles n'a les moyens de financer la cérémonie. Les deux tourtereaux en sont donc réduits à ce statu quo. Si tu intervenais pour les sortir de l'impasse, je suis persuadé que tu aurais sa reconnaissance éternelle, ainsi que des informations de première main concernant leurs plans.

Lorenzo hésitait encore lorsque Samuel reprit :

— J'ai oublié de te préciser l'élément essentiel. Il s'agit d'un mariage d'amour. Tu pourrais être celui qui écourte une attente qui doit leur sembler interminable !

Lorenzo finit par admettre que cette idée méritait d'être creusée.

Une petite heure plus tard, il rejoignait sa sœur dans un salon discret, après que Samuel avait servi d'entremetteur.

— Bonsoir, monsieur le marquis.

Lorenzo fronça les sourcils en entendant cette voix masculine. Il avait espéré rencontrer sa sœur en tête à tête, mais son fiancé se tenait à ses côtés. Il le désigna d'un signe du menton.

— Est-ce vraiment nécessaire ?

Les doigts entremêlés à ceux de son promis, Helen approuva.

— Tout ce que tu me diras ce soir, Michael le saura de ma bouche, quoi qu'il arrive.

Lorenzo hocha la tête.

— Soit. Cela vous concerne tous les deux, de toute façon.

Il s'approcha du charmant couple.

— J'ai appris que vous vous étiez fiancés.

Michael serra davantage la main d'Helen, comme s'il craignait que Lorenzo ne s'oppose à leur union. Ce fut lui d'ailleurs qui répondit.

— C'est exact.

Lorenzo s'assit face à eux. Il les fixa chacun leur tour en commençant par Michael.

— Félicitations. Je vous dois de l'argent, alors.

Helen sursauta.

— Pardon ?

— Oui. La dot de cent mille livres que notre père a prévue pour toi dans son testament.

Elle se couvrit la bouche avec sa main, mais ses yeux

brillaient de joie. L'instant suivant, cependant, elle se domina.

— Pourquoi ferais-tu cela, Lorenzo ? Je veux dire, avec le mal que ma mère et mes frères t'ont fait…

Il détourna la tête.

— Nous n'avons jamais eu de très bons rapports, tous les deux, mais tu es ma sœur.

Elle rougit de honte. Conscient de son trouble, il haussa les épaules pour lui signifier qu'il passait outre certains souvenirs cuisants.

— Et je suis un homme de parole.

Michael sourit à sa promise.

— Nous allons pouvoir nous marier ?

Elle essuya une larme sur sa joue avant de fixer Lorenzo avec perspicacité.

— Je sais dans quel état sont tes finances. Pourquoi fragiliserais-tu ta situation pour moi ?

Il soupira en l'entendant évoquer à voix haute sa solvabilité.

— J'ai repris la gestion de ma fortune en main. Je ne prétends pas que les choses sont totalement revenues à la normale, mais je suis sur la bonne voie. Cette somme est importante, c'est vrai, mais je te la dois. Notre père le voulait et jamais je ne me mettrai en travers de ton bonheur.

Il leur laissa le temps d'assimiler cette information et de commencer à se projeter dans l'avenir.

— Elle pourra vous servir à vous payer une maison. Je doute que vous souhaitiez vivre sous le même toit que vos familles respectives.

Elle lui jeta un coup d'œil surpris.

— Si tu te contentes d'un petit mariage, je pourrai

même financer la cérémonie afin que vous n'entamiez pas votre capital de départ.

— Bien sûr, s'empressa-t-elle de répondre, avant de réfléchir. Cependant, qu'attends-tu de nous en échange de tes largesses ?

— Je voudrais que tu te tiennes éloignée de cette guerre fratricide qui m'oppose à David et Simon, annonça-t-il sans détour.

Elle répondit immédiatement et avec une sincérité qui le rassura.

— Je ne cautionne pas leurs actes, Lorenzo. Il y a d'ailleurs longtemps que je me suis désolidarisée d'eux. Tu n'as pas besoin d'acheter ma complicité, si c'est de cela qu'il s'agit.

Lorenzo précisa sa pensée.

— Je souhaite juste ta neutralité.

— Je ne comprends pas. Je ne suis pas un danger pour toi. Pourquoi payer une telle somme pour obtenir si peu ? Espères-tu que je t'informe de leurs projets ?

Il se récria tout en jetant un regard vers Michael qui hocha imperceptiblement la tête. Le message était passé. Lorenzo reprit.

— Je veux juste être sûr de ne plus t'avoir contre moi. Je ne suis pas assez stupide pour croire que tu pourrais être de mon côté, lâcha-t-il avec une petite grimace désabusée.

Le frère et la sœur se dévisagèrent un instant. Helen réfléchit vite. Le choix était très simple entre une famille qui la méprisait et cette main tendue de façon inespérée qui lui permettait d'épouser l'homme de sa vie. Lorenzo lui offrait là une chance unique de rédemption et de repentir. Les yeux d'Helen se mouillèrent de larmes et elle hocha la tête.

— Avec tout ce qu'ils t'ont fait, je ne pensais pas que tu m'aiderais, moi, leur complice silencieuse. Ta proposition est très généreuse et très honnête. Et je l'accepte. Merci, Lorenzo.

Elle se leva et il l'imita. Elle se posta face à lui et le serra dans ses bras. Surpris par l'étrange émotion qui montait en lui, il lui tapota maladroitement l'épaule.

— Pardonne-moi pour tout, Lorenzo.

Il essuya une larme sur la joue de la jeune femme.

— Aujourd'hui, nous sommes simplement frère et sœur. Enfin, si tu acceptes de me reconnaître comme tel…

Elle capta un éclair de souffrance dans son regard.

— Bien sûr que oui. Merci, Lorenzo.

Elle sortit de la pièce. Lorenzo se plongea dans la contemplation de la porte le temps de dominer le tumulte qui agitait son cœur.

— Je n'arrive pas à croire que vous puissiez vous montrer aussi généreux avec nous, monsieur le marquis, s'émerveilla Michael. Bien sûr, si j'avais eu quelque richesse, j'aurais pu épouser Helen sans dépendre de personne. Mais ça n'est pas le cas…

Il soupira avant de poursuivre.

— Si vous saviez comme je déteste avoir des dettes… Alors si, un jour, j'ai la possibilité de vous aider en quoi que ce soit, je serai votre homme. Vous aurez les yeux et les oreilles que vous êtes venu chercher. Vous avez ma parole que vous ne regretterez pas votre générosité.

Lorenzo avait obtenu exactement ce qu'il voulait. Helen avait la confiance des trois autres et elle répétait tout à son fiancé. Celui-ci le tiendrait au courant des plans de ses adversaires. Samuel avait eu raison.

Compte tenu du déroulement inespéré de son entretien avec Helen, Lorenzo révisa son opinion concernant la tactique proposée par Samuel. Il lui fit d'ailleurs un compte rendu concis qui fit exulter son ami.

— Je te l'avais dit ! À présent, tu as un espion à l'intérieur qui pourra te prévenir de leurs prochaines tentatives. Quand t'attaques-tu à Simon ?

Lorenzo resta indécis un instant. Samuel insista.

— Tu as fait un pas de géant aujourd'hui, mais il faut battre le fer tant qu'il est chaud ! Tu sais comme moi que tes frères ne vont pas s'arrêter en si bon chemin. Combien de temps penses-tu survivre à leurs manigances si tu ne prends pas l'initiative ?

— Pas très longtemps, j'en ai peur.

— Dès que Simon fera mine de s'isoler, je te préviendrai, proposa Samuel.

Lorenzo approuva avec réticence. Si Angela apprenait ce qu'il projetait… Il soupira et, pour se faire pardonner, il l'invita à danser. C'était sans doute le dernier bal auquel elle pourrait assister, alors il tenait à ce qu'elle en profite.

Une quarantaine de minutes plus tard, Samuel attira son attention en lui adressant des petits signes discrets. Lorenzo se mordit la lèvre, mais il suggéra à sa femme de saluer les amies dont elle allait être séparée pendant plusieurs mois. Elle accepta et il en profita pour rejoindre Samuel.

— Il est parti par là. Seul. Margaret et David tentent de revenir dans les bonnes grâces de la comtesse de Thornhill. Je pense que tu as suffisamment de temps devant toi.

Lorenzo hocha la tête et s'engouffra dans le couloir désigné. Il entendait les pas rapides de Simon devant lui. Lorenzo le suivit dans un bureau dont les murs étaient couverts de livres. Lorenzo referma la porte derrière lui. Surpris par ce bruit, Simon lui fit face.

— Ah ! C'est toi, mon *cher* frère.

Simon gloussa.

— Il paraît que tu as eu un malencontreux accident de carrosse. Quelle tristesse…

Lorenzo faillit s'étouffer de rage, mais répliqua sur le même ton.

— Je comprends que tu sois triste, vu que j'ai survécu à votre troisième tentative de meurtre…

Simon afficha une expression offensée.

— Tu m'accuses d'être responsable de tes malheurs ! Voyons, Lorenzo, tu ne sais plus ce que tu dis !

Lorenzo perdit toute mesure. Son premier coup atteignit Simon à la mâchoire et le second, placé en plein abdomen, le projeta en arrière sur une table basse qui se brisa sous l'impact. Sonné, Simon resta au milieu des débris, les bras en croix, sans chercher à prolonger leur affrontement. Face à lui, Lorenzo finit par baisser les poings. Avec une expression dégoûtée, il regarda son demi-frère éponger sa bouche en sang et se redresser péniblement.

— Me laisserez-vous un jour tranquille ? demanda-t-il.

— Non. Tu ferais mieux d'accepter ton sort et de mourir vite. Je veux dire, avant que trop de gens souffrent à ta place.

— Pourquoi ne t'en occupes-tu pas toi-même, sans recourir à tes méthodes de lâche ?

Perdu, Simon se frotta la joue avec une grimace douloureuse.

— Que proposes-tu ?

— Un duel à l'épée devant témoins résoudra définitivement notre problème.

— Heu…

L'assurance de Simon semblait s'être envolée. Il s'affaissa contre le mur derrière lui.

— C'est David, ton rival…, hasarda-t-il.

Lorenzo sourit en percevant le désarroi dans sa voix.

— Tu devrais te sentir flatté, car c'est toi que j'estime le plus dangereux des deux. David n'est qu'un pantin pathétique dont ta mère et toi tirez les ficelles. Si tu as peur, nous pouvons arrêter le duel au premier sang versé.

Lorenzo haussa un sourcil.

— Imagine la reconnaissance de ta mère et l'avantage que tu prendrais face à ton frère si tu les débarrassais de moi…

Le regard de Simon se remplit de convoitise avant qu'il parvienne à masquer ses sentiments.

— Si je remporte le duel, toi et ta famille disparaîtrez de nos vies, à tout jamais.

Simon haussa les sourcils.

— Et si je gagne ?

— Je vous laisse tout. Tu devras cependant me promettre de ne plus jamais t'en prendre à Angela.

— Pour cela, ta femme devra renoncer définitivement à nous dénoncer aux autorités.

— Pardon ?

Simon hocha la tête.

— Elle a menacé ma mère de le faire s'il t'arrivait quoi que ce soit.

— C'est pour cela que vous avez attendu qu'elle soit avec moi dans le carrosse, comprit Lorenzo.

Simon approuva.

— Oh ! à propos ! ajouta-t-il, narquois. Dois-je te rappeler que les duels sont interdits par la loi ?

— Les enlèvements, les empoisonnements et les tentatives de meurtre aussi, ironisa Lorenzo.

Il observa les réticences de son frère et se mit à rire.

— Ah oui… Bien sûr, il faudra te battre comme un homme. Aucune possibilité de tricher. Tu m'affronteras avec ton habileté et non plus ta lâcheté coutumière. Tu as peur ?

Piqué dans son orgueil, Simon se redressa.

— Demain matin à l'aube, au cœur de Hyde Park. Je t'attendrai pour un duel à l'épée avec mon second. Au premier sang versé, le perdant se retirera pour toujours.

Il tendit la main vers Lorenzo qui jeta un œil dégoûté dessus.

— N'allons pas jusque-là, cher frère. Les apparences n'ont plus cours depuis longtemps entre nous.

Simon hocha la tête.

— Tu as raison. Prépare ta jolie femme à l'idée de se retrouver bientôt dans le dénuement le plus total. D'ailleurs, si elle a un jour besoin d'un riche protecteur, dis-lui de me faire signe !

Malgré sa fanfaronnade, il sortit d'un pas mal assuré de la pièce.

Lorenzo pouvait tout perdre le lendemain, mais enfin il avait l'occasion de passer à l'acte et de pouvoir écraser au moins l'un d'entre eux sous sa botte. La joie qu'il éprouva à cette idée lui fit craindre le pire pour les rares bougies survivantes de son gâteau d'anniversaire.

— Prends garde, Lorenzo. Simon est une vraie bête, sous son apparente lâcheté. En utilisant cet effet de surprise, il est venu à bout de plus d'un escrimeur émérite. On ne peut évidemment pas parler de style dans son cas, car sa tactique consiste à user ses adversaires en les abrutissant de coups.

Lorenzo tira le rideau pour jeter un regard hors de son tout nouveau carrosse.

— Je me doute bien que c'est cette forme de combat qu'affectionne Simon. Il n'aurait d'ailleurs jamais accepté ce duel s'il n'avait pas été certain d'avoir une chance de le remporter. J'ai aussi envisagé que ce rendez-vous soit un piège et qu'ils n'aient aucune intention de me laisser repartir vivant malgré les règles que nous avons fixées.

Samuel ouvrit la bouche pour protester, mais Lorenzo précisa sa pensée.

— Avec eux, il faut toujours prévoir le pire et, dans ce cas, ta survie sera primordiale. Si tu te sens en danger, fuis sans un regard en arrière.

Samuel se figea. Lorenzo soupira avec gravité.

— S'il m'arrive quoi que ce soit, je te demande de protéger Angela. Elle a menacé Margaret de les dénoncer et ils n'hésiteront pas à la supprimer pour l'en empêcher. Ne les laisse pas lui faire du mal, je t'en prie.

Samuel afficha une moue scandalisée.

— Tu as survécu à trop d'événements dramatiques pour échouer si près du but ! Tu assureras toi-même la sécurité de ta magnifique épouse. Et puis n'oublie surtout pas que, vu ma réputation, je ne serai pas un protecteur adéquat.

— Parce que tu crois que ma réputation n'était pas pire que la tienne !

Samuel rit.

— Sans doute, mais toi, tu l'as épousée.

— Angela ne sait même pas que je suis ici, soupira Lorenzo. S'il m'arrive quelque chose…

Samuel le coupa.

— Ne pense surtout pas à ça !

Ils échangèrent un regard grave. Lorenzo prit une

soudaine inspiration au moment où le carrosse ralentissait. Quand il s'arrêta, lui et Samuel en descendirent. Ils étaient les premiers sur place. Rapidement, cependant, un bruit de galop se fit entendre et un fiacre déposa David et Simon à une cinquantaine de mètres de là. Le fiacre s'éloigna ensuite pour les attendre à l'écart.

L'aîné des fils de Margaret semblait contrarié, alors que son frère lui jetait sa veste et son baudrier dans les bras, avec la même expression hautaine qu'il aurait affichée en présence d'un laquais.

Samuel glissa à l'oreille de Lorenzo.

— En choisissant d'affronter Simon, tu montres clairement que tu ne considères pas David comme une menace sérieuse. Il doit être humilié par ton jugement, si semblable à celui de ton père. Observe son visage. Tu as semé la zizanie entre eux, c'est parfait.

Comme l'assurait Samuel, Simon visait dorénavant une part plus conséquente du gâteau. Il venait d'entrer en compétition avec son propre frère et, vu les regards condescendants qu'il lui adressait, il ne lui accordait aucune chance.

Enfin, il fit face à Lorenzo qui avait également ôté sa veste et sorti son épée. Samuel exposa les règles de l'engagement d'une voix claire et forte.

— Je vous rappelle que, selon les termes fixés par les opposants, il ne s'agit pas d'un combat à mort ! Les deux adversaires cherchent à se départager pour mettre fin à leur querelle. Au premier sang, le duel s'arrêtera. Confirmez-vous votre acceptation de ces règles ?

Lorenzo et Simon hochèrent la tête en se dévisageant. Ils étaient déjà absorbés par leur affrontement et la soif d'humilier l'autre, à défaut de pouvoir le tuer.

— Saluez-vous.

Ils obéirent.

— En garde.

Les deux combattants se mirent en position. Simon attaqua avant que Samuel ait donné le signal. Lorenzo s'était préparé à ce genre de traîtrise. Il para donc assez facilement la charge furieuse. Simon se laissa entraîner par son élan et dérapa dans l'herbe humide de rosée. Il chuta sur un genou. Lorenzo attendit qu'il se redresse pour prendre l'ascendant. Simon avait plus de force que lui, mais sa robustesse le rendait moins rapide. Si Lorenzo l'acculait en défense, son demi-frère ne pourrait pas déployer sa tactique favorite. Il enchaîna donc les coups, repoussant Simon toujours plus loin. Les lames s'entrechoquaient en produisant des sons métalliques furieux, au rythme des passes.

Les deux témoins observaient l'affrontement sans dire un mot, le visage tendu. Soudain, Samuel retint une exclamation. Lorenzo venait de marcher sur une pierre qui l'avait déséquilibré. Un genou à terre, il devait à présent parer le matraquage de Simon qui le dominait de toute sa taille. Enfin à l'aise dans son rôle favori, le jeune homme assénait de véritables coups de massue à son adversaire. Lorenzo devait tenir son arme à deux mains et chaque choc se répercutait dans ses bras. Il savait qu'il ne pourrait pas résister longtemps dans cette position. Heureusement, pour donner de la force à ses attaques, Simon levait son épée très haut au-dessus de sa tête. Lorenzo profita de cette ouverture pour viser son ventre. Simon recula précipitamment et son demi-frère parvint in extremis à se relever avant qu'une nouvelle pluie de coups s'abatte sur lui. Le combat reprit avec davantage de rage encore. Les bras ankylosés par la charge furieuse à laquelle il venait d'échapper, Lorenzo avait perdu l'avantage. Simon lui portait des bottes vicieuses qu'il ne réussissait à éviter que d'extrême justesse.

Simon se fendit pour attaquer. Ayant perçu son intention, Lorenzo anticipa la manœuvre, se déporta et frappa. Sa lame déchira les côtes de son demi-frère. Simon hurla de douleur. Les yeux écarquillés par la surprise et la souffrance, il porta la main à sa blessure et la retira rouge de sang. David fit un pas en avant, mais Samuel s'interposa avec un soulagement manifeste.

— Premier sang ! Le combat est fini. La victoire revient à Lorenzo.

Secoué, Simon tomba sur les genoux. Lorenzo abaissa son épée.

— Il ne vous reste plus qu'à tenir votre promesse et à disparaître, conclut-il.

Simon hocha brièvement la tête pour concéder sa défaite. Après un instant, Lorenzo se détourna de lui avec l'impression tenace que quelque chose lui échappait. Il n'avait d'ailleurs pas fait trois pas que le regard épouvanté de Samuel l'alerta. Il fit volte-face juste à temps pour stopper la nouvelle attaque de Simon.

Lorenzo reprit le combat, conscient qu'il s'agissait dorénavant d'une lutte à mort. Il n'y avait plus de faux semblants. Soudain, toutes les apparences courtoises avaient disparu. Il n'y avait plus qu'une haine sauvage et des coups brutaux, destinés à blesser et à infliger de la douleur. L'équilibre des forces en présence variait d'une seconde à l'autre.

Simon le toucha à la hanche, mais son geste manquait de force et déchira à peine les vêtements de Lorenzo, qui contre-attaqua avec une agilité fulgurante et fit reculer son adversaire. Gêné par sa blessure, surpassé au niveau technique et déstabilisé par ses propres mouvements désordonnés pour se défendre, Simon perdit de vue la lame de Lorenzo une seconde. Il reçut alors un coup en pleine poitrine, plus profond cette fois. Il resta un instant suspendu au bout de l'épée de Lorenzo avant de se laisser glisser en arrière, sur le sol, en poussant un gémissement pitoyable.

Le visage blême de douleur et la respiration hachée, Simon semblait mal en point. Le combat était fini. Lorenzo détourna les yeux une seconde pour charger David d'emmener son frère se faire soigner et pour lui rappeler les termes de leur accord.

Profitant de cet instant d'inattention, Simon se redressa vivement, son arme pointée en avant, droit sur la gorge de Lorenzo. Plus par réflexe qu'autre chose, celui-ci replia son bras gauche pour protéger son visage et sentit la lame glisser sur l'os de son avant-bras, en déchirant sa chemise et ses chairs sur son passage. À cet endroit, heureusement, les dégâts ne seraient pas trop dramatiques.

Profitant de la surprise et de la douleur de Lorenzo, Simon s'était relevé. Essoufflé et chancelant, il commençait cependant à percevoir que ses chances de rester en vie dans un combat honnête face à son demi-frère étaient infimes. Il laissa donc tomber son épée au sol. Lorenzo observa ce geste qui, entre gentilshommes, signifiait que Simon abandonnait. Au lieu de ça, ce dernier sortit un petit pistolet de sa poche de pantalon. Lorenzo se jeta sur lui pour bloquer son poignet, bien conscient que, si le coup partait à bout portant, il ne survivrait pas.

Surpris de voir son adversaire avancer vers lui, Simon recula et perdit l'équilibre. Il tomba en arrière, entraînant Lorenzo dans sa chute. Un combat sauvage et brutal s'engagea au sol. Les deux frères luttaient avec l'énergie du désespoir pour repousser la gueule du canon vers l'autre.

Samuel jurait, sans toutefois oser s'approcher, de peur de provoquer une catastrophe. À côté de lui, David hurlait des encouragements à Simon. Un bruit assourdissant les fit taire. Le coup était parti. Il y eut un instant de flottement pendant lequel le silence fut total. Puis Samuel se précipita vers les deux adversaires.

— Oh ! mon Dieu !

Samuel se figea en voyant Simon bouger. Son cœur manqua un battement. Si Simon avait survécu, Lorenzo était forcément blessé ou mort. Or c'était lui, Samuel, qui l'avait encouragé à combattre. Il était responsable de tout ce qui allait suivre. Il poussa un hurlement de souffrance.

— Non !

Simon se laissa péniblement glisser sur le côté et roula sur le dos au ralenti. Samuel l'observa, notant avec un instant de retard son immobilité totale, sa bouche ouverte en une expression de surprise douloureuse, la fleur de sang qui s'épanouissait lentement sur sa poitrine, et son regard vitreux. Lorenzo se redressa alors avec difficulté.

Avec une exclamation incrédule et horrifiée, David se précipita, mais il n'y avait plus rien à faire pour Simon.

— Tu… Tu l'as assassiné !

Lorenzo secoua la tête alors que Samuel l'aidait à se relever.

— Nous sommes venus pour un duel à l'épée qui devait se terminer au premier sang et il a sorti un pistolet ! Qui a tenté d'assassiner l'autre, selon toi ? grogna Lorenzo.

David lui jeta un regard chargé de haine.

— Tu as tué Simon !

Samuel intervint.

— Nous avions fixé les règles. Au premier sang, le combat devait s'arrêter. Simon a attaqué Lorenzo dans le dos, puis par traîtrise. Ensuite, il a de nouveau triché en utilisant une arme. Lorenzo s'est simplement défendu. Votre frère s'est couvert de honte !

David secoua la tête.

— Tu n'es qu'un vulgaire assassin, Lorenzo !

— C'est toi qui oses prononcer ces mots, alors que depuis presque deux ans je ne fais que survivre à vos tentatives pour vous débarrasser de moi !

Lorenzo lui adressa un regard menaçant.

— J'espère que tu as compris que vous ne faites pas le poids, David. Je ne me laisserai plus jamais maltraiter par ta famille. Simon avait promis que si je gagnais, vous vous retireriez de Londres. Il avait également juré de ne plus s'attaquer à ma femme. Et tu vas tenir ses engagements !

Ignorant délibérément le ton menaçant de Lorenzo, David sourit avec froideur.

— Tu aimes ta charmante épouse, n'est-ce pas, Lorenzo ? Oh ! Bien sûr que oui. Ça crève les yeux. Je saurai en tirer profit à un moment ou à un autre. N'oublie pas de la surveiller, car je ne serai jamais loin de sa petite gorge blanche.

Blême de rage, Lorenzo fit un pas vers lui.

— Vous aviez donné votre parole !

L'éclat de rire de David le cloua sur place.

— Tu es toujours aussi stupide et naïf ! Comment peux-tu croire que, maintenant que tu as tué mon frère, je te laisserai tranquille ? Ce sera œil pour œil, dent pour dent ! Une vie pour une vie ! Et je pense que ce sera beaucoup plus amusant si ça n'est pas la tienne…

Samuel retint Lorenzo et ordonna à David de récupérer le corps de Simon et de disparaître. Après un dernier regard menaçant, celui-ci obtempéra. Samuel lâcha enfin son ami qui cacha son visage dans ses mains.

— Mon Dieu ! Qu'ai-je fait ? Il n'y aura donc jamais de fin à ce conflit ?

Samuel le rassura avec un sourire incertain.

— Allez ! David est un braillard. Il ne fera rien, j'en suis persuadé. C'était Simon qui exerçait la force physique.

Lorenzo soupira de lassitude.

— Je l'espère, Samuel… Je l'espère.

# *Chapitre* 25

Lorenzo avait demandé à Angela de le rejoindre dans son bureau. Il lui lança un sourire timide et plein d'espoir qu'elle lui rendit. Depuis leur dispute et leur accident, il avait fait des efforts visibles. Il se montrait plus présent et plus prévenant. Il lui avait demandé une seconde chance, ce qu'Angela était toute prête à lui accorder. Elle se prenait même à croire qu'il avait abandonné ses projets de vengeance puisqu'il n'en avait plus jamais reparlé devant elle. Enfin, elle envisageait son avenir sereinement à ses côtés.

— Tu souhaitais me voir ?

Il approuva en s'asseyant sur le coin de sa table de travail. Il se passa ensuite la main dans les cheveux.

— Simon est mort. Je l'ai affronté lors d'un duel et nous en sommes dorénavant débarrassés.

Le visage d'Angela se figea.

— Tu m'as entendu, Angela ? Il ne nous menacera plus.

— Oui. Oui…

Elle aurait voulu pouvoir comprendre comment il pouvait parler avec une voix aussi dépourvue d'émotion, mais elle s'en savait incapable.

— Enfin, non ! Peux-tu me dire en quoi la mort

d'un homme peut constituer une bonne nouvelle ? Mon Dieu, Lorenzo ! Surtout si c'est toi qui l'as tué. Simon était ton frère !

Il sourcilla.

— Angela, réfléchis ! Margaret, David et Simon n'auraient jamais abandonné. C'était déjà difficile de vivre avec ce danger permanent au-dessus de la tête, mais en les menaçant de les dénoncer aux autorités s'il m'arrivait quoi que ce soit, tu es devenue leur ennemie au même titre que moi. C'est à cause d'eux que tu as failli perdre notre bébé !

Elle l'interrompit avec colère.

— Ne m'utilise pas pour justifier ce meurtre planifié bien avant notre rencontre !

Il se figea, atrocement blessé par ce jugement sans appel, mais non dénué de fondement.

— Tu me condamnes donc sans même chercher à entendre ma version des événements !

Elle gémit.

— Tu l'as tué ! Quelle version de ton récit pourrait adoucir son issue fatale ?

Il s'insurgea.

— Tu ne veux pas savoir que nous avions convenu d'arrêter le duel au premier sang versé et que je l'ai touché ? Il s'agissait d'une blessure sans gravité qui marquait la fin de notre affrontement ! Il s'était engagé à sortir de nos vies et à nous laisser en paix. Pourtant, dès qu'il a compris qu'il n'avait aucune chance de me vaincre, il a sorti un pistolet pour me tuer. Le coup est parti alors que j'essayais de me protéger.

Elle laissa échapper un ricanement ironique.

— Arrête de me prendre pour une sotte. Tu voulais ta vengeance et tu l'as eue !

Il la coupa avec colère.

— As-tu entendu ce que je t'ai dit ? Ils n'auraient jamais cessé de s'en prendre à nous ! En éliminant Simon, j'ai évincé le plus dangereux et le plus imaginatif des trois.

Elle le regarda avec horreur.

— Et cela ne te fait pas plus d'effet que cela d'avoir tué ton propre frère ?

Son expression se transforma en dégoût.

— Et moi qui pensais que tu pouvais changer...

La colère de son époux explosa avec violence.

— Te rends-tu compte à quel point tes propos sont injustes envers moi ? Ne crois-tu pas que, à la place de leur mépris et de leur haine, j'aurais préféré que mes frères et sœur m'aiment ? Crois-tu que j'aie souhaité hériter de tous les biens de mon père en déclenchant cette guerre fratricide sans fin ? Sache que, avant mon enlèvement, j'aurais mille fois opté pour un accord mutuel pour partager cette fortune plutôt que de découvrir à quel point mon existence leur était intolérable.

Il serra les poings.

— Bon sang ! J'ai si peu de valeur à leurs yeux qu'ils n'ont pas hésité à me livrer à un trafiquant d'humains ! Ils se sont débarrassés de moi comme si je n'étais qu'un déchet ! Pour survivre, je n'ai pas eu d'autre choix que de m'endurcir.

Angela fit mine de l'interrompre, mais les mots se déversaient en cascade de la bouche de Lorenzo.

— Oh ! bien sûr, tu te dis : « Il exagère. » Tu penses : « Je suis montée sur un négrier, je sais de quoi il parle, j'ai senti les odeurs, compris l'essentiel de leurs conditions de vie déplorables à bord, cela ne peut être aussi horrible que ce qu'il décrit. » Faux !

Tremblant de fureur, il tenta de maîtriser sa voix.

— Tu ne peux pas comprendre la part d'ombre que ces expériences ont fait naître en moi, Angela. Tu ne pourras jamais imaginer la profondeur de la cassure subie.

La mine pâle, elle approuva calmement.

— Je te l'accorde, mais tu es sorti de cette épreuve et tu es plus fort qu'avant. N'est-ce pas l'essentiel ?

La voix brisée par la rage, il lui jeta ses paroles suivantes au visage.

— Plus fort, dis-tu ? Figure-toi que, au lieu de survivre à cet épisode tragique, j'aurais préféré ne pas le vivre du tout. Je serais sans doute moins fort à l'heure qu'il est, mais beaucoup plus heureux !

Profondément blessée par sa remarque, Angela se figea.

— Dois-je te rappeler que, sans cela, nous ne nous serions jamais rencontrés ?

Il répondit sans réfléchir.

— Parce que tu imagines qu'être lié à une épouse moralisatrice, incapable de compatir et de me soutenir dans mon combat pour survivre peut compenser le préjudice subi ?

Angela sentit ses yeux se remplir de larmes amères.

— C'est ce que tu penses de moi ?

Lorenzo ressentit un instant de gêne.

— Je…

Elle lut dans son regard qu'une part de lui assumait ses paroles. Elle se drapa dans le peu de dignité qu'il lui restait.

— À ta place, je cesserais de me lamenter sur mon triste sort. Si tu veux vraiment rendre ton calvaire supportable, investis-toi dans le combat contre l'esclavage. Ton témoignage pourrait faire évoluer les mentalités.

Elle reprit froidement.

— Ah oui ! J'oubliais que cela pourrait ternir ta précieuse réputation ! Mais laisse-moi te dire que la prison te fera autant de tort, car c'est là que tu vas échouer si tu ne te ressaisis pas avant qu'il soit trop tard.

Elle lui lança un regard chargé de déception et de dégoût.

— Angela !

Elle ouvrit la porte sans se retourner.

— J'ai cru que tu étais quelqu'un de bien, Lorenzo. Ce qui me chagrine le plus, c'est de m'être trompée à ce point et de savoir que j'ai uni mon destin à un être aussi dépourvu de sentiments.

Elle sortit avant qu'il voie ses larmes.

Lorenzo ferma les yeux un bref instant et sursauta en découvrant une vision d'horreur derrière ses paupières closes. Il ne restait plus qu'une unique bougie sur son gâteau d'anniversaire. Les ténèbres menaçaient d'engloutir son âme. Il osait à peine respirer de peur que son souffle ne le plonge définitivement dans l'abîme.

Qu'avait-il fait ? Il demeura ainsi, la tête entre les mains, à se lamenter sur sa bêtise, sur son maudit orgueil, sur sa susceptibilité et sur l'injustice de son sort.

Si seulement il avait pu mourir en même temps que sa mère, ou si elle avait survécu, sa vie aurait été différente. À la place de la rancœur et de la jalousie, il aurait pu être entouré, choyé. Il aurait eu des frères et sœur dignes de ce nom. En fait, il n'était qu'une graine pervertie par l'amour inconditionnel de son père plantée dans un terreau familial malsain. Son éclosion lors du voyage vers les colonies ne pouvait que produire un fruit pourri.

Preuve en était sa façon odieuse de manipuler Angela. Il était également conscient d'avoir été trop loin en provoquant Simon en duel. Le jeune homme n'ayant jamais fait montre d'une intégrité irréprochable, Lorenzo pouvait difficilement prétendre qu'il n'avait pas espéré le dérapage qui leur avait permis de déborder du cadre fixé pour leur affrontement. Il avait rêvé de le tuer de ses propres mains, et il fallait bien admettre que le voir mort lui avait procuré une sensation fugace de joie sauvage et vengeresse. Qu'était-il en train de devenir ?

Il était las de ce combat pour sauver son titre. Avec Angela à ses côtés, il pouvait accepter de perdre et de renoncer à tout. Malheureusement, les derniers mots de son épouse ne lui laissaient que peu d'espoir. Il venait d'anéantir ses illusions. Il avait gâché cette ultime chance qu'elle lui avait accordée.

Un coup frappé à la porte lui fit lever les yeux sur l'horloge. Il sursauta en réalisant qu'il était resté plus de deux heures en état de choc après leur dispute. Il n'avait que trop tardé !

— Entrez !

Un instant, il avait espéré qu'elle revienne vers lui, mais il fut déçu quand Marcus, le nouveau majordome, s'excusa.

— Monsieur le marquis, des visiteurs souhaitent vous voir.

— Qui sont-ils ?

— Margaret, David et Helen de Welland.

Lorenzo jura. Marcus fronça légèrement les sourcils sous l'effet de la désapprobation. Jusqu'à présent, ce grand et beau jeune homme avait toujours affiché une prestance remarquable. À présent, il semblait comme hébété.

Marcus attendit quelques secondes avant d'insister avec courtoisie.

— Dois-je leur dire que vous êtes indisposé ?

Lorenzo soupira.

— Non. Non. Faites-les patienter dans le salon vert.

Marcus s'inclina.

— Bien, monsieur le marquis.

Il se prépara mentalement pour ce nouvel affrontement, avant de faire irruption dans la pièce. Margaret était blême de rage et de chagrin. David attendait le choc entre eux et Helen regardait timidement ses chaussures. À son entrée, elle leva les yeux vers lui et son expression déçue lui fit mal. Elle devait imaginer qu'il avait acheté sa neutralité pour pouvoir tuer son frère. L'image qu'elle lui renvoyait de lui-même le dégoûta.

C'était surtout pour elle que Lorenzo souhaitait éclaircir les choses. Leur échange avait été chargé d'une émotion sincère et il avait trouvé une sœur, la veille au soir. Il ne voulait pas la perdre.

Margaret émit un cri outragé dès qu'elle le vit.

— Je veux que tu me rendes tout ce que tu as volé à notre famille à cause de ta sale petite existence ! Rends-nous notre argent, rends-moi mon fils, rends-nous notre maison ! Et disparais à jamais de nos vies ! hurla-t-elle.

Il répondit sur le ton de la provocation.

— Et ce sera tout ?

Conscient malgré tout de sa souffrance, il se radoucit.

— Combien de fois devrai-je vous dire que je n'ai pas demandé à hériter de toute la fortune de père ? Pourtant, vous avez déclenché les hostilités ! Vous ne pouvez pas me reprocher de me défendre.

Il croisa le regard de sa sœur et soupira.

— J'aurais été généreux, Margaret. Vous n'auriez manqué de rien, si seulement vous n'aviez pas tenté de vous débarrasser de moi de cette ignoble façon.

Elle hurla.

— Comment aurais-je pu tolérer de vivre de ta charité alors que tu nous avais déjà tant pris ? C'est ton abjecte mère et toi qui nous avez privés, mes enfants et moi, de l'avenir prestigieux qui aurait dû être le nôtre !

David s'interposa.

— Te sentirais-tu coupable, Lorenzo, pour nous agiter tes remords sous le nez ? Évidemment, tuer son propre frère, cela ne doit pas être facile à supporter…

Lorenzo encaissa mal l'accusation, mais il se reprit vite.

— Tu parles d'expérience, bien sûr. Comme tu as dû souffrir après m'avoir abandonné, enchaîné à fond de cale, sur l'*Alegria*.

David se rembrunit, mais maintint sa ligne de conduite agressive.

— Tes paroles sont creuses ! Je ne me souviens pas d'avoir entendu une seule proposition de ta part pour partager ta fortune chez l'avocat de père…

Lorenzo le dévisagea un instant en silence.

— Avec la scène que ta mère a faite chez Emerson, je dois reconnaître que j'étais sous le choc, mais je ne vous aurais jamais laissé dans le besoin.

David sourit.

— C'est le moment ou jamais de nous prouver ta générosité.

Margaret le coupa.

— Oui ! N'oublie pas que, dorénavant, nous pouvons te faire mettre en prison pour le meurtre de Simon, grâce au témoignage de David.

— Le meurtre de Simon ? C'est ce que David a osé vous dire ?

Margaret poursuivit sans l'entendre.

— Tu es meilleur gestionnaire que nous, c'est une évidence, nous te laissons donc la fortune, mais tu devras payer notre silence. Et cela va te coûter très cher…

Il lui jeta un regard dégoûté.

— Vous osez profiter de la mort de votre enfant pour essayer de me faire chanter !

Helen intervint.

— Tu as dit que David avait menti en prétendant que tu avais assassiné Simon. Qu'est-ce que cela signifie ?

Sa demi-sœur lui adressa un imperceptible hochement de tête, comme pour l'encourager à donner sa version.

Lorenzo accepta cette main tendue.

— Nous avions prévu de donner la victoire à celui qui blesserait l'autre en premier. À aucun moment il ne devait s'agir d'un duel à mort. J'ai d'ailleurs touché Simon et il a même reconnu sa défaite. J'avais gagné et il était toujours en vie. Samuel peut l'attester.

David se tassa sous le regard perçant des deux femmes. Lorenzo poursuivit.

— Dès que je lui ai tourné le dos, il m'a attaqué. Je me suis défendu et, quand il a compris qu'il ne me vaincrait pas à la loyale, il a sorti un pistolet ! Nous avons chuté au sol pendant que je tentais de le désarmer. J'essayais d'éviter qu'il me tue. Dans notre lutte, le coup est parti.

Les yeux de Margaret se remplirent de larmes quand elle réalisa que David lui avait menti et qu'elle ne pourrait pas tirer parti de la mort de son cadet.

— Je te hais, Lorenzo ! Ton père n'avait que ton nom à la bouche et ne cessait d'exiger que tes frères te ressemblent ! Tous leurs efforts étaient vains, car Nelson n'avait d'yeux que pour toi. Tu as gâché leurs vies ! Ne t'étonne pas qu'ils t'aient toujours détesté !

Ses genoux se dérobèrent et elle s'effondra sur le sol. Lorenzo se retint de faire un geste vers elle.

— Ce que vous n'avez jamais voulu comprendre, Margaret, c'est que je faisais mon possible pour que père répartisse équitablement son affection entre ses quatre enfants. Je n'ai jamais souhaité ni encouragé son amour exclusif. Dans ces conditions, pourquoi m'avez-vous toujours tenu pour responsable de ses choix ?

Furieuse de sa faiblesse et de sa situation en général, elle se redressa.

— Tu n'es qu'une sale petite ordure ! Tu as tué mon fils et tu me le paieras ! Tu entends ?

Il détourna les yeux.

— Il ne nous reste pas beaucoup d'options, Margaret. Soit vous quittez Londres pour recommencer votre vie ailleurs, comme le prévoyait l'accord que j'avais passé avec Simon, et nous pourrons tous vivre en paix. Soit cette lutte nous mènera tous à notre perte, car je n'abandonnerai jamais face à vous. Je rendrai tous les coups et je vous décimerai. Je ne le ferai pas parce que je vous hais, non. Je le ferai simplement parce que je refuse de mourir de votre main après tout ce que vous m'avez déjà fait subir.

Il haussa les épaules dans un geste d'excuse en songeant à ce que dirait Angela si elle l'entendait. Soudain, toutes ces jérémiades inutiles le dégoûtèrent. Sa femme avait émis un jugement terrible à son encontre et, au lieu de consacrer son énergie à la reconquérir, il se retrouvait coincé avec eux et se voyait contraint de prononcer de nouvelles menaces qu'il serait obligé de mettre à exécution s'ils ne renonçaient pas. Il leur fit un signe explicite de la main.

— Sortez, maintenant. J'ai des choses importantes à régler.

Si Lorenzo croyait avoir mesuré toute l'étendue de la haine que Margaret et David éprouvaient à son égard, il en fut pour ses frais. Leur réaction à son ordre fut immédiate, brutale et d'une vulgarité inouïe. Après un temps exagérément long pour parvenir à les mettre dehors malgré leur fureur d'être ainsi congédiés, Lorenzo se retrouva enfin seul dans la pièce.

Avec un soupir de lassitude, il monta à l'étage. Il devait faire la paix avec Angela. Il était épuisé par ces luttes incessantes. Elle seule pouvait l'accompagner sur le chemin de la rédemption.

Malheureusement, elle n'était pas dans leur chambre, ni dans le boudoir où elle avait coutume de lire quand elle restait à la maison. Il la chercha dans toutes les pièces, sans parvenir à la trouver.

Leur dispute remontait à présent à près de trois heures. Où pouvait-elle donc être ? En désespoir de cause, il appela la femme de chambre d'Angela.

— Annette ?

— Oui, monsieur le marquis ?

— Pouvez-vous m'indiquer où se trouve ma femme ?

— Madame la marquise ne me l'a pas dit, monsieur le marquis. Je l'ai vue s'absenter en milieu d'après-midi. Elle est revenue pendant que je changeais les draps de votre lit. Elle m'a alors chargée de dépoussiérer les tapis à l'extérieur. Je ne sais donc pas ce qu'elle avait prévu ensuite.

Lorenzo se mordit la lèvre. Angela avait-elle voulu l'éloigner pour pouvoir agir en paix ?

— Merci, Annette.

Il retourna dans leur chambre.

Resté seul, il ouvrit la porte de la garde-robe et inspecta les affaires de sa femme sans rien remarquer de particulier. Il y avait là les toilettes réalisées par son couturier préféré. Il se souvenait pourtant encore de ses réserves initiales et de leur dispute à ce propos.

Son cœur manqua un battement. Il se précipita pour vérifier son intuition. Les tenues qu'elle avait emportées en quittant les colonies avaient disparu. Son regard éperdu et voilé par la souffrance vola à travers la pièce. À ce moment-là seulement, il remarqua une enveloppe adressée à son nom et posée bien en évidence sur sa table de nuit. Il traversa la chambre en courant presque pour la récupérer.

Il l'ouvrit. Immobile, il parcourut le message avant de se passer la main sur la bouche. Atterré, il s'assit sur leur lit.

— Mon Dieu, non !

Il regarda encore la lettre et l'écriture fine de sa femme. Malgré lui, il la relut.

*Lorenzo,*

*Je n'ai plus la force d'affronter ton obsession pour la vengeance. Tu es en train de devenir un être si terrifiant, si insensible et si coléreux que je ne te reconnais plus.*

*Tu as tué ton propre frère et tu prétends que c'est une bonne nouvelle ! Les limites entre le bien et le mal semblent ne plus exister pour toi, tant que cela te permet de parvenir à tes fins. J'ignore où ta vengeance pourrait te conduire, si personne ne te signale tes abus. J'ai bien sûr tenté d'endosser ce rôle, mais tu as estimé que je n'étais qu'un simple obstacle, une moralisatrice incapable de compatir à ton malheur. Rien n'est plus faux ! J'aurais donné jusqu'à ma dernière parcelle d'énergie pour t'aider à reprendre goût à la vie, mais mon échec est total.*

*Comprends-tu que si je t'ai épousé, c'est parce que je suis tombée désespérément amoureuse de toi ? Or, depuis notre arrivée à Londres, des âmes charitables se sont chargées de m'ouvrir les yeux. J'ai découvert que, en tant que libertin, tu savais comment manipuler une pauvre femme comme moi, veuve et traumatisée. Pour me faire plier, tu n'as d'ailleurs reculé devant aucune ruse, aucun chantage, aucune intimidation, ni aucune cajolerie... Et moi, comme une sotte, j'ai fini par me convaincre de ton amour.*

*J'ai finalement compris pourquoi tu ne m'as jamais fait part de tes sentiments. Je croyais à une sorte de retenue typique de ton rang. Quel aveuglement, n'est-ce pas ? En réalité, tu ne m'as jamais aimée. Tu m'as désirée, bien sûr. J'ai ce pouvoir sur toi, mais pour combien de temps encore ? Quand tu te seras immanquablement lassé de moi, que me restera-t-il ? Je me retrouverai à jamais prisonnière d'un mariage qui n'aura jamais été qu'un pitoyable mensonge.*

*Si j'ai consenti à tout cela jusqu'à présent, c'était par faiblesse. Après avoir tout quitté pour toi, après avoir bravé toutes les conventions pour t'épouser, je devais donner un sens à mon aveuglement. À présent, je m'aperçois que je risque de me perdre moi-même dans cette vie qui n'a jamais été la mienne. Avec le temps qui passe, je me dilue en toi alors que j'ai toujours été forte avant toi. Il est donc plus que temps d'agir avant qu'il soit trop tard. Je pars. Je te rends ta précieuse liberté.*

*Adieu, Lorenzo.*

Angela l'avait quitté.

Lorenzo ressentait une telle douleur à cette pensée que le simple fait de respirer lui semblait insurmontable. Survivre lui apparaissait soudain comme une hérésie.

À l'instant où son corps venait de décider de se laisser mourir là, pour ne plus éprouver ce vide atroce, son esprit se mit à se débattre frénétiquement. Il y avait peut-être encore une lueur d'espoir, une infime possibilité qu'Angela ait tort à propos de lui. S'il souffrait à ce point, cela signifiait forcément quelque chose. Et si sa douleur induisait bien ce qu'il supposait, alors il lui devait au moins cet instant de lucidité. Il devait lui faire comprendre ce que lui-même n'avait pas saisi jusqu'alors.

Lorenzo se livra à une introspection sans concession. Autant qu'il pouvait s'en souvenir, il avait toujours considéré les femmes comme un simple passe-temps. Il n'avait qu'un seul mérite, celui d'avoir appris très tôt à les satisfaire pour que l'union des corps soit mutuellement profitable. Son estime s'arrêtait là.

Il ne les avait jamais maltraitées physiquement, bien sûr, mais pouvait-il en dire autant sur le plan moral ? Quand son attirance pour une femme s'estompait, il passait à une autre. Et si, pour cela, il devait piétiner le cœur de la première, il n'en avait que faire. On disait de lui qu'il était libre et indomptable. Quel doux euphémisme !

En fait, il était incapable d'éprouver un quelconque sentiment à l'égard de ces femmes. Sous son apparence séduisante, il n'était qu'une coquille vide, une âme privée de son essence. Son cœur était sec et sans amour.

Et puis, il y avait eu Angela et le temps de l'incertitude.

Au moment où, brisé par les épreuves, il attendait de découvrir son acheteur sur le pont de l'*Alegria*, qu'avait-il ressenti en la voyant s'approcher de lui ? Elle l'avait immédiatement attiré. Ce mélange détonnant de finesse, de beauté, d'intelligence, de peur, de sévérité et de rigueur avait piqué sa curiosité. Il ne connaissait aucune femme comme elle. Laissé seul, sans surveillance, avec les rênes de son buggy dans les mains, il avait choisi une première fois de rester auprès d'elle, quelle que soit l'excuse qu'il avait trouvée à ce moment-là pour justifier son inaction.

Après ce jour-là, il avait tâtonné. Elle le traitait comme un employé, presque un hôte bienvenu à qui elle avait fourni des vêtements, un cheval, un travail honnête et intéressant et un confort matériel évident. Il avait toujours mangé à sa faim, avait bénéficié d'un statut privilégié. Elle l'avait protégé et préservé des plus sinistres aspects de sa nouvelle condition. Elle lui avait accordé son entière confiance et son pardon à plusieurs reprises. Elle ne l'avait jamais traité comme un esclave, contrairement à ce qu'il prétendait.

La seule ombre au tableau, c'était l'indifférence d'Angela à son égard. Il n'était pas accoutumé à cela de la part des femmes et il ne l'avait pas supporté. Elle avait d'abord piqué son orgueil, avant de finir par le rendre presque fou de désir.

Il s'était donc lancé à corps perdu dans sa tentative de séduction. Bien sûr, il pensait pouvoir se servir d'elle, mais sa première motivation se résumait à l'assouvissement physique. En somme, il voulait joindre l'utile et l'agréable, selon ses bonnes vieilles habitudes. En chemin, il avait douté, avait été repoussé, charmé, rejeté. Quand, enfin, il avait pu toucher son corps, il s'était senti immensément fier et heureux de la confiance attendrissante qu'elle lui accordait, elle, la femme maltraitée par son défunt mari.

Il avait pourtant dû subir une nouvelle forme d'attente quand il avait fallu vaincre ses peurs, pas à pas. Il s'était alors comporté comme un despote en la manipulant sans vergogne et en lui forçant la main. Elle avait raison sur ce point. Il rougit de honte à cette pensée. Avant elle, il avait bien sûr déjà désiré des femmes avec ardeur, mais jamais au point de leur faire du chantage, ni de les faire rompre avec leur famille, ou encore de mettre leur réputation en danger pour être certain de parvenir à son but.

Pourtant, il ne regretterait jamais d'avoir vaincu ses résistances, car il avait éprouvé avec elle, quand elle avait cédé, un plaisir inégalé. Lui, le libertin, avait découvert une nouvelle dimension à la jouissance. Avec elle, il se sentait entier. Elle lui avait offert la plénitude.

Il était même allé jusqu'à unir son destin à elle pour qu'elle ne puisse plus jamais appartenir à un autre ! Et il pouvait se chercher tout un tas de fausses excuses, lui seul avait donné l'impulsion sur ce sujet. Elle n'avait jamais demandé pareil engagement puisque, en l'épousant, elle avait accepté de se lier à un paria, un homme qui dans les colonies ne serait jamais autre chose qu'un rebut. Elle avait mis son honneur et sa vie en jeu pour lui, et elle l'avait fait par amour.

Quelle motivation pouvait-il avancer de son côté ? Il aurait pu fuir immédiatement, les occasions n'avaient pas manqué. Pourtant, il était resté, en se trouvant chaque fois de nouveaux prétextes pour retarder son départ. Puis, au moment où elle l'avait libéré, elle lui avait donné assez d'argent pour qu'il paie son voyage de retour. Elle lui avait clairement mis le marché entre les mains en l'obligeant à se décider. Soit il n'était qu'un manipulateur intéressé et elle lui laissait l'occasion de déguerpir, soit il était sincère et son engagement signifierait quelque chose. Comment n'avait-il pas perçu cela plus tôt ?

Lorenzo réalisa avec plusieurs mois de retard pourquoi il avait lutté avec tant d'acharnement pour tout obtenir d'elle, malgré le poids des préjugés de la jeune femme. Il comprit aussi pourquoi, après avoir obtenu satisfaction, il avait attendu qu'elle l'affranchisse et pourquoi il avait eu peur lorsqu'elle avait fait mine de réfléchir à sa demande en mariage.

En l'épousant, il n'avait pas agi par gratitude ou par devoir, mais parce qu'il éprouvait des sentiments sincères et puissants envers elle. La vérité, celle qu'il n'avait pas voulu reconnaître faute de s'être vraiment penché sur la question, lui sembla évidente. Depuis le premier jour ou presque, elle l'avait séduit. Il avait admis qu'il tenait à elle, sans appréhender la profondeur de ce qu'il ressentait pour elle.

Il avait été aveugle, alors que tous autour de lui avaient compris : ses demi-frères, Samuel, la noblesse dans son ensemble. Par orgueil, il avait bêtement rué des quatre fers pour repousser ce qu'il prenait pour de la faiblesse. Pour combattre l'élan de son cœur, il avait tenu Angela à distance et il l'avait fait souffrir.

Au moment où il venait enfin d'admettre la vérité sur ses sentiments, elle avait décidé de le quitter pour toujours.

Il sonda encore son âme. Angela lui avait reproché de ne plus être conscient des limites entre le bien et le mal. Elle n'avait pas tort.

Il lui avait brisé le cœur. Comment aurait-elle pu réagir autrement en voyant l'homme qu'elle aimait, celui pour qui elle avait tout sacrifié, se transformer en monstre ?

Quelque part entre l'Angleterre et les colonies, il s'était perdu lui-même. Celui qu'il était aujourd'hui n'aurait pu être plus éloigné du joyeux libertin, insouciant, creux, modéré et indulgent qu'il était avant la mort de son père. Au demeurant, jamais Nelson de Welland n'aurait approuvé les agissements de l'individu méprisable qu'il était devenu. Lorenzo méritait de sombrer dans le néant.

Pourtant, à l'instant où il se vit souffler lui-même sa dernière bougie pour se condamner définitivement aux ténèbres, il réalisa que, au contraire, il pouvait l'utiliser pour rallumer les autres chandelles. Il avait encore une chance de sauver son âme.

Se sentant presque indigne de cette idée, il visualisa la lumière en train de se répandre en lui. Son abjection le frappa alors de plein fouet. Lorenzo comprit qu'il lui faudrait quelqu'un pour l'aider à relever ce défi. Angela serait parfaite pour cela. Il n'avait donc pas le choix : il devait la retrouver. Avec elle à ses côtés pour le soutenir, il n'aurait pas peur de découvrir celui qui sortirait des décombres de sa personnalité.

Marcus interrompit le flot des pensées déprimantes de Lorenzo qui s'était réfugié dans le salon vert.

— Pardonnez mon intrusion, monsieur le marquis, mais le comte de Gears demande à vous voir.

Lorenzo leva à peine les yeux.

— Qu'il entre.

Quelques instants plus tard, Samuel pénétrait dans le salon avec une bouteille à la main.

— Alors, où t'es-tu caché toute la journée ? J'ai apporté ce…

En apercevant la mine défaite de Lorenzo, il s'interrompit.

— Que se passe-t-il, Lorenzo ?

Lorenzo se sentait misérable.

— Angela est introuvable. Nous nous sommes disputés cet après-midi quand je lui ai appris la mort de Simon et depuis je ne l'ai pas revue.

Samuel retint son souffle et explora l'unique piste que Lorenzo n'avait pas envisagée.

— David l'a menacée ce matin. Penses-tu qu'il aurait pu l'enlever ?

— Non, Samuel. Elle a décidé de me quitter et me l'a signifié par lettre, avoua Lorenzo.

Il lui adressa un sourire vaincu, sans joie.

— Je n'ai pas su la rendre heureuse…, gémit-il en cachant son visage dans ses mains.

Samuel s'insurgea.

— Lorenzo, que dis-tu ? Angela t'adore.

— Non. Non. Tu as tort, Samuel. Elle aimait un Lorenzo que je ne suis plus.

Samuel lui jeta un coup d'œil inquiet.

— J'ai changé, Samuel. À cause des épreuves, je suis devenu dur, intransigeant, coléreux, rancunier. Et elle ne l'a pas supporté.

Samuel s'assit à côté de lui.

Il s'inquiétait. Qu'adviendrait-il de Lorenzo si Angela l'avait réellement abandonné ? Ils restèrent figés, en silence, perdus dans leurs pensées, jusqu'à ce que quelqu'un frappe à la porte.

— Monsieur le marquis ? s'excusa encore le majordome. Monsieur Michael Gerhardt demande à vous voir.

Lorenzo se redressa et jeta un coup d'œil vers Samuel qui avait également réagi en entendant ce nom.

— Faites-le entrer.

Une minute plus tard, Michael se glissait dans la pièce avec la mine pâle.

— Bonjour, monsieur le marquis.

Il se figea en s'apercevant que Lorenzo n'était pas seul.

— Vous pouvez parler devant mon ami. Il connaît tous les détails de ma situation.

Michael adressa un signe de tête à l'intention de Samuel avant de se lancer nerveusement dans son discours.

— Je suis venu à la demande d'Helen. Elle ne sait plus quoi faire pour arrêter la folie de sa mère et de son frère. Ils ont perdu l'esprit.

Michael baissa les yeux.

— Margaret et David retiennent votre femme contre son gré, monsieur le marquis.

Lorenzo se redressa.

— C'est impossible ! Vous devez faire erreur !

Michael secoua la tête.

— Malheureusement, non. Ils l'ont enlevée. Ils ont l'intention de vous obliger à renoncer à tout votre argent en échange de sa vie. Helen a juste eu le temps de me faire porter un message pour me demander de vous prévenir avant qu'ils quittent leur hôtel. Elle aurait souhaité le faire elle-même, mais elle a jugé plus prudent de rester avec eux pour s'assurer de la sécurité de votre épouse.

— Où sont-ils ?

Michael lui tendit le mot griffonné par Helen qui mentionnait l'adresse d'une de ses résidences, située dans les faubourgs de Londres. Samuel prit connaissance du message par-dessus l'épaule de Lorenzo.

— Ils te tueront si tu y vas… Tu en es conscient ?

Lorenzo cherchait une autre solution, bien sûr, mais il n'y en avait aucune pour garantir à la fois la sécurité d'Angela et la sienne.

— Je dois la sauver.

Michael intervint.

— Votre ami a raison. Ils n'attendent que cela.

Lorenzo se leva.

— Qu'importe. Je vais me rendre sur place et leur donner tout ce qu'ils veulent.

Samuel s'insurgea.

— Cela reviendrait à te mettre toi-même un pistolet sur la tempe ! Tu ne peux pas faire ça !

— Pour sauver Angela ? Bien sûr que si.

# Chapitre 26

Angela avait toujours minimisé le danger représenté par la belle-famille de Lorenzo. Elle voulait tellement le sauver de son obsession qu'elle avait occulté tout un pan de la réalité.

Pourtant, l'évidence s'étalait depuis plusieurs mois sous ses yeux : Lorenzo ne s'était pas retrouvé sur ce bateau par accident, Horace avait avalé un poison destiné à un autre, leur carrosse avait été saboté, Margaret lui avait ouvertement proposé de la débarrasser de son époux, et un duel nécessitait deux adversaires. Angela avait pris ces éléments séparément, sans admettre que, mis bout à bout, ils formaient un tableau terrifiant. Elle était rongée par le remords à l'idée de s'être montrée si injuste et aveugle.

Elle aimait Lorenzo d'une façon si intense et passionnée qu'elle s'était crue capable de combler toute sa souffrance, ne lui reconnaissant pas le droit d'être malheureux. Elle avait nié le traumatisme provoqué par sa belle-famille, comme s'il représentait une insulte personnelle. Dire qu'elle avait osé traiter son mari d'égoïste alors qu'elle ne lui avait apporté aucun soutien depuis qu'ils étaient arrivés à Londres !

Elle tenta encore de tester la solidité des liens avec

lesquels ses mains étaient attachées dans son dos. Peine perdue ! Son impuissance la fit frissonner d'angoisse. Personne ne pouvait se douter qu'elle était ici. Et ces imbéciles l'avaient enlevée sans savoir que Lorenzo ne viendrait jamais à son secours pour la simple et bonne raison qu'elle s'était condamnée elle-même !

Lorenzo ne mettrait jamais sa fortune en jeu pour sauver la rébarbative épouse qui l'avait quitté. Tout était fini. David allait les tuer, elle et son bébé. Dire que, à quelques minutes près, elle aurait été en sécurité à bord du navire qui devait la ramener chez elle ! À présent, elle serait en route pour Splendora. Malheureuse, mais hors de danger…

Après sa dispute avec Lorenzo, Angela s'était en effet absentée pour chercher un navire en partance pour son pays. Elle avait acheté son billet avant de rentrer pour préparer ses bagages et écrire sa lettre d'adieu.

Sa décision lui semblait précipitée, immature et douloureuse. Pourtant, maintenant qu'elle savait ce que Lorenzo pensait d'elle, elle n'avait pas d'autre choix pour se préserver. Il avait toujours une emprise totale sur ses sens et sur son cœur. D'une parole, d'une promesse, il la ferait changer d'avis. Elle serait alors condamnée à une vie entière d'attentes déçues parce que, amoureuse comme elle l'était, elle exigerait toujours beaucoup plus que ce qu'il pourrait lui donner. Tant qu'il lui restait une once de volonté, elle ne devait plus différer son départ, même si elle souffrait le martyre à l'idée de le perdre.

Elle s'était éclipsée alors que Lorenzo recevait sa belle-famille. En traversant le hall, elle avait entendu les hurlements furieux de Margaret et en avait profité pour filer sans bruit. Inconsciente du danger qui la talonnait, elle avait rejoint le bout de la rue pour attendre qu'un fiacre passe. Quelques minutes plus tard, une voiture s'était arrêtée à côté d'elle. Elle n'avait pas eu le temps de réagir, de crier ou de se défendre. Une main plaquée sur sa bouche et l'autre autour de sa taille, David l'avait soulevée comme un fétu de paille. Depuis, elle était leur prisonnière.

Margaret, Helen et lui l'avaient conduite dans une grande maison, à l'écart de la ville, après avoir fait une halte dans un quartier sordide. Totalement isolée au milieu d'un parc gigantesque, la demeure constituait un refuge idéal pour ses ravisseurs. En l'absence du marquis, le personnel du domaine semblait réduit à son plus strict nécessaire. Aucun espoir donc que quelqu'un remarque leur présence illicite.

David entra dans la pièce en râlant.

— J'ai faim !

Margaret le suivait et se posta près de la fenêtre pour observer l'extérieur.

— Je t'ai dit que je ne veux pas que les domestiques nous voient. L'intendant sait que nous sommes interdits de séjour dans les résidences du marquis. Si Lorenzo est prévenu, nous perdrons l'effet de surprise.

David soupira.

— Il va bien falloir qu'on mange…

Il secoua le pistolet qu'il tenait à la main pour se dégourdir les doigts. Margaret s'énerva.

— Ne joue pas avec ça ! Tu pourrais blesser quelqu'un par accident.

David baissa la tête avec contrition.

— Pardon, mère. Quand transmettrons-nous un message à Lorenzo ?

— Nous attendrons qu'il soit très inquiet au sujet de sa précieuse épouse avant de lui donner quelques nouvelles.

David observa Angela un bref instant.

— Nous pourrions lui envoyer quelque chose de très intime. Un sous-vêtement taché de sang, par exemple. Ça le mettrait en rage, c'est certain.

Angela frissonna sous le regard avide de David. Comme Lorenzo avait dû se sentir incompris et seul !

Un bruit soudain devant la résidence tira Angela de ses pensées agitées. David était déjà debout et posté près d'une fenêtre, son pistolet à la main. Il semblait au bord de la panique.

— C'est lui. Il arrive ! Comment a-t-il su où nous trouver ?

Margaret lui attrapa les épaules.

— Calme-toi, voyons ! Tu es armé.

— Où est-elle ? Où est Angela ? hurla Lorenzo en entrant dans la maison.

Lorenzo donnait l'impression d'avoir peur pour elle, ce qui était ridicule ! Elle admettait volontiers avoir commis une erreur de jugement à propos de sa famille, mais pour ce qui la concernait, elle, le sort en était jeté. Elle ne représentait rien pour lui. Il ne l'aimait pas. Pourquoi alors manifestait-il une telle anxiété ?

Margaret quitta la pièce sans refermer la porte derrière elle.

— Nous te rendrons ta femme si tu abandonnes toute la fortune liée au titre du marquis de Welland, annonça-t-elle. Tu devras faire une renonciation immédiate au nom de David.

— Vous lui laisserez la vie sauve ?

Angela perçut la note d'espoir dans la voix de son mari.

— Bien sûr.

— C'est d'accord, alors.

Angela sursauta en entendant Lorenzo céder aussi facilement. Il ne pouvait pourtant avoir manqué la réponse pleine d'ironie de Margaret qui les condamnait tous les deux à mourir, dès qu'il aurait apposé sa signature sur ce maudit document.

Elle hurla.

— Lorenzo ! Ne leur obéis pas !

Lorenzo se précipita dans la pièce et s'approcha d'elle avec une expression de soulagement intense.

— Merci, mon Dieu ! Tu vas bien ?

Il l'attira vers lui pour la serrer dans ses bras, avant de vérifier qu'elle n'avait pas été maltraitée.

— Je t'en prie ! Ne fais pas ce qu'ils demandent, Lorenzo.

David pointa son arme sur eux.

— Ça suffit !

Lorenzo la repoussa derrière lui pour la protéger.

— Angela est mon unique condition. Libérez-la et je ferai tout ce que vous voudrez.

Angela observa ses épaules et sa tête basses, comme s'il savait à quoi il se condamnait à cet instant précis. Il acceptait de mourir pour les sauver, elle et leur enfant.

— Dès qu'elle sera en sécurité, loin d'ici, je signerai les papiers.

Le cœur d'Angela se brisa quand elle le vit se soumettre ainsi. Elle se rebella.

— Lorenzo, non ! Ils vont te tuer !

Il lui lança un coup d'œil résigné.

— Je suis désolé pour tout, Angela. J'espère que tu pourras me pardonner.

Cela ressemblait tellement aux paroles d'un condamné qu'elle se mit à sangloter. Il toucha sa joue avec vénération, avant de se tourner vers Margaret.

— Libérez-la.

— Non, gémit Angela.

Helen s'engouffra dans la pièce. Elle ne cacha pas sa surprise en découvrant que David s'apprêtait à faire sortir Angela.

— Vos plans ont changé ? N'aviez-vous pas prévu de les éliminer tous les deux ?

Margaret lui lança un regard menaçant.

— As-tu perdu la tête ? gronda David.

Helen insista sans leur prêter attention.

— David va te tuer, Lorenzo. Et Angela aussi, en tant que témoin de ses agissements et porteuse de ton hériter. N'as-tu pas envie de découvrir tous les détails sordides de ton passé avant de mourir ? À ta place, je réclamerais cela comme dernière volonté.

Angela refusait d'être séparée de son mari. Elle était prête à tout pour gagner quelques secondes de plus à ses côtés, même si elle se condamnait en agissant ainsi.

— Helen a raison, assura-t-elle. S'il vous plaît.

David lui lâcha le bras.

— Pourquoi pas, après tout ? Nous avons tout notre temps…

Margaret s'emporta.

— Non ! Lorenzo doit signer ces papiers !

L'ignorant totalement, David sourit et s'installa comme un pacha sur un canapé.

— Assieds-toi, Lorenzo, et demande à mère tout ce que tu veux.

Lorenzo hésitait. À quoi bon ? Ne valait-il pas mieux en finir vite ? Angela le devança.

— Pourquoi détestez-vous autant Lorenzo ?

Margaret secoua la tête avec dépit.

— Quand Nelson m'a enfin épousée, j'ai découvert qu'il ne m'aimait pas. Il venait juste de prendre ma virginité quand il m'a dit que ce qu'il avait partagé avec

Isabella était beaucoup plus profond et intense que ce qu'il y aurait jamais entre nous. Après ça, ma vie avec lui n'a été qu'une longue suite d'humiliations et de déceptions.

Elle écrasa une larme sur sa joue, furieuse de montrer sa faiblesse à son beau-fils.

— Alors, j'ai reporté ma haine sur toi, cracha-t-elle à son attention.

Angela s'indigna.

— Lorenzo était un bébé ! Il n'était en rien responsable des agissements de son père ! Comment avez-vous pu le traiter de la sorte ?

Margaret s'emporta.

— J'ai donné de beaux enfants à mon époux, mais il ne les a jamais regardés comme il regardait Lorenzo ! Il n'a jamais parlé d'eux comme il parlait de Lorenzo ! Il ne les a jamais aimés comme il aimait Lorenzo ! Il n'y en avait que pour lui, toujours ! Lorenzo ! Lorenzo ! Lorenzo ! C'en était trop !

Abattu, Lorenzo ne réagit pas à cette nouvelle diatribe, ce qui fit encore croître la colère de sa belle-mère.

— Je devais débarrasser ma famille de cette épine dans notre flanc ! J'ai tenté d'agir avec discrétion quand tu n'étais encore qu'un enfant. Les accidents domestiques autour de toi, les chutes de cheval, les fenêtres de ta chambre ouvertes en plein hiver, c'était moi !

— Quelle horreur ! gémit Angela avec l'impression qu'une pierre écrasait son cœur.

Lorenzo redressa la tête pour observer Margaret avec une lueur de compréhension douloureuse dans le regard. Elle le toisa avec aigreur.

— Tu as toujours bénéficié d'une chance insolente et d'une santé de fer ! Puis, avec l'âge, tu es devenu intouchable. Ton père te vénérait. Une telle injustice me mettait en rage. Quand Nelson est mort et a décidé de spolier mes enfants, c'était trop. Je voulais que tu souffres à ton tour !

David reprit en posant la main sur l'épaule de sa mère avec tendresse.

— Simon et moi, nous avions élaboré un plan de la dernière chance pour nous débarrasser de toi en te confiant à un de nos amis, capitaine d'un négrier, qui nous devait de l'argent.

David cracha presque la suite.

— Dans mon esprit, ça devait ressembler à l'enfer mais, au lieu de ça, tu t'es trouvé une épouse ravissante et riche ! Et tu es revenu rempli de haine, déterminé et encore plus dangereux ! Nous aurions dû tout simplement te tuer cette nuit-là ! Tout serait réglé aujourd'hui.

Angela frissonna d'effroi en entendant ces paroles impitoyables. Comment Lorenzo pourrait-il lui pardonner d'avoir douté de lui et de l'avoir jugé ?

— Dès ton retour, tu nous as déclaré la guerre, poursuivit David. À nouveau, nous n'avions pas d'autre option que celle de nous débarrasser de toi.

Lorenzo soupira avec lassitude.

— Vous avez donc essayé de m'empoisonner et de provoquer un accident de carrosse.

David approuva.

— Oui, mais tu t'en es sorti !

Le ton de Lorenzo se durcit.

— Mon majordome est mort, mon cocher ne remarchera peut-être plus jamais et Angela a failli perdre notre enfant par votre faute !

À nouveau, il y avait une telle douleur dans sa voix qu'Angela sut qu'il ne mentait pas. Il souffrait pour elle. Cela n'avait aucun sens puisqu'il ne l'aimait pas. Pourquoi réagissait-il ainsi devant ces gens ? Il leur donnait plus de moyens de pression.

David gloussa.

— Tu vas regretter qu'il ne soit pas mort à ce moment-là...

Angela poussa une exclamation outrée. David s'en amusa ouvertement.

— Et puis, tu as provoqué Simon en duel. Tu es arrivé avec ta confiance habituelle, sans te douter que dès le départ nous avions prévu de te tuer. Évidemment, Simon n'était pas censé perdre face à toi. Au lieu d'agir selon notre plan, il a voulu gagner à la loyale. Et tu as fini par tirer par accident, en te défendant.

Angela sentit ses yeux se remplir de larmes en comprenant que Lorenzo lui avait dit la vérité. Il s'était agi d'une question de vie ou de mort. Il n'avait pas eu le choix et elle n'avait pas voulu le croire.

— Il semble évident qu'aucun de nous deux ne pourra survivre à ces révélations, conclut Angela d'une voix brisée.

David se leva.

— Dès que Lorenzo aura signé ce papier, il n'aura plus aucune raison de vivre, effectivement.

Le regard de Lorenzo marquait son acceptation. David pointait le canon de son arme sur lui.

— J'ai votre promesse que vous ne ferez aucun mal à Angela, et vous allez la tenir ! Dès qu'elle sera en sécurité...

David saisit le bras d'Angela pour la tirer hors de la pièce. Elle supplia.

— Lorenzo, non ! Je ne veux pas te perdre !

Avec l'énergie du désespoir, elle envoya un coup de genou dans le ventre de David. Il cria et perdit l'équilibre en reculant. Le coup de feu partit vers le plafond. Lorenzo s'interposa pour protéger sa femme.

Soudain, la pièce s'anima. Une dizaine de personnes se précipitèrent à l'intérieur pour séparer les deux frères. Margaret hurla quand un homme lui attrapa les poignets avec fermeté.

— Qui êtes-vous ? Lâchez-moi !

Samuel et Michael pénétrèrent à leur tour dans la pièce. Helen se jeta dans les bras de son fiancé.

— Merci à vous deux, assura Samuel. Votre aide nous a été très précieuse.

Lorenzo dévisagea sa sœur avec étonnement.

— Que…

— Je ne pouvais pas accepter de les voir te faire encore du mal, Lorenzo, soupira Samuel. Alors j'ai contacté mon oncle, le juge dont je t'ai parlé mille fois. Je sais que tu ne voulais pas que l'affaire s'ébruite, mais il n'y aurait jamais eu de fin à votre querelle. Gerald est donc venu avec quelques hommes de confiance. Avec la complicité de ta sœur, nous avons obtenu des aveux complets de toutes leurs exactions.

Lorenzo restait bouche bée. Angela comprit qu'il ignorait tout du plan de Samuel. Il avait réellement été prêt à mourir pour elle.

Samuel posa la main sur l'épaule d'un quadragénaire distingué qui lui ressemblait à s'y méprendre.

— Qu'en dis-tu, oncle Gerald ? As-tu de quoi les mettre en prison ?

Le juge approuva avec un sourire discret, très semblable à celui de son neveu, et fit signe à ses hommes de l'attendre dehors.

— Nous avons entendu des aveux complets à propos de leurs différentes tentatives d'assassinat, d'enlèvement et d'extorsion. Ils ne ressortiront jamais de leur cellule.

Lorenzo secoua la tête avec regret.

— J'aurais dû faire appel à vous dès le premier jour. J'ai été stupide de vouloir mener cette guerre tout seul. Sans toi, Samuel, nous serions morts. Merci pour tout, mon ami.

Samuel jeta un regard insistant vers Angela.

— Vous avez la vie devant vous, à présent, et plus aucun obstacle sur votre route.

D'un geste, il invita les dernières personnes présentes dans la pièce à laisser Lorenzo et Angela seuls.

— Je suis désolé que David t'ait prise pour cible, Angela, commença-t-il après quelques secondes de silence. C'est ma faute. J'ai fini par attirer son attention sur toi.

— Tu ne savais vraiment pas qu'il y avait des secours ?

Il secoua la tête.

— Mais tu étais prêt à mourir pour nous ? demanda-t-elle en posant une main sur son ventre.

Il approuva négligemment, comme si ce détail était sans importance.

— Pour toi, surtout.

Elle insista.

— Tu es arrivé ici, sans arme, sans aide, et tu t'apprêtais à renoncer à toute ta fortune et à ta vie pour moi. Pourquoi ? N'as-tu pas trouvé ma lettre ?

— Bien sûr que si, Angela, soupira-t-il.

— Pourquoi t'es-tu mis en danger pour moi, dans ce cas ?

— Parce que je te devais la vérité. Je t'ai négligée, utilisée, tenue éloignée et dans le secret, cela est indéniable. Je t'ai donné l'impression que seul ton corps m'importait, alors que ce n'est pas le cas. Je me suis enferré dans cette vengeance, alors que tu avais raison depuis le début : j'aurais dû prévenir les autorités. Cela aurait mis fin à cette querelle stupide et évité tous ces drames. Par orgueil, j'ai mis ta vie et celle de notre enfant en danger.

Il secoua la tête en la voyant ouvrir la bouche.

— Comme tu l'as dit, une part de moi s'est réjouie de la mort de Simon, même si c'était vraiment un accident.

Il haussa les épaules.

— Ce n'est pas tout. Juste après la vente, j'ai promis au capitaine O'Briscol de le débusquer un jour et de le tuer.

L'expression de sa femme lui fit baisser les yeux.

— À notre arrivée à Londres, je l'ai retrouvé dans une ruelle sordide du port. Je voulais parler avec lui, pour lui prouver que j'avais déjoué leur plan machiavélique. Je n'avais pas pris d'arme, je te le jure ! Mais il n'avait pas oublié ma promesse et m'a attaqué dès que je l'ai abordé. En me défendant, je l'ai tué, lui aussi.

Elle frissonna. Puis elle se souvint soudain de ce qu'il pensait d'elle : moralisatrice, donneuse de leçons. Était-elle vraiment en droit de juger ses actes ? Elle baissa les yeux.

— Tu ne me dois aucune explication, Lorenzo.

Il fit mine de protester, mais elle poursuivit sur un ton sinistre.

— Grâce à diverses indiscrétions, tu as eu vent de la révolte qui a eu lieu à Splendora avant ton arrivée. Il y a eu une quinzaine de survivants après notre riposte. J'ai exigé que les meneurs soient fouettés avant de les laisser pourrir devant les cases de leurs congénères et j'ai condamné les autres à la pendaison. J'ai plus de morts sur la conscience que toi et pour des motifs bien moins justifiables. Je n'ai aucun droit de me poser en juge de tes actes.

Elle soupira.

— Tu avais raison me concernant.

Il secoua la tête.

— Non ! Ne dis pas cela. J'étais en colère. À présent, je suis calme et je souhaite que tu écoutes mes explications.

Elle le dévisagea avec curiosité. Il prit une inspiration.

— Ce voyage m'a tant coûté. Pourtant, au milieu de toutes ces horreurs, je t'ai rencontrée, toi. Je sais que je ne te mérite pas et que je t'ai déçue de très nombreuses fois, mais je ne pouvais pas te laisser partir sans te supplier de me donner une dernière chance. Cette fois, je réussirai à te rendre heureuse. J'en suis certain, parce que tu me vois tel que je suis à présent. Reste avec moi, je t'en prie.

Elle sursauta presque en entendant son fier et orgueilleux époux lui adresser une demande aussi humble.

Il se mordit les lèvres.

— J'ai mal interprété ce que je ressentais pour toi parce que je ne le comprenais pas moi-même. Je t'ai proposé le mariage en étant totalement inconscient du fait que je n'envisageais plus l'avenir sans toi. Ensuite, j'aurais dû saisir que mon changement de comportement en revenant à Londres signifiait quelque chose. Je ne vois plus que toi, je ne désire plus que toi, et tous ceux qui me connaissaient avant ont compris l'évidence bien avant moi.

Il s'approcha d'elle.

— La peur de te perdre m'a ouvert les yeux et m'a permis de mettre les mots justes sur ce que j'éprouve. Je t'aime, Angela.

Le simple fait d'avoir prononcé ces mots sembla le libérer d'un poids terrible, alors qu'elle restait pétrifiée.

— C'est vrai ?

Il hocha la tête.

— Par manque de pratique, je n'ai pas su comment te le montrer et encore moins comment te le dire.

Il toucha sa joue avant de reculer pour que seuls ses mots guident le choix d'Angela.

— Je t'aime, mais je ne te forcerai pas la main si tu veux toujours me quitter.

Il écarta les bras.

— Je n'ai plus aucun secret, à présent. Il n'y a plus de zones d'ombre. Il n'y a plus que moi et ce que je promets de te donner si tu acceptes de rester à mes côtés.

Elle sentit une larme glisser sur sa joue. Avec ces paroles, il la laissait libre de le quitter pour toujours, comme elle l'avait fait avec lui lorsqu'elle l'avait affranchi.

# Épilogue

La terre était brûlée par un soleil de plomb. Seule une petite oasis de verdure qui s'étendait un peu plus bas au fond de la vallée avait permis la construction d'une solide bâtisse en pierre qui avait appartenu à une famille noble locale. Elle était restée inoccupée et silencieuse pendant des années, mais depuis quelque temps elle bruissait d'activité.

Lorenzo séjournait sur la terre de ses ancêtres sardes. Et la vie était revenue avec lui.

À son arrivée, il avait visité chaque pièce avec lenteur. Il avait observé les portraits de ses aïeuls. Il avait renoué avec un pan entier de son passé en rencontrant Leona, la confidente de sa mère, et Carmela, la femme qui lui avait servi de nourrice jusqu'à ce que Margaret la chasse.

Elle l'avait serré dans ses bras, au mépris du protocole. Et il lui avait rendu son étreinte avec une émotion sincère et instinctive.

En discutant avec Leona, il avait découvert la profondeur des sentiments qui avaient uni ses parents, l'étendue de la souffrance de son père et l'origine de ses faiblesses. Elle lui avait aussi conté des anecdotes sur l'enfance et la jeunesse de sa mère, Isabella. Il avait vu plusieurs portraits d'elle. Il comprenait mieux à présent pourquoi son père avait été prêt à renoncer à tout pour elle.

Lorenzo avait entrepris ce voyage pour concilier toutes les parts de sa vie, mais aussi et surtout pour prendre du repos. Il en avait sincèrement besoin après avoir lutté pendant des mois pour sauver le marquisat de la ruine et assisté au procès de sa famille.

Il n'avait pas vu de meilleur endroit où se retirer. Entre ses obligations mondaines et son engagement politique, il voulait en effet se retrouver lui-même, loin de l'agitation londonienne, pendant quelque temps. Et il devait s'avouer que le résultat allait bien au-delà de ses espérances.

Assis autour d'une table sur la terrasse de la demeure qui surplombait la vallée, Lorenzo observait ce paysage chaud et ensoleillé en appréciant chaque seconde de sa nouvelle vie.

Après toutes ces fois où il avait frôlé la mort, il s'appliquait à rendre chaque instant précieux et positif. Il ava fait la paix avec son passé douloureux. Les événeme l'y avaient aidé involontairement puisque Margaret ét décédée en prison et que David avait été pendu pour différents crimes, quelques mois plus tôt. La justice av décidé de leur sort à sa place. Et il savourait de n'être p rien dans ces faits-là.

Orpheline, Helen s'était, contre toute attente, rapprochée de lui et Lorenzo l'avait conduite à l'autel lors de son mariage avec Michael. Elle attendait à présent leur premier enfant. Lorenzo s'en réjouissait. Ils partageaient une relation très complice, malgré toutes ces années d'éloignement, de différends, et la mort des siens à laquelle elle avait largement contribué.

Sur les conseils qu'Angela lui avait donnés longtemps auparavant, il avait aussi décidé de prendre part au débat contre l'esclavagisme. Juste après le décès de David, il avait finalement engagé son nom dans ce combat. Bien sûr, la lutte était loin d'être gagnée, mais les mentalités évolueraient. Le temps serait son meilleur allié.

— À quoi penses-tu ?

Il posa les yeux sur Leona. Aussi ridée qu'une vieille pomme, la confidente de sa mère lui souriait avec amour.

— À l'avenir, affirma-t-il en lui touchant la main avec tendresse.

Comment avait-il pu devenir un tel puits d'amour en si peu de temps ?

— Tout est prêt ?

Le cœur de Lorenzo s'emballa dans sa poitrine. Il avait la réponse à cette question, bien sûr. C'était grâce à elle. Lorenzo se leva pour accueillir Angela. Un sourire conquis illumina son visage.

Lorenzo baissa les yeux vers son ventre rond. Angela arrivait au terme de sa grossesse. Bientôt, ils sauraient si leur bébé avait conservé des séquelles de l'accident de carrosse. Bientôt, ils feraient la connaissance de ce petit être qui avait failli ne jamais voir le jour.

En venant à San Pietro pour qu'Angela y accouche, Lorenzo espérait sincèrement que le passé ne se répéterait pas. Il voulait entamer sa nouvelle vie de père sous les meilleurs auspices.

— Assieds-toi, lui proposa-t-il. Soko ne va pas tarder à apporter des rafraîchissements.

Elle préféra se blottir dans ses bras. Dorénavant rassurée sur les sentiments de son époux, Angela ne doutait plus de lui. Et rien ne pouvait le combler davantage que de la voir rayonner de bonheur à ses côtés.

Toutes ces émotions devaient bien exister quelque part en lui avant tout ça, mais elle les avait libérées. Angela l'avait sauvé de bien des façons.

Comme elle le lui avait proposé des mois plus tôt, elle l'aidait à présent à gérer la fortune du marquisat. Elle y mettait la même fougue qu'elle avait consacrée à l'époque à sa plantation. Plantation qu'elle ne possédait plus, par choix.

Engagée à ses côtés dans son combat contre l'esclavagisme, elle avait affranchi tous ses esclaves, sans même le consulter. Elle avait donné des lopins de terre de Splendora à ceux qui le souhaitaient et elle avait payé le voyage de retour aux autres. Cela n'avait pas été du goût des planteurs voisins, mais elle s'était montrée intransigeante dans sa décision. Comme ça n'était pas son premier coup d'éclat dans les colonies, ils avaient dû en prendre leur parti.

Un seul affranchi avait manifesté le souhait de rejoindre Lorenzo : Soko, son vaillant compagnon de chaîne. Dorénavant, il travaillait pour eux, en tant qu'homme libre. Il s'était remarquablement accoutumé à Londres, à son quotidien et aux habitudes locales.

Vêtu d'un costume de majordome, il fit d'ailleurs son apparition avec un énorme plat dans les mains.

— Bon anniversaire, monsieur le marquis.

— Merci, Soko.

Lorenzo se mit à rire.

— Bande de cachottiers ! C'est donc ça que vous prépariez dans mon dos…

Lorenzo observa un bref instant les bougies plantées sur son gâteau. Leur clarté était vive et réelle, tout comme celle de l'image mentale qui l'accompagnait dorénavant partout où il allait.

Il avait chassé les ténèbres de son âme et laissé la lumière le guérir.

Angela lui caressa la joue.

— Tu veux souffler tes bougies ?

Quelque part, au fond de son cœur, Lorenzo sentit son père sourire et approuver.

*Tu ne crains plus rien.*

Lorenzo hocha la tête avec confiance, en prenant une grande inspiration.

# Remerciements

Ce livre, écrit en 2008, n'aurait jamais vu le jour sans l'insistance de mes proches qui ne cessaient de clamer qu'il méritait sa chance, lui aussi.

Alors, merci à vous, mari, mère, belle-mère et amis de moi ! Merci de m'avoir poussée à sortir de ma zone de confort et à partager ce manuscrit.

Merci à Harlequin qui a accepté de partager cette aventure avec moi.

Merci à Emma, Bénédicte et Sandrine qui m'ont accompagnée tout au long du processus d'ajustement du texte vers sa forme finale.

Enfin, merci à vous, lecteurs, d'avoir acheté ce livre qui représente une somme colossale de travail de recherches pour donner une image historique fidèle et malheureusement bien réelle de ce que fut (et est encore dans certains endroits du monde) l'esclavagisme.

Retrouvez en avril,
dans votre collection

*Victoria*

## Alice Simmers

### Un Viking en terre de feu

*Norvège, Sicile, début du XIe s.*

De la Norvège à la Sicile, où il se rend comme mercenaire sur ordre du roi Guaimar IV de Salerne, Ivaar n'a qu'une seule ambition : honorer le culte païen et la mémoire des siens, perpétuer la lignée de sa famille, décimée par un roi norvégien converti au christianisme. Jamais son âme guerrière ne trouvera le repos avant d'avoir tenu la promesse faite à ce père bien-aimé sur le champ de bataille. Pourtant, fureur et violence s'apaisent au contact de Nour, la belle mystérieuse aux cheveux d'ébène, qui l'a sauvé de la mort après un terrible combat. Dans ce village paisible et reculé où il se remet doucement, Ivaar est tiraillé entre son devoir et les sentiments puissants que fait naître Nour, malgré les sombres secrets qui l'entourent…

---

## Cassandra du Lac

### La guerrière des Highlands

*Elle n'a peur de rien, sauf d'aimer.*

Depuis qu'elle a assisté au massacre de son clan par les Vikings alors qu'elle n'avait que neuf ans, Gwenn n'a plus qu'une idée en tête : venger les siens. Devenue une guerrière impitoyable, elle a toujours mis un point d'honneur à mener ce combat seule, sans l'aide de personne. Alors, quand Rory MacLeod lui propose de s'allier contre leur ennemi commun, sa première réaction est de refuser : elle est la chef du clan MacDonald et aucun homme ne lui dictera sa conduite ! Pourtant, quand elle repense à son entrevue avec Rory, Gwenn ne sait plus très bien ce qui la retient d'accepter : l'orgueil d'une chef ou la peur d'une femme face à ses sentiments ?

La romance historique n'a jamais été aussi moderne.